애프터

3

애프터 3

초판 1쇄 발행 2018년 11월 26일
초판 2쇄 발행 2020년 4월 10일

지은이 | 안나 토드
옮긴이 | 강효준

발행인 | 금교돈
편집인 | 문경선
디자인 | 장선희
마케팅 | 이종웅, 김민정

발행 | 콤마
주소 | 서울시 중구 세종대로 21길 30
등록 | 2013년 11월 7일 제301-2013-205호
내용 문의 | 02-724-7855~7
구입 문의 | 02-724-7851
인스타그램 | @comma_and_style

ISBN 979-11-88253-08-1 04840
       979-11-88253-02-9 04840(세트)

* 잘못된 책은 구입하신 곳에서 바꾸어 드립니다.

AFTER 애프터

강효준 옮김
안나 토드 지음

3 진실의 문

이 책을 읽는 모든 독자들에게,
무한한 사랑과 감사의 마음을 전합니다.

프롤로그

·

하딘

눈이 쏟아지는 것도, 차가운 얼음 바닥도 느낄 수 없었다. 느껴지는 건 가슴을 찢어놓은 커다란 구멍뿐. 그저 무릎을 꿇은 채 지켜볼 수밖에 없었다. 제드는 테사를 태우고 무심히 주차장을 빠져나갔다.

단 한 번도 상상해본 적 없었다. 반복되는 그 악몽에서조차. 이런 고통을 느낄 수 있으리라곤 꿈에도 생각지 못했다. 실연의 아픔, 분명 이렇게 불리는 거겠지.

소중하다고 여겼던 건 아무 것도 없었다. 그리울 거라 생각한 사람도 지금껏 없었다. 누군가 온전히 내 것이 될 거라 기대한 적도 없다. 이토록 격렬하게 떠나는 누군가를 잡고 싶었던 적은 맹세코 단 한 번도 없었다. 그녀를 잃고 얻은 명백하고도 확실한 이 빌어먹을 고통은 내 계획엔 없었다. 아니, 누구의 계획에도 없었다.

이건 단순한 게임이었다. 그녀와 섹스하고, 내기에 이겨 돈을 따고, 제드의 코를 납작하게 해주는 심플한 게임. 계획한 대로 흘러가기만

하면 되는 거였다. 이런 일이 벌어져선 안됐다. 금발에 심각한 얼굴로 'to do list'나 만들던 그녀가 내 안으로 슬금슬금 들어왔다. 아주 천천히. 내 안 깊숙이 스며드는 그녀를 느꼈지만, 나는 믿을 수 없었다. 내가 그녀를 사랑한다는 것조차 깨닫지 못했다. 테사와 첫 섹스를 치른 증거물을 망할 친구란 놈들에게 '전승 기념물'처럼 자랑하고 속이 뒤집혀 토하기 전까지는.

정말 싫었다. 내 행동과 그 모든 순간순간이, 몸서리 치게 싫었다. 하지만 멈출 수가 없었다.

내기에서 이겼고, 나의 유일한 행복이던 그녀를 잃었다. 그리고 그녀가 일깨워준 내 안의 선의마저 송두리째 날아가버렸다. 미친 중독증을 물려준 아빠를 탓하고 싶었다. 아무짝에도 쓸모없는 아빠 곁을 떠나지 못해 괴물 같은 나란 인간을 만들어낸 엄마를 탓하고 싶었다. 아무 의심 없이 사랑스러운 얼굴로 내 곁에 머물렀던 그녀를 탓하고 싶었다. 빌어먹을, 난 모두를 탓하고 싶었다.

하지만 그럴 수 없었다. 내가 저지른 일이다. 내가, 그녀와 우리가 함께한 모든 시간을 망쳤다.

실수를 만회할 수만 있다면 뭐든 할 거다.

그녀는 지금 어디로 가는 걸까? 그녀를 찾아낼 수나 있을까?

1 · 테사

"한 달도 더 됐어."

이 내기가 어떻게 시작된 건지 제드가 설명을 마쳤다. 나는 내내 흐느껴 울었다. 가슴 어딘가가 아릿하게 아파 왔다. 눈을 감았다. 어떻게든 안정을 찾고 싶었다.

"하딘은 끊임없이 변명을 해댔어. 몇 번이나 부탁도 했고, 판돈도 낮췄어. 정말 이상했지. 우린 전부 걔가 이기려고 발악을 한다고 생각했거든. 뭔가 유리한 고지에 올랐다는 걸 증명하려는 것처럼. 근데 이제 다 이해가 된다."

제드는 말을 멈추고 내 표정을 살폈다.

"전부 하딘이 시작한 거야. 그날, 내가 너한테 영화 보자고 했던 날, 걔가 갑자기 발광하는 거야. 널 다시 데려다준 다음에 미친 놈처럼 날 뛰더니, 네 곁에서 꺼지라고 하더군. 난 그냥 비웃어주고 말았어. 걔가 취한 줄 알았거든."

9

"하딘이… 너희한테 우리가 강에 갔던 얘기도 했어? 강에서 있었던 일들도… 말했어?"

묻고 나니 숨조차 쉴 수가 없었다. 제드의 눈에 동정의 빛이 어렸다. 됐다, 이걸로 답은 나왔다.

"오 마이 갓."

나는 두 손으로 얼굴을 감싸 쥐었다.

"우리한테 전부 얘기했어…. 그러니까 모든 걸…."

제드의 목소리가 낮게 깔렸다.

나는 잠자코 앉아서 휴대전화를 껐다. 술집을 떠나면서부터 진동이 쉴 새 없이 울려댔다. 하딘은 나에게 전화할 권리도 없다.

"새 기숙사는 어딘데?"

제드가 물었다. 어느새 캠퍼스 근처였다.

"기숙사에서 안 살아. 하딘하고 나…."

말을 끝내기가 힘들었다.

"같이 살아. 하도 성화를 부려서, 지난 주부터…."

"걔가 그럴 리 없는데."

제드가 단언했다.

"하딘이 원했던 일이야. 나도 동의하긴 했지만…."

나는 말을 더듬었다. 그의 잔인함을 뭐라고 표현해야 할지 모르겠다.

"일이 이렇게까지 커질 줄 몰랐어. 우리가 그, 그 증거물…., 그걸 보고 난 다음엔 걔가 평상시처럼 돌아올 줄 알았어. 밤마다 다른 여자애들을 찾으면서. 근데 그러고는 그 자식이 사라져버린 거야. 우리하곤 잘 어울리지도 않았지. 그러더니 부둣가의 그날 밤에 불쑥 나타났어.

나하고 제이스한테 너한테 얘기하지 말라고 신신당부하더라고. 제이스한테는 입 다무는 대가로 돈을 왕창 주겠다고 했고."

"돈?"

하딘이 그렇게까지 싸구려처럼 굴진 않았을 텐데. 추악한 사실이 하나씩 폭로될 때마다 차 안이 점점 좁아지는 것만 같았다.

"물론 제이스가 웃어 넘기긴 했지. 걔가 하딘한테 입단속 잘하겠다고 했어."

"넌?"

하딘의 터진 주먹과 제드의 멍 든 얼굴을 떠올리며 물었다.

"난 반대했지. 너한테 얘기하지 않으면 내가 말해버릴 거라고. 그래서 싸운 거야."

그는 고개를 절레절레 흔들었다.

"하딘은 네가 모르는 게 더 나을 거라고 생각한 거 같아. 걔가 널 끔찍하게 걱정했다는 것만은 장담해."

"아니야. 만약 그랬다고 해도, 중요하지도 않고."

나는 차창에 머리를 기댔다.

우리의 모든 키스와 애무는 그의 친구들과 공유하기 위한 거였다. 우리의 모든 순간들이 실시간 중계되고 있었다. 나의 가장 은밀한 순간들은 나만의 것이 아니었다.

"우리 집으로 갈래? 주제 넘게 나서거나 기분 나쁘게 하려는 건 아니야. 우리 집에도 네가 누울 소파쯤은 있다고. 어떻게 할지…, 네가 결론을 내릴 때까지만."

"괜찮아. 네 휴대전화 좀 써도 될까? 랜던한테 전화해야겠어."

제드는 고개를 끄덕이며 콘솔 박스에서 휴대전화를 꺼내주었다. 본 파이어 축제 때 하딘 때문에 제드를 차버리지 않았더라면 어땠을까? 그랬다면 모든 게 달라졌을까? 잠깐이지만 이런저런 생각으로 머릿속이 복잡해졌다. 어쨌든 이런 결말을 맞닥뜨리지는 않았겠지.

랜던은 벨이 두 번 울리기도 전에 전화를 받았다. 무슨 일이 있었는지 얘기할 틈도 없었는데, 모든 걸 아는 것처럼 당장 오라고 했다. 다정한 말투였다. 제드에게 주소를 알려줬다. 우리는 시내를 가로지르는 동안 아무 말도 하지 않았다.

"하딘은 분명히 나를 쫓아올 거야. 내가 널 자기한테 데려다 주진 않을 거라는걸 아니까."

제드가 말했다.

"일이 이렇게 된 거…. 너희도 이건 아니란 걸 알아야 해."

나는 솔직하게 말했다. 제드에게 살짝 미안했다. 하딘 만큼 나쁜 의도로 나에게 접근했던 건 아니라고 믿으니까. 하지만 그의 입장까지 고려해주기엔 지금의 내가 너무나 만신창이였다.

"테사, 필요한 거 있으면 전화해."

나는 고개를 끄덕이며 차에서 내렸다.

찬 공기에 입김이 뿜어져 나왔다. 하지만 추위조차 느껴지지 않았다. 아무 것도 느낄 수가 없었다.

랜던만이 나의 유일한 친구다. 그런데 그는 하딘의 아빠 집에 산다. 이 지독한 아이러니 속에서 나는 길을 잃고 헤매고 있다.

"끔찍하게도 쏟아지네."

랜던은 서둘러 집 안으로 나를 데리고 들어갔다.

"외투는 어디다 둔 거야?"

그가 장난스러운 어조로 나무랐다. 그러다 밝은 데로 들어선 내 얼굴을 보더니 흠칫 한 발짝 물러섰다.

"무슨 일 있었어? 하딘이 너한테 무슨 짓을 한 거야?"

재빨리 집 안을 훑어봤다. 켄 씨와 카렌이 아래층에 없어야 할 텐데.

"티 많이 나?"

눈 밑을 슬쩍 닦으며 말했다.

랜던은 나를 가만히 안아주었다. 나는 또 한 번 눈 밑을 닦았다. 터져 나오는 흐느낌을 막을 힘조차 없었다. 물리적으로나 감정적으로나 한계를 넘어섰다.

랜던이 따뜻한 물 잔을 건넸다.

"위층 네 방으로 올라가자."

'내 방'이라니…, 나는 억지로 웃어 보였다. 위층으로 올라가자 얄궂은 본능은 나를 하딘의 방문 앞으로 이끌었다. 그걸 깨달은 순간, 다시 아픔이 온몸을 휘감았다. 얼른 복도 맞은 편 방으로 몸을 돌렸다. 방문을 열었다. 하딘의 비명을 듣고 그의 방으로 뛰어들어갔던 날 밤의 기억이 떠올랐다. 온몸에 불이 붙은 듯했다. 나는 내 방 침대에 엉거주춤 어색하게 앉았다. 뭘 어떻게 해야 할지 모르겠다.

잠시 후 랜던이 들어왔다. 걱정스러운 얼굴로 내 곁에 앉았다. 그는 불편하지 않을 만큼, 딱 그 만큼의 거리를 두고 있었다. 그게 애정과 예의를 표시하는 그만의 방법이다.

"나한테 얘기해볼래?"

다정한 목소리였다. 나는 고개를 끄덕였다. 이 막장 대서사시를 다시 읊어대는 건 더 큰 상처가 될지도 모른다. 그래도 랜던에게 말하고 나면 조금이나마 홀가분해질 테지. 내가 느꼈던 모욕과 수치심을 이해해줄 친구가 단 한 명이라도 곁에 있다는 사실에 위안이 될 거다.

내 이야기를 들으며 랜던이 돌처럼 굳어졌다. 무슨 생각을 하는 건지 좀처럼 감정을 읽어낼 수가 없었다. 이런 일을 저지른 그의 이복 형제를 어떻게 생각하는지 알고 싶었다. 그리고 나에 대해서도. 하지만 얘기를 마쳤을 때, 그는 분노가 폭발하는 듯 자리에서 벌떡 일어났다.

"구제 불능 어이없는 자식! 대체 어떻게 된 인간이야! 이제 겨우… 그 자식이… 좀 인간다워졌구나 생각했는데, 이따위 짓을 저질러? 다 망쳐버렸잖아! 너한테 그랬다는 게 정말 믿기지가 않는다."

랜던은 말을 마치자마자 고개를 문 쪽으로 홱 돌렸다. 그때 나도 알아차렸다. 계단을 쿵쾅거리며 올라오는 발소리를. 단순한 발소리가 아니라 나무 계단을 부술 듯 걷어차는 듯한 묵직한 부츠 소리였다.

"하딘인가 봐."

우리는 동시에 말했다. 아주 잠깐이었지만, 나는 옷장에 숨을까 심각하게 고민했다. 랜던은 굳은 표정으로 나를 쳐다봤다.

"만나고 싶어?"

나는 화들짝 놀라며 고개를 세차게 가로저었다. 랜던은 방문을 닫으려 했다. 하지만 하딘의 목소리가 코앞에서 들렸다.

"테사!"

하딘이 방으로 들이닥쳤다. 하딘이 랜던 앞을 쏜살같이 지나려는 순간 랜던이 그의 팔을 잡았다. 하딘은 방 한 가운데 멈춰 섰다. 나는 침대에서 벌떡 일어났다. 이런 일에 익숙치 않은 랜던은 우두커니 서 있었다. 눈깜짝할 사이에 일어난 일에 어안이 벙벙한 모양이었다.

"테사! 아, 하느님 감사합니다. 여기 있었구나."

하딘이 한숨을 토해내며 머리를 쓸어 올렸다.

그의 모습이 눈에 들어오자 다시 통증이 밀려왔다. 나는 그에게서 눈을 떼고 벽으로 시선을 돌렸다.

"테사, 내 얘기 좀 들어줘. 제발…."

나는 잠자코 그 앞으로 걸어갔다. 그의 눈이 희망으로 반짝 빛났다. 그가 마주 다가오려는 순간, 나는 그를 지나쳐 걸어갔다. 순식간에 그의 눈빛이 어두워졌다.

"뭐라고 말 좀 해봐, 테사."

그가 애걸했다. 나는 고개를 가로저으며 랜던 옆에 가서 섰다.

"너하고 이야기하고 싶지 않아."

내가 말했다.

"진심 아니지…."

하딘이 한 걸음 다가왔다.

"내 앞에서 꺼져버려!"

나는 참지 못하고 소리 질렀고, 그는 내 팔을 붙잡았다. 랜던이 우리 사이를 막아섰다. 랜던이 한 팔을 그의 어깨에 올리며 말했다.

"하딘, 가는 게 좋겠어."

하딘은 입을 꽉 다물고 나와 랜던을 번갈아 보았다.

"랜던, 너야 말로 우리 사이에서 꺼지시지."

그가 경고했다. 하지만 랜던은 꼼짝도 하지 않았다. 이제 하딘을 알

만큼 안다. 하딘은 분명 물리력을 행사할 거다. 내 앞에서 랜던에게 주먹을 날릴 거다. 그런데 예상이 완전히 빗나갔다. 하딘은 깊은 한숨을 쉬었다.

"제발, 우리 잠깐만 얘기하게 해줘."

그가 최대한 진정하려 애쓰며 말했다. 랜던은 나를 쳐다보았다. 나는 고개를 가로저었다. 랜던이 다시 하딘에게로 돌아섰다.

"테사가 너하고 얘기하기 싫대."

"쟤가 뭘 하고 싶은지, 네 녀석을 통해서 듣고 싶지는 않아!"

하딘은 소리를 치면서 주먹으로 벽을 후려쳤다. 나무 벽 한쪽이 쩍 갈라지며 움푹 들어갔다.

나는 깜짝 놀라 뒤로 물러섰다. 눈물이 다시 흘러내리기 시작했다.

'안 돼, 지금 울면 안 돼.'

나 자신에게 나지막이 되뇌었다. 할 수 있는 한 감정을 추슬러야 한다.

"나가라고, 하딘!"

랜던이 소리쳤다. 켄 씨와 카렌이 복도에서 나타났다.

'아, 여기 오는 게 아니었는데….'

"이게 대체 무슨 소란이냐?"

켄 씨가 버럭 소리쳤다.

아무도 대답하지 않았다. 카렌은 동정을 담은 눈빛으로 나를 바라보았다. 켄 씨는 같은 말을 반복했다. 하딘은 그의 아빠를 노려보았다.

"테사랑 얘기 좀 하려고요. 랜던은 자기 일에나 신경 쓸 예정이고요!"

켄 씨는 랜던을 쳐다보다가 다시 나를 보았다.

"무슨 짓을 한 거냐, 하딘?"

걱정스러웠던 그의 목소리는 달라져 있었다. 분노인가? 그게 어떤 감정인지 확실히 알 순 없었다.

"아무 짓도 안 했어요! 제기랄!"

하딘이 두 손을 들어 휘둘렀다.

"하딘이 전부 망쳤어요. 이제 테사는 갈 곳조차 없다고요."

랜던이 참지 못하고 말해버렸다. 나도 뭔가 말을 하고 싶었지만, 무슨 말을 해야 할지 아무 생각도 나지 않았다.

"갈 곳이 왜 없어? 테사는 엄연히 집이 있다고, 나랑 사는 집…."

하딘이 반박했다.

"하딘이 테사한테 차마 입에 담을 수도 없는 짓을 저질렀다고요!"

랜던이 울컥하며 말을 뱉어냈다. 카렌이 놀라며 내 앞을 막아섰다.

나는 완전히 위축되었다. 철저히 발가벗겨지고 짓밟힌 느낌이었다. 켄 씨와 카렌까지 알게 하고 싶진 않았다. 하지만 그렇대도 달라질 건 없었다. 어차피 이들도 오늘 이후로 나를 다시 보고 싶지 않을 테니까.

"테사, 하딘이랑 같이 가고 싶니?"

켄 씨가 나락으로 떨어지고 있는 나를 끌어올리듯 물었다. 나는 힘없이 고개를 가로저었다.

"테사를 여기 두고 혼자 가진 않을 거예요."

하딘이 일갈했다. 그가 내게 다가오자 나는 흠칫 물러섰다.

"그냥 가는 게 낫겠다, 하딘."

켄 씨의 말에 나는 깜짝 놀랐다.

"뭐라고요?"

하딘의 얼굴이 붉으락푸르락했다. 저 표정을 한 단어로 표현할 수 있다. '격노'.

"내가 이 집에 드나들어 행복하니 어쩌니 하더니, 이제 와서 내쫓겠다는 거예요?"

"너와의 관계가 진전된 건 정말 기쁘다, 아들아. 하지만 오늘은 네가 가야 할 것 같구나."

하딘이 두 손을 공중에 대고 휘둘렀다.

"이런 개 같은 경우가 어딨어요? 얘가 아빠한테 대체 뭔데요?"

켄 씨는 나를 한 번 돌아보더니 다시 아들을 쳐다보았다.

"네가 한 짓이, 네 소중한 사람을 잃어도 좋을 만큼 가치 있는 거였니?"

그 말에 하딘은 충격을 받은 듯 고개를 떨궜다. 한참을 꼼짝도 하지 않다가, 고개를 들어 나를 바라보았다. 그러더니 방을 나갔다. 우리는 모두 하딘이 계단을 내려가는 발소리를 듣고만 있었다.

현관문이 쾅 닫히는 소리가 집 안의 정적을 깼다. 나는 흐느꼈다.

"정말 죄송합니다. 제가 갈게요. 이런 소란을 일으키려고 했던 건 아니에요."

"아니, 필요한 만큼 여기 있거라. 넌 우리 집에서 언제든 환영이다."

켄 씨와 카렌은 나를 따뜻하게 안아주었다.

"부자 사이에 이런 식으로 끼어들고 싶진 않았어요."

켄 씨가 나 때문에 아들을 쫓아내다니, 마음이 정말 불편했다. 카렌이 내 손을 꽉 잡아주었다. 켄 씨가 답답함과 피로가 가득한 눈으로 나를 바라보았다.

"나는 하딘을 사랑한단다. 하지만 하딘에게 네가 없다면 우리 사이를 지속하는 건 불가능할 거야. 너도 그걸 잘 알 거다."

쏟아지는 물줄기를 맞으며 하염없이 서 있었다. 흐르는 물에 내 모든 기억이 깨끗이 씻기기를, 그래서 기운을 차릴 수 있기를 바랐다. 하지만 뜨거운 물은 생각만큼 긴장을 풀어주지 못했다. 무엇이 가슴 깊은 곳에서부터 올라오는 이 통증을 가라앉힐 수 있을까. 고통은 영원히 지속될 것만 같았다. 목숨을 지탱해주는 장기들처럼 가슴에 난 구멍도 점점 커지며 자리를 잡고 있는 것 같았다.

"벽을 저렇게 망가뜨려서 정말 미안해. 보상하겠다고 했는데, 켄 씨가 거절하셨어."

젖은 머리를 빗으며 랜던에게 말했다.

"걱정하지 마. 네 일만으로도 머리 아프잖아."

랜던이 내 등을 토닥였다.

"대체 어쩌다 내 인생이 이 지경이 된 걸까."

차마 그의 눈을 쳐다볼 수가 없어서 멍하니 앞만 바라보았다.

"석 달 전만 해도 모든 게 다 정상이었어. 남자친구는 노아였고, 걘절대 이런 짓을 할 리 없었지. 엄마랑 사이도 좋았고. 내 인생이 어떻게흘러갈지도 잘 알고 있었어. 근데 지금은 아무 것도 없어. 인턴십을 계속 할 수 있을지조차 모르겠어. 하딘이 거기로 직장을 옮길 수도 있고, 반스 씨에게 나를 자르라고 말할 수도 있으니까. 걘 그럴 수 있는 애야."

나는 베개를 잡았다. 불안감에 뭐라도 꽉 쥐어야 했다.

"하딘은 잃을 게 없겠지만 난 아냐. 그를 만나기 전까지 내 인생은 예측 가능하고 확실했어. 근데 지금은…."

랜던은 눈을 동그랗게 뜨고 나를 쳐다보았다.

"테사, 인턴십은 관두면 안 돼. 하딘이 그것까지 망치게 하진 말자, 제발."

애원에 가까운 말투였다.

"걔하고 끝나서 그나마 다행인 건, 이제 네가 하고 싶은 대로 할 수 있다는 거야. 다 정리하고 새로 시작할 수 있어."

그의 말이 맞다. 그러나 말처럼 단순한 문제는 아니다. 내 삶의 모든 부분이 하딘과 연결되어 있다. 심지어 빌어먹을 내 차까지도. 아무튼 그는 내 모든 일상에 함께 묶여 있었다. 그가 없는 지금, 나는 한때 내 삶이었던 것의 파편으로 남게 되었다.

마음이 조금 누그러져 랜던에게 건성으로 고개를 끄덕였다. 그가 슬쩍 미소를 짓더니 말했다.

"이제 좀 쉬어."

그는 나를 한 번 안아주고 방에서 나가려 했다.

"정말 이게 끝일까?"

내 물음에 그가 돌아보았다.

"응?"

내 목소리는 속삭이듯 기어들어갔다.

"이 고통 말이야."

"글쎄, 잘은 모르지만, 그렇게 되길 바라야지. 시간이… 약이잖아."

그는 반쯤은 찡그린 채, 반쯤은 안심시키는 미소를 머금고 대답했다.

시간이 약일지 아닐지는 잘 모르겠다. 하지만 분명한 건, 그렇지 않다면 난 살아남을 수 없다는 거다.

누군가 나를 흔들어 깨웠다. 그리고 침대에서 일으켜 세웠다. 랜던이었다. 인턴십에 지각하지 않게 하려는 거다. 벌써 아침이었다. 집을 나오기 전 켄 씨와 카렌에게 감사 인사를 적은 메모를 썼다. 하딘이 부순 벽에 대해 다시 한 번 사과하는 것도 잊지 않았다. 랜던은 조용히 운전하며 때때로 나를 쳐다보았다. 눈이 마주칠 때마다 격려의 미소와 응원을 보내주었다. 그래도 여전히 내 기분은 엉망이었다.

술집 주차장에 들어서자 어젯밤의 기억이 생생하게 떠올랐다. 눈 속에서 무릎 꿇고 있던 하딘. 사건의 전모를 얘기해주던 제드. 재빨리 내 차에 올라탔다. 차에서 룸미러에 비친 내 모습을 보고 흠칫 놀랐다. 눈은 여전히 벌겋고, 주위에 짙은 다크서클이 드리워져 있었다. 눈이 퉁퉁 부은 데다 처참한 몰골이 마치 공포 영화 주인공을 보는 듯했다. 아무래도 화장을 좀더 진하게 해야 할 것 같았다.

가는 길에 마트에 들렀다. 별 다른 선택지가 없다. 이 시간에 문을 연 곳은 여기뿐이었으니까. 마트에서 엉망진창인 내 기분을 감출 도구들을 샀다. 하지만 더 나아 보이려고 노력할 힘도 에너지도 없었다. 아까보다 괜찮아 보이는 건지 나도 잘 모르겠다.

반스 출판사에 도착했다. 킴벌리가 나를 보자 눈을 크게 뜨고 놀란 표정을 지었다. 나는 억지로 미소를 지어 보였지만, 그녀는 책상 앞에 앉아 있다 벌떡 일어섰다.

"테사, 괜찮아요?"

"그렇게 안 좋아 보여요?"

나는 슬쩍 어깨를 으쓱거렸다.

"아뇨, 그냥 좀…"

"지쳐 보이죠? 지쳤거든요. 기말 시험 때문에 아주 녹초가 됐어요."

그녀는 고개를 끄덕이며 따뜻한 미소를 건넸다. 그러나 나는 느낄 수 있었다. 내 사무실로 들어올 때까지 그녀는 내 뒷모습에서 눈을 떼지 않았다.

하루가 훌쩍 지났다. 어느새 주위가 어둑어둑해지고 있었다. 반스 씨가 방 문을 노크하는 바람에 그제야 고개를 들었다.

"굿 애프터눈, 테사."

그가 웃으며 인사를 건넸다.

"안녕하세요?"

"지금까지 해낸 업무에 무척 깊은 인상을 받았다는 걸 알려주고 싶어서."

그가 만족스러운 듯 웃었다.

"안목이 뛰어나고, 꼼꼼하게 일을 하더군요."

"감사합니다, 정말 큰 힘이 돼요."

말이 떨어지기가 무섭게 머릿속에서 하딘 덕에 인턴십을 하게 되었다는 사실이 떠올랐다.

"이번 주말에 열리는 시애틀 컨퍼런스에 함께 참석하면 좋겠군요. 보통은 좀 지루한데, 이번에는 전자출판이 주제이고 거기서 많은 사람들을 만나고 배울 수 있을 거예요. 우리 회사는 몇 달 안에 시애틀에 지점을 오픈하려고 계획 중이에요. 나도 가서 몇몇 관계자들을 만날 겁니다."

그가 웃으며 설명했다.

"어때요? 비용은 회사에서 지불할 거예요. 우리는 금요일 오후에 출발합시다. 하딘이 같이 가겠다면 그것도 환영이에요. 컨퍼런스 말고, 시애틀에 말이에요."

그는 알듯 모를 듯한 미소를 지었다. 무슨 일이 일어났는지 알기라도 하는 걸까?

"정말 가고 싶어요. 초대해주셔서 감사합니다!"

한편으로 안도하고, 다른 한편으론 열정을 담아 말했다. 드디어 나에게 어울리는 일이 생긴 것 같았다. 어제의 일은 나에게 일어나선 안되는 일이었다.

"좋아요! 자세한 사항은 킴벌리에게 들어요. 필요한 경비를 어떻게 청구해야 하는지도…."

그의 장황한 설명을 들으며 나는 나만의 세계에 빠져들었다.

컨퍼런스에 간다고 생각하니 상태가 조금 나아지는 것도 같았다. 하딘에게서 멀리 떨어질 수 있을 거다. 하지만 한편으로, 하딘이 같이 시애틀에 가고 싶다고 했던 게 기억 났다. 그는 내 삶의 세세한 부분까지도 전부 더럽혔다. 워싱턴 전체를 더럽혔다. 사무실이 점점 좁아지고 답답해서 숨이 잘 쉬어지지 않았다.

"괜찮아요?"

반스 씨가 식은땀을 흘리는 나에게 물었다. 걱정되는 듯 눈썹을 찌푸리고 있었다.

"아, 네. 그냥, 오늘 하루 종일 아무 것도 못 먹었거든요. 잠도 잘 못 잤고."

"이런, 얼른 정리하고 퇴근해요. 나머지는 집에서 끝내도 되니까요."

그가 말했다.

"괜찮습니다."

"안 괜찮아요, 얼른 퇴근해요. 우리 회사에는 앰뷸런스가 없어요. 당신 없이 우리끼리 어떻게든 해보죠."

그가 손을 흔들더니 유유자적한 걸음으로 사무실을 나갔다.

나는 물건들을 챙기고, 화장실에서 거울로 내 모습을 다시 봤다. 여전히 엉망이다. 엘리베이터를 타려는데, 킴벌리가 나를 불러세웠다.

"퇴근해요?"

나는 고개를 끄덕였다.

"음… 하딘이 완전 저기압이던데, 조심해요."

"네? 어떻게 아셨어요?"

"당신을 바꿔주지 않는다고 나한테 욕설을 퍼부어댔거든요."

그녀가 피식 웃었다.

"아까 열 번쯤 전화했어요. 대화하고 싶었다면, 휴대전화로 통화했겠죠."

"감사합니다."

나는 조용히 인사를 전했다. 그녀의 센스가 진심으로 고마웠다. 전화로 하딘의 목소리를 들었다면 뻥 뚫린 가슴의 구멍은 더 커졌을 것이고, 나는 더 고통스러웠을 거다.

또 다시 무너져 내리기 전에 가까스로 차에 올랐다. 다른 데 정신을 쏟지 않으면, 추억의 바다에서 헤매게 된다. 그러면 어김없는 고통이 더욱 깊이 파고들었다. 휴대전화에 하딘에게서 온 전화가 열다섯 통이나 있었다. 문자메시지도 열 개나 와 있었다. 그 어느 것도 확인하지 않을 거다.

운전을 할 수 있을 만큼 마음이 추슬러졌다. 이제 내가 두려워하던 일을 할 차례였다. 엄마한테 전화하는 거다.

엄마는 벨이 울리자마자 전화를 받았다.

"여보세요?"

"엄마."

엄마 목소리를 듣자마자 흐느껴 울었다. 내 입에서 나오는 모든 말이 이상하게 들렸다. 하지만 지금 이 순간, 무엇보다도 엄마의 위로가 필요했다.

"그 녀석이 무슨 짓을 한 거니?"

사람들의 반응은 모두 똑같았다. 이것만으로도 하딘이 사람들에게 얼마나 위험한 존재로 인식되어 있는지 알 수 있었다. 이제는 나도 포함이다.

"나… 있잖아…."

말을 이어나갈 수조차 없었다.

"오늘 집에 가도 돼요?"

"당연하지, 테사. 두 시간 후에 만나자꾸나."

엄마는 그렇게 말하고 전화를 끊었다.

생각했던 것보다는 나쁘지 않은 상황이었다. 하지만 바랐던 것만큼 따뜻하지도 않았다. 엄마가 카렌처럼 다정하고 모든 흉허물을 감싸주는 사람이라면 얼마나 좋을까. 엄마의 날카로움이 좀 누그러졌길 바랐다. 친구처럼 편하고 사랑 가득한 엄마가 있다는 것만으로도 위안이 될 수 있기를 바랐다.

고속도로로 접어들면서 휴대전화를 꺼버렸다. 바보 같은 짓을 하기 전에 말이다. 하딘에게서 온 메시지를 한 줄이라도 읽는 그런 바보짓 말이다.

3 · 테사

어린 시절을 보낸 집으로 가는 길은 익숙하고도 편안했다. 복잡하게 생각할 필요도 없었다. 가는 동안 내내 소리소리 질러댔다. 말 그대로 목이 아플 때까지 할 수 있는 만큼 크게 소리를 질렀다. 소리를 계속 지르는 건 생각했던 것보다 힘들었다. 특히나 소리치고 싶지 않을 땐 더욱. 나는 목청껏 울고, 사라져버리고만 싶었다. 입학하던 첫날로 돌아갈 수만 있다면 뭐든지 할 텐데. 그럴 수 있다면 엄마의 말대로 기숙사 방을 바꿀 거다. 엄마는 스테프가 나쁜 영향을 미칠 것만 걱정했었다. 예의라곤 조금도 없는 곱슬머리 남자가 문제였단 걸 미리 알았더라면…. 나에게서 모든 걸 앗아가고, 내 삶을 송두리째 휘저어놓으며, 나를 갈갈이 찢어버릴 남자란 걸 말이다. 공중에 흩뿌려진 내 삶은 그의 친구들 발 밑에 떨어져 무참히 짓밟혔다.

집까지는 겨우 두 시간밖에 걸리지 않았다. 하지만 지금은 그 길이 하염없이 멀게만 느껴졌다. 대학교에 입학하고는 집에 한 번도 가지 않았다. 노아와 헤어지지만 않았더라면 자주 갔겠지. 노아의 집을 지나쳐가는 동안 일부러 시선을 돌리지 않았다.

집 앞에 도착하자마자 차에서 뛰어내리다시피 했다. 그러다가 현관 문 앞에서 멈칫거렸다. 노크를 해야 하는 걸까? 우리 집엘 들어가면서 노크를 하는 건 어쩐지 이상하다. 하지만 그냥 불쑥 안으로 들어가는 것도 편하지는 않았다. 고작 한 학기 떠나 있었을 뿐인데, 어쩜 이렇게 많은 것이 변해버렸을까?

그냥 들어가기로 했다. 엄마는 곱게 화장을 하고, 단정히 차려입고, 구두까지 신고는 갈색 가죽 소파 옆에 서 있었다. 변한 건 하나도 없었다. 예전처럼 깨끗했고, 완벽하게 정돈되어 있었다. 달라진 거라곤 집이 좀 작아 보인다는 것 정도? 아마 켄 씨의 집에 드나들었기 때문일 거다. 사실 엄마 집은 확실히 작고 밖에서 보면 볼품이 없긴 했다. 하지만 내부 인테리어는 훌륭하다. 엄마는 항상 최선을 다해 벽을 칠하고 멋진 꽃 장식을 했으며, 청결에 주의를 기울였다. 엉망진창이 되어버린 엄마의 결혼 생활을 그렇게라도 감추고 싶었던가 보다. 강박에 가까운 엄마의 집 꾸미기는 아빠와 헤어진 다음에도 계속됐다. 이제 엄마의 습관으로 자리잡아버렸기 때문이다. 집 안은 따뜻했다. 익숙한 시나몬 향이 콧속을 가득 채웠다. 엄마는 향초를 집착적으로 좋아했다. 그래서 방마다 향초를 하나씩 꼭 두었다. 현관 앞에서 신발을 벗었다. 공들여 광을 낸 마룻바닥에 눈 범벅이 된 신발이라니, 엄마가 놀라 뒤로 넘어갈 게 뻔했기 때문이다.

"커피 줄까, 테레사?"

나를 안아주기도 전에 엄마가 물었다. 나의 커피 중독은 엄마에게서 물려받은 거다. 이 생각이 들자 자연스레 입가에 미소가 번졌다.

"네."

엄마를 따라 부엌으로 들어가 테이블 앞에 앉았다. 어떻게 말을 꺼내야 할지 잘 모르겠다.

"그래, 무슨 일이 있었는지 말해보렴."

엄마가 무뚝뚝하게 말을 꺼냈다. 나는 깊게 숨을 들이마셨다. 우선 커피 한 모금을 홀짝 마셨다.

"하딘하고 헤어졌어요."

엄마의 표정에는 작은 동요도 없었다.

"왜?"

"그게…, 내가 생각했던 것과는 완전히 다른 사람이더라고요."

가슴 한구석에서 스멀스멀 번지는 통증을 잠재워야 했다. 따끈한 커피잔을 양손으로 감싸 쥐었다. 이제 엄마의 맹공이 시작되겠지. 마음을 단단히 먹었다.

"넌, 걔가 어떤 사람일 거라 생각했는데?"

"나를 사랑하는 사람이요."

그가 정말 나를 사랑했을까? 이제는 그것조차 확신이 서지 않았다.

"그런데 지금은 아닌 것 같아?"

"아닌 것 같아요."

"어떻게 그걸 확신하게 됐는데?"

엄마의 목소리는 담담하다 못해 차가웠다.

"나는 걔를 믿었는데, 걔가 날 배신했으니까요. 정말 비참하게도…."

정작 해야 할 중요한 얘기들은 쏙 빼놨다. 이상했다. 난 아직도 엄마의 비난을 피하기 위해 하딘을 감싸고 있었다. 이건 바보 짓이라고 수없이 되뇌었다. 그를 떠올리는 것조차 가치 없다고. 그는 날 위해 그렇게 하지 않을 테니까 말이다.

"넌, 걔랑 같이 살기 전엔 이런 일이 벌어질 거란 생각을 못 했던 거니?"

"아뇨, 알고 있었죠. 계속 하세요. 내가 얼마나 모자란 애인지 나무라

셔야죠. 그럴 줄 알았다고 하셔야죠."

"내가 분명히 말했잖니. 그런 남자애들은 조심해야 한다고. 그런 남자나 너네 아빠 같은 남자들은 피하는 게 상책이라고. 더 큰일이 나기 전에 이쯤에서 끝난 게 오히려 다행이다. 사람들은 누구나 실수하기 마련이니까, 테사."

엄마는 커피 한 모금을 마셨다. 머그잔에 핑크색 립스틱 자국이 선명하게 남았다.

"널 분명히 용서해줄 거다."

"누가요?"

"누구긴, 당연히 노아지."

'엄마는 도대체 어떻게 이 시점에 이런 말을 하는 걸까?'

나는 그저 엄마한테 이야기하고 싶었다. 그래서 위로 받고 싶었을 뿐이다. 엄마가 오늘 같은 날 노아한테 날 다시 들이밀 줄은 몰랐다. 나는 벌떡 일어섰다. 집 안을 둘러보았다.

'이게 엄마의 진심일까? 그럴 리가 없어.'

"하딘과 잘 안됐다고 노아를 다시 사귀겠다는 건 아니에요!"

단호하게 말했다.

"안될 게 뭐 있니? 테사, 노아가 기꺼이 너에게 또 한 번 기회를 준다는 걸 고맙게 생각해."

"뭐라고요? 제발 그만 좀 하세요! 지금 누구도 사귀고 싶지 않아요, 특히 노아는 더욱 그렇고요."

내 머리를 쥐어뜯고 싶었다. 아니면 엄마의 머리라도.

"특히 노아가 아니라는 건 무슨 말이니? 네가 어떻게 노아에 대해 그렇게 말할 수 있어? 꼬맹이 때부터 걘 너를 지극 정성으로 대했어!"

나는 한숨을 쉬며 다시 자리에 앉았다.

"알아요, 엄마. 나도 노아를 좋아해요. 그런 의미가 아니란 말이에요."

"넌 지금 네가 무슨 소리를 하는지도 모르는 것 같구나."

엄마가 일어서더니 개수대에 남은 커피를 버렸다.

"언제까지 사랑 타령만 할 거니, 테레사. 중요한 건 안정적인 생활과 안전이라고."

"엄마, 나 이제 겨우 스무 살이에요."

엄마에게 호소하듯 말했다. 나는 안정적인 삶을 위해 사랑 따윈 없는 그런 사람과 살고 싶지는 않다. 안정적인 생활이나 안전은 스스로 만들어 나가면 된다. 나는 나를 사랑하고, 또 내가 사랑할 수 있는 사람을 원한다.

"겨우 만 스무 살이 되어 가지. 그리고 지금부터 주변을 단속하지 않으면, 아무도 널 원하지 않을 게다. 이제 화장을 좀 고치려무나. 좀 있으면 노아가 올 거거든."

엄마는 통보하듯 말하고 부엌에서 나갔다.

집에서 위로와 위안을 얻을 거라 생각했다니, 한심해도 이렇게 한심할 수가. 하루 종일 내 차에서 잠이나 자는 게 훨씬 나았을 거다.

약속이나 한 듯, 노아가 딱 5분 후에 집에 왔다. 화장이고 뭐고 신경 쓸 겨를도 없었다. 노아가 부엌으로 들어오는 걸 보면서 기분이 더 나빠졌다. 그는 예의 그 온화하고 완벽한 미소를 짓고 있었다.

"안녕."

"안녕, 노아."

가까스로 대답했다. 그가 곁으로 다가와서 나는 엉거주춤 그와 포옹했다. 그의 가슴은 따뜻했고 셔츠에서는 익숙한 향수 냄새가 났다. 오늘따라 그 향이 좋았다.

"너희 엄마가 전화하셨어."

"알아."

나는 웃어 보이려고 애를 썼다.

"오라 가라 해서 미안해. 도대체 엄마가 왜 저러는지 모르겠어."

"난 알겠는걸. 엄마는 네가 행복하길 바라시는 거야."

노아가 엄마를 두둔했다.

"노아…."

나지막이 경고하듯 그의 이름을 불렀다.

"근데 너희 엄마는 뭐가 널 행복하게 하는지 모르시는 것 같아. 그게 나였으면 하셨겠지."

그가 어깨를 으쓱거렸다.

"미안해."

"테사, 나한테 사과하지 마. 난 그냥 네가 괜찮은지 얼굴을 보고 싶었을 뿐이야."

그가 한 번 더 나를 안아주었다.

"나, 안 괜찮아."

"그런 것 같다. 왜 그런지 물어봐도 돼?"

"글쎄, 잘 모르겠어. 정말 들어도 괜찮겠어?"

전 남자친구에게 엊그제까지 함께 살았던 남자친구 얘기를 하다니.

이렇게 또 상처를 주는 건 나도 더 이상 견딜 수 없을 것 같았다.

"그럼, 괜찮지."

그는 물 한 잔을 따르더니 내 맞은편으로 와 앉았다.

"음⋯."

나는 노아에게 죄다 털어놨다. 아, 섹스에 대한 것만 빼고. 그건 너무 사적이고 은밀한 부분이니까. 글쎄, 이젠 은밀하지 않을지도 모른다. 하지만 나한테는 그렇다. 나는 아직도 믿을 수가 없었다. 하딘이 친구들한테 우리가 했던 모든 행위를 낱낱이 얘기했다니⋯, 정말 최악이다. 사랑한다는 사탕발림으로 나를 기만하고, 섹스를 하고, 그 시트를 증거랍시고 공개석상에 내보인 것보다 더 나쁘다. 다른 사람들 앞에서 우리 사이에 있었던 일들을 낱낱이 까발려 조롱거리로 만들었다.

"걔가 너에게 상처 줄 거란 생각은 했었지만, 그렇게까지 더러운 짓을 할 줄은 몰랐어."

내 얘기를 듣던 노아가 분노하고 있었다. 그의 얼굴에서 이런 감정을 본 적이 있었던가. 생경하기 그지없었다. 그는 언제나 침착하고 차분했는데.

"넌 그 녀석한테 너무 과분해, 테사. 그 녀석은 쓰레기야."

"난 정말 너무 바보 같았어. 걔를 위해 내 모든 걸 포기하다니. 근데 제일 화가 나는 건, 날 사랑하지도 않은 인간을 내가 너무도 사랑했다는 거야."

노아가 두 손으로 잔을 붙잡아 비틀고 있었다.

"무슨 얘기야?"

그가 부드럽게 물었다. 그에게 이런 말을 하다니, 내 입을 틀어막고 싶었다. 사과를 하기도 전에 그가 내 말을 막았다.

"괜찮아, 테사."

노아는 팔을 뻗어 엄지로 내 손등을 쓰다듬었다.

세상에…, 나는 정말 이런 노아를 사랑할 수 있길 바랐다. 그와 함께라면 나는 훨씬 더 행복해질 거다. 노아는 하딘이 내게 한 짓 같은 건 상상해본 적도 없을 거다.

노아는 나와 헤어진 후에 있었던 일들을 얘기해주었다. 그는 WCU가 아닌 샌프란시스코에 있는 대학에 진학하기로 했단다. 그건 좀 다행이었다. 나와 헤어지고 그는 워싱턴을 떠나기로 한 모양이었다. 적어도 한 가지는 잘된 일 같았다. 나는 그에게 준 상처를 이렇게 합리화하고 있었다. 노아는 캘리포니아에 대해서 알아본 걸 자세하게 이야기했다. 엄마는 노아가 갈 때까지 방에서 꼼짝도 하지 않았다.

노아를 보내고, 뒷마당으로 나가 온실 쪽으로 발걸음을 옮겼다. 어린 시절의 대부분을 보낸 곳. 유리창에 비친 내 모습을 보다가 작은 온실 내부를 들여다보았다. 풀과 꽃들은 죄다 시들어 있었고, 안은 엉망으로 어질러졌다. 지금의 내 상황과 꼭 같았다.

해야 할 일들과 알아봐야 할 것들이 너무 많았다. 살 곳을 새로 찾아야 했다. 또 하딘의 아파트에서 내 물건들을 가져올 방법도 생각해내야 했다. 거기 있는 것들은 전부 버릴까 심각하게 고민했지만, 그럴 수 없었다. 옷도 필요하지만, 무엇보다 중요한 건 교재와 책들이었다.

주머니에서 휴대전화를 꺼내 켰다. 순식간에 메시지함이 다 차버렸고, 음성메시지 알림이 울렸다. 음성은 차치하고, 문자메시지 발신자만 재빨리 훑어보았다. 하나 빼고 나머지는 모두 하딘이 보낸 거였다.

그 하나는 킴벌리에게서 온 것이었다.

반스 씨가 내일 출근하지 말라고 하셨어요.
직원들 모두 오전 근무만 하고 퇴근할 예정이에요.
내일 1층에 페인트 칠을 새로 할 예정이라서요.
혹시 궁금한 점 있으면 연락 줘요.

내일 출근을 안 해도 된다니, 안심이 되었다. 인턴십은 정말 마음에
든다. 하지만 지금 나는 WCU에서 전학을 해야 할지, 심지어 워싱턴을
떠나야 할지 진지하게 고민 중이다. 캠퍼스는 그다지 넓지 않다. 앞으
로도 하딘과 그 친구들을 피할 길은 없을 거다. 그리고 그들과 맞닥뜨
릴 때마다 하딘과 함께했던 순간을 떠올리고 싶지는 않았다.

집 안으로 다시 들어갈 때쯤, 얼굴과 손이 얼어서 감각이 없어졌다.
엄마는 의자에 앉아 잡지를 읽고 있었다.

"오늘 밤 여기서 자도 돼요?"

엄마는 잠시 나를 바라보았다.

"그러렴. 내일은 기숙사로 돌아갈 방법을 찾아보자꾸나."

엄마가 담담하게 말하더니 다시 잡지를 읽기 시작했다.

엄마에게서 얻을 수 있는 호의는 이게 끝이라는 걸 안다. 나는 내 방
으로 올라갔다. 내 방은 내가 집을 떠났을 때와 한치도 달라지지 않았
다. 화장 지우는 것도 집어치우고 잠자리에 들었다. 잠이 오지 않았다.
하지만 억지로 조금이라도 자보려고 뒤척였다. 내 인생이 훨씬 나았던
시절 꿈을 꿨다. 하딘을 만나기 전.

한밤중에 전화벨이 울려 잠이 깼다. 받지 않았다. 아주 잠깐, 하딘은 잠을 잘 자는지 궁금했다.

아침이다. 엄마는 학교에 전화를 해서 나를 다시 기숙사로 돌려보낼 거라 말했다. 지난번과는 다른 건물에 있는 기숙사로. 집을 나설 때까지 내내 엄마는 그 소리만 해댔다. 집을 나와 학교로 향하다가 아파트로 가기로 했다. 마음이 바뀌기 전에 얼른 고속도로 출구로 빠져나왔다.

단지에 도착하자, 주차장에 하딘의 차가 있는지 두 번이나 훑어봤다. 그가 없다는 걸 확인하고, 서둘러 차를 대고 나와 눈 쌓인 주차장에서 아파트 현관으로 질주했다. 로비에 도착하니 청바지 밑단이 푹 젖어 온몸이 얼어붙는 것만 같았다. 어떻게든 하딘 말고 다른 생각을 해보려 기를 썼지만 허사였다.

하딘은 나를 증오했던 게 틀림없다. 그래서 나를 이 지경에 이르게 했고, 내 삶을 망쳐버렸고, 나를 아는 사람 하나 없는 이곳으로 오게 한 거다. 아마 지금쯤 의기양양해 하고 있을 게 분명하다. 나를 이렇게 크나큰 고통 속에 빠뜨려놓은 걸 자랑스러워하며.

열쇠를 만지작거리다가 문을 열었다. 과거 우리의 공간. 고통의 파도가 덮쳐와 나를 바닥에 내동댕이쳤다.

'언제 이 고통이 끝날까?'

곧장 침실로 들어가 옷장에서 가방을 꺼냈다. 내 옷들을 마구잡이로 가방에 쑤셔 넣었다. 침대 협탁으로 눈길이 갔다. 작은 액자가 세워져 있었다. 사진 속에는 하딘과 내가 함께 환하게 웃고 있었다. 켄 씨의 결혼식 날 찍은 사진이었다.

안타깝게도 이건 모두 가짜다. 액자를 집어 들어 콘크리트 바닥에 내동댕이쳤다. 액자는 산산조각으로 부서졌다. 사진을 집었다. 그리고 그것을 발기발기 찢었다. 목이 졸리는 것처럼 숨이 쉬어지지 않았다. 정신을 차려보니 흐느끼고 있었다.

책들을 챙겨 빈 박스에 담았다. 마구 챙기다 보니 하딘의 책까지 담겨 있었다. 『폭풍의 언덕』, 이걸 찾진 않겠지. 솔직히 내게 빼앗아 간 걸 생각하면, 이런 것쯤은 아무 것도 아니다.

목이 아파왔다. 부엌으로 가서 물 한 잔을 마시고 식탁 앞에 앉았다. 잠깐 동안 아무 일도 일어나지 않은 척 해봤다. 앞으로 일어날 법한 일들을 혼자 상상해봤다. 하딘이 수업을 마치고 집에 온다. 나를 보며 웃는다. 그리고 내게 사랑한다고, 종일 보고 싶었다고 말한다. 나를 들어 올려 테이블에 앉히고 열정과 사랑을 담아 키스를 한다….

문이 딸깍거리는 소리가 들렸다. 화들짝 놀라 공상에서 깨어났다. 나는 벌떡 일어섰고, 하딘이 문을 열고 들어왔다. 그는 나를 보지 못했다. 어깨 너머를 계속 바라보고 있었으니까. 갈색 머리에 검정색 니트 원피스를 입은 여자였다.

"그러니까, 이게 바로…."

그가 말을 시작하다 갑자기 멈추었다. 바닥에 있는 내 가방들을 본 거다. 하딘의 눈이 공간을 따라 움직이다가, 마침내 나를 발견했다. 나는 그 자리에 얼어붙었다.

"테스?"

내가 여기 있는 걸 믿을 수 없다는 듯, 그가 낮게 내 이름을 읊조렸다.

4 · 테사

내 몰골은 처참했다. 펑퍼짐한 청바지에 맨투맨 티셔츠, 어제 한 얼룩진 화장, 그리고 헝클어진 머리.

나는 하딘 뒤에 서 있는 여자를 바라보았다. 등까지 늘어뜨린 곱슬곱슬한 갈색 머리카락은 반짝이며 찰랑거렸다. 안 한 듯 자연스러운 화장은 완벽했다. 아니 애초부터 화장 같은 건 필요 없을 만큼 아름다웠다. 맞다, 그런 여자였다.

너무나 굴욕적이다. 땅으로 꺼져버렸으면 좋겠다. 그래서 저 여자의 시야에서 사라져버렸으면 좋겠다.

내가 바닥에 있던 가방 하나를 들자, 하딘은 그제야 여자가 생각 났는지 그녀를 돌아보았다. 그리고 다시 나를 보며 말했다.

"테사, 여기서 뭐 하고 있는 거야?"

나는 눈가를 손으로 닦았다. 그는 그의 새 여자를 돌아보며 말했다.

"잠깐만 둘이 얘기 좀 할게."

그녀는 나를 쳐다보더니 고개를 끄덕이고 복도로 나갔다.

"네가 여기 있다니, 믿어지지가 않는다."

그가 부엌으로 걸어왔다. 그러고는 재킷을 벗었다. 흰색 티셔츠 안으로 구릿빛 상반신이 드러났다. 배 위에 그려진 죽은 나무에서 뻗어나온 뒤틀리고 성난 가지들이 도발하듯 꿈틀댔다. 만져 달라고 외치는 것처럼. 나는 저 타투가 정말 좋았다. 그의 타투 중에 내가 가장 좋아하는 거다. 하지만 지금은 하딘과 그 나무 사이에 평행선만이 있을 뿐 아무 감흥도 없다. 그 나무는 다시 꽃피울 희망을 품고 있는지 모르겠지만, 나와 하딘은 아니다.

"막 가려던 참이었어."

겨우 입을 뗐다. 그는 너무 완벽하고 아름다워 보였다. 그는 아름다운 재앙이다.

"제발 설명할 기회를 줘, 부탁이야."

그가 애원했다. 그제야 그의 눈가에 자리잡은 다크서클이 눈에 들어왔다. 나보다도 더 짙고 선명한.

"싫어."

가방들을 모두 들었다. 그러나 그가 낚아채더니 바닥에 떨어뜨렸다.

"2분만! 딱 2분만, 테스."

하딘과 함께 있는 지금, 2분도 너무 길다. 하지만 이건 내 삶으로 돌아가기 위한 종지부이기도 하다. 나는 한숨을 쉬고는 자리에 앉았다. 내 덤덤한 표정에 반하는 어떤 소리도 내지 않으려고 애를 쓰면서. 하딘은 갑작스러운 반응에 놀란 것 같았지만 잽싸게 내 앞에 마주앉았다.

"확실히 빨리 갈아타는구나."

나는 턱으로 문 쪽을 가리키며 조용히 말했다.

"뭐?"

하딘은 그제야 갈색 머리의 여자가 생각난 듯했다.

"나하고 같이 일하는 여자야. 남편은 아래층에서 갓 태어난 딸을 돌보고 있고. 이사 갈 새 집을 찾는 중이래…, 우리 집 구조를 보고 싶대서."

"너, 이사 가?"

내가 물었다.

"아니, 네가 여기 있을 거면 안 가. 근데 너 없이 나 혼자 여기 있을 이유는 없으니까. 그 둘 중에 선택할 거야."

뭔지 모를 안도감이 들었다. 그러나 즉시 또 다른 생각이 들었다. 저 갈색 머리 여자랑 자려던 게 아니었다고 해서, 곧 다른 여자랑 자지 않을 거란 뜻은 아니다. 슬픔의 통증은 무시하기로 했다. 하딘과 헤어짐으로 인한 슬픔 말이다. 나는 여기 살지 않을 거니까.

"테사, 우리 아파트에 내가 다른 여자를 데리고 올 거라고 생각한 거야? 이제 겨우 이틀 지났는데? 넌 날 그렇게 생각했던 거야?"

그의 말투에는 가시가 돋쳐 있었다.

"당연하지!"

악의를 드러낸 대답에 그의 얼굴이 고통으로 일그러졌다. 그러나 다음 순간, 패배를 인정하듯 그가 한숨을 쉬었다.

"어젯밤엔 어디 있었어? 아빠 집에 갔었는데, 없더라."

"엄마네 집에."

"아…."

그가 고개를 떨구고 자기 손을 쳐다보았다.

"엄마랑 둘 사이는 잘 해결됐어?"

나는 그의 눈을 똑바로 쳐다봤다. 믿어지지가 않았다. 그가 내 가족과의 관계에 대해 물어볼 만큼 나한테 신경 쓰고 있다는 사실이.

"더 이상 네가 상관할 바가 아니지."

그가 나에게 다가오려다가 멈추었다.

"정말 보고 싶었어, 테사."

숨을 쉴 수가 없었다. 그러나 그가 모든 걸 뒤틀어버리는 데에 얼마나 재주가 뛰어난 인간인지 기억났다.

"물론 그러시겠지."

무수한 감정들이 회오리바람처럼 밀려왔다. 하지만 그 앞에서 흔들리는 모습을 보이고 싶지는 않았다.

"내가 다 망쳐버렸다는 거 알아. 그래도 난 널 사랑한다고. 네가 필요해."

"그만 둬, 하딘. 시간 낭비야. 날 바보 취급하지 마. 하고 싶은 만큼 다 했잖아, 그러니까 좀 그만 해."

"그게 안 되니까 그렇지."

그가 내 손을 잡았지만, 나는 매몰차게 뿌리쳤다.

"사랑해, 테사. 딱 한 번만 만회할 기회를 줘. 너 없인 안 돼. 네가 정말 필요해. 너도 내가 필요하잖아."

"아니, 네가 내 인생에 끼어들기 전까지 난 모든 게 괜찮았어."

"괜찮다는 게 행복하다는 건 아니잖아."

"행복?"

어이가 없었다.

"그래서 지금 내가 행복한 거 같아?"

감히 지금 자기가 날 행복하게 해줬단 소릴 하는 거야, 이 남자?

분명한 건, 그가 있어 행복했던 때가 있었다는 거다. 죽도록 행복했던 때가, 한 번쯤은.

"어떻게 내가 널 사랑한다는 걸 믿지 않지?"

"이제 네가 날 사랑하지 않는다는 걸, 너무 잘 알거든. 처음부터 죄다 너의 게임이었잖아. 내가 널 사랑한다고 믿게 해놓고, 날 가지고 놀았어."

그의 눈에 눈물이 차올랐다.

"내가 널 사랑한단 걸 증명하게 해줘, 제발 부탁이야. 뭐든지 할게."

"벌써 증명할 만큼 증명했어, 하딘. 지금 여기서 네 얘기를 들어주는 이유는 딱 하나야. 마지막으로 네 얘길 들어주고, 난 내 삶으로 돌아갈 거야."

"네가 안 갔으면 좋겠어."

결국 내 입에서 거친 목소리가 터져 나왔다.

"네가 좋고 싫고 할 문제가 아냐! 이건 내가 얼마나 상처 받았는지의 문제라고."

그는 기어들어갈 듯 말했다.

"네가 그랬잖아, 절대 나를 떠나지 않겠다고."

이런 식으로 나오다니, 믿을 수가 없었다. 자신의 아픔을 빌미로 내 발목을 붙잡다니. 이성을 잃고 날뛰게 만드는 이런 상황이 정말로 싫다.

"네가 떠나게 만들지 않는 한 널 떠나지 않겠다고, 그렇게 얘기한 걸로 기억하는데. 넌 명백하게 떠날 이유를 만들었어."

이제야 아귀가 들어맞는다. 그래서 그는 항상 내가 떠나버릴 걸 걱정했던 거다. 나는 그저 편집증적 망상이라고 여겼다. 하지만 아니었다. 그는 알고 있었다. 어느 날 내가 모든 걸 알게 되면, 떠나버릴 거라는 걸 말이다. 당장 여기서 나가야 한다. 지금껏 너무 많은 핑곗거리를 줬다. 어린 시절에 겪었던 끔찍한 일이 면죄부가 됐다. 그러나 지금은 그것마저도 전부 거짓말이 아니었을까 의심이 들었다. 그가 말한 전부가 거짓처럼 느껴졌다.

"난 널 믿었어, 하딘. 털끝만큼도 의심하지 않았어. 널 의지했고, 사랑했어. 그런데 그 모든 순간에 날 이용하고 가지고 놀았잖아. 대체 내가 어떤 기분일지 상상이나 가? 내 주변의 모든 사람들이 나를 기만하고, 뒤에서 비웃었어. 심지어 너까지, 세상에서 가장 믿었던 너까지!"

"테사, 정말 미안해. 내가 돌았었나 봐. 무슨 생각으로 그 따위 내기를 했던 건지 모르겠어. 그냥 너무 단순하게 생각했어."

그가 애원하듯 두 손을 모았다.

"너랑 한 번 자면 다 끝날 거라 생각했어. 근데 네 고집이…, 나를 자극했어. 네 생각이 머릿속에서 떠나질 않았어. 널 보기 위해 네 주위에서 어슬렁거렸고, 핑계를 만들기 위해 작전을 짰어. 그게 죽도록 싸우는 거라도 말이야. 강에서 수영했던 날 이후로, 난 이게 내기가 아니란걸 알았어. 그런데도 인정할 수가 없었어. 이건 마치 나 자신과의 싸움이었어. 애들 사이에서의 내 평판도 걱정됐고. 그래, 내가 다 망쳤어. 그치만 지금은 솔직해지려고. 애들한테도 구체적인 우리 얘기는 안 했어. 그런 짓까지는 못하겠더라. 대충 꾸며서 지껄였더니, 다들 그걸 믿더라고."

내 눈에서 눈물이 후드득 떨어졌다. 그가 손을 뻗어 내 눈물을 닦았다. 손길을 피할 틈도 없었다. 그의 손길에 살갗이 불타는 것처럼 뜨거워졌다. 그의 손에 기대지 않으려 안간힘을 썼다.

"이런 식으로 널 만나다니, 정말 싫다."

그가 중얼거렸다. 나는 눈을 감았다가 다시 떴다. 어떻게든 눈물을 멈춰야 했다. 나는 잠자코 있었고, 그가 말을 이어나갔다.

"이건 맹세할 수 있어. 네이트하고 로건한테 강에서 있었던 일을 얘기했어. 그러다가 어느 순간 질투심 같은 걸 느끼게 만들고 싶었나 봐. 그래서 걔들한테 네가 나한테 해줬다고 했어. 암튼, 그래, 내가 다 망쳤어."

거짓말이 사실보다 나을 것도 없었다. 그래도 한 가지는 안심이 되었다. 하딘과 나 사이에 있었던, 우리의 은밀한 행위의 진실을 아는 건 우리 둘뿐이라는 거다.

그렇다고 달라질 건 없었다. 그리고 지금도 거짓말을 하고 있는 건지 알 수 없으니까. 그러면서도 난 이미 그의 말을 모두 믿어버릴 태세였다.

'대체 나란 애는 어떻게 된 거니?'

"네 말을 다 믿는다 해도, 널 용서할 순 없어."

눈물을 참으려 눈을 깜빡거렸다. 그는 두 손으로 머리를 감싸 쥐었다.

"날 사랑하지 않아?"

그가 손가락 틈새로 나를 바라보며 물었다.

"아냐, 나도 너 사랑해."

고백에 담긴 나의 진심이 우리 사이 공간을 묵직하게 짓눌렀다. 그는 손을 내리고 나를 바라보았다. 나는 고백한 걸 후회했다. 하지만 그건 사실이다. 나는 그를 사랑한다. 너무나, 깊이, 사랑한다.

"그런데도 용서할 수 없단 거야?"

"그래서 용서가 안 돼. 넌 단순히 거짓말만 한 게 아니야. 고작 내기에 이기려고 날 기만하고 내 순결을 도둑질했어. 그리고 증거랍시고 피 묻은 시트를 사람들에게 보여줬지. 누가 그걸 용서할 수 있겠어?"

그는 손을 떨구고 두려움에 떠는 초록색 눈동자로 나를 바라보았다. 절박한 눈빛이었다.

"널 가진 건, 널 사랑하기 때문이었어!"

나는 고개를 세차게 가로저었다. 그는 말을 이어나갔다.

"너 없이는, 이제 내가 누구인지도 모르겠다고!"

나는 시선을 돌렸다.

"그런 말은 더 이상 안 먹힌다는 거, 이제 잘 알잖아."

이렇게라도 하면 기분이 나아질까. 고통에 잠긴 그를 바라보는 건 힘들었다. 하지만 그의 고통을 목도하니 내 고통이 조금은 완화되는 것 같았다. 이래야 공평해지는 거겠지.

"우리 잘 지냈잖아."

"우리가 지내 온 모든 순간은 전부 거짓 위에 쌓아 올린 거였어, 하딘."

그도 나만큼 아프다는 사실에 갑자기 자신감이 솟아올랐다.

"게다가 널 좀 봐. 그리고 나를 봐."

진심은 아니었다. 하지만 그가 이 정도쯤은 당해도 될 것 같았다. 우리 관계에서 그가 가장 불안해하는 지점을 찌르는 것 말이다. 그는 항상 우리가 함께 있으면 어떻게 보일지 걱정했다. 그리고 나는 지금 그걸 무기 삼아 그에게 돌직구를 던졌다.

"네가 이런 말을 하는 건 노아 때문이야? 걔 만났지?"

하딘이 난데없이 물었다. 말도 안 되는 그의 비약에 입이 떡 벌어졌다. 그의 눈에서 눈물이 반짝였다. 약해져선 안 된다. 그가 한 짓들을 다시 한 번 떠올렸다. 그가 모든 걸 망쳐버린 거다.

"그래. 하지만 이 일과 아무 상관도 없어. 넌 앞으로도 사람들한테 네가 하고 싶은 대로 상처 주면서, 그렇게 살아. 나중에 어떻게 되든 신경 쓰지 말고. 그래도 사람들이 널 이해해줄 거라 생각하면서 말이야!"

나는 소리치며 식탁 의자에서 벌떡 일어섰다.

"안 그럴 거야!"

그도 따라 소리 질렀다. 어이가 없었다. 그 순간, 그가 멈칫 하더니 시선을 창가로 돌렸다. 그러다 다시 나를 바라보았다.

"그래, 그럴지도 모르지. 하지만 난 널 진심으로 걱정한다고."

"글쎄, 그건 네 노획물을 자랑하기 전에 생각했어야지."

내 목소리는 더없이 차분했다.

"노획물? 빌어먹을, 진심이야? 넌 노획물이 아니야. 넌 나의 전부라고! 넌 내 숨결이고, 고통이고, 심장이고, 내 삶 그 자체야!"

그가 내게 한 발짝 다가왔다. 내게 했던 말 중에 가장 감동적인 말들이었다. 그런데 이상하게 나에게는 가장 큰 슬픔으로 다가왔다. 그는 울부짖듯 소리치고 있었다.

"그러기엔 너무 늦었어!"

"넌 내가 그냥 넘어갈 수 있다고 생각…."

손 쓸 새도 없이 그가 내 목을 잡아당겼다. 그리고 입술을 밀어붙였다. 내 혀는 어느새 그의 혀를 따라 움직이고 있었다. 무슨 일이 벌어지는 건지 깨닫기도 전에. 그는 안도의 신음을 토해냈고, 나는 그를 밀어내려 했다. 그는 한 손으로 내 두 손목을 붙들어 그의 가슴팍 앞에서 꼭 쥐었다. 그리고 계속 키스를 퍼부었다. 그의 손아귀에서 벗어나려고 애를 쓰면서도 내 입술은 그의 입술을 따라 움직이고 있었다. 그는 뒷걸음질로 부엌 선반에 기대서 나를 끌어당겼다. 꼼짝 할 수가 없었다. 가슴 깊은 곳에 자리잡은 통증과 고통이 사라지기 시작했다. 그에게 잡혀 있던 두 손에 스르르 힘이 빠졌다. 이건 잘못된 거다, 하지만 너무 좋다. 아니다, 잘못이다.

그를 밀어냈지만, 그는 다시 입술을 밀어붙였다. 나는 고개를 돌렸다.

"싫어."

그의 눈빛이 부드러워졌다.

"제발…."

그가 애원했다.

"싫어, 하딘. 나 가야 해."

그가 내 손목을 놓았다.

"어딜?"

"아직 잘 모르겠어. 엄마가 다시 기숙사를 알아보고 있어."

"안 돼, 그러지 마…."

그가 머리를 세차게 흔들었다. 목소리는 이미 제정신이 아닌 듯했다.

"여기서 살아. 기숙사로 돌아가지 말란 말이야."

그가 머리카락을 쓸어 넘겼다.

"누군가 이 집에서 나가야 한다면, 그건 나야. 제발 여기 있어줘. 그래야 네가 어디 있는지 내가 알 수 있잖아."

"내가 어디 있는지 이젠 알 필요 없어."

"여기 있어줘."

그가 똑같은 말을 반복했다.

솔직히 말하자면, 나도 그와 함께 있고 싶었다. 숨 쉬는 것보다 그를 더 사랑한다고, 그에게 말하고 싶었다. 하지만 그럴 수 없었다. 다시 돌아가는 건 절대 안 된다. 나도 이제 내 삶을 책임져야 할 성인이다. 미래 따윈 아랑곳 없이 오늘 하고 싶은 짓을 맘대로 하고 사는 그런 여자애로 돌아가는 건 절대 사절이다.

나는 가방을 챙겨 들었다. 하딘이 따라올 수 없는 필살의 한마디를 던졌다.

"노아랑 엄마가 기다리고 있어. 가야 해."

거짓말을 던지고 문을 열고 나왔다.

하딘은 따라 나오지 않았다. 나도 뒤돌아보지 않았다. 고통에 잠긴 그의 얼굴을 볼 수 없었기 때문이다.

5 · 테사

차로 돌아왔다. 단단히 마음 먹은 만큼 더 이상 울지 않았다. 그저 앉아서 창밖만 멍하니 바라보았다. 차창에 눈이 쌓여갔다. 눈이 차 안에 있는 나의 존재를 온통 뒤덮고 있었다. 바람이 불자 쌓인 눈이 소용돌이쳐 나부꼈다. 차 안은 완벽한 안식처 같았다. 유리창에 눈꽃들이 다시 쌓이고 있었다. 가혹한 현실과 내가 쉬는 공간 사이를 막아주는 방패 같았다.

하필 하딘과 마주칠 줄이야. 하지만 적어도 이제, 말도 안 되는 이 상황에서 빠져 나올 힘이 생겼다. 나는 그가 진심으로 나를 사랑한다는 걸 믿고 싶었다. 그걸 믿는 바람에 이 지경에 이르렀지만 말이다. 그는 저렇게밖에 할 수 없었을 거다. 이제 더 이상 나를 쥐락펴락 할 수 없단 것 정도는 깨달았겠지. 그가 나를 사랑한들 뭐가 달라지겠는가? 이미 엎질러진 물이다. 그가 저지른 짓은 되돌릴 수 없다. 더러운 게임, 저열한 비웃음들, 그리고 거짓말들… 모두 물릴 수 없다.

아파트 월세를 감당할 수만 있다면 하딘에게 나가라고 하면 좋겠지만, 그건 불가능하다. 기숙사로 돌아가 새 룸메이트를 만날 생각을 하니 끔찍했다. 공동 샤워장도 마찬가지다. 우리의 모든 것들은 거짓에서 시작됐다. 하딘과 내가 다르게 만났더라면, 우리는 지금쯤 아파트에 함께 있겠지. 소파에 앉아 서로 마주보며 웃거나, 침실에서 키스를 하고 있을지도 모를 일이다. 허나 지금 나는, 차 안에 홀로 갈 곳도 없이 앉아 있다.

마침내 차를 움직이자, 두 손이 얼음장처럼 차갑다는 걸 깨달았다. 어차피 이렇게 될 거였다면, 여름에 노숙자가 될 순 없었던 거니?

목적지도 없이 시내로 차를 몰았다. 하딘은 내게 머물러 달라고 애원하며 이미 산산조각 난 관계를 이어 붙이려고 했다. 하지만 그는 언젠가 그걸 또 다시 깨뜨려버릴 거다. 그래서 내가 머물길 원했을 거다. 자신이 그럴 수 있단 걸 증명이라도 하고 싶었겠지. 차를 몰고 나오자 끊임없이 전화와 문자메시지가 울려댔다.

학교로 가서 겨울 방학 전 마지막 기말 시험을 치렀다. 시험을 보는 동안은 냉정을 유지할 수 있었다. 캠퍼스에서 마주치는 사람들이 내가 처한 상황을 모르길 바라는 건 불가능하겠지. 하지만 억지로 웃고 말을 아끼면 갈갈이 찢어진 마음을 조금이나마 숨길 수 있을 거다.

엄마에게 전화를 걸었다. 새 기숙사에 대한 진척 상황을 알고 싶었다. 엄마는 우물쭈물하며 '운이 없다'고 했고, 나는 잽싸게 전화를 끊었다. 한참을 정처 없이 운전하다가 문득 반스 출판사 근처라는 걸 깨달았다. 시간은 이미 오후 5시를 지나 있었다. 랜던에게 또 전화할 순 없는 노릇이다. 랜던은 당연히 도와주겠지만 어쩐지 옳지 않은 일 같았다. 이 와중에 하딘의 가족에게 도움을 받는다는 게 말이다. 게다가 솔직히 그 집에는 너무 많은 추억이 남아 있다. 그걸 감당할 자신이 없었다. 모텔들이 줄줄이 늘어선 길로 들어섰다. 그 중 그나마 제일 번듯해 보이는 모텔 주차장에 차를 세웠다. 갑자기 한 번도 이런 곳에 와본 적이 없다는 걸 깨달았다. 그러나 딱히 갈 만한 곳도 없었다.

카운터에 있는 키 작은 남자가 친절하게 맞아주었다. 내게 운전면허증을 보여달라고 하더니, 잠시 후 카드 키와 와이파이 비밀번호가 적인 종이 한 장을 건네주었다. 방을 얻는 건 생각보다 쉬웠다. 돈이 좀 들긴 했지만. 그렇다고 아무데서나 잘 순 없는 노릇이었다. 위험할 수도 있으니까.

"복도를 따라서 가다가 왼편에 있어요."

남자가 웃으며 안내를 해주었다. 감사 인사를 전한 뒤 살을 에는 추위 속으로 다시 나왔다. 방 바로 옆에 차를 대면 가방을 들고 힘겹게 왔다 갔다 하지 않아도 될 것 같았다.

결국 이렇게 됐다. 나는 혼자서 온갖 짐들은 가방에 쑤셔 넣고, 모텔 방을 전전하는 그런 처지가 되었다. 이제 기댈 데라곤 아무도 없는 그런 사람이 되었다. 매사에 계획이 명확했던 그런 삶을 버린 대가다.

주섬주섬 가방들을 챙기고 차 문을 잠갔다. 옆에 서 있는 비엠더블유에 비하니 내 차는 더 초라해 보였다. 하루가 이보다 더 나쁠 순 없다고 생각하던 찰라, 쥐고 있던 가방 하나를 눈 덮인 보도 위에 떨어뜨렸다. 옷가지들과 책 몇 권이 젖은 눈 위에 쏟아졌다. 허겁지겁 물건들을 주웠다. 무슨 책들이 떨어진 건지 확인할 엄두도 나지 않았다. 아끼는 물건들이 내 눈앞에서 엉망이 되는 꼴마저 보고 싶진 않았다. 적어도 오늘은.

"제가 좀 도와드릴게요."

머리 위에서 남자 목소리가 들리더니, 책을 줍는 손이 보였다.

"테사?"

깜짝 놀라 위를 올려다보았다. 푸른 눈의 걱정스러운 얼굴이 눈에 들어왔다.

"트레버?"

트레버인 걸 알면서도 물었다. 나는 벌떡 일어나 주위를 두리번거렸다.

"여기서 뭐해요?"

"나도 그걸 물어보려고 했는데."

그가 웃었다.

"글쎄요, 나는…."

아랫입술을 꽉 깨물었다. 그가 딱히 대답이 없는 나를 구제해주었다.

"우리 집 하수도가 고장 났어요. 그래서 여기 와 있죠."

그가 말하며 내 물건들을 주웠다. 나에게 폭삭 젖어버린 『폭풍의 언덕』을 건네주며 한쪽 눈썹을 들어올렸다. 그런 다음 젖은 스웨터 두 벌과 『오만과 편견』을 건넸다.

"책이 못쓰게 됐네요."

그럼 그렇지, 온 세상이 죄다 나를 괴롭히고 있는걸 뭐.

"당신이 이런 고전 명작들을 좋아할 줄 알았어요."

그가 다정한 미소를 지으며 말했다. 그리고 내가 들고 있던 가방까지 받아 들었다. 나는 고개를 숙여 감사를 전하고, 카드 키를 넣어 문을 열었다. 방은 완전히 냉골이었다. 히터를 찾아 온도를 최대로 높였다.

"전기 요금이 얼마나 나올지는 걱정 안 할 생각이죠?"

트레버가 가방들을 바닥에 내려놓으며 말했다. 나는 동조의 의미로 웃으며 고개를 끄덕였다. 눈 위에 떨어졌던 스웨터들을 욕실에 걸어놓왔다. 그러자 트레버와 나 사이에 어색한 침묵이 흘렀다. 익숙치 않은 관계와 낯선 방 안이 만들어낸 침묵.

"아파트가 여기서 가까워요?"

죽어가는 공간에 심폐소생을 하듯 내가 먼저 말을 건넸다.

"주택인데, 여기서 2킬로미터도 안 떨어져 있어요. 회사 가까이에서 살고 싶어서요. 그래서 절대 지각은 안 해요."

"좋은 생각이네요."

마치 나도 그럴 것처럼 들렸다.

캐주얼 차림의 트레버는 달라 보였다. 여태 그가 슈트 입은 모습만 봤으니까. 꼭 맞는 청바지에 빨간색 맨투맨 티셔츠를 입고, 항상 단정했던 머리카락이 헝클어져 있었다.

"근데 혼자 묵어요?"

그가 바닥을 보면서 물었다. 캐묻는 것 같아 불편한 모양이었다.

"네, 혼자예요."

많은 의미가 담긴 대답이었다.

"성가시게 하려는 건 아니에요. 당신 남자친구가 날 별로 좋아하지 않는 것처럼 보여서."

그가 멋쩍게 웃으며 이마에 내려온 검정색 머리카락을 쓸어 넘겼다.

"아, 하딘은 원래 아무도 안 좋아해요. 개인적인 문제로 비약시키진 마세요."

나는 애꿎게 손톱을 고르는 척했다.

"그리고 남자친구 아니에요."

"아, 이런 미안해요. 나는 남자친구인 줄 알았어요."

"남자친구…, 같은 거였죠."

'그가 남자친구였나?'

하딘은 그렇다고 했었다. 하지만 그러고 나서 많은 것들을 얘기했었다.

"아, 또 미안하네요. 어떻게 된 게 계속 틀린 말만 하는군요."

그가 웃었다.

"괜찮아요."

나머지 가방들을 풀며 말했다.

"이제 돌아갈까 봐요. 주제넘게 끼어들려던 건 아니었어요."

진심이라는 듯, 그가 문 쪽으로 몸을 반쯤 돌렸다.

"아니에요, 여기 있어도 돼요. 아, 물론 있고 싶으면요."

말이 너무 빠르게 나왔다. 왜 이러는 거니?

"그럼 짐 정리될 때까지만 있을게요."

그는 책상 옆에 있는 의자에 앉았다. 나도 어디 앉을 만한 데를 찾다가 결국 침대 귀퉁이에 걸터앉았다. 그와 제법 거리가 있었다. 그제야 방이 얼마나 넓은지 짐작이 됐다.

"반스 출판사는 맘에 들어요?"

그는 손가락으로 책상에 있는 무늬를 따라 그리며 물었다.

"기대했던 것보다 훨씬 더 좋아요. 말 그대로 꿈의 직장이에요. 졸업하고 꼭 여기에 취직하면 좋겠어요."

"아마 졸업 전에 좋은 자리로 제안을 받을 거예요. 반스 씨가 당신을 퍽 마음에 들어 하거든요. 지난 주에 올린 원고 검토서 있었죠? 그 다음날 점심 먹는 내내 그 얘기를 들어야 했어요. 좋은 안목을 가지고 있다고 칭찬했어요. 그의 방식으로는 최고의 칭찬이에요."

"정말요?"

기쁨의 미소를 참을 수가 없었다. 우울의 늪에 있다가 느닷없이 웃게 되다니 이상했지만, 단숨에 편안한 분위기가 되었다.

"왜 당신을 컨퍼런스에 초대했겠어요? 딱 우리 넷만 가는 컨퍼런스 말이에요."

"우리 네 명이요?"

"나하고 당신, 크리스찬하고 킴벌리."

"아, 킴벌리도 가는 줄 몰랐어요."

반스 씨 절친의 아들, 하딘. 하딘과 나의 관계 때문에 그가 나를 컨퍼런스에 초대한 게 아니기를 간절히 바랐다.

"주말인데 킴벌리 없이 갈 순 없죠."

트레버가 짓궂게 말했다.

"물론 킴벌리의 탁월한 업무 능력 때문이지만요."

"네, 그런 것 같네요. 근데 당신은 왜 가게 되었어요?"

아차, 이렇게 묻는 건 좀 아니다.

"음, 컨퍼런스에서 어떤 일을 하냐는 거예요. 당신은 재무팀에서 일하잖아요?"

명확히 말하려 덧붙였다.

"알아들었어요. 당신 같은 책쟁이들은 인간 계산기 따윈 필요 없다는 거잖아요."

그가 어이없는 표정을 지었다. 웃음이 빵 터졌다.

"회사는 시애틀 지점을 준비하고 있어요. 거기서 잠재적 투자자들을 만날 거예요. 사무실 낼 장소도 물색하고요. 그러니까 우리가 잘하고 있는 건지 점검해줄 사람이 필요한 거죠. 킴벌리는 건물이 우리의 업무 흐름에 잘 맞게 기능하는지 확인할 거고요."

"그럼 부동산에도 관심이 많아요?"

드디어 방 안이 따뜻해졌다. 나는 신발을 벗었다.

"아뇨, 그래도 내가 셈은 좀 밝거든요."

그가 으스댔다.

"지금이 딱 좋을 때예요. 시애틀은 아름다운 도시죠. 가본 적 있어요?"

"네, 제일 좋아하는 도시예요. 가본 곳이 별로 없긴 하지만요."

"나도 그래요. 오하이오 출신에다 별로 가본 데가 없죠. 오하이오에 비하면 시애틀은 뉴욕 같은 곳이죠."

트레버에게 점점 흥미가 생겼다. 그를 더 알고 싶어졌다.

"워싱턴에는 어떤 계기로 오게 되었어요?"

"어머니가 고3때 돌아가셨어요. 어머니랑 약속한 게 있었어요. 우리가 살던 그 흉흉한 곳에서 인생을 보내지는 않겠다고요. WCU에서 합격 통지를 받은 날은 내 인생 최고이기도, 최악이기도 한 날이었어요."

"최악이요?"

"그날 어머니가 돌아가셨거든요. 아이러니하죠?"

그가 침울한 미소를 지었다. 한쪽 입꼬리만 살짝 올라가는 모습이 어쩐지 사랑스러웠다.

"정말 안됐네요."

"이젠 괜찮아요. 어머니는 정말 좋은 분이셨어요. 우리 가족은 어머니와 많은 시간을 보냈고, 그 시간은 무엇과도 바꿀 수 없는 기억이니까요."

그가 활짝 웃으며 말했다.

"당신은 어때요? 여기서 쭉 살 생각이에요?"

"아뇨, 난 항상 시애틀을 동경했어요. 게다가 요즘엔 증세가 훨씬 더 심해지는 중이에요."

"많이 다녀보고 견문을 넓혀야 해요. 당신 같은 여성을 박스 안에 가두면 안 되죠."

내 표정을 살피더니 그가 얼른 말을 덧붙였다.

"미안해요. 그냥 당신이 많은 걸 할 수 있단 의미였어요. 당신은 재능이 많은 사람이에요, 난 알아요."

그의 말이 딱히 거슬리지는 않았다. 그가 나를 '여성'이라고 불러서일까? 어쩐지 기분이 좋았다. 지금껏 내가 어린애처럼 느껴졌었다. 다들 나를 어린애 취급했으니까. 트레버는 나의 유일한 성인 친구다. 새로 생긴 직장 동료이자 친구. 오늘같이 엉망인 날 그와 친구가 되었다는 사실이 무척이나 기뻤다.

"근데 저녁은 먹었어요?"

내가 물었다.

"아직. 그러니까 이렇게 피자를 시킬까 말까 한참 토론 중이잖아요. 저 눈폭풍 속으로는 안 돌아가요."

그가 웃었다.

"나랑 나눠 먹어요."

"좋아요."

그는 다정한 눈빛으로 나를 오래도록 바라보았다.

아빠는 멍청하기 이를 데 없는 표정을 지었다. 권위적으로 보이려 할 땐 항상 저런 식이다. 지금처럼 말이다. 현관문 앞에 팔짱을 끼고 버티고 선 채 말했다.

"테사는 여긴 안 올 거다, 하딘. 네가 찾으러 올 걸 뻔히 아니까."

아빠의 아래턱을 한대 후려갈기고 싶은 충동을 억지로 눌렀다. 대신에 주먹에 난 상처가 아플 때까지 힘을 주며 슬쩍 뒤로 물러났다. 이번에 찢어진 상처는 전보다 더 깊었다. 벽에 대고 한 주먹질이 생각보다 큰 상처를 남겼다. 하지만 끓어오르는 이 기분과 비교할 수는 없었다. 이런 감정적 고통이 따를 거라고는 생각해본 적도 없었다. 지금껏 입었던 어떠한 육체적 상처보다 훨씬 더 아팠다.

"하딘, 나는 네가 그 아이에게 숨쉴 틈을 줘야 한다고 생각한다."

'이건 또 무슨 말 같지 않은 소리야? 무슨 거지 같은 생각인 건데?'

"숨쉴 틈이요? 그런 틈은 필요 없어요! 걘 집으로 돌아와야 해요!"

내가 소리쳤다. 옆집에서 할머니 한 분이 문밖으로 우리를 빼꼼 내다봤다. 나는 그 할머니에게 팔을 들어올렸다.

"제발 이웃 분들에게 버르장머리 없이 굴지 말아라."

아빠가 경고했다.

"그럼 궁금해 죽겠는 이웃 분들에게 자기들 일에나 신경 쓰라고 전해주세요!"

분명히 저 백발 할머니는 내 얘기를 들었을 거다.

"잘 가라, 하딘."

아빠는 한숨을 내쉬더니 문을 닫았다.

"빌어먹을!"

나는 소리를 지르며 현관 앞을 계속 서성거렸다. 그러다 결국 차로 돌아왔다.

'대체 어디 있는 거야, 테사.'

지옥에 있는 것만 같았다. 그녀가 걱정돼 미쳐버릴 것만 같다. 혼자일까? 무섭지 않을까? 물론 나는 테사를 잘 안다. 절대 무서워하지는 않을 거다. 그녀는 나를 미워하는 이유를 열거하면서 곱씹고 있을 거다. 아마 종이에 써 내려가고 있을지도 모른다. 그녀는 모든 걸 뜻대로 통제해야 하고, 바보 같은 리스트를 끊임없이 만들어낸다. 그것 때문에 미쳐버릴 것 같았다. 하지만 지금 이 순간, 아무 상관없는 것들까지 마구 써대는 그녀가 미치게 그립다. 뭐든 다 줄 수 있다. 뭔가에 열중하면서 아랫입술을 깨무는 그녀의 모습을 볼 수만 있다면. 사랑스럽게 찡그리는 달콤한 얼굴을 볼 수만 있다면. 단 한 번만이라도.

이제 테사는 노아와 엄마와 함께 있겠지. 내가 생각했던 희박한 기회조차 사라져버린 거다. 나보다 그 녀석이 왜 더 좋은지 따져본다면, 다시 그 녀석에게 돌아가겠지.

그녀에게 또 전화를 걸었다. 전화는 바로 음성메시지로 넘어갔다. 벌써 스무 번째다. 빌어먹을, 난 정말 구제불능 머저리다. 도서관으로, 서점으로, 몇 시간이나 돌아다니고 난 다음 결국 아파트로 돌아왔다. 그녀가 나타나겠지, 나타나겠지…. 하지만 오지 않을 걸 안다. 그래도 혹시 온다면? 엉망이 된 아파트를 청소해야 한다. 그리고 박살 낸 접시들을 새로 사다 놓아야 한다. 혹시 그녀가 집으로 돌아올지도 모르니까.

허공에 사내의 목소리가 떠돌고 있다. 뼛속까지 덜덜 떨린다.

"스캇, 이 자식 어디 있어?"

"술집에서 나가는 걸 내가 봤어. 여기 어디 있을 거야."

또 다른 사내의 목소리였다.

침대에서 내려서자 바닥이 차가웠다. 처음엔 아빠와 친구들인 줄 알았다. 근데 아니었다.

"썩 나와, 어디 있든지 썩 기어나와!"

굵직한 목소리가 소리쳤다. 둔탁하게 부딪치는 소리가 들렸다.

"그이는 집에 없어요."

엄마였다. 나는 계단 아래까지 내려가 두 눈으로 똑똑히 봤다. 엄마와 네 명의 사내였다.

"오오오오, 여기 누가 있는지 좀 보게."

키 큰 사내가 말했다.

"스캇 그 자식이 마누라를 팔아먹을 줄 누가 알았겠어."

사내는 엄마를 우악스럽게 붙잡더니 소파에 집어 던지다시피 했다.

엄마는 필사적으로 잠옷을 붙들고 있었다.

"제발, 그이는 여기 없어요. 당신에게 돈을 빌린 거라면 있는 돈을 전부를 드릴게요. 집에 있는 건 뭐든 다 가져가세요. 텔레비전이나…."

사내는 엄마를 조롱하며 콧방귀를 뀌었다.

"텔레비전 같은 소리 하네. 누가 그딴 텔레비전을 가진대?"

엄마가 사내에게서 빠져나오려 발버둥쳤다. 마치 그물에 걸린 물고기 같았다.

"보석도 몇 개 있어요. 많지는 않지만, 제발…."

"입 닥치지 못해!"

다른 사내가 엄마를 후려쳤다.

"엄마!"

내가 소리치며 거실로 뛰어내려갔다.

"하딘, 어서 위층으로 올라가!"

엄마가 소리쳤지만, 악당들 틈에 엄마를 두고 갈 수가 없었다.

"썩 꺼져, 이 꼬마 녀석!"

사내들 중 하나가 나를 밀쳤다. 나는 바닥에 엉덩방아를 찧으며 넘어졌다.

"봐라, 네 남편이란 놈이 이런 짓을 했다는 게 문제인 거야."

그 사내가 으르렁대며 자기 머리를 가리켰다. 민머리를 가로질러 커다란 베인 상처가 나 있었다.

"근데 여기 그 작자가 없다 이거지. 그렇다면 우리가 원하는 건 바로 너야."

사내가 비실비실 웃었다. 엄마는 두 다리로 사내를 힘껏 걸어찼다.

"하딘, 아가! 어서 위층으로 올라가, 당장!"

엄마가 소리쳤다.

'근데 엄마는 나한테 왜 화를 내는 걸까?'

"이 꼬맹이 녀석도 보고 싶은 모양인데."

상처가 있는 사내가 엄마를 소파에 밀치며 말했다.

소스라치듯 잠에서 깨며 일어나 앉았다.

'빌어먹을…'

그들은 끊임없이 왔다. 매일 밤이 그 전날보다 더 나빴다. 그들이 오지 않는 데 익숙해져 있었다. 그래서 잠을 잘 수 있었다. 테사 덕분이다. 전부 그녀 덕이었다.

그러나 지금 나는 빌어먹을 새벽 4시에 잠이 깨고 말았다. 시트는 터진 주먹에서 묻어난 피로 얼룩져 있었고, 악몽 때문에 머리가 깨질 것 같았다.

눈을 감고 그녀가 여기 있다고 생각해보기로 했다. 다시 잠이 들기만을 바라면서.

7 · 테사

"베이비, 일어나."

귀 밑 부드러운 살갗을 입술로 쓰다듬으며 하딘이 속삭였다.

"넌 잠에서 막 깼을 때가 제일 예뻐."

두 손으로 그의 뺨을 잡고 눈을 맞추며 미소 지었다. 코를 맞대어 비비자 그는 싱긋 웃었다.

"사랑해."

그가 속삭이며 내 입술에 입술을 포갰다. 이상하다, 아무런 느낌이 없다.

"하딘?"

이름을 불러 보았다.

"하딘!"

그가 내 곁에서 점점 흐려지며 사라졌다.

눈을 번쩍 떴다. 나는 현실로 돌아와 있었다. 낯선 방은 칠흑 같은 어둠에 싸여 있었다. 아주 잠깐 내가 어디 있는지 기억나지 않았다. 이제 정신이 든다. 모텔 방이다. 그리고 나는 혼자다. 침대 옆 협탁에서 휴대 전화를 집어 들었다. 새벽 4시다. 눈꼬리로 흘러내린 눈물을 훔치며 다시 눈을 감았다. 나는 하딘을 그리워하고 있었다. 비록 꿈이었지만.

다시 잠에서 깼을 땐 아침 7시였다. 샤워기 아래 뜨거운 물을 맞으며 한참을 서 있었다. 긴장이 조금 풀리는 것 같았다. 머리를 말리고 공들여 화장을 했다. 오늘은 좀 나아진 것처럼 보이고 싶었다. 이 상황에서 빠져나와야 한다. 엉망으로 헝클어진 마음을 추슬러야 한다. 별 수 없다. 엄마의 방법을 쓰기로 한다. 헝클어진 마음을 감출 땐 완벽한 화장이 답이다.

화장을 마치자 그런대로 괜찮아 보였다. 아니, 사실 꽤 좋아 보였다. 머리를 말고, 가방에서 흰색 원피스를 꺼냈다. 형편없이 구겨져 있었다. 다행히 방에 다리미가 있었다. 날씨는 추웠다. 이 원피스를 입기엔 많이 추울 것 같다. 스커트 길이가 무릎에도 미치지 않는다. 그래도 뭐, 밖에 오래 있을 건 아니니까. 굽 낮은 검정색 구두를 골라 침대 위 원피스와 맞춰 놓았다.

옷을 입기 전에 가방을 다시 정리했다. 엄마가 기숙사를 구했다는 소식을 전해줬으면 좋겠다. 아니면 계속 여기 있어야 할 거고, 그럼 그나마 모아둔 돈을 야금야금 다 써버리게 될 것이다. 아무래도 머물 곳을 찾아봐야 할 것 같다. 반스 출판사 근처에 작은 방은 얻을 수 있으면 좋을 텐데.

문밖으로 나오니 어제 내린 눈이 아침 햇살에 거의 다 녹았다. 오, 하느님 감사합니다. 막 차 문을 여는데, 건너건너 방에서 트레버가 나왔다. 검정색 슈트에 초록색 타이가 정말 딱 떨어지게 잘 어울렸다.

"굿 모닝! 아, 내가 도와줄 수 있었는데 아깝네요."

내가 가방을 나르는 걸 보더니 그가 말했다.

어젯밤, 트레버와 피자를 먹고 텔레비전을 보면서 대학 생활에 대해 이야기했다. 그는 나보다 훨씬 이야깃거리가 많았다. 아무래도 벌써 졸업을 했으니까. 나는 그 얘기를 정말 재미있게 들었다. 내가 대학을 다니며 경험할 수 있는 것, 경험해야 하는 것들 같았다. 한편으론 좀 슬프기도 했다. 하딘 같은 애들을 따라 파티에 가는 게 아니었다. 대학 생활은 진실한 친구 몇 명만 있어도 족했다. 지금과 많이 달랐겠지, 아마 훨씬 좋았을 거다.

"잘 잤어요?"

그가 주머니에서 한 무더기의 키를 꺼내며 물었다. 키를 한 번 누르자, 차의 시동이 걸렸다.

"차에 시동이 자동으로 걸리네요?"

내가 웃었다. 그가 차 키를 들어 보였다.

"자동은 아니고, 얘가 시동을 건 거예요."

"멋진데요."

나는 슬쩍 비꼬듯 웃으며 말했다.

"편리하긴 하죠."

그가 지지 않고 맞받아쳤다.

"사치스럽고요."

"뭐, 약간?"

그가 웃었다.

"그래도 제법 편해요. 테사, 오늘 정말 예쁘네요. 늘 그렇지만."

나는 가방들을 차 뒷좌석에 두었다.

"고마워요."

얼른 운전석에 올라탔다.

"사무실에서 봐요."

그도 인사를 건네고 차에 올라탔다.

햇빛이 쨍쨍했지만 여전히 추웠다. 얼른 키를 꽂고 히터를 틀려고 시동을 걸었다. 푸릅, 푸릅, 푸릅. 차에 시동이 걸리지 않는다. 오 마이 갓! 다시 걸어봤다. 마찬가지였다.

"휴, 왜 너까지 고장이니!"

화가 나 핸들을 두 손으로 내리쳤다.

또 한 번 시동을 걸어봤지만 역시 허사였다. 이번에는 푸릅거리는 소리조차 나지 않았다. 밖을 내다보니 다행히도 트레버가 아직 출발하지 않았다. 그가 창문을 내렸고, 나는 그를 보며 멋쩍게 웃을 수밖에 없었다.

"저 좀 태워주세요."

그가 웃으며 고개를 끄덕였다.

"당연하죠. 어디 갈지 뻔히 아는데."

가는 동안 할 수 없이 휴대전화를 켰다. 놀랍게도 그 이후로 하딘에 게서 온 문자메시지가 하나도 없었다. 음성메시지가 몇 통 와 있었지만, 하딘이 보낸 건지 엄마가 보낸 건지 알 길이 없었다. 혹시 몰라서 음성메시지는 안 듣기로 했다. 대신 엄마에게 기숙사는 어떻게 되었냐고 문자메시지를 보냈다. 트레버는 회사 정문 앞에 나를 내려줬다. 추운 날씨에 많이 걷지 않게 하려는 배려였다.

"오늘은 산뜻해 보이네요."

킴벌리가 미소로 인사를 건넸고, 나는 도넛 하나를 집었다.

"기분이 조금 나아졌어요."

"내일 출장 준비는 잘 했어요? 주말에 이곳을 떠나는 것만으로도 너무 기대되죠? 시애틀은 쇼핑하기 진짜 좋거든요. 반스 씨와 트레버는 회의가 길어질 테니 그동안 우린 다른 재밌는 걸 찾아봐요. 근데, 하딘한테는… 얘기해봤어요?"

나는 잠시 머뭇거렸지만, 킴벌리한테는 사실대로 말하기로 했다. 어쨌든 그녀는 알게 될 테니까.

"사실, 어제 짐 싸서 집을 나왔어요."

그녀가 인상을 찌푸렸다.

"어머나 저런. 시간이 지나면 나아질 거예요."

나도 그러기를 바랄 뿐이다.

하루는 예상보다 빨리 지나갔다. 이번 주에 봐야 할 원고를 일찌감치 마감했다. 시애틀에 간다고 생각하니 흥분된다. 부디 하딘 생각을 떨쳐버릴 수 있기를, 아주 조금만이라도. 다음주 월요일은 내 생일이다. 하지만 손톱만큼도 기대하지 않는다. 이렇게 내리막으로 곤두박질치지만 않았더라면 화요일엔 하딘과 함께 영국에 갔을 것이다. 이젠, 크리스마스를 엄마하고 보낼 수도 없고. 그때까지 기숙사로 돌아갈 수

나 있다면 좋겠다. 기숙사가 텅텅 비겠지만 그래도 상관없다. 엄마 집에 안 갈 수 있으니까. 분명한 건 이번 크리스마스는 최악이 될 거라는 점이다.

엄마에게서 메시지가 왔다. 역시 상황은 나아지지 않았다. 기숙사에서 온 소식이 없다고 한다.

'멋지군.'

그래도 시애틀 출장까지 하룻밤만 버티면 된다. 여기저기 정처 없이 돌아다니는 건 정말 싫다.

막 퇴근 준비를 마쳤다. 그제야 오늘 차 없이 출근했다는 게 생각났다. 트레버가 먼저 퇴근하지 않았어야 할 텐데.

"내일 회사로 오면 돼요. 크리스찬의 기사가 운전해서 시애틀까지 갈 거예요."

킴벌리가 말했다.

'반스 씨는 운전 기사도 있구나.'

엘리베이터를 타고 내려가자 트레버가 로비 소파에 앉아 있었다. 검정색 소파와 그의 검정색 정장, 그리고 푸른 눈이 대비되어 매력적이었다.

"데려다줘야 할 것 같아서요. 일하는 걸 방해하고 싶지는 않았거든요."

그가 나를 보더니 일어섰다.

"정말 감사합니다. 모텔로 돌아가서 카센터에 연락해야겠어요."

함께 주차장을 향해 걸었다. 아침보다는 조금 따뜻해졌지만 여전히 추웠다.

"같이 기다려줄게요. 우리 집 배관은 수리를 마쳐서 나는 모텔로 안 가도 되지만….”

그가 갑자기 말을 멈췄다.

“왜 그래요?”

그의 시선이 머문 곳을 바라보았다. 하딘이 주차장에서 이글거리는 눈빛으로 트레버와 나를 향해 다가왔다.

숨이 턱 막혔다. 어떻게 이렇게 끝도 없이 나빠질 수가 있을까?

“하딘, 여기서 뭐 하는 거야?”

“네가 내 전화를 안 받잖아. 그러니 내가 뭘 어떻게 할 수 있겠어?”

“전화를 안 받는 이유가 있잖아. 그렇다고 내 직장에 불쑥 나타나면 어떡해?”

나는 맞받아 소리쳤다.

트레버는 불안한 것처럼 보였다. 그래도 내 곁을 떠나지 않고 있었다.

“테사, 괜찮아요? 준비되면 얘기해요.”

“무슨 준비?”

하딘의 눈빛이 거칠게 바뀌었다.

“모텔로 데려다주겠단 얘기야. 내 차가 시동이 안 걸려서.”

“모텔?!”

하딘의 목소리가 높아졌다.

말릴 틈도 없이 하딘이 트레버에게 달려들어 멱살을 잡았다. 그리고 트레버를 빨간색 트럭 쪽으로 내동댕이쳤다.

“하딘! 제발 하지 마! 우린 같이 지내는 게 아니란 말이야!”

왜 하딘에게 구구절절 설명하는지는 모르겠다. 어쨌든 그가 트레버에게 폭력을 행사하는 걸 막아야 한다.

하딘은 트레버의 멱살을 놓았지만, 그에게서 눈을 떼지 않았다.

"물러서라니까."

나는 하딘의 어깨를 붙잡았다. 그가 조금 누그러지는 것 같았다.

"테사 곁에서 꺼져."

하딘이 트레버의 얼굴에 얼굴을 바짝 갖다 대고 독기 품은 말을 중얼거렸다. 트레버의 안색이 창백해졌다. 우리이 진흙탕 싸움에 애먼 사람한테까지 불똥이 튀어선 안 된다.

"미안해요."

나는 트레버에게 사과했다.

"난 괜찮아요. 내 차 타고 갈래요?"

트레버가 물었다.

"아니, 안 갈 거야."

하딘이 대신 나서서 대답했다.

"같이 갈게요."

내가 트레버에게 말했다.

"잠깐만 기다려요."

트레버는 신사답게 고개를 끄덕이더니 우리를 남겨두고 차 쪽으로 걸어갔다.

8 · 테사

"모텔에 있다니, 말이 돼?"

하딘이 신경질적으로 머리를 쓸어 올렸다.

"어쩔 수 없잖아."

"아파트에 있으면 되잖아. 차라리 내가 다른 데로 갈게."

"됐어."

그럴 일은 절대 없을 거다.

"제발 부탁이야. 상황 복잡하게 만들지 말자."

그가 손으로 이마를 문질렀다.

"복잡하게 만든다고? 제발! 여기서 너랑 얘기하고 싶지도 않아!"

"진정해. 차는 도대체 어떻게 된 거야? 그리고 저놈은 왜 모텔에 있는 거고?"

"차는 왜 그런지 나도 몰라."

트레버 얘기는 꺼낼 필요도 없다. 하딘이 상관할 바가 아니니까.

"내가 가서 봐줄게."

"됐어, 사람 부를 거야. 넌 그냥 가."

"모텔까지 따라갈 거야."

그가 길을 바라보았다.

"그만 좀 해!"

하딘은 들은 척도 안 했다.

"이것도 게임이야?"

그가 놀란 듯 뒷걸음질쳤다. 트레버는 아직도 나를 기다리고 있었다.

"테사, 그냥 너하고 얘기하고 싶었어. 우리 그렇게 풀 수 있잖아."

하지만 난 정말 모르겠다. 처음 만났을 때부터 지금까지 그는 너무 많은 게임을 했다. 이제 무엇이 진실인지 알 수가 없었다.

"너도 내가 보고 싶었잖아."

하딘이 차에 비스듬히 기대며 말했다. 그 말에 나는 이성을 잃었다. 오만한 말이었다.

"당연히 보고 싶었지. 하지만 내가 보고 싶었던 건 진짜 네가 아니라, 내가 너라고 생각했던 네 모습이었어. 이제 네가 어떤 인간인지 똑똑히 알았고, 너하고는 끝이야!"

나는 소리 질렀다.

"그게 진짜 내 모습이라고! 난 늘 나였어!"

그도 나에게 소리를 질렀다. 우리는 왜 소리 지르지 않으면 대화가 안 되는 걸까? 그건 하딘이 나를 돌아버리게 만들기 때문이다. 이유는 그거다.

"아니, 몰랐어. 그걸 알았더라면…."

그를 용서했을 거란 말이 튀어나오기 전에 얼른 말을 멈췄다. 내가 하고 싶은 것과 해야 할 건 분명히 다르다.

"알았더라면?"

하딘은 내 뒷말을 듣고 싶어 나를 몰아붙였다.

"아무 것도 아니야. 이제 좀 가."

"넌 지난 며칠 동안 내가 어떻게 지냈는지 상상도 못할 거야. 단 한숨도 못 잤어. 너 없이는 아무 것도 할 수가 없다고. 우리에게 만회할 기회가…."

내가 말을 막았다.

"네가 어떻게 지냈을 것 같냐고?"

어쩜 저렇게 이기적일 수 있을까?

"나는 어떻게 지냈을 거 같아? 네 삶이 불과 몇 시간 만에 갈갈이 찢

기면 어떤 기분일까? 상상이나 할 수 있겠어? 모든 걸 다 줄 만큼 사랑했던 사람이 나를 두고 돈내기 게임을 했다는 게 어떤 느낌일지 알기나 하냐고!"

나는 그의 앞으로 다가가 오열했다.

"나를 장난감 정도로 생각한 사람 때문에 엄마와의 관계도 망쳐버린 내 기분이 어떨지 생각해봤냐고! 거지 같은 모텔 방에 우두커니 앉아 있는 기분이 어떤지 네가 알아? 네가 어디선가 불쑥 나타날까 봐 이리저리 피해 다니는 내 기분을 아냐고! 넌 정말 멈춰야 할 때를 몰라!"

그는 아무 말도 하지 않았다. 나는 계속해서 고함을 질렀다. 너무 심한 건 아닐까, 잠깐 생각했다. 하지만 그는 가장 치졸한 방법으로 나를 배신했다. 그러니 이쯤은 당해도 싸다.

"넌 내 옆에 있어서도 안 되고, 힘들단 소리도 하면 안 돼. 다 네가 자초한 일이잖아! 네가 죄다 망쳐버렸어. 늘 그랬던 것처럼. 그리고 난 네가 안쓰럽지 않아…. 아니, 사실 안쓰럽다. 넌 절대 행복할 수 없을 테니까. 남은 일생 내내 혼자일 테니까. 난 떠날 거야. 나한테 잘해주는 그런 사람이랑 결혼도 하고 아이도 낳을 거야. 그래서 난 행복해질 거야."

숨도 쉬지 않고 속사포처럼 쏘아댔다. 하딘은 눈이 빨개져서 나를 바라보고만 있었다. 입은 떡 벌어진 채였다.

"제일 최악이 뭔 줄 알아? 네가 이걸 나한테 전부 경고했었단 거야. 네가 그랬잖아, 날 망쳐버릴 거라고. 근데 내가 듣지 않았던 거지."

눈물을 필사적으로 참았지만 어느새 뺨을 타고 흘러내렸다. 마스카라가 번져 함께 흐르고 있겠지.

"미안해…. 갈게."

낮게 깔리는 목소리였다. 하딘은 완전히 체념한 듯한 표정이었다. 그토록 보고 싶었던 표정이었지만 기쁘지 않았다.

우리가 처음 시작했을 때라도 사실대로 말했다면 용서했을지도 모른다. 아니, 함께 자고 난 다음에라도. 하지만 그는 오직 숨기기에 바빴고, 사람들 입을 막으려고 돈까지 제안했다. 게다가 나를 옴짝달싹 못하게 하려고 아파트 계약까지 하게 만들었다. 평생 한 번뿐일 은밀하고 소중한 첫경험마저도 모두 망쳐버렸다.

나는 트레버의 차로 달려가 올라탔다. 히터의 따뜻한 공기가 얼굴에 훅 끼치면서 뜨거운 눈물과 섞였다. 트레버는 잠자코 있었다. 그가 모텔까지 운전하는 내내 아무 말도 하지 않은 것이 정말 고마웠다.

해가 질 때까지 나는 샤워기의 뜨거운 물줄기 아래 서 있었다. 나에게서 멀어져가던 하딘의 얼굴이 마음 한구석에 새겨진 듯했다. 눈을 감을 때마다 그의 얼굴이 떠올랐다.

그가 가버린 후로 전화벨은 한 번도 울리지 않았다. 나는 정말 바보였고 순진했다. 우리가 잘될 거라 생각했으니…. 우리가 그렇게 달라도, 욱하는 성질을 가지고 있어도, 어쨌든 잘 해결될 거라 생각했다.

억지로라도 눈을 붙여야 했다.

다음날 아침, 첫 출장이라는 사실에 조금 긴장되었다. 그러다 당황하기 시작했다. 어제 카센터에 연락한다는 걸 깜박 잊었다. 가장 가까운 카센터를 찾아 전화를 걸었다. 주말 동안 차를 고치려면 돈을 더 줘야 할 거다. 하지만 지금 그걸 따질 때가 아니다.

출근 준비도 해야 했다. 머리를 말고 평소보다 화장을 조금 진하게 했다. 지금껏 한 번도 입지 않은 짙은 네이비 컬러 원피스를 골랐다. 하딘이 몸의 곡선이 잘 드러나는 얇은 소재를 좋아해서 산 옷이었다. 노출이 심한 건 결코 아니다. 스커트 길이는 무릎까지 왔고, 소매도 팔의 절반은 가렸다. 하지만 몸매를 도드라지게 해주면서도 몸에 잘 맞았다.

아, 이렇게 매사에 그를 떠올리는 게 정말 싫다. 거울 앞에 섰다. 이 옷을 입은 나를 하딘이 어떻게 바라볼지 저절로 상상이 되었다. 눈동자가 커지면서 아랫입술을 핥을 것이다. 그리고 이로 자기 입술 피어싱을 지그시 깨물겠지.

방문을 두드리는 소리에 나는 화들짝 현실로 돌아왔다.

"미스 영?"

문을 여니 푸른색 정비복을 입은 남자가 서 있었다.

"네."

나는 대답하며 핸드백에서 차 키를 꺼내 건넸다.

"저쪽에 흰색 코롤라 자동차요."

남자가 뒤를 돌아보았다.

"흰색 코롤라요?"

남자가 다시 물었다. 밖을 내다보았다. 내 차가…, 없다.

"잠시만요. 프런트에 전화해서 혹시 제 차를 견인했나 확인해볼게요."

하루의 시작이 참으로 훌륭하군.

"36호의 테사 영인데요. 혹시 제 차를 견인하셨나요?"

프런트 데스크에서 남자가 전화를 받았다. 최대한 친절하게 말하려고 애를 썼지만 이 상황이 혼란스럽기만 했다.

"아닙니다."

남자의 대답에 머릿속이 빙빙 돌았다.

"아 그럼…, 차를 도난 당한 것 같은데요."

차까지 누가 훔쳐간 거라면, 난 정말 망했다. 게다가 이제 나가야 할 시간이다!

"아닙니다. 손님 친구분께서 오늘 아침에 견인 처리하셨어요."

"제 친구요?"

"그… 타투가 많은 분이셨는데요."

하딘이 듣고 있기라도 한 듯 남자가 목소리를 낮췄다.

"뭐라고요?"

남자가 한 말은 똑똑히 들었지만 딱히 뭐라 할 말이 없었다.

"그분이 2시간 전쯤 견인차를 불러와서 가지고 가셨습니다."

남자가 덧붙였다.

"죄송합니다, 알고 계시는 줄 알았습니다."

신음 소리를 내며 전화를 끊었다. 정비공을 돌아보았다.

"정말 죄송해요. 제 차를 다른 정비소에 보낸 모양이에요. 전 모르고 있었거든요. 헛걸음 하시게 해서 죄송합니다."

그는 괜찮다는 듯 미소를 지어 보였다.

오늘 회사까지 타고 갈 차편이 필요하다는 데 생각이 미쳤다. 트레버에게 전화를 했다.

"안 그래도 반스 씨와 킴벌리에게 가는 길에 데리러 가 달라고 부탁해 두었어요."

트레버에게 감사 인사를 하고 전화를 끊었다. 커튼을 걷고 창밖을 내다보았다. 기다리기라도 한 듯 검정색 세단이 내 방 앞에서 멈췄다.

차창 너머로 킴벌리의 금발이 보였다.

"굿 모닝! 우리가 구해주러 왔어요!"

킴벌리가 활짝 웃었다. 스마트하고 친절한 트레버, 항상 한 수 앞을 내다본다.

운전기사가 가방을 트렁크에 실어주었다. 그가 뒷문을 열자, 마주 놓여 있는 뒷좌석이 눈에 들어왔다. 킴벌리가 옆자리를 툭툭 치며 앉으라는 시늉을 했다. 맞은편에 앉은 반스 씨와 트레버가 웃으며 나를 쳐다보았다.

"주말 여행 준비는 다 됐나요?"

트레버가 활짝 웃으며 물었다.

"상상 이상으로요."

나는 대답하며 차에 올랐다.

9 · 테사

차는 고속도로로 접어들었다. 트레버와 반스 씨는 시애틀 새 건물의 가격에 대해 열띤 토론을 벌였다. 킴벌리는 팔꿈치로 나를 툭 치더니 그들이 대화하는 모습을 흉내 냈다.

"저 남자들 너무 진지한데요."

그녀가 말했다.

"차에 문제가 생겼다면서요?"

"네, 어디가 문제인지는 모르겠어요."

최대한 밝은 목소리를 내려고 애썼다. 킴벌리의 다정한 미소 덕분에 한결 편해졌다.

"어제부터 시동이 안 걸려서 카센터에 연락했는데, 그 전에 하딘이 벌써 견인해 가버렸어요."

그녀가 콧방귀를 뀌며 웃었다.

"참 끈질겨요, 그렇죠?"

한숨이 나왔다.

"다 지나갈 때까지 좀 내버려뒀으면 좋겠는데…."

"뭐가 지나가야 하는데요?"

그녀가 물었다. 그러고 보니 나를 두고 내기를 했었다는 굴욕적인 얘기는 안 했다. 그녀는 오로지 하딘과 내가 헤어졌다는 것만 안다.

"그냥 전부 다요. 지금도 너무 많은 일이 벌어지고 있거든요. 아직 살 곳도 구하지 못했고요. 하딘은 나와 내 삶을 손가락 인형처럼 갖고 놀 수 있을 줄 알았나 봐요. 내 앞에 나타나서 미안하다고 말하면 다 용서될 줄 알았던 거죠. 근데 그게 아니잖아요. 더 이상은 안 돼요."

내가 흥분하며 말했다.

"잘된 거예요. 자립하게 됐다니 기뻐요."

자세한 걸 캐묻지 않는 그녀가 고마웠다.

"저도 그렇게 생각해요."

하딘에게 굴복하지 않고 내 길을 가기로 한 나 자신이 자랑스러웠다. 한편으로는 어제 하딘에게 심한 말을 해댄 것 같아 마음이 조금 언짢았다. 그는 당해 마땅했지만, 왜 그런지 계속 그의 상처받은 얼굴이 생각났다.

'내가 진심으로 하딘을 신경 쓰고 있었던 걸까?'

하지만 하딘이 다시 나에게 상처 주지 않을 거라는 보장은 없다. 그게 늘 그가 하는 짓이니까. 그는 주변 사람 누구에게나 상처를 준다.

킴벌리가 내 기분 전환을 위해 주제를 바꿨다.

"오늘 밤, 마지막 일정이 끝나면 외출해요. 일요일에 두 사람은 오전 내내 회의를 할 거예요. 우리는 쇼핑할래요? 오늘 밤이랑 토요일 밤에도 같이 나가요. 어때요?"

"어디 가는데요? 저 아직 미성년자예요."

내가 웃으며 말했다.

"아, 제발. 크리스찬은 인맥이 엄청나요. 그와 함께 간다면 어디든 무사 통과일 거예요."

반스 씨 얘기를 할 때면 킴벌리의 눈빛이 유난히 반짝거린다. 그의 바로 옆에 앉아서도 저렇게 눈빛을 반짝일 수 있다니.

"좋아요."

나는 한 번도 '밤 외출'을 했던 적이 없었다. 클럽하우스에서 열리는 파티만 몇 번 가봤을 뿐. 클럽이나 그 비슷한 곳도 가본 적이 없었다.

"재미있을 거예요."

그녀가 다시 한 번 당부하며 덧붙였다.

"그리고 꼭 그 옷을 입어야 해요."

10 · 하딘

'남은 일생 내내 혼자일 테니까. 난 떠날 거야. 나한테 잘해주는 그런 사람이랑 결혼도 하고 아이도 낳을 거야. 그래서 난 행복해질 거야.'

테사의 말이 머릿속에서 끊임없이 맴돌았다. 그녀의 말이 맞다. 그렇지만 너무나 절박하게도 그녀가 그렇게 되지 않았으면 한다. 지금껏 혼자가 되는 건 아무렇지도 않았다. 하지만 이제는 내가 뭘 잃어버렸는지 안다.

"너도 갈 거지?"

뒤죽박죽 두서 없는 생각 속으로 제이스의 목소리가 뚫고 들어왔다.

"뭐?"

운전 중이라는 것조차 잊고 있었다. 제이스가 어이없어 하며 손마디를 후드득 꺾었다.

"갈 거냐고. 지금 제드네 집에 가는 건 기억하지?"

나는 신음하듯 웅얼거렸다.

"잘 모르겠어…."

"머저리 같은 짓은 이제 그만하라고. 애처럼 징징거리고만 있잖아."

나는 제이스를 노려보았다. 어젯밤에 잠만 좀 잤어도 당장 저 자식의 목을 졸랐을지도 모른다.

"내가?"

"너, 계속 그랬거든. 오늘 밤은 좀 망가질 필요가 있겠다. 거기 가면 쉬운 여자애들이 좀 있을 거야."

"나 망가질 필요 없어."

테사 말고는 아무도 원하지 않는다.

"에이, 왜 이래. 같이 가자. 망가지기 싫으면 그냥 술이나 마셔."

"넌 그런 짓 그만하고 싶지 않냐?"

내가 묻자 제이스는 뭐라도 물은 듯 내 얼굴을 빤히 쳐다봤다.

"뭐?"

"술에 대마초에 파티에, 여자나 꼬시는 짓거리들, 질리지도 않냐?"

"우와, 우와! 생각했던 것보다 상태가 훨씬 심각하네? 너 완전 맛이 갔구나!"

"아니, 멀쩡해. 그런 쓰레기 같은 짓을 계속 하는 게 이제 지겨운 것 같아서."

이 녀석은 절대 모를 거다. 침대에 누워서 테사와 깔깔거리는 게 얼마나 즐거운지. 그녀가 자신이 좋아하는 소설들을 횡설수설 읊어대는 걸 조용히 듣고, 일부러 집적거려 투덕거리는 게 얼마나 재미있는지 절대 모를 거다. 이따위 파티 같은 것과는 비교할 수 없는 시간들이었다.

"걔가 진짜 너를 완전히 홀렸구나. 이제 다른 건 다 시시하지?"

제이스가 키득거렸다.

"아니."

이건 거짓말이다.

"그러시겠지…."

그는 굳은살을 뜯어 차창 밖으로 내버렸다.

"걘 어쨌든, 이제 싱글인 거지?"

내가 핸들을 꽉 잡자 그가 더 큰 소리로 웃었다.

"난 계속 네 주위에서 어슬렁거릴 거야, 스캇. 네가 얼마나 흥청거리는지 꼭 볼 거라고."

"엿이나 먹어."

나는 으르렁거리며, 아니라는 걸 증명해 보이려 제드의 집으로 방향을 돌렸다.

시애틀 포시즌스 호텔은 내가 본 최고의 호텔이었다. 트레버와 반스 씨가 나가는 걸 손을 흔들며 배웅하고, 드디어 방문 앞에서 킴벌리가 말했다.

"테사, 일단 짐을 풀고 내 방에서 만나요. 주말 스케줄을 짜야죠. 아, 물론 이미 계획이 있겠지만 좀 바꿔야 할 거예요. 일단 오늘 입은 그 옷은 오늘 밤 외출을 위해서 잘 모셔놔야 할 거고요."

그녀는 한쪽 눈을 찡긋하고, 유유자적 복도를 걸어갔다.

지난 이틀 밤을 보냈던 모텔과 이곳의 가장 큰 차이는 일단 어마어마한 규모와 고급스러움이랄까. 로비에 걸린 그림만 해도 가격이 엄청날 것 같았다. 내 방 창문에서 보이는 풍경 또한 굉장했다. 시애틀은 정말 아름다운 도시다. 시애틀에 있는 출판사에서 일하면서 고층 아파트에서 사는 내 모습을 상상해보았다. 우리 회사도 곧 여기에 지점을 낼 거니까, 가능한 시나리오다. 상상만 해도 정말 멋진 일이다.

주말에 입을 옷들을 걸어두고, 검정색 타이트 스커트와 옅은 자주색 셔츠로 갈아입었다. 컨퍼런스에 대한 기대는 컸지만 저녁 외출까지 하게 될 줄은 몰랐다. 어쩐지 긴장된다. 이럴 때는 좀 즐겨야 하는데. 하지만 마음은 공허하고, 상황은 낯설기만 했다.

킴벌리와 반스 씨가 묵는 스위트룸에 간 건 오후 2시 반쯤이었다. 걱정이 되기 시작했다. 3시에는 아래층 연회장으로 내려가야 한다. 킴벌리는 나를 따뜻하게 맞아주었다. 스위트룸은 침실과 거실, 응접실이 따로 있었다. 방 하나가 엄마 집보다도 큰 것 같았다.

"와우!"

약간 주눅이 든 상태로 겨우 입을 열었다. 반스 씨는 웃으며, 잔에 물을 따르고 있었다.

"긴장 풀어요."

"룸서비스를 시켰어요. 여기서 같이 요기하고 아래층으로 내려가요."

킴벌리가 말했다. 나는 미소로 감사를 전했다. 음식 얘기가 나오기 전까지 배가 고픈 줄도 몰랐다. 그러고 보니 오늘 아무 것도 먹지 못했다.

"그럼, 지루해 죽을 준비됐나요?"

트레버가 모습을 드러냈다.

"저한테는 지루하지 않을 거예요. 그냥, 여길 떠나고 싶지 않아요."

내가 미소 지으며 말했다.

"나도 그래요."

"나도요."

킴벌리까지 한마디 거들었다.

반스 씨가 고개를 가로저으며 그녀의 허리에 손을 둘렀고, 둘의 뜻밖의 행동에 나는 시선을 피했다.

"우리, 본사를 여기에 두고 다 이사해요!"

킴벌리가 말했지만, 나는 농담이라 생각했다.

"스미스도 시애틀을 좋아할 거요."

반스 씨가 말했다.

"스미스요?"

하딘 아빠의 결혼식에서 봤던 그의 아들이 기억났다.

"아, 죄송해요. 아드님 말씀이시군요."

"괜찮아요, 이름은 처음 들어봤죠?"

그가 웃으며 킴벌리에게 몸을 기댔다. 서로 사랑하고 신뢰하는 관계. 정말 좋아 보였다. 킴벌리가 부러웠다. 부러운 눈길로 바라보는 게 민망했지만, 부러운 건 부러운 거다. 서로를 진정으로 위해주고 행복하게 해줄 반쪽을 만났으니 말이다. 그건 정말 큰 행운이다.

식사를 마치고 우리는 아래층으로 내려갔다. 책과 관련된 일을 하는 수많은 사람들로 가득 찬 컨퍼런스룸으로 들어갔다. 이곳은 천국이다.

"네트워크, 네트워크, 네트워크가 중요해요."

반스 씨가 말했다.

"이건 전부 네크워킹에 관한 거예요."

그 후 3시간 동안, 반스 씨는 나를 엄청나게 많은 사람들에게 소개시켜주었다. 가장 좋았던 건, 그가 나를 인턴이라고 소개하지 않았다는 점이다. 그는 나를 어엿한 성인이자 직원으로 대접해주었다. 그리고 소개받은 모두가 나를 그렇게 대했다.

12 · 하딘

"이런, 이런, 이런! 누가 오셨는지 좀 봐."

제이스와 내가 제드의 아파트로 들어가자 몰리가 어이없다는 듯 말했다.

"넌 벌써 취한 거야?"

내가 대꾸했다.

"5시도 넘었잖아?"

그녀가 악마 같은 미소를 지었다. 나는 고개를 절레절레 흔들었다.

"나랑 술 한 잔 하자, 하던."

그녀가 갈색 술병을 잡고 두 잔을 따랐다.

"좋아, 한 잔만."

작은 잔을 채우면서 그녀가 씨익 웃었다.

10분쯤 지났을까. 나는 휴대전화 사진을 들여다보고 있었다. 테사와 사진을 더 많이 찍어놓을 걸 그랬다. 그럼 그녀의 모습을 더 많이, 오래 볼 수 있을 텐데. 맙소사…, 제이스 말대로 나는 맛이 가고 있다. 천천히 정신줄을 놓고 있는 것 같다. 가장 빌어먹을 건, 그녀와 다시 가까워질 수만 있다면 내가 미치든 말든 상관없다는 거다.

'난 행복해질 거야.'

테사의 목소리가 들리는 듯 했다. 그래, 난 행복하게 해주지 못했다. 하지만 난 할 수 있다. 그래도 그녀를 괴롭히는 건 옳지 않다. 차를 대신 고쳐주기로 한 건, 그녀가 혼자 얼마나 동동거리며 걱정할지 알기 때문이다. 내가 해줄 수 있어서 다행이었다. 반스 씨에게 전화해보지 않았더라면 시애틀에 가는 것도, 주말 동안 차를 쓰지 않는다는 것도 몰랐을 것이다.

왜 말하지 않은 걸까? 지금 옆에는 트레버 자식이 있겠지. 내가 있어야 할 자리에. 그 자식이 테사를 좋아한다는 걸 나는 안다. 동물적인 본능이다. 그녀도 그 자식에게 슬슬 빠지고 있는 게 보였다. 그 자식은 딱 테사가 좋아하는 스타일이다. 둘은 너무 비슷했다. 나와는 다르게 말이다. 그 자식은 그녀는 행복하게 해줄 수 있겠지. 그 자식의 머리통을 창문에 처박아줬어야 했는데….

하지만 테사에게도 숨쉴 틈을 주어야 한다. 그리고 행복할 기회도 줘야 한다. 테사는 나를 용서할 수 없다고, 너무나 분명하게 말했다.

"몰리! 나 술 한 잔 더."

승리에 도취된 몰리의 웃음이 온 방에 가득하다.

13 · 테사

"오늘 컨퍼런스 정말 멋졌어요! 기회를 주셔서 정말 감사드려요, 반스 씨."

엘리베이터 안에서 호들갑을 떨며 말했다.

"나도 진심으로 기뻐요. 당신은 최고의 직원 중 하나예요, 테사. 정말 스마트했어요. 그리고 부탁인데, 나를 크리스찬이라고 불러줘요. 전에 말했던 것처럼."

그는 일부러 무뚝뚝한 척하며 말했다.

"이건 정말 믿을 수 없을 정도예요. 미스터… 크리스찬. 전자출판에 대한 다양한 견해를 들을 수 있어서 정말 좋았어요. 독자들한테는 정말 편리하고 쉬운 방법이잖아요. 특히나 앞으로 성장할 분야라 시장 가능성도 무한하고요."

"맞아요. 오늘 우리는 반스 출판사의 성장에 일조했어요. 상상해봐요. 우리 전자책 시스템이 완전히 구동되면 얼마나 많은 독자들이 유입될지."

반스 씨, 아니 크리스찬이 내 말에 맞장구를 쳐주었다.

"알았어요, 당신들 둘! 이제 일 얘긴 끝났죠?"

킴벌리가 짓궂은 표정으로 크리스찬의 팔짱을 끼었다.

"자, 그럼 옷 갈아입고 시내로 나가볼까요? 몇 달 만에 처음으로 보디가드가 있는 주말이잖아요!"

그녀가 장난스럽게 입을 삐죽거리자 크리스찬이 미소를 지었다.

"그러시죠, 여사님."

크리스찬은 참 행복한 사람인 것 같다. 부인과 사별하고도 저런 행복을 누릴 기회를 또 얻다니. 내 생각을 읽기라도 한 듯 트레버가 동의한다는 듯 미소를 보냈다.

"다들 30분 후에 로비에서 만납시다. 기사가 정문 앞으로 올 거예요. 저녁은 내가 쏩니다!"

방으로 돌아와서 머리를 다시 손질했다. 좀더 진한 색의 아이섀도를 바르고 거울을 보았다. 너무 진한가? 검정색으로 아이라인을 다시 그리고, 블러셔도 새로 발랐다. 진한 화장과 새로 만진 머리가 아침에 입었던 네이비 컬러 원피스와 더 잘 어울리는 듯 했다. 하딘과 함께 있다면….

'아니, 이래선 안 돼. 하딘을 떠올려선 안 돼.'

검정색 하이힐을 신으며 수없이 되뇌었다. 휴대전화를 핸드백에 집어넣으며 방을 나섰다. 엘리베이터에서 랜던에게 문자메시지를 보냈다. 시애틀에서 최고의 시간을 보내고 있다고. 그가 보고 싶었다. 하딘과 내가 더 이상 함께하지 않더라도 우리는 여전히 친구였으면 좋겠다.

엘리베이터에서 내리자 입구에 서 있는 트레버가 보였다. 검정색 슬랙스에 크림색 스웨터 차림이었다. 그의 모습에서 얼핏 노아가 보였다. 그가 얼마나 잘 생겼는지 잠깐 서서 감상했다. 그가 나를 알아보고 눈을 크게 떴다. 그리고 기침과 비명의 중간쯤 되는 쉿소리를 냈다.

"테사, 정말 정말 예쁘네요."

나도 웃어 보였다.

"고마워요. 당신도 좋아 보이네요."

"고마워요."

뺨을 붉게 물들이며 그가 중얼거렸다.

이렇게까지 평정심을 잃다니 조금 의아했다. 평소엔 정말 차분하고 침착한 사람인데 말이다.

"저기 있네요!"

킴벌리의 목소리가 들렸다.

"와우, 킴벌리!"

나는 환영이라도 본 것처럼 눈앞에서 손을 내저었다. 그녀는 정말 눈부시게 아름다웠다. 허벅지 중간까지 내려오는 빨간색 홀터넥 드레스를 입고, 짧은 금발은 올백으로 넘겼다. 섹시하면서도 세련된 모습이었다.

"오늘 밤 내내 들러붙는 남자들과 한바탕 할 것 같은 느낌이에요."

크리스찬이 트레버에게 한탄하듯 말했다. 둘은 웃으며 우리를 에스코트했다.

크리스찬의 안내로 고급 해산물 레스토랑에 갔다. 그곳에서 나는 생애 최고라고 할 수 있는 연어와 크랩케이크를 먹었다. 크리스찬은 뉴욕 출판사에서 좌충우돌 일하던 시절의 이야기를 들려주었다. 즐거운 시간이었다. 크리스찬의 얘기는 뭐든 다 너무 재미있었다.

저녁식사 후, 우리는 근처에 있는 온통 유리로 된 3층짜리 건물로 갔다. 유리창 사이로 번쩍거리는 조명 아래 춤추는 사람들의 늘씬한 몸들이 보였다. 이건 내가 머릿속으로 그렸던 클럽과는 거리가 있었다.

너무 크고, 화려하고, 사람이 많았다.

안으로 들어가며 킴벌리가 내 팔을 잡았다.

"내일은 좀 더 느긋한 곳으로 가요. 오늘은 남자들이 여기에 오고 싶 다네요!"

클럽보드를 든 덩치 큰 남자가 정문 앞에서 출입을 통제하고 있었 다. 그 앞으로 파티광들이 길 모퉁이까지 길게 늘어서 있었다.

"우리도 저쪽으로 가서 기다려요?"

트레버에게 살짝 물었다.

"아니요. 반스 씨는 절대 기다리지 않죠."

무슨 소리인지 금세 알아차렸다. 크리스찬이 경비원에게 뭐라 귓속 말을 하자, 덩치 큰 남자가 바로 막고 있던 입구를 열어주었다. 안으로 들어가면서 나는 약간 멍해졌다. 음악은 쿵쿵거리고 불빛은 현란하고 자욱한 연기로 가득 차 있었다.

도대체 이해할 수가 없다. 낯선 사람들과 부대끼고, 시끄럽고, 나쁜 공기만 실컷 마시는 이런 곳에 왜 다들 열광하는 걸까?

짧은 드레스를 입은 여자가 우리를 계단 위에 있는 작은 방으로 안 내했다. 방에는 얇은 커튼이 드리워져 있었고, 소파 두 개와 테이블이 있었다.

"여긴 브이아이피 룸이에요, 테사."

어리둥절한 눈으로 방을 두리번거리자 킴벌리가 말했다. 나는 한쪽 소파에 자리를 잡았다.

"보통은 뭘 마셔요?"

트레버가 물었다.

"보통은 술 안 마셔요."

"나도 그래요. 그런데 와인은 좋아해요. 많이 마시진 못하지만."

"테사! 오늘은 술을 좀 마셔야 해요!"

킴벌리가 큰소리로 말했다.

"아, 저는….."

"저 여자 분한테 섹스온더비치, 저도 같은 걸로 주세요."

킴벌리가 주문을 해버렸다. 크리스찬은 생전 처음 듣는 술을, 트레버는 와인 한 잔을 주문했다. 내가 술을 마실 수 있는 나이인지 묻는 사람은 아무도 없었다. 내가 그렇게 나이 들어 보였나…. 아니면 크리스찬이 특별한 손님이라 일행에 대한 배려일 수도 있다.

섹스온더비치가 뭔지 몰랐지만, 티를 내지는 않았다. 잠시 후 파인애플 조각과 핑크색 장식 우산이 꽂힌 긴 술잔이 나왔다. 재빨리 잔을 받아 맛을 보았다. 달콤하고 넘길 때는 약간 쌉싸래한 맛이 났다.

"어때요?"

킴벌리의 물음에 나는 고개를 끄덕이며 한 모금 길게 마셨다.

14 · 하딘

"달려, 하딘! 한 잔 더!"

몰리가 내 귀에 대고 말했다. 술이 취하고 싶은 건지 아닌지, 잘 모르겠다. 이미 석 잔이나 마셨다. 더 마셨다가는 취하고 말 거다. 어쩌면 엉망으로 취해서 모든 걸 다 잊어버리는 게 나을 것도 같았다. 그러나 한편으론, 판단력이 흐려지면 안 된다는 생각이 들었다.

"우리 나갈래?"

몰리에게서 마리화나와 위스키 냄새가 났다. 그녀를 화장실로 데리고가 섹스를 해버릴까 하는 생각이 들었다. 그렇게 할 수 있다. 해도 된다. 왜냐고? 시애틀에서 테사도 트레버와 잘 거니까. 그런데도 나는 세 시간째 이 소파에 처박혀 술만 마시고 있다.

"내가 걔를 싹 잊게 해줄게."

몰리가 내 다리 위에 올라 앉았다. 그리고 내 목에 팔을 둘러 감았다.

"넌 걔 이름이 생각 안 날 때까지 나랑 하면 되는 거야."

그녀의 뜨거운 숨결이 목에 닿았다. 나는 그녀를 밀쳐냈다.

"저리 꺼져."

"이게 무슨 개소리야?"

몰리가 꽥 소리를 질렀다. 자존심에 상처를 입은 모양이다.

"너, 싫다고."

나는 매몰차게 말했다.

"언제부터? 지금까지 나랑 노는 데 아무 문제 없었잖아."

몰리가 거칠게 말했다.

"그 건방진 년을 만나고 나서부터야?"

몰리가 여자였다는 걸 잊지 말았어야 했다. 하는 짓은 악마보다 더한데. 그래도 면전에서 테사를 욕하다니….

"테사에 대해 그딴 식으로 말하지 마."

"사실이잖아. 그리고 네 꼴 좀 봐. 창녀 주제에 자기가 성모마리아인 줄 아는, 그런 주인을 잃어버린 똥개 같은 꼴이잖아. 그 창녀는 너 따위 원하지도 않는데!"

그녀가 우는지 웃는지도 모를 소리를 질러댔다. 저런 짓을 하는 걸 보니 진짜 몰리 답다.

나는 주먹을 불끈 쥐었다. 제이스와 제드가 그녀의 옆에 나타났다. 몰리가 제이스의 어깨에 손을 올리며 말했다.

"얘들아, 하딘한테 말해줘. 우리가 그년한테 다 까발리고 난 다음부터 쟤가 심하게 병신이 됐다고."

"우리가 아니지, 너지."

제드가 그녀의 말을 정정했다. 그녀가 제드를 노려보았다.

"그게 그거지."

몰리의 말에 제드가 어이없는 표정을 지었다.

"뭐가 문젠데?"

제이스가 끼어들었다.

"아무 일도 아니야."

그녀 대신 내가 대답했다.

"내가 자기랑 안 잔다고 저러는 거야."

"아니, 내가 화를 내는 건 네가 병신이라서야. 암튼 네 편은 아무도 없어. 그러니까 제이스가 처음부터 나더러 그년한테 얘기하라고 했지."

눈앞에서 불이 확 일었다.

"뭐 어쨌다고?"

나는 이를 악물었다. 제이스가 개자식이란 건 익히 알고 있었다. 하지만 지금까지는 몰리가 질투에 눈이 멀어 테사한테 모든 걸 까발렸다고 생각했다.

"제이스가 나더러 그년한테 말하라고 했어. 전부 다 계획된 거라고.

개한테 술 몇 잔 먹여놓고, 네 앞에서 내가 다 까발리는 거야. 그럼 개가 질질 짜면서 나가겠지? 그러고 나서 제이스가 뒤쫓아가서 위로해 주는 척 하는 거지."

몰리가 낄낄거렸다.

"네가 뭐라 했더라, 제이스? 걜 '홀딱 벗겨 먹는다'고 했던가?"

몰리가 손짓까지 해가며 말했다.

제이스 앞으로 한 발 다가갔다.

"에이, 그거 다 농담이었어."

나는 주먹으로 제이스의 턱을 후려갈겼다. 잘못 본 게 아니라면, 제드가 피식거리며 웃고 있었다.

주먹에 감각이 없어질 때까지 제이스의 얼굴을 주먹을 꽂아 넣었다. 머리 꼭대기까지 뻗치는 분노를 감당할 수가 없었다. 이 개자식이 테사를 만지고, 키스하고, 강제로 옷을 벗기는 장면이 자꾸만 머릿속에 떠올랐다. 그럴수록 주먹질은 더욱 거칠어졌다. 그의 얼굴에서 터진 피가 나에게 튀었다. 피를 보니 더욱 마음에 불이 붙었다.

제이스의 검은테 안경이 그의 피 터진 얼굴 위에서 산산조각 났다. 갑자기 힘센 손이 그에게서 나를 떼어놓았다.

"죽일 셈이야?"

로건이 내 얼굴에 대고 소리를 질렀다. 그 바람에 정신이 들었다.

"너희들 중 누구라도 나한테 지껄이고 싶은 말이 있으면, 지금 해!"

나는 한때 가장 가까운 친구라고 생각했던 무리의 인간들을 향해 소리 질렀다.

아무도 말이 없었다. 심지어 몰리까지도.

"앞으로 누구든 테사에 대해 한마디라도 주둥이를 놀렸다가는, 평생 다시는 그 입을 못 열게 해줄 테니까!"

마지막으로 제이스를 쳐다봤다. 시체처럼 바닥에 뻗어 있었다.

나는 제드의 아파트를 나와 차디찬 겨울 밤거리로 나섰다.

15 · 테사

"진짜 맛있어요!"

나는 빨대로 얼음을 휘저으며 잔에 남아 있는 마지막 한 방울까지 쪽 빨아 마셨다. 킴벌리가 활짝 웃었다.

"한 잔 더?"

그녀는 눈이 조금 붉어져 있었지만, 여전히 멀쩡해 보였다. 나는 마음이 가벼워지면서 괜히 웃음이 나왔다. 취했나 보다. 그럼에도 기꺼이 고개를 끄덕였다. 어느새 음악에 맞춰 손가락으로 무릎을 두드리며 박자를 맞추고 있었다.

"기분 괜찮아요?"

눈치 챈 트레버가 웃으며 물었다.

"진짜 최고예요!"

"우리 나가서 춤춰요!"

킴벌리가 말했다.

"전 춤 안 춰요! 그게, 못 추는 건 아니고, 이런 음악에는 못 춘다고요!"

사람들이 잔뜩 춤추고 있는 이런 클럽에서 춤을 춰본 적은 없었다. 보통 때라면 저 사람들 틈에 끼어드는 것도 겁이 났을 거다. 하지만 지금은 몸 안에 흐르는 알코올이 한 번도 해보지 않았던 걸 할 용기를 준다.

"좋아요, 춤추러 가요!"

내가 외쳤다. 킴벌리가 웃으며 크리스찬에게 입을 맞추었다. 평소보다는 조금 오래. 그러더니 번개같이 일어나 소파에서 나를 끌어당겨 사람들이 북적대는 플로어로 끌고 갔다. 두 층 아래에 있는 플로어에는 사람들이 가득했다. 모두들 춤에 취해 제정신이 아닌 것 같았다. 무섭기도 했지만 한편으론 흥미로웠다.

킴벌리의 춤은 역시나 수준급이었다. 나는 눈을 질끈 감고 음악에 맞춰 몸을 흔들었다. 어색한 느낌이었지만 이 분위기를 깨고 싶지 않았다. 이젠 뭐 잃을 것도 없으니까.

모르는 노래의 리듬에 맞춰 춤을 추면서 칵테일을 두 잔이나 더 마셨다. 이제 빙빙 돌기 시작한다. 화장실에 가야겠다. 핸드백을 움켜쥐고 땀 범벅인 사람들을 헤치며 나아갔다. 백 속에서 휴대전화 진동이 울리는 게 느껴졌다. 꺼내 보니 엄마였다. 받을 수가 없었다. 엄마와 얘기하기엔 너무 취했으니까. 화장실 앞에 줄을 서서 기다리며 메시지를 확인했다. 오늘 하딘에게서 온 메시지는 하나도 없었다.

'무슨 일이 생긴 건가? 연락을 해봐야 하나?'

아니, 그럴 수 없다. 그건 너무 무책임한 행동이다. 내일이면 후회할 게 뻔하다.

벽에 달려 있는 번쩍이는 불빛들이 나를 향해 달려오는 것 같았다. 휴대전화 화면에 집중하려고 애를 썼다. 괜찮아지길 바라면서. 드디어 내 차례가 되었다. 화장실로 돌진해서 변기를 부여잡았다. 구역질이 올라왔다. 이런 느낌, 정말 싫다. 하딘이 있었으면 물을 갖다주고 머리카락도 잡아주었을 텐데.

'아냐, 아냐. 안 그랬을 거야.'

아무 것도 나오질 않자 화장실에서 나와 세면대로 갔다.

아무래도 전화를 해야겠다. 번호를 누르고 휴대전화를 어깨와 얼굴 사이에 끼웠다. 페이퍼타월을 뜯어서 물을 묻히려고 수도꼭지에 댔다. 물이 나오질 않는다. 자동 센서가 달린 수도는 정말 싫다. 아이라이너 가 조금 번져 있었다. 거울에 비친 나는 다른 사람인 것 같았다. 머리는 산발인데다 눈에는 온통 핏발이 서 있었다. 벨이 세 번 울리는 걸 듣고 전화를 끊어 세면대 위에 올려놓았다.

'이 남자는 왜 전화를 안 받는 거야?'

생각하는 찰라, 휴대전화 진동이 울렸다. 휴대전화가 부르르 움직여 개수대에 빠질 뻔했다. 그 모습이 너무 우스웠다. 왜인지 모르게 자꾸 만 웃음이 나왔다.

화면에 하딘의 이름이 보였다. 나는 젖은 손으로 화면을 문질러 닦 았다.

"해럴드?"

핸드폰을 들여다 보며 내가 말했다.

'해럴드라니?'

오, 맙소사! 내가 술을 너무 많이 마셨나 보다.

"테사? 괜찮아? 나한테 전화했었지?"

이런, 그의 목소리는 천상의 소리 같았다.

"글쎄, 발신자 표시에 나라고 되어 있었어? 그럼, 뭐 나였을 것도 같네."

나는 웃으면서 말했다. 그의 목소리가 달라졌다.

"너, 술 마셨어?"

"그럴지도."

눈 밑을 닦아낸 휴지를 쓰레기통에 집어넣었다.

술 취한 여자 둘이 들어오더니, 그 중 하나가 스텝이 꼬여 휘청거렸다. 사람들이 전부 웃음을 터뜨렸다. 둘은 비틀거리며 제일 넓은 칸으로 들어갔고, 나는 다시 통화에 집중했다.

"지금 어디야?"

하딘의 목소리가 거칠어졌다.

"진정해, 하딘."

하딘은 언제나 나더러 진정하라고 했었다. 이제 내 차례다. 그가 한숨을 내쉬었다.

"테사⋯."

그가 화났다는 건 알겠다. 하지만 거기까지 신경 쓰기엔 정신이 너무 없었다.

"대체 술을 얼마나 마신 거야?"

"나두, 자알, 모르겠어⋯. 다섯 잔, 아니 여섯 잔쯤?"

점점 취기가 올라 벽에 기대면서 대답했다. 뜨거워진 살갗이 얇은 원피스 너머 차가운 타일에 닿는 느낌이 좋았다.

"뭘 마셨는데?"

"섹스온더비치? 우린 한 번도 비치에서 섹스한 적 없잖아, 되게 재밌을 거 같은데⋯."

나는 실실 웃으며 말했다. 그의 멍청한 표정을 당장 봤으면 좋겠다. 아니, 멍청한 게 아니라, 아름다운. 근데 지금은 멍청하다는 표현이 더 나은 것 같다.

"이런, 완전 취했구나."

분명 지금 손으로 머리를 쓸어 넘기고 있을 거다.

"지금 어디 있는 거야?"

하딘이 또 물었다.

"네가 없는 그 어딘가?"

"물론 그렇겠지. 그러니까 너, 지금, 클럽이야?"

그가 울부짖듯 소리쳤다.

"우…, 여기 심통난 사람 하나 있대요."

내가 웃음을 터뜨렸다. 음악 소리가 들린 게 틀림없다. 그는 위협적으로 말했다.

"난 너 어디에 있는지 금세 찾을 수 있어."

어쩐지 그의 말이 맞을 것 같긴 했다. 하지만 상관없었다. 그런데 미처 생각할 틈도 없이 다음 말이 터져나왔다.

"오늘은 왜 나한테 전화 안 했어?"

"뭐라고?"

기습적인 내 질문에 당황한 것 같았다.

"오늘, 너, 나한테 전화 안 했잖아."

내가 불쌍한 척하며 말했다.

"전화하면 네가 싫어할 줄 알았어."

"싫어하지, 그래도!"

"그럼 내일은 전화할게."

그가 차분하게 말했다.

"아직 전화 끊지 마."

"안 끊을 거야. 내일은 전화하겠다고, 네가 안 받아도."

그가 조용히 말하자, 심장이 쿵쾅거리기 시작했다. 나는 무덤덤하게 말하려고 애를 썼다.

'나, 지금 뭐 하는 거니?'

"그럼, 이제 어디 있는지 말해줄 거야?"

"아니."

"트레버도 같이 있어?"

그의 목소리는 심각해졌다.

"응. 킴벌리랑 크리스찬도."

왜 이렇게 변명처럼 말하는지 모르겠다.

"그럼 이게 다 계획된 거야? 너를 컨퍼런스에 데리고 가서, 염병할 클럽에 데려가 잔뜩 취하게 만드는 게?"

그의 목소리가 높아졌다.

"어서 호텔로 돌아가. 넌 술 못 마시잖아. 정신도 없는데, 트레버가….."

나는 그의 말이 끝나기도 전에 전화를 끊어버렸다. 도대체 자기가 뭔데? 내가 전화 걸어준 것만도 행운이라고 생각해야지. 술을 마시든 말든 무슨 상관이야. 술을 한 잔 더 마셔야겠다.

휴대전화가 계속 울렸다. 계속 거절 버튼을 눌렀다.

'안 받을 거야, 하딘.'

나는 다시 룸으로 돌아와 칵테일 한 잔을 주문했다.

"괜찮아요? 많이 취한 것 같은데."

킴벌리가 물었다.

"멀쩡해요!"

거짓말이었다. 그런데도 술이 오자마자 들이켰다. 하딘은 정말 나쁜 놈이다. 우리가 함께 있지 못하는 건 전부 자기 때문이다. 그런데도 나랑 통화하면서 소리를 질러? 그런 짓만 안 저질렀다면 지금 여기 같이 있었을 텐데. 지금 여기엔 하딘 대신 트레버가 와 있다. 트레버는 정말 친절하고 핸섬하다.

"왜요?"

내가 쳐다보는 걸 알고, 트레버가 미소를 지었다.

"아무 것도 아니에요."

새로 받은 잔까지 마시고, 우리는 내일 얼마나 재미있을지에 대해 떠들어댔다. 나는 벌떡 일어섰다.

"또 춤추러 갈래요!"

트레버가 뭔가 할 말이 있는 것처럼 보였다. 아마 나하고 같이 가겠다는 거였나 보다. 하지만 볼만 붉어진 채 잠자코 있었다. 킴벌리는 사양하겠다는 듯 내게 손사래를 쳤다. 혼자 나가도 상관없다. 나는 플로어 한가운데로 나가 몸을 움직이기 시작했다. 아마 우스꽝스럽게 보였을 거다. 그래도 음악에 몸을 맡긴 채 즐기는 기분은 최고였다. 지나간 일은 그냥 두기로 했다. 술 취해서 하딘과 통화한 것 따위도 말이다.

노래가 반쯤 흘렀을 때, 내 뒤에 키 큰 누군가가 바짝 붙어 있는 걸 느꼈다. 뒤를 돌아보았다. 다크 진에 흰 셔츠를 입은, 제법 귀여운 남자였다. 짧게 깎은 갈색 머리에, 미소마저 숨이 막히게 잘생겼다. 그렇다고 해도 그는 하딘이 아니다. 누구도 하딘이 될 순 없다.

'하딘 생각 좀 그만해.'

스스로를 다그치는데, 남자가 내 엉덩이에 손을 대며 귀에 대고 속삭였다.

"같이 출래요?"

"음…, 그래요."

대답은 내가 했지만, 사실은 알코올이 한 말이었다.

"당신, 진짜, 너무 예뻐요."

남자는 나를 돌려세워 가까이 밀착하며 말했다. 남자가 내 허리를 잡고 바짝 끌어당겼다. 나는 눈을 감았다. 내가 아닌 다른 누군가가 되었다고 상상했다. 클럽에서 낯선 사람과 춤 추는 그런 여자가 된 거다.

다음 노래는 조금 느리면서 관능적이었다. 나는 엉덩이를 천천히 움직였다. 우리는 얼굴을 마주보았고, 남자는 내 손을 잡아 자기의 입술에 갖다 대고, 입술로 내 손을 따라 맨살을 더듬었다. 놀라 눈이 마주쳤고, 그 다음 순간 남자의 혀가 내 입 속으로 밀려들어왔다. 남자에게서 익숙치 않은 맛이 났다. 마음 속에서 남자를 밀어내라고 소리쳐댔다. 하지만 머리, 내 머릿속에서는 완전히 다른 말을 하고 있었다.

'그 남자에게 키스해. 하딘을 잊어야 하잖아. 키스해.'

나는 뱃속부터 올라오는 역겨운 느낌은 무시하기로 했다. 눈을 감고 남자의 혀에 내 혀를 얽어 움직였다. 대학 생활 3개월 만에 지금껏 살면서 했던 것보다 더 많은 남자들과 키스를 했다. 낯선 남자의 손이 허리에서 더 아래로 내려가는 걸 느꼈다.

"우리 집으로 갈래요?"

남자가 입을 떼고 말했다.

"뭐라고요?"

남자가 한 말은 똑똑히 들었다. 나는 남자의 말을 지우기라고 하려는 듯 되물었다.

"우리 집에 가요."

남자가 아무렇지도 않게 말했다.

"아, 그건 별로 좋은 생각 같진 않아요."

"아, 이건 좋은 생각이에요."

남자가 웃었다. 총천연색 조명이 그의 얼굴을 비췄다. 그 모습이 어쩐지 이상하고 웃는 모습이 아까보다 훨씬 무섭게 보였다.

"도대체 날 뭘로 보고 당신 집에 갈 거라 생각한 거죠? 당신을 알지도 못하잖아요!"

음악 소리보다 더 크게 소리를 질렀다.

"당신이 먼저 나한테 들이대고 좋아했잖아."

남자가 황당하다는 듯 말했다.

남자에게 소리를 지를까, 사타구니는 걷어차줄까 하다가 진정하려고 잠시 생각을 해봤다. 나도 이 남자에게 추파를 던졌고, 남자와 키스했다. 물론 남자가 앞서 나가긴 했지만. 대체 나 왜 이러니? 클럽에서 낯선 남자에게 꼬리를 치다니. 이건 내가 아니다.

"미안해요, 하지만 안 되겠어요."

얼른 대답하고 자리를 떴다.

자리로 돌아오니 트레버는 소파에서 꾸벅꾸벅 졸고 있었다. 그 사랑스런 모습에 웃음이 나왔다.

'맙소사, 대체 이게 어디서 튀어나온 생각이야?'

정말 술을 너무 많이 마신 것 같다. 테이블에 있던 얼음통에서 물병을 꺼냈다.

"재미있어요?"

킴벌리가 물었다.

"정말 재밌었어요."

조금 전에 있었던 일을 조용히 덮어두고 말했다.

"나갈 준비 됐어요, 허니? 우리 내일 일찍 일어나야 해요."

크리스찬이 킴벌리에게 말했다.

"네, 당신 갈 때 나가면 돼요."

그녀가 크리스찬의 허벅지를 쓰다듬었다. 나는 뺨을 붉히며 고개를 돌리고, 트레버를 쿡 찔렀다.

"같이 갈래요, 아님 여기서 잘래요?"

내가 짓궂게 물었다. 그는 웃으며 똑바로 앉았다.

"결정 못하겠어요. 이 소파가 너무 편해서. 음악도 감미롭고…."

크리스찬이 기사에게 전화했다. 차를 기다리는 동안 킴벌리는 마지막 술을 주문했다. 나도 한 잔 더 할까 잠깐 고민했지만, 됐다, 충분히 마셨다. 여기서 더 마시면 필름이 끊기거나 구토를 할 것 같았다. 둘 다 싫다.

차가 도착했고, 우리는 모두 밖으로 나왔다. 뜨거운 살갗에 차가운 바깥 공기가 닿으니 상쾌했다.

호텔로 돌아오니 거의 새벽 3시가 다 되었다. 취했지만 배가 고팠다. 냉장고를 뒤져서 안에 있는 걸 거의 다 먹어치웠다. 나는 신발도 벗지 못하고, 비틀거리며 침대에 쓰러졌다.

"아…, 대체 뭐야."

투덜거리며 눈을 떴다. 선잠을 자다가 성가신 소음에 잠이 깬 것이다. 엄마가 소리치는 게 아니라는 걸 알아채기까지 잠깐 멍하게 있었다. 누군가가 문밖에서 들어오고 싶어 난리를 치는 것 같았다.

"세상에, 나가요!"

나는 소리치고, 비틀비틀 문 쪽으로 걸어갔다. 가다가 책상 위에 놓인 시계를 힐끔 보았다. 새벽 4시가 되어간다.

'도대체 이 시간에 누구야?'

여전히 취한 상태였지만, 덜컥 무서운 생각이 들었다. 하딘이면 어떡하지? 술에 취해 전화건 지 세 시간이 넘었다. 근데 나를 어떻게 찾았을까? 무슨 얘기를 해야 하지? 마음의 준비가 하나도 안 되었다.

가슴이 다시 쿵쿵 뛰었다. 걱정을 접어두고 문을 열었다. 최악의 상황만 염두에 두었다.

트레버였다. 묘한 실망감이 가슴을 찔렀다. 나는 눈을 비볐다. 누웠을 때보다 더 취기가 올라왔다.

"깨워서 미안해요. 근데 혹시 제 폰 가지고 있어요?"

"네?"

나는 그가 들어올 수 있게 뒤로 물러섰다. 그의 등 뒤로 문이 닫히자, 방은 어둠에 휩싸였다. 창밖으로 들어오는 도시의 불빛이 유일한 조명이었다. 스위치를 찾아야 하는데, 술이 취해서 도통 어디에 있는지 모르겠다.

"우리 폰이 서로 바뀐 것 같아요. 내가 당신 걸 가지고 있는데, 당신이 내 걸 가지고 있나 봐요."

그가 내 휴대전화를 내놓았다.

"아침까지 기다리려고 했는데, 계속 전화가 와서요."

"아."

나는 핸드백을 뒤졌다. 역시 트레버의 휴대전화가 내 백에 들어 있었다.

"아, 미안해요. 차 안에서 바뀌었나 봐요."

사과를 하며 그에게 건넸다.

"괜찮아요. 깨워서 정말 미안해요. 자다가 깼는데도 평소처럼 아름답…."

문을 부술 기세로 세차게 두드리는 소리가 들렸다. 갑작스러운 소란에 이제는 화가 치밀었다.

"이게 대체 무슨 일이래요? 내 방에서 파티라도 열린대요?"

혹시라도 호텔 직원이라면 그냥 두지 않을 작정이었다. 트레버가 시끄럽게 했다고 싫은 소리를 할 모양인가 보다. 그런데 아이러니하게도 자기가 더 소란스럽게 굴고 있다.

문 앞에 이르자 소리는 더 커졌다. 하지만 그 순간 밖에서 들리는 소리에 그 자리에서 얼어붙고 말았다.

"테사! 빌어먹을 문 열어!"

하딘의 목소리가 쩌렁쩌렁 울렸다. 꼭 문이 없는 것처럼 생생하게 들렸다. 뒤에서 한 줄기 빛이 비쳤다. 돌아보니 트레버가 겁에 질려 얼굴이 창백해져 있었다.

내 방에 있는 트레버를 하딘이 본다면 정말 큰일이다. 무슨 일을 하고 있었든 그건 상관없다.

"어서 화장실에 숨어요."

트레버의 눈이 동그래졌다.

"뭐라고요? 그럴 순 없어요!"

그가 버텼다. 물론 그건 정말 웃기는 생각이긴 하다.

"빌어먹을 문 열라니까!"

하딘이 또 소리 질렀다. 그러더니 문을 발로 걷어차기 시작했다.

문을 열기 전에 한 번 더 트레버를 쳐다보았다. 하딘이 작살내기 전에 그의 잘생긴 얼굴을 기억하고 싶었다.

"나갈게!"

문을 반쯤 열어보니 폭발 직전의 하딘이 보였다. 머리에서부터 발끝까지 올블랙. 눈을 어디에 둬야 할지 모르겠다. 그 와중에 그가 두꺼운 부츠 대신에 검정색 스니커즈를 신고 있다는 걸 발견했다. 부츠 말고 다른 걸 신은 건 한 번도 보지 못했는데. 그나저나 저 신발은 정말 맘에 든다.

퍼뜩 정신이 들었다.

하딘은 문을 열어젖히고 쏜살같이 나를 지나쳐 트레버 앞으로 돌진했다. 다행히 내가 그의 셔츠를 붙들어 겨우 저지할 수 있었다.

"넌 애를 취하게 만들면, 빌어먹을 호텔 방까지 데리고 올 수 있을 거라고 생각한 거지!"

하딘이 트레버에게 달려들며 소리쳤다. 그가 있는 힘껏 달려든 건 아닌 것 같았다. 자기 셔츠를 놓치면 내가 바닥에 넘어질 수도 있다는 걸 계산한 듯 속도를 늦췄다.

"불 꺼진 방에서 단 둘이 뭘 하고 있었던 거야!"

"그게 아니라…."

트레버가 더듬거리며 말을 꺼냈다.

"하딘, 그만 해! 사람 패고 다니는 거 좀 그만하라고!"

나는 그의 셔츠를 세게 당기며 소리쳤다.

"트레버, 방으로 돌아가요. 내가 설명할게요. 당신한테 한 행동은 내가 사과할게요."

트레버가 방을 나가고 하딘이 나를 돌아봤다.

"넌 여기 나타나서도 안 되고, 내 방에 뛰어들어와서 내 친구를 때려서도 안 돼!"

"저 자식이야말로 여기 있으면 안 되지. 왜 저놈이 이 방에 있지? 넌 왜 아직도 옷을 입고 있고? 그리고, 젠장, 그 옷은 대체 어디서 난 거야?"

그가 나를 훑어보며 말했다.

"트레버는 자기 휴대전화를 가지러 왔어. 내가 실수로 바꿔 가져왔단 말이야. 그리고, 네가 또 뭘 물었는지 기억이 안 난다."

내가 솔직히 말했다.

"그러니까, 그렇게 술을 많이 마시지 말았어야지."

"앞으로도 언제, 어디서, 어떻게든, 내가 마시고 싶은 만큼 술을 마실 거야. 고마워."

그가 어이없다는 표정을 지었다.

"넌 술 취하면 완전 짜증나."

그가 소파에 털썩 주저앉았다.

"넌, 늘 짜증나. 그리고 누가 너더러 거기 앉으래?"

나는 팔짱을 끼면서 발끈했다.

하딘은 반짝이는 초록색 눈으로 나를 올려다보았다. 맙소사…, 이 남자, 지금 너무 멋있다.

"그 자식이 네 방에 있다니 어이가 없다."

"하딘, 네가 내 방에 있는 게 더 어이없어."

내가 맞받아쳤다.

"그 자식이랑 잤어?"

"감히 그딴 걸 물어?"

"그럼 자려고 했어? 아니, 자고 싶었어?"

"오 마이 갓, 하딘! 넌 정말 제정신이 아니구나!"

나는 고개를 절레절레 흔들며 창문과 침대 사이로 갔다.

"왜 아직까지 옷을 입고 있어? 이 새벽에?"

짜증이 폭발했다.

"누구랑 뭘 하든 네가 무슨 상관인데. 트레버랑 섹스했을지도 모르지. 또 알아? 다른 남자하고도 섹스했을지?"

그를 조롱하듯 입꼬리를 올리며 슬쩍 웃었다. 그리고 똑똑히 알아듣도록 천천히 말했다.

"넌 절대 알 수 없어."

의도했던 효과다. 하딘의 표정이 어두워지면서 일그러졌다.

"지금 뭐라고 그랬어?"

그가 울부짖었다.

오, 생각했던 것보다 더 재밌는데. 술 취해서 하딘에게 헤롱거리는 게 제법 재밌다. 생각 없이 아무 말이나 막 해도 되니까. 모든 게 다 재

있어 보인다.

"들었잖아."

나는 하딘 앞으로 가서 섰다.

"클럽에서 만난 남자 손에 이끌려 화장실에 갔을지도 몰라. 트레버랑 이 침대에서 뒹굴었을지도 모르고."

어깨 너머로 침대를 무심히 쳐다보며 내가 말했다.

"입 다물어!"

하딘이 이를 악물었다. 하지만 나는 피식 웃었다. 왠지 그를 정복한 것만 같았다. 하딘의 셔츠를 찢어버리고 싶은 충동이 일었다.

"뭐가 문젠데, 하딘? 트레버의 손길이 내 몸 구석구석 미쳤을 거라 생각하기 싫은 거야?"

하딘의 분노 때문인지 술기운 때문인지, 아니면 그가 보고 싶었기 때문인지 잘 모르겠다. 더 생각할 겨를도 없이 나는 의자 위 그의 다리에 올라앉았다. 다리를 벌려 그의 정면을 향한 채로. 내 행동에 당황했는지, 그는 분명 떨고 있었다.

"너…, 너 뭐 하는 거야. 뭐 하는 짓이야, 테사?"

"말해봐, 하딘. 맘에 들어? 트레버하고 나…."

"그만해!"

그가 애원했고, 나는 이쯤 하기로 했다.

"걱정 마. 내가 그럴 사람이 아니라는 거, 너도 알잖아."

그의 목에 팔을 둘렀다. 그의 품에 있으니 잊고 있던 감정이 올라와 숨을 쉴 수가 없었다.

"취했어, 테사."

그가 목에 감긴 내 팔을 풀려고 했다.

"그래서, 널 원해."

내 말에 우리 둘 다 깜짝 놀랐다.

하지만 이성적으로 생각하는 건 집어치우기로 했다. 나는 두 주먹 가득 그의 머리카락을 움켜쥐었다. 아, 이 감촉을 얼마나 그리워했는지 모른다.

"테사…, 지금 무슨 짓을 하는지 모르는구나. 너 완전히 취했어."

그의 말에 설득력이란 손톱만큼도 없었다.

"하딘…, 너무 깊게 생각하지 마. 너도 나 보고 싶었잖아?"

나는 그의 목을 가볍게 빨았다. 호르몬이 온몸에 넘쳐흘렀다. 나조차도 이렇게까지 그를 원했는지 미처 몰랐다.

"응, 보고 싶었지."

그가 쉿소리를 냈고, 나는 그의 목을 더 세게 빨았다. 자국을 남기고 말 테다.

"이럴 순 없어, 테스…, 제발."

그러나 나는 멈추지 않았다. 오히려 몸을 더 세게 그에게 밀착했다. 그는 신음을 토해냈다.

"이러지 마…."

그가 속삭이며 내가 엉덩이를 움직이지 못하게 양손으로 붙들었다. 나는 움직임을 멈추고 그를 노려보았다.

"둘 중 하나를 선택해. 나랑 섹스하든가 아니면 여기서 나가."

'내가 지금 무슨 소리를 하는 거야?'

머릿속에서 이성이 웅웅거렸다.

"테사, 내일이면 날 미워하게 될 거야. 이런 상황에서….."

그가 내 눈을 들여다보았다.

"난 이미 널 미워해."

그가 내 말에 흠칫했다. 너무 진심 같아 분위기를 부드럽게 만들어야 했다. 그가 내 엉덩이를 잡고 있던 손에 힘을 뺐다. 다시 움직일 수 있었다.

"우리, 이러기 전에 얘기는 좀 해야 하지 않겠어?"

"분위기 깨는 소리 좀 그만할래?"

나는 신음 소리를 내며 몸을 그에게 문질렀다.

"이러면 안 돼, 이런 식이면….."

언제부터 이 남자가 '바른생활 맨'이 됐지?

"너도 원하는 거 다 알아, 하딘. 벌써 단단해진 게 다 느껴진다고."

그의 귀에 대고 말했다.

술 취한 내 입에서 말들이 제멋대로 흘러나오고 있었다. 믿어지지가 않았다. 하딘도 눈을 동그랗게 뜨고 입을 떡 벌렸다.

"하딘. 자, 이 테이블에 날 올려놓고 싶지 않아? 아님 침대에? 아니면 싱크대?"

나는 그의 귓불을 부드럽게 물면서 속삭였다.

"젠장, 알았어. 해버리자고."

그가 내 머리카락을 움켜쥐고 얼굴을 가까이 끌어당겼다.

하딘의 입술이 닿는 순간, 온몸에 불이 붙었다. 그의 입 속에 신음을 토해냈고, 하딘에게서도 똑같이 뜨거운 신음이 터져나왔다. 내 손가락은 그의 머리카락에 더 세게 쥐었다. 그를 향한 욕구를 주체할 수가 없었다. 그가 내 등을 꽉 끌어안자, 미칠 듯이 좋았다. 나는 손을 그의 검정 셔츠 안으로 밀어 넣은 뒤 셔츠를 머리 위로 벗겨냈다. 두 번째 키스를 마치고, 하딘은 뒤로 살짝 기대며 애원하듯 말했다.

"테사…."

"하딘."

그의 타투를 손끝으로 훑었다. 살갗 아래 단단한 근육들이 긴장하는 이 느낌이 그리웠다. 완벽한 그의 몸에 복잡하게 얽혀 있는 검정색 타투가 얼마나 그리웠는지.

"난 널 이렇게 만나고 싶지 않아."

말은 그렇게 했지만, 혀로 그의 아랫입술을 핥자 그도 신음을 토해냈다. 나는 조롱을 섞어 킬킬댔다.

"이제 그만 말해."

손이 그의 바지 속으로 미끄러져 들어갔다. 그도 이제는 저항할 수 없을 거다. 생각보다 기분 좋다. 하딘과 이럴 수 있을 거라고는 꿈에도 생각 못했다. 내가 모든 걸 통제하는 이런 상황 말이다. 놀라운 경험이다. 우리의 역할이 완전히 바뀌었다.

그는 완전히 발기되어 단단해져 있었다. 나는 그에게서 내려와 지퍼를 내렸다.

17 · 하딘

혼란스러웠다. 뭔가 잘못돼 가고 있다는 걸 알았지만, 멈출 수가 없었다. 나는 그녀를 원하고, 그녀가 필요하다. 그녀에게 늘 목말라 있고,

그녀를 갖고 싶다. 그런 그녀가 내게 방을 나가든 섹스하든, 하나를 고르라고 한다면 선택의 여지가 없다. 테사 입에서 그런 말이 나오다니, 너무 부자연스럽고, 동시에 너무 섹시하다.

그녀의 손이 내 청바지의 버튼을 풀고 지퍼를 내렸다. 나는 고개를 가로저었다. 제대로 판단할 수도, 이성적으로 생각할 수도 없었다. 나는 완전히 빠져버렸다. 평소엔 달콤했지만 지금은 거친 이 여자를 견딜 수 없을 만큼 사랑한다.

"잠시만…."

한 번 더 말했다. 그녀가 멈추는 건 싫었지만, 최소한 대화라도 좀 더 해야 하는 것 아닌가. 그래야 마음 속 죄책감을 조금이라도 덜 수 있을 것 같았다.

"아니, 기다릴 만큼 기다렸어."

그녀의 목소리는 부드러웠다. 그녀는 손이 팬티 안으로 들어오더니, 내 페니스를 움켜쥐었다.

"젠장, 테사…."

"내 말이 그 말이야. 널 원한다고."

그녀를 멈출 수가 없다. 내가 원하지 않더라도 말이다. 그녀도 내가 필요했던 거다. 그녀가 술에 취했든 아니든, 난 가질 수 있는 건 가질 거다. 난 그런 놈이니까. 이렇게라도 그녀가 날 원한다면, 그것도 좋다.

그녀는 내 앞에 무릎을 꿇고 앉더니 페니스를 입에 넣었다. 내려다보자 테사가 속눈썹을 깜빡이며 나를 올려다보았다. 제기랄, 천사와 악마가 공존하는 모습이다. 너무 달콤하고, 말할 수 없이 난잡하다. 그녀는 혀를 돌리고 튕기는 걸 멈추지 않았다. 그러다 움직임을 멈추고 나를 보며 씨익 웃었다.

"맘에 들어?"

그녀의 말에 거의 사정할 뻔했다. 내가 고개를 끄덕이자 그녀는 다시 내 것을 입에 넣었다. 두 뺨이 움푹 들어가도록 세게 빨며, 그녀는 달콤한 입 속으로 나를 더 깊게 받아들였다. 멈추게 하고 싶진 않았지만, 나도 그녀를 만지고 싶었다. 그녀를 느끼고 싶었다.

"그만…."

애원하다시피 말하며 그녀의 어깨를 부드럽게 밀었다. 그녀는 고개를 저었고, 머리를 위아래로 움직이며 나를 고문했다. 이건 너무 위험한 속도다.

"테사…, 제발."

내가 신음했다. 그녀는 웃더니 더 격렬하게 움직였다. 다행히 입 안에 사정하기 직전, 동작을 멈췄다.

그녀가 미소를 지으며 입술을 손등으로 쓰윽 닦았다.

"너, 정말 맛있어."

"맙소사, 언제부터 그런 화끈한 말을 하게 된 거야?"

그녀가 일어나 앉았다.

"나도 몰라, 늘 생각하고 있었어. 말할 기회가 없었던 거지."

그러더니 침대 쪽으로 향했다.

나는 웃음이 터질 뻔했다. 이건 너무 그녀답지 않다. 하지만 오늘밤은 그녀가 주도하고 있고, 분명한 건 이걸 즐기고 있다는 거다. 나는 온전히 그녀의 처분에 맡길 뿐이다.

이런 옷을 입고 유혹한다면 어떤 남자든 무너뜨릴 수 있을 것이다.

네이비 컬러 원피스는 그녀의 잡티 하나 없는 살결을 감싸고, 몸의 곡선을 그대로 드러냈다. 이렇게 섹시한 모습은 본 적이 없다. 그녀는 옷을 벗어 장난스럽게 나에게 던졌다. 글자 그대로 나는 눈이 튀어나오는 줄 알았다. 흰색 레이스 브레이지어는 그녀의 풍만한 가슴을 겨우 가리고 있었고, 팬티가 엉덩이와 치골 사이 부드러운 살결을 드러내며 아슬아슬하게 걸려 있다. 그녀는 내가 거기에 키스하는 걸 좋아한다.

"네 차례야."

그녀가 미소를 지으며 침대 위에 누웠다.

그녀가 떠나던 날부터 나는 이 순간을 꿈꿨다. 하지만 진짜 실현될 줄은 몰랐다. 그러니 지금 내 눈 앞에서 벌어지고 있는 모든 순간에 집중해야 한다. 다시는 볼 수 없을지도 모르니까.

그녀가 머리를 꼿꼿이 들고 한쪽 눈썹을 올리며 나를 바라보았다.

"나 혼자 해볼까?"

나는 얼어붙은 듯 한참을 가만히 서 있었다.

'세상에, 지칠 줄 모르는구나.'

대답은 하지 않고, 침대에 올라 그녀의 다리 옆에 앉았다. 참을 수 없다는 듯 그녀가 팬티를 잡아당겼다. 나는 그녀의 손을 치우고 팬티를 끌어내렸다.

"네가 미치게 보고 싶었어."

그녀는 내 말을 듣는 둥 마는 둥하고 내 머리를 움켜쥐고 자신이 원하는 곳으로 이끌었다. 나는 그녀의 버자이너에 입술을 밀어붙여 서서히 움직였다. 내 혀 아래서 그녀는 낑낑거리며 몸을 꿈틀거렸다. 나는 그녀의 가장 민감한 부분에 집중했다. 그녀가 이 순간을 얼마나 좋아하는지 잘 알고 있다. '이거 뭐야?' 처음 그녀의 몸을 만졌을 때, 그녀가 했던 말을 똑똑히 기억한다.

그녀는 순수했다. 여전히 그렇고, 그게 나를 더욱 달아오르게 한다.

"오 마이 갓, 하딘."

그녀의 신음은 뜨거웠다. 아, 나는 이 말이 그리웠다. 평소 같으면 그녀가 얼마나 젖었는지, 얼마나 준비가 되었는지 물었겠지만, 지금은 무슨 말이 필요하겠는가. 쾌락이 커질수록 그녀는 더 세게 시트를 움켜쥐었고, 더 크게 신음을 토해냈다. 나는 완전히 몰두했다. 손가락을 그녀 안으로 미끄러지듯 집어넣었다. 넣었다 빼기를 반복하자 그녀가 흐느끼기 시작했다.

"더, 하딘! 제발, 더 해줘."

그녀가 애원했고, 나는 원하는 대로 해주었다. 손가락을 빙빙 돌리면서 당기고 혀로 클리토리스를 핥았다. 그녀의 두 다리가 뻣뻣해졌다. 절정에 다다르고 있는 거다. 그녀를 바라보면서 빠르게 손가락을 놀렸다. 그녀는 울부짖었다. 내 이름을 부르며. 내 손가락으로 그녀는 절정에 이르렀다. 그녀의 표정 하나하나를 놓치지 않고 보았다. 눈을 질끈 감고, 입 모양은 섹시하게 벌어져 있으며, 가슴과 두 볼은 핑크빛으로 물들어 오르가즘에 다다른 그 모습을. 나는 그녀를 사랑한다, 제길, 너무나 사랑한다. 그녀가 절정에 도달한 후, 나는 손가락을 입에 넣었다. 달콤한 그녀 맛이다. 그녀가 다시 나를 떠나도 이것만은 기억하고 싶을 만큼.

그녀는 가슴을 들썩이며 헐떡거리다가 갑자기 눈을 번쩍 떴다. 아름다운 얼굴에 희열을 머금은 미소가 흘렀다. 그녀는 손가락을 갈고리처럼 구부려 까딱거리며 다가왔다. 미소가 저절로 나왔다.

"콘돔 있어?"

그녀가 사악하게 물었고, 나는 그녀에게 몸을 기댔다.

"물론."

대답하며 아차 싶었다. 이걸 너무 깊게 생각하지 말아야 할 텐데.

"평소에 늘 가지고 다니는 거라."

진심이었다.

"신경 안 써."

그녀가 중얼거리며 바닥에 놓여 있던 내 청바지 주머니를 뒤져 콘돔을 찾아냈다. 나는 마지못해 콘돔을 받으면서도 그녀에게서 시선을 떼지 않았다.

"너, 진심이야?"

지금까지 스무 번은 물은 것 같다.

"한 번만 더 물으면, 그거 가지고 트레버 방으로 가버릴 거야."

그녀가 겁주듯 말했다.

그녀를 내려다보았다. 오늘밤 그녀는 너무나 잔인하다. 나 말고는 아무도 그녀의 이런 모습을 상상할 수 없을 거다. 가슴이 미친 듯이 뛰기 시작했다. 그녀가 저 '가짜 노아'랑 있는 걸 생각만 해도 피가 거꾸로 솟는다.

하지만 이 또한 현명한 건 아닌 것 같다. 그녀는 취해서 이런 식으로 나를 대하고, 나는 그런 그녀와 섹스를 한다. 우리 모두에게 좋을 게 하나 없어 보인다. 하지만 그녀가 나를 원하는데, 그걸 거부할 순 없다. 게다가 그녀가 오늘을 후회한다면, 앞으로 이럴 날은 다시 오지 않을 테니까.

콘돔을 씌우자 그녀가 냉큼 다리 위에 올라탔다.

"처음에는 이렇게 할래."

그녀가 내 페니스를 잡더니 위에 앉으며 신음 소리를 냈다. 당혹스러움과 희열이 섞인 한숨이 새어 나왔다. 그녀가 엉덩이를 바짝 붙이고 천천히 원을 그리며 움직였다. 세상에서 가장 달콤한 리듬이다. 가슴에서 시작해서 엉덩이까지, 완벽한 곡선이 미치도록 매혹적이었다. 오래 버티지 못할 것 같다. 너무 오래 그녀를 안지 못했다. 유일한 위로라면 그녀를 상상하며 혼자 해결했던 거다.

"말해줘, 하던. 전에 했던 것처럼 얘기해줘."

그녀가 내 목에 팔을 감으며 더 세게 끌어당겼다. '전에 했던 것처럼'이라니. 마치 한참 지난 옛날 일처럼 얘기하는 게 싫다.

움직임을 더 잘 느끼려고 살짝 몸을 일으켰다. 그리고 입을 그녀의 귀에 갖다 댔다.

"내가 음란한 말 해주는 걸 좋아하지?"

숨을 불어넣자, 그녀가 신음을 토해냈다.

"대답해봐."

그녀가 고개를 끄덕였다.

그녀의 목을 살짝 깨물었다. 자제력 따위는 버리고 살갗을 거칠게 빨았다. 그녀의 몸에 흔적을 남길 것이다. 트레버, 아니, 모두가 볼 수 있게 말이다.

"이런 걸 느끼게 해줄 수 있는 건 나밖에 없어. 널 비명 지르게 만들 사람은 나밖에 없다고…. 아무도 네 몸 어디를 만져야 하는지 몰라."

우리가 결합되어 있는 부분으로 손을 내려 그녀를 부드럽게 자극했다. 그녀는 흠뻑 젖어 있었다. 축축해진 그곳으로 손가락이 쉽게 미끄러졌다.

"오, 갓…."

그녀가 가르랑거렸다.

"말해봐, 테사. 내가 최고라고."

원을 그리며 그녀의 클리토리스를 애무했다. 그녀의 움직임을 따라 엉덩이를 들어올려 페니스를 더 깊숙이 밀어 넣었다.

"그래, 이게 너야."

그녀가 머리를 뒤로 젖혔다. 절정으로 치닫고 있었고, 나 또한 그랬다.

"나, 뭔데?"

그녀 입으로 말하는 걸 들어야 한다. 그게 거짓말일지라도. 그녀를 향한 절박함이 나를 두려움에 떨게 했다. 그녀의 엉덩이를 잡고 공중으로 들어올렸다가 눕힌 뒤 그녀 위에 올라탔다. 그리고 거침없이 나를 밀어 넣었다. 그녀는 짧게 비명을 질렀다. 그녀의 엉덩이를 더 세게 움켜쥐었다. 그녀에게 나를 느끼게 하고 싶다. 내 모든 걸. 내가 그녀를 사랑하는 방식대로 그녀도 나를 사랑하게 만들고 싶다. 그녀는 내 것이고, 나는 그녀의 것이다. 그녀의 부드러운 살갗이 땀으로 반짝였다. 맛있어 보였다. 나의 움직임에 따라 젖가슴이 춤을 췄고, 눈동자가 뒤로 넘어가 흰자위가 보였다.

"최고야…, 하딘…."

그녀가 입술을 깨물었다. 두 손으로 그녀의 얼굴을 감싸 쥐었다. 내 아래에서 그녀가 절정으로 치닫는 걸 보고 있었다. 너무 아름다웠다.

내가 했던 말들이 그녀의 입에서 쏟아져 나왔다. 그녀의 손톱이 내 등의 살갗을 파고들었다. 이런 고통이라면 언제든 환영이다. 우리가 만들어낸 열정이 한 덩어리로 타오르고 있다. 몸을 일으켜 그녀를 안아 허벅지 위에 다시 걸터앉게 했다. 두 팔로 그녀의 등을 감쌌다. 그녀는 내 어깨에 머리를 기댔다. 그녀의 이름을 토해내며 콘돔에 내 모든 걸 쏟아냈다.

그녀를 안은 채로 침대에 누웠다. 그녀는 긴 숨을 뱉어냈고, 나는 그녀의 이마를 손가락으로 쓰다듬으며 땀에 젖은 머리카락을 얼굴에서 떼어냈다. 그녀의 가슴이 아직도 헐떡였고, 나는 안심이 되었다.

"사랑해."

그녀의 눈을 보려 했지만, 그녀는 고개를 돌리며 내 입술에 손가락을 갖다 댔다.

"쉬이…."

나는 부드럽게 그녀를 흘겨보았다.

"우린 이제 얘기를 좀 하자."

"딱 세 시간만, 자자…."

그녀가 중얼거리며 내 허리를 감싸 안았다.

그녀에게 안긴 이 순간이 방금 끝낸 섹스보다 더 좋다. 그녀와 함께 눕는 게 너무 오랜만인 것 같았다.

"그래."

그녀의 이마에 입을 맞추었다. 그녀의 기세가 누그러졌다. 티격태격하기에 우린 너무 지쳤다.

"사랑해."

또 한 번 말했지만 이번에는 아무 대답이 없었다. 이미 잠에 빠져든 건가. 나는 가슴을 쓸어내렸다.

우리의 관계는 이 하룻밤으로 완전히 대반전을 맞았다. 나는 완벽한 겁쟁이가 되었고, 그녀는 나를 좌지우지하게 됐다. 그녀는 이 지구상에서 나를 가장 행복한 남자로 만들어줬다. 또 한마디로 나를 철저히 부숴버릴 수도 있게 됐다.

18 · 테사

휴대전화 알람 소리에 퍼뜩 잠에서 깼다. 꿈인지 생시인지 모를 만큼 머릿속이 뒤죽박죽이었다.

기분 좋은 몽롱함은 오래 가지 않았다. 정신이 좀 돌아오자 머리가 쿵쾅거리기 시작했다. 일어나려고 했지만, 뭔가에 눌려 있었다. 아니다, 물건이 아니라 사람이다.

'아, 이런.'

어떤 소름 끼치는 남자와 춤추던 기억이 머릿속으로 밀고 들어왔다. 패닉이다. 눈을 번쩍 떴다. 하딘의 익숙한 타투가 눈에 들어왔다. 그는 내 몸 위에 아무렇게나 누워 있었다. 내 배에 머리를 대고, 한 팔로 나를 끌어안고 있었다.

'이게 대체 무슨 일이야?'

그를 깨우지 않고 몸을 빼내려고 기를 썼다. 하지만 하딘이 신음 소리를 내더니 천천히 눈을 떴다. 다시 눈을 감더니 얽힌 몸을 풀고 나한테서 떨어졌다. 나는 얼른 침대에서 일어났다. 그가 또 다시 눈을 떴다.

아무 말도 하지 않고, 마치 천적을 만난 듯 나를 쳐다보고만 있다. 가차 없이 내 안으로 밀고 들어오던 그의 모습과 숨 넘어갈 듯 그의 이름을 부르던 내 목소리가 머릿속을 스쳐 지나갔다.

'무슨 말도 안 되는 생각을 하는 거야?'

무슨 말이든 하고 싶었다. 하지만 솔직히 무슨 말을 해야 할지 모르겠다. 모든 게 한꺼번에 녹아내리는 듯 몽롱했다. 이상한 낌새를 챈 듯 하딘이 침대에서 내려왔다. 그는 벌거벗은 몸에 침대 시트를 둘렀다. 오 마이 갓. 그리고 의자에 앉아 나를 올려다보았다. 그제야 내가 브래지어만 입고 있다는 걸 깨달았다. 본능적으로 두 다리를 오므리고 침대에 다시 앉았다.

"뭐라고 말 좀 해봐."

그가 먼저 입을 뗐다.

"무슨 말을 해야 할지 모르겠어…."

이런 일이 벌어지다니 믿을 수가 없다. 하딘이 여기, 내 침대에, 벌거벗은 채로 있다는 걸.

"미안해."

그가 두 팔에 머리를 파묻었다.

머리가 쿵쾅쿵쾅 울려댔다. 불과 몇 시간 전에 마신 술 때문이기도, 지난밤 하딘과 잤다는 것 때문이기도 했다.

"당연히 그래야지."

내가 중얼거렸다. 그가 머리를 쥐어뜯었다.

"네가 나한테 전화했었어."

"너한테 여기 오라고 하진 않았을 텐데."

내가 앙칼지게 되받았다. 이 상황을 어떻게 수습해야 할지 모르겠다. 하딘과 싸우고 싶은 건지, 그를 내쫓고 싶은 건지, 이 문제를 어떻게 어른스럽게 풀어나가야 할지, 아무 것도 모르겠다.

일어나서 욕실로 향했다. 그의 목소리가 등 뒤에서 들렸다.

"넌 취했고, 난 네가 곤경에 빠진 줄 알았어. 그리고 트레버가 이 방에 있었어."

샤워기를 틀고 거울을 들여다보았다. 목에 짙고 붉은 멍자국이 보였다. 미쳤구나. 그 자국을 손가락으로 문지르자, 하딘의 혀가 내 살갗에 닿았던 순간이 어지러이 떠올랐다. 아직도 술이 덜 깬 모양이다. 제대로 생각할 수가 없는 걸 보니. 다 끝났다고 생각했다. 그런데 내 마음을 무너뜨린 사람이 여전히 내 방에 있다. 그리고 나는 막 나가는 십대들처럼 목에 커다란 키스 마크를 달았다.

"테사?"

뜨거운 물줄기 속으로 발을 내딛는데, 하딘이 욕실 안으로 들어왔다. 나는 잠자코 있었다. 데일 듯 뜨거운 물에 내 죄가 모두 씻겨 나가길 바라는 것처럼.

"너, 어젯밤 일 다 괜찮아?"

왜 저렇게 이상하게 구는 거지? 건방지게 웃으며, '괜찮아!'를 다섯 번쯤 남발할 줄 알았는데.

"잘 모르겠어. 안 괜찮은 것 같아."

"내가 미워? 전보다 더?"

소심하게 말하는 그의 목소리가 내 마음을 끌어당겼다. 하지만 약해지면 안 된다. 지금은 모든 게 엉망진창이다. 겨우 그에게서 헤어나오기 시작했는데.

'아니, 넌 그러지 못했어.'

마음의 소리가 나를 조롱했지만, 무시하기로 했다.

"아니, 전이나 지금이나 비슷해."

"아…."

머리를 헹궜다. 제발 샤워로 이 숙취가 씻겨 나가길 간절히 바라면서.

"널 이용하려던 건 아니었어. 맹세해."

나는 샤워기 물을 잠그고, 선반에서 타월을 꺼내 몸에 둘렀다. 그는 팬티 차림으로 문에 기대 서 있었다. 그의 가슴과 목에 붉은 반점이 군데군데 흩뿌려져 있었다.

다시는 술 마시지 않을 테다.

"테사, 네가 화난 건 알지만 우리 할 얘기가 많잖아."

"아니, 할 얘기 없어. 나는 취해서 너한테 전화했고, 네가 여기 왔고, 우리는 섹스를 했어. 여기서 무슨 더 할 얘기가 있어?"

최대한 침착해지려고 애를 썼다. 흔들리는 내 모습을 들키고 싶지 않았다.

그때 그의 주먹에 난 상처가 눈에 들어왔다.

"손은 왜 그래?"

내가 물었다.

"오 마이 갓, 하딘. 너 트레버를 때렸구나?"

소리를 지르자 마치 총 맞은 것처럼 머리가 아팠다.

"뭐? 아니야!"

그가 억울한 듯 손을 들어올렸다.

"그럼 누굴 때렸는데?"

"그건 중요하지 않아. 우린 더 중요한 얘기가 있다고."

"아니, 우린 할 얘기 없어. 달라지는 것도 없고."

컨실러를 꺼내 목에 펴 바르는 동안 하딘은 조용히 서 있었다.

"너한테 전화한 건 실수였어."

세 번이나 컨실러를 덧발라도 키스 마크가 가려지지 않자 짜증이 났다.

"아니야. 넌 분명 내가 그리웠던 거야."

" 아니, 그건 실수였어. 진심이 아니었다고."

"거짓말."

그는 나를 너무 잘 안다.

"왜 전화했는지는 중요한 게 아니야."

내가 맞받아쳤다.

"넌 여기 안 왔어도 됐어."

나는 아이라인을 그리기 시작했다, 두껍게.

"아냐, 왔어야 했어. 넌 취했잖아. 무슨 일이라도 생길지 어떻게 알아?"

"오호, 무슨 일? 한 번도 안 했던 남자랑 잘 수 있었던, 뭐 그런 일?"

하딘의 두 눈이 이글거렸다. 좀 심한 말이란 건 알지만, 술 취한 나와 자는 것보다는 더 나은 판단을 했어야 한다. 나는 젖은 머리를 빗었다.

"네가 선택의 여지를 주지 않았잖아. 혹시라도 기억이 난다면 말이야."

그도 똑같이 심하게 말했다.

기억난다. 그의 다리에 올라앉아 온몸을 비비적거렸던 게. 나하고 섹스하든가 아님 가버리라고 했다. 그가 나를 말렸던 것도 기억난다. 창피하고 소름 끼쳤다. 그런 행동을 하다니. 가장 최악인 건, 내가 먼저 그에게 키스를 했다는 거다. 속에서부터 화가 치밀어 올랐다. 나는 머리빗을 집어던졌다.

"전부 내 탓이라는 거야? 거절할 수도 있었잖아!"

내가 소리쳤다.

"했어! 그것도 몇 번이나!"

그도 맞받아쳤다.

"나는 그때 정신이 없었잖아, 넌 그걸 다 알고 있었고!"

절반은 거짓말이다. 내가 원했던 일이다. 인정하고 싶지 않을 뿐이다.

그가 어젯밤 내가 했던 난잡한 말들을 읊어댔다.

"'너, 정말 맛있어!', '전에 했던 것처럼 나한테 얘기해줘!', '최고야, 하던!'"

그는 나를 궁지로 몰았다.

"당장 나가!"

나는 소리를 지르며 휴대전화 시간을 확인했다.

"어젯밤엔 나가라고 하지 않았잖아."

나는 돌아서서 그를 마주 보았다.

"네가 오기 전까진 난 정말 괜찮았거든. 트레버하고도."

일부러 그렇게 말했다. 어떻게 해야 그의 화를 돋울지 잘 알고 있으니까.

하지만 그는 웃음을 터뜨렸다. 나는 깜짝 놀랐다.

"그러지 마. 너도 알잖아. 트레버는 널 만족시키지 못해. 넌 나를 원했어, 나를! 지금도 나를 원하잖아."

그가 나를 비웃었다.

"난 취했었잖아, 하딘! 그가 있는데, 내가 왜 너 따위를 원했겠어?"

말을 뱉자마자 후회했다. 고통인지 질투인지 하딘의 눈은 불타올랐다. 나는 그에게 한 발짝 다가갔다.

"오지 마. 그 자식이 널 가져도 상관없어! 내가 대체 왜 여길 왔는지 모르겠다. 네가 이따위로 행동할 줄 몰랐어!"

"장난해? 여기까지 와서 날 이용해먹더니, 모욕까지 주려는 거야?"

목소리를 낮추려고 애썼다. 다른 방에서 항의 전화가 올지도 모른다.

"널 이용했다고? 네가 날 이용했지, 테사! 내가 거절할 수 없다는 걸 알고 끝까지 밀어붙였잖아!"

그의 말이 맞다. 어젯밤에 저지른 일 때문에 너무 부끄러웠다.

"누가 누굴 이용하고 말고는 중요하지 않아. 중요한 건 네가 지금 가서 다시는 내 옆에 얼씬거리지 않는 거야."

결정적인 한 방을 날리고 나는 몸을 돌려 드라이어를 켰다. 잠시 후 그는 벽에서 드라이어 콘센트를 거칠게 빼버렸다.

"뭐 하는 짓이야?"

나는 소리를 지르며 다시 코드를 꽂았다.

'대체 무슨 생각으로 하딘한테 전화를 했던 걸까?'

"네가 다 말할 때까지 절대 못 가."

그가 펄펄 뛰었다.

가슴에 느껴지는 통증을 애써 무시하며 말했다.

"우린 더 이상 할 얘기 없다고. 넌 내게 지울 수 없는 상처를 줬고, 난 그걸 절대 용서할 수 없어. 얘기는 이걸로 끝이야."

기를 쓰고 싸우는 만큼, 그가 여기 나와 함께 있다는 사실이 거부할 수 없이 좋았다. 우리가 아무리 소리 지르며 싸운대도, 그가 너무도 그리웠다는 건 숨길 수가 없었다.

"넌 날 용서하려고 시도해보지도 않았잖아."

그의 목소리가 한결 부드러워졌다.

"해봤어. 머릿속으로 수도 없이 용서해보려고 했어. 근데 할 수 없었어. 지금 이러는 것도 네가 새로 시작한 게임이 아닐까 끊임없이 의심하게 돼. 나한테 또 다시 상처 주지 않을 거라는 걸 믿을 수가 없단 말이야."

고데기 코드를 꽂으며 나지막이 한숨을 내쉬었다.

"나, 준비 마쳐야 해."

머리 손질을 시작하자 그가 욕실에서 사라졌다. 그가 가버렸기를 간절히 바랐다. 하지만 한심하게도 마음 한편에서는 그가 침대에 앉아 나를 기다렸으면 좋겠다는 생각이 들었다. 끝없이 감정에 휘둘리는 내 약한 모습, 어리석기 짝이 없다. 이상형과는 완전히 동떨어진 남자와 사랑에 빠지는 바보 같은 짓은 이제 그만두어야 한다. 하딘과는 절대 잘될 수 없다는 걸 안다. 제발 내 안의 순진한 그녀도 그걸 깨달았으면.

머리를 만지면서 목에 생긴 키스 마크가 잘 가려졌나 몇 번이나 확인했다. 옷을 입으러 욕실에서 나왔다. 하딘은 침대에 앉아 있었고, 내 안의 순진한 그녀는 살짝 기뻐했다. 타월을 두른 채로 가방에서 빨간색 브래지어와 팬티를 꺼냈다. 타월을 벗자 하딘이 숨이 멎는 듯한 소리를 냈지만 기침하는 척 넘기려 애를 썼다.

옷을 입으면서, 보이지 않는 끈이 나를 잡아당기는 것 같은 느낌이 들었다. 애써 무시하며 옷장에서 하얀색 원피스를 꺼냈다. 그와 함께 있는 지금, 이상하리만치 편안하다. 그런데도 왜 우리는 이렇게 복잡하게 얽히는 걸까? 무엇보다도 왜 나는 그에게서 벗어나지 못하는 걸까?

"하딘, 이제 정말 가야겠어."

"내 도움이 필요하지 않아?"

내가 원피스 지퍼와 씨름하는 걸 보고 그가 말했다.

"됐어. 내가 할 수 있어."

그가 일어서더니 내 앞으로 걸어왔다. 우리는 사랑과 증오, 분노와 고요 사이에서 아슬아슬한 줄타기를 하고 있다. 분명한 건 이 상황이 나에게 독이 될 거라는 점이다.

머리카락을 들어올리자, 그가 원피스 지퍼를 올렸다. 천천히, 오랫동안. 심장박동이 빨라지고 있다. 그가 도와주도록 허락하는 게 아니었다.

"그런데 나를 어떻게 찾았어?"

문득 생각이 났다. 그는 별일 아니라는 듯 어깨를 으쓱했다.

"크리스찬한테 전화했지."

"그가 내 방 호수를 알려줬다고?"

이건 별로 유쾌하지 않다.

"아니, 프런트데스크에서 알려줬지."

그가 씨익 웃었다.

"그 정도는 구워삶을 수 있거든."

그런대도 달라질 건 없다.

"우린 이럴 수 없어. 이렇게 농담하고 다정하게 구는 거."

나는 검정색 힐을 신었다. 그는 바지를 입기 시작했다.

"왜 안 되는데?"

"이렇게 계속 질척거리는 건 결국 우리 모두한테 안 좋을 거야."

그가 씨익 웃자 악마의 보조개가 드러났다.

"이제 제발 가줄래?"

내가 애원했다.

"네가 날 붙잡은 거잖아."

"아냐, 기억 안 나."

"나 완전히 취했었어. 어젯밤에 무슨 짓을 했는지 하나도 기억 안 나. 그 남자하고 키스했던 것부터 널 방에 들인 것까지 죄다."

말 떨어지기가 무섭게 나는 입을 다물었다. 아, 실수다. 그 얘기는 하는 게 아닌데. 하딘은 눈이 튀어나올 듯 치켜뜨며 어금니를 꽉 깨물었다. 두통이 열 배쯤 심해졌다. 내 바보 같은 입을 꿰매버리고 싶었다.

"뭐라고? 방금 뭐라고 했어?"

"아, 아무 것도 아니야. 난…."

"어떤 남자와 키스를 했다고? 어떤 놈?"

마라톤이라도 뛴 것처럼 그의 목소리는 거칠었다.

"클럽에 있던 어떤 남자."

"정말이야?"

내가 고개를 끄덕이자, 결국 그가 폭발했다.

"이게 무슨 짓이야, 테사? 망할 놈의 클럽에서 어떤 자식이랑 키스를 하고, 그런 다음 나랑 섹스를 해? 너 도대체…?"

그가 두 손으로 얼굴을 문질렀다. 내가 아는 그가 맞다면, 조만간 뭔가를 부숴버리고 말 거다.

"그냥 그렇게 됐어. 그러고는 같이 어울리지도 않았는 걸, 뭐."

최대한 변명을 해보려고 했지만, 내가 들어도 어이없었다.

"정말 어처구니가 없다. '나의 테사'는 절대로 클럽에서 낯선 새끼랑 키스하진 않아!"

그는 거의 울부짖었다.

"'너의 테사'는 없어."

그는 머리를 미친 듯이 흔들어댔다. 그리고 마침내 이글거리는 눈으로 나를 바라보았다.

"네 말이 맞아. 그리고 혹시나 해서 말하는데, 네가 그 자식이랑 키스하고 있을 때 난 몰리랑 섹스하고 있었어."

19 · 테사

'난 몰리랑 섹스하고 있었어. 몰리랑 섹스하고 있었어. 몰리랑…'

하딘의 마지막 말이 메아리가 되어 머릿속에서 끊임없이 울렸다. 하딘은 문을 벌컥 열고, 내 인생에서 당당하게 퇴장했다. 영원히. 최대한 진정해 보려고 애를 썼다. 이제 내려가서 사람들을 만나야 하니까.

하딘이 나를 가지고 논다는 걸 알았어야 했다. 그가 내 삶을 엉망진창으로 만들고 있다는 걸 알았어야 했다. 젠장, 그는 나와 '사귀는' 내 내 그 여자와 잤을 거다. 모자라도 어쩜 이렇게 모자랄 수 있을까? 어젯밤, 그가 내게 사랑한다고 했을 땐 그 말을 거의 믿을 뻔했다. 그렇지 않으면 이 밤에 시애틀까지 달려올 이유가 없으니까. 하지만 진실은 달랐다. 그는, 하딘이다. 늘 내 인생을 휘저어놓는 사람. 항상 그래왔고, 앞으로도 그럴 거다.

아직도 잘 모르겠다. 모르는 남자와 키스한 것과 그의 잘못을 원망했던 것에 대해 내가 계속 죄책감을 느껴야 하는지. 그가 나한테 한 만큼, 딱 그만큼의 잘못 아닌가? 내 잘못을 인정하고 싶지 않았다.

그가 몰리와 함께 뒹굴었다고 생각하니 뱃속이 부글부글해졌다. 당장 뭐라도 먹지 않으면 토할 것 같았다. 숙취 때문이기도 하지만 하딘의 폭탄 발언 때문이기도 했다. 몰리…, 나는 그 여자를 경멸한다. 취한 듯 멍청한 웃음을 짓고 있는 여자의 모습이 떠올랐다. 하딘이 그 여자와 잤다는 생각만으로도 충분히 고문이다.

이런 생각들이 나를 점점 소용돌이 속으로 몰고 갔다. 나는 철저히 무너져 심연 속으로 빠져들고 있었다. 티슈로 눈가를 찍어내고 핸드백을 쥐었다. 엘리베이터 안에서 쓰러질 뻔 했다. 1층에 도착하고서야 겨우 정신을 가다듬었다.

"테사!"

트레버가 로비 한쪽에서 나를 불렀다.

"굿 모닝."

그가 인사와 함께 커피를 건넸다.

"고마워요, 트레버. 어젯밤에 하딘이 한 행동은 미안했어요."

내가 먼저 말을 꺼냈다.

"괜찮아요. 그가 좀…, 격했죠?"

웃을 뻔했지만, 격렬했던 밤을 생각하니 다시 속이 메스꺼워졌다.

"음, 네…."

나는 우물거리며 커피 한 모금을 홀짝 마셨다.

"킴벌리와 크리스찬도 금세 내려올 거예요."

그가 미소를 지어 보였다.

"그래서…, 하딘은 아직 방에 있나요?"

"아니요. 다시는 안 올 거예요."

신경 쓰지 않는 것처럼 애써 담담하게 얘기했다.

"잠은 잘 잤어요?"

주제를 바꾸려고 물었다.

"테사, 당신 걱정 많이 했어요."

트레버의 시선이 내 목을 훑었다. 나는 행여나 키스 마크가 보일까 봐 머리카락으로 가렸다.

"뭐 좀 물어봐도 돼요? 기분 나쁘게 하려는 건 아닌데…."

그의 목소리가 조심스러워서 나도 따라 긴장이 됐다.

"네, 얘기해요."

"혹시 하딘이, 그 있잖아요…. 당신을 상처 준 적은 없죠?"

그의 시선은 바닥을 향해 있었다.

"우린 많이 싸워요, 정말 많이. 물론 하딘이 늘 나에게 상처 주긴 해요."

얼른 대답하고 다시 커피를 한 모금 마셨다. 그가 나를 소심하게 쳐다보았다.

"내 말은, 육체적으로 말이에요."

그가 웅얼거렸다. 나는 고개를 획 돌려 그의 옆모습을 쳐다보았다. 하딘이 나한테 폭력을 휘둘렀냐고 묻는 건 아니겠지? 생각만 해도 소름이 끼친다.

"아니요! 당연히 아니죠. 절대 그런 적은 없어요."

트레버를 힐끗 보았다. 나를 화나게 하려고 한 말은 분명 아닌 것 같았다.

"미안해요, 늘 너무 난폭하고 화나 보였거든요."

"하딘이 화난 건 맞아요. 가끔은 난폭하기도 하고요. 그래도 절대 여자를 때리거나 하진 않아요."

이상하게 트레버에게 화가 치밀었다. 하딘을 그런 식으로 몰아가다니. 그는 하딘을 모른다. 하지만 사실은 나도 마찬가지다.

우리는 한동안 서로 말이 없었다. 나는 생각에 잠겼다. 멀리서 다가오는 킴벌리의 금발을 보고서야 정신을 차렸다.

"정말 미안해요. 난 그저 당신이 훨씬 더 나은 대접을 받아야 한다고 생각했어요."

킴벌리와 크리스찬이 가까이 오기 직전 트레버가 나지막이 말했다.

"컨디션이 엉망이에요. 완전, 엉망!"

킴벌리가 죽는 소리를 했다.

"저도 머리 아파 죽겠어요."

맞장구를 치며 함께 컨퍼런스 홀로 걸어갔다.

"그래도 테사, 오늘도 완전 퍼펙트하네요. 난 꼭 침대에서 막 기어나온 것 같아."

킴벌리가 엄살을 부렸다.

"당신도 예뻐."

크리스찬이 말하며 그녀의 이마에 입을 맞추었다.

트레버가 미소를 지으며 말했다.

"오늘 저녁 외출은 어려울 것 같네요."

모두가 이구동성으로 그 말에 동의했다.

컨퍼런스 홀에 도착하자마자 나는 곧장 아침식사가 준비된 곳으로 직행했다. 일단 시리얼 한 그릇을 뚝딱 비웠다. 머릿속에서 하딘의 말이 휘젓고 다니는 것처럼 심란해 보이진 않겠지. 그와 한 번만 더 키스했더라면 좋았을 텐데….

'아냐, 이러면 안 돼.'

아직도 술이 덜 깬 모양이다.

세미나는 빨리 진행되었다. 스피커 안내 방송이 큰 소리로 울려 퍼졌다. 킴벌리는 여전히 숙취에 시달리는 것 같았다. 점심시간이 되자 두통은 거의 사라졌다.

12시. 하딘은 지금쯤 집에 가서 몰리와 함께 있겠지. 그 여자에게 곧장 갔을 거다. 우리가 살던 방에서 같이 잤을까? 그러니까 '예전 우리 방' 말이다. 우리만을 위한 그 침대에서? 어젯밤 그가 나를 만지며 내이름을 부르던 걸 떠올리니, 내 몸이 그 여자의 몸으로 바뀌었다. 내 눈에 보이는 건 하딘과 몰리, 몰리와 하딘뿐이다.

"제 말 들었어요?"

트레버가 옆 자리에 앉으며 물었다. 나는 멋쩍게 웃어 보였다.

"미안해요, 딴 생각하고 있었어요."

"이따 나랑 저녁 먹으러 나갈래요? 다른 분들은 방에 있겠대요."

반짝거리는 그의 푸른색 눈동자를 들여다보았다. 내가 바로 대답하지 않자, 그가 더듬거리며 말했다.

"거절해도 괜찮아요."

"갈래요."

그가 짧은 숨을 내뱉었다. 내가 거절할 줄 알았나 보다. 특히 하딘이 그런 행동을 보인 다음이니 더욱.

우리는 이런 저런 주제로 네 시간이나 얘기를 했다. 마음이 따뜻해지는 것 같았다. 트레버는 여전히 나와 함께 있고 싶어 했다. 내 전 남자친구에게 그렇게 당하고도 말이다.

"드디어 오늘 일정이 끝났네요. 나는 좀 자야겠어요."

엘리베이터에 오르자 킴벌리가 기다렸다는 듯 말했다.

"킴, 전처럼 젊어 보이진 않는군."

크리스찬이 놀려댔다. 킴벌리는 살짝 눈을 흘기더니 그의 어깨에 기댔다.

"테사, 내일 오전엔 쇼핑하러 가요. 여기 두 분은 내내 회의 스케줄이 있어요."

그녀가 말하더니 눈을 감았다.

좋다. 시애틀에서 트레버와 조용하고 멋진 저녁식사를 하는 것만큼이나. 하딘과 밤을 보낸 후라 더 혹하게 들린다. 이번 주말 나는 이미 충분히 비정상적이었다. 낯선 남자와 키스를 하고, 하딘에게 섹스를 강요하고, 또 다른 남자랑 저녁식사를 약속했다. 그래도 다행인 건마지막 이벤트는 정상적이라는 거다. 적어도 육체적 접촉 따위는 없을테니까.

내 방 앞에서 트레버가 멈칫 하더니 말했다.

"6시 반에 데리러 올게요."

미소를 지으며 고개를 끄덕였다. 그리고 사건 현장으로 들어갔다.

트레버와 저녁을 먹기 전에 잠깐이라도 눈을 붙이려고 했다. 하지만 결국 그 대신 샤워를 하기로 했다. 어젯밤의 해프닝으로 내가 더럽혀진 느낌이었다. 또 내 몸에서 하딘의 체취를 닦아내고 싶었다. 2주 전에 생각했던 오늘과 지금은 너무 달랐다. 하딘과 나는 크리스마스에 런던에 있는 그의 엄마에게 함께 가는 걸 이야기하고 있었다. 하지만 지금 나는 살 곳도 없는 처지가 됐다. 퍼뜩 엄마한테 전화해야겠다는 생각이 들었다. 엄마가 어젯밤에 몇 번이나 전화를 했었다.

샤워를 마치고 나와서 화장을 다시 하기 시작했다. 그러면서 엄마에게 전화를 걸었다.

"테레사구나."

엄마가 딱딱한 목소리로 전화를 받았다.

"엄마, 어젯밤엔 전화 못해서 미안해요. 지금 시애틀 출판 컨퍼런스에 와 있거든요. 저녁 먹고 내내 클라이언트들하고 얘기하느라고 전화 못했어요."

"오, 그랬구나. 근데 걔도 거기 있니?"

엄마의 질문에 기절할 뻔했다.

"아니요, 왜 그런 걸 물어보세요?"

나는 애써 담담한 척하며 물었다.

"그 애가 어젯밤에 전화했더구나. 네가 어디 있는지 찾는 것 같던데. 그 애한테 내 전화번호를 알려주다니 썩 유쾌하지 않구나. 내가 그 애를 어떻게 생각하는지 잘 알잖니, 테레사?"

"엄마 번호 안 알려줬는데…."

"너희 둘, 끝난 줄 알았는데?"

엄마가 내 말을 끊었다.

"맞아요, 끝났어요. 난 끝났어요. 아마 아파트 때문에 그랬나 봐요."

나는 거짓말을 했다. 엄마한테까지 전화를 하다니, 하딘은 나를 찾으려 혈안이 됐던가 보다. 그 생각을 하니 마음이 아프기도, 기쁘기도 했다.

"그런데 크리스마스 방학 끝날 때까지는 기숙사에 못 들어간다는구나. 출근하고 학교 갔다가 이리로 오면 된다."

"아, 알겠어요."

마지못해 동의했다. 길지 않은 자유 시간을 엄마와 언쟁하는 데 허비하고 싶진 않았다. 게다가 지금 나한테 무슨 선택권이 있겠는가.

"그럼 월요일에 보자꾸나. 그리고 테사, 그 아이 주변에 다시는 얼씬도 하지 마라."

엄마는 이렇게 전화를 끊었다.

엄마 집에서 일주일이나 보낼 생각을 하니 지옥이 따로 없다. 어떻게 그 집에서 18년이나 살았는지 믿어지지가 않는다. 솔직히 자유의 맛을 보기 전까지 엄마가 그렇게 최악인지 몰랐다. 하딘은 화요일에 영국으로 떠난다고 했다. 그럼 그 모텔에서 이틀만 묵고 아파트로 가서 그가 돌아오기 전까지 있으면 된다. 다시는 그 집에 발도 들여놓기 싫었지만, 어쨌든 그 집엔 내 지분도 있으니까. 하딘은 영국에 있을 테니, 절대 모를 거다.

휴대전화를 확인해봤지만 하딘에게서 새로 온 전화나 메시지는 없었다. 그럴 줄 알았다. 하딘이 몰리와 잤다는 말은 믿을 수가 없다. 내가 다른 사람이랑 키스했다고 불쑥 말하지 않았더라면, 그 또한 그런 얘기는 절대 안 했을 거다. 그게 가장 기분 나쁘다. 우리가 '사귀는 걸' 가지고 내기를 걸었을 때처럼 말이다. 그래서 나는 하딘을 믿을 수가 없다.

블랙 원피스를 입고 준비를 마쳤다. 모직 주름 스커트를 입던 시절이 까마득하게 느껴졌다. 목 얼룩에 컨실러를 한 번 더 덧바르고, 트레버가 오기를 기다렸다. 그답게, 정확히 6시 30분에 방문을 두드렸다.

20 · 하딘

아빠네 집 앞이다. 들어가야 하나 말아야 하나 망설이며 차 안에 앉아 있었다.

카렌은 집 마당을 엄청나게 장식해 놓았다. 번쩍거리는 수많은 전구들, 미니 크리스마스 트리, 춤추는 순록까지. 언제까지 앉아 있을 건가. 일어나 자동차 문을 쾅 닫자 찢어버린 비행기 티켓 조각들이 흩날렸다.

'젠장, 취소 전화를 해야겠군.'

그렇지 않으면 2천 달러를 고스란히 날릴 판이다. 혼자라도 이 지독한 상황을 잠시나마 탈출해볼까 했지만…, 테사와 함께가 아니라면 의미 없다. 대신 엄마가 오신다. 오랜만에 엄마를 만날 수 있어서 다행이긴 하다.

현관 벨을 누르면서 뭐라고 둘러댈지 고민했다. 묘안이 떠오르기도 전에 문이 열렸다.

"잘 있었어, 랜던?"

"하딘! 어쩐 일이야?"

사실 뭐라 답해야 할지 모르겠다. 나는 머뭇거리며 두 손을 주머니에 찔러 넣었다.

"테사는 여기 없어."

그가 말하며 거실로 들어갔다. 내게 별 관심이 없는 듯했다.

"알아. 시애틀에 갔어."

뒤쫓아 들어가며 말했다.

"나, 음⋯, 그러니까, 얘기를 좀 하려고. 너 아니면 아빠랑. 아니면 너네 어머니라도."

우물쭈물하며 말했다.

"얘기? 무슨?"

그는 무심한 표정으로 읽고 있던 책에서 책갈피를 꺼내 다시 책을 읽기 시작했다. 그의 손에서 책을 확 낚아 채 벽난로에 집어 던지고 싶었다.

"테사 말이야."

내가 나지막이 말했다. 입술 피어싱을 만지작거리며 그의 비웃음이 터져나오길 기다렸다.

랜던은 나를 말 없이 쳐다보더니 책을 덮었다.

"똑바로 얘기해봐. 테사는 너하고 헤어지고 싶은 모양이던데, 넌 테사 얘기를 하러 왔다고? 너네 아버지든 우리 엄마든?"

"응, 그런 것 같아⋯."

맙소사, 랜던 이 인간 너무 짜증 난다. 그리고 너무 창피하다.

"근데 내가 너한테 무슨 얘기를 해줘야 하지? 난, 개인적으론, 테사가 앞으로 너하고 절대 얽히면 안 된다고 생각하진 않아. 솔직히 네가 지금쯤이면 테사를 다 잊었을 거라고 생각했어."

"말도 안 되는 소리 그만 해. 내가 다 망쳐버렸다는 거 알아. 그래도 나는 테사를 사랑한다고. 그리고 테사도 나를 사랑해. 지금 상처를 좀 받았을 뿐이야."

랜던은 깊은 숨을 내뱉었다. 그러더니 손으로 턱을 문질렀다.

"난 잘 모르겠어, 하딘. 넌 용서 받기 어려운 짓을 저질렀어. 테사는 널 믿었는데, 너는 그녀를 모욕했어."

"알아…, 나도 잘 안다고. 제기랄."

랜던이 다시 한숨을 쉬었다.

"글쎄. 도와달라고 여기 온 것 같아서, 지금 상황이 얼마나 엉망인지 얘기해준 거야."

"그래서, 내가 어떻게 해야 하는데? 테사의 친구로서가 아니라, 그러니까, 아빠의 양아들로서 말해줘."

"네 말은, 이복 형제로서 말이지? 너의 형제로서."

랜던이 의외라는 듯 눈을 크게 떴다. 내가 어이없는 표정을 짓자, 그가 친근하게 웃었다.

"테사가 너하고 전혀 얘기를 안 해?"

"사실 내가 어젯밤에 시애틀에 갔거든. 테사가 날 같이 있게 해줬어."

"뭐? 어쨌다고?"

랜던은 진짜 놀란 것 같았다.

"테사가 완전히 취했거든. 진짜로 심하게. 그러더니 억지로 섹스하게 했어."

단어 선택이 마음에 들지 않았는지 그의 표정이 일그러졌다.

"미안, 테사가 나랑 자길 원했다고. 사실 나도 억지로 한 건 아니었지. 나도 그녀를 원했으니까. 그러니까 내 말은, 어떻게 내가 거절하겠어."

'가만있어봐, 내가 왜 애한테 주절주절 이런 말을 하고 있지?'

그가 두 손을 휘휘 내저었다.

"알았어, 알았어! 이해했어, 세상에!"

"그런데 어쨌든 오늘 아침에 내가 해서는 안 될 말을 했거든. 테사가 먼저 어떤 놈이랑 키스했다고 하는 바람에 말이야."

"테사가 어떤 남자랑 키스를 했다고?"

목소리에 불신이 가득 담겨 있었다.

"클럽에서 만난 어떤 자식이랑."

나는 으르렁거렸다. 다시 떠올리기조차 싫다.

"와, 테사가 진짜 열 받았나 보다."

"나도 알아."

"그래서 넌 뭐라고 했는데?"

"몰리랑 섹스했다고 했어."

결국 말하고야 말았다.

"뭐? 그러니까, 몰리와 섹스를 했다고?"

"아냐, 맙소사! 아니라고."

'이게 지금 무슨 짓이야? 왜 여기서 랜던한테 내 속마음을 다 터놓고 있는 거냐고?'

"그럼 왜 그렇게 얘기한 건데?"

"완전 뚜껑 열리게 만들었으니까."

"그래서 넌 몰리랑 잤다고 말했어? 테사가 제일 경멸하는 애랑? 그저 상처 주고 싶어서?"

"응⋯."

"참 잘했네."

랜던이 어이없는 표정을 지었다.

"네가 보기에, 테사가 날 사랑하는 것 같긴 해?"

이건 꼭 알아야겠다.

랜던이 고개를 들었다. 심각한 얼굴이었다.

"나도 모르겠어⋯."

"말해봐, 랜던. 넌 누구보다 테사를 잘 알잖아. 물론 나 빼고."

"테사는 널 사랑해. 그런데 네가 말도 안 되는 배신을 해서, 자기를 사랑하지 않는다고 생각하고 있어."

랜던이 명확하게 설명해주었다.

가슴이 너무 아팠다. 랜던에게 도움을 구하고 있는 이 상황도 믿을 수가 없다. 그래도 이건 풀어야 할 일이다.

"어떡하지? 날 좀 도와줘."

"글쎄, 잘 모르겠어⋯."

그가 불확실한 얼굴로 나를 올려다보았다. 내 얼굴에서 절박함을 읽었나 보다.

"테사한테 얘기는 해볼게. 테사 생일이 내일인 건 알지?"

"당연하지. 무슨 계획이라도 있대?"

"아니, 없어. 엄마네 집에 가 있을 거라던데?"

"엄마네 집? 왜? 언제 그 얘길 했는데?"

"2시간쯤 전에 메시지가 왔어. 테사가 뭘 할 수 있겠어? 생일날 혼자 모텔 방에 있으라고?"

랜던의 마지막 말은 무시하기로 했다. 오늘 아침에 내가 그 난리를 치지만 않았어도, 오늘 밤도 같이 있게 해줬을 지 모른다. 하지만 지금 테사는 빌어먹을 트레버와 함께 시애틀에 있다.

계단을 내려오는 소리가 들렸다. 잠시 후에 아빠가 복도에 나타났다.

"하딘, 네 목소리인 것 같아서…."

"랜던이랑 얘기 좀 하려고요."

얼렁뚱땅 둘러댔다. 사실 반쯤은 맞는 말이니까. 누구라도 맨 처음 눈에 띄는 사람과 얘기하려고 했다.

나, 정말, 비참하다.

아빠는 놀란 것 같았다.

"엄마가 다음주 화요일 오전에 오신대요. 크리스마스 함께 보내기로 했어요."

"잘됐구나. 널 많이 보고 싶었을 텐데."

퍼뜩 예전 생각이 떠올랐다. 아빠가 그 모든 크리스마스에 얼마나 몹쓸 인간이었는지. 하지만 오늘은 그냥 넘어가기로 했다.

"나는 자리를 피해주마. 얘기들 나누렴."

아빠는 다시 계단을 올라갔다.

"그런데, 하딘?"

아빠가 반쯤 올라가다가 뒤를 돌아보았다.

"네가 와서 정말 기쁘다."

"네."

짤막하게 대답했다. 달리 뭐라 할 말이 없었다. 씁쓸한 웃음을 짓고 그는 다시 계단을 올라갔다.

하루 종일 모든 게 개판이다. 머리가 아프다.

"그럼, 나는 가볼게…."

랜던이 고개를 끄덕였다.

"할 수 있는 한 나도 이야기해볼게."

문을 나서는데 그가 내게 약속했다.

"고마워."

우리는 현관문 앞에 어색하게 마주보며 서 있었다. 내가 우물쭈물
말했다.

"알지? 내가 허그나 뭐 그딴 건 안 한다는 거."

밖으로 나섰다. 등 뒤에서 그가 웃으며 문 닫는 소리가 들렸다.

21 · 테사

"크리스마스에 근사한 계획이라도 있어요?"

잠깐 기다리라고 그에게 손가락 하나를 올려 보였다. 라비올리를 한
입 물고 막 맛을 음미하려던 참이었다. 이 식당의 음식은 정말 훌륭했
다. 내가 예민한 미식가는 아니지만 이런 식당이라면 별 다섯 개는 받
아야 한다.

"그냥 엄마네 집에 가 있을 거예요. 당신은요?"

"쉼터에서 자원봉사 하려고요. 오하이오로 돌아가긴 싫거든요. 사
촌이랑 이모들이 있긴 하지만, 엄마가 돌아가신 뒤로 사이가 좀 서먹
해졌어요."

"휴일에 자원봉사를 하다니, 정말 착한 분이네요."

응원의 미소를 보내며 라비올리 마지막 조각을 입에 넣었다. 처음 먹었을 때만큼 맛있다. 뜻밖에 알게 된 트레버의 새로운 면이 음식을 더 맛있게 만들어줬다. 가뜩이나 저녁식사도 감사하게 생각하는 중인데.

조금 더 얘기를 나누다가 디저트로 캐러멜이 토핑된 초콜릿 케이크를 먹었다. 종업원이 계산서를 가져다주었고, 트레버는 지갑을 꺼냈다.

"음식 값을 반씩 내야 한다고 우기는, 그런 여성은 아니죠?"

그가 짓궂게 말했다.

"하하하."

따라서 웃는 척 했다.

"우리가 맥도널드에 있었다면 그랬을지도 몰라요."

그가 껄껄 웃었지만 나는 아무 말도 하지 않았다. 사실 내고 싶어도 낼 수가 없었다.

진눈깨비가 내리는 걸 보고 트레버는 안에서 기다리라고 하더니 택시를 잡으러 뛰어갔다. 사려 깊은 사람. 몇 분 뒤 그가 손짓을 했다. 나는 얼른 따뜻한 택시 안으로 뛰어들었다.

"테사, 어쩌다가 출판 쪽에 관심을 갖게 됐어요?"

"글쎄요, 읽고 쓰는 걸 좋아해서? 관심 있는 게 책뿐이었어요. 그러다 보니 자연스럽게 직업으로 생각하게 된 것 같아요. 나중에 기회가 주어지면 글도 쓰고 싶어요. 지금은 반스 출판사에서 일하는 게 너무 좋아요."

그가 미소 지었다.

"나도 마찬가지예요, 회계 분야에서 말이죠. 그보다 재미있는 게 없어요. 어릴 적부터 숫자를 가지고 노는 게 재미있더라고요."

나는 수학을 매우 싫어한다. 하지만 그가 말을 하는 동안만큼은 미소를 지어주었다.

"그럼 책 읽는 건 좋아해요?"

호텔 앞에 차가 멈춰 섰고, 내가 물었다.

"그런 셈이죠. 거의 다 논픽션이지만."

"아, 왜요?"

묻지 않을 수 없었다. 그가 어깨를 으쓱했다.

"픽션은 어쩐지 끌리지가 않아요."

그가 택시에서 내려 손을 내밀었다.

"어떻게 그럴 수가 있죠?"

그의 손을 잡고 내리며 물었다.

"책 읽는 동안 내 삶에서 빠져나와 수백, 아니 수천의 다른 삶을 살아볼 수 있잖아요. 논픽션에는 그런 힘이 없어요. 픽션만큼 당신을 바꿔주지 못하거든요."

"나를 바꾼다고요?"

그가 한쪽 눈썹을 찡긋 올렸다.

"네, 사람을 바꾸죠. 아주 작은 부분이라도 영향을 받지 않았다면, 그건 책을 제대로 읽은 게 아니에요."

로비를 지나며 나는 벽에 걸린 명화를 쳐다보았다.

"난 그렇게 생각해요. 내가 읽은 모든 소설들 하나하나가 나의 일부분이 되어서 나를 어떤 사람으로 만들어가고 있다고. 뭐, 어느 정도는 말이죠."

"와, 정말 열정이 넘치는군요!"

그가 웃으며 말했다.

"네⋯, 제가 좀 그렇죠."

하딘은 내 말에 전적으로 동의했을 텐데. 우리는 몇 시간이고, 아니 며칠이라도 이 주제로 대화했을 거다.

엘리베이터에서는 서로 말수가 줄었다. 방으로 가는 동안 트레버는 반 걸음쯤 뒤에서 나를 따라왔다. 나는 완전히 지쳤고, 눕기만 하면 당장 잠이 들 것 같았다. 겨우 아홉 시밖에 안 되었지만.

내 방 앞까지 오자 트레버가 미소를 건넸다.

"오늘 저녁, 함께해서 정말 즐거웠어요. 같이 저녁 먹어줘서 고마워요."

"초대해줘서 저도 고마웠어요."

나도 따라 미소 지었다.

"테사, 당신과 보내는 시간이 정말 즐거워요. 우린 공통점이 많은 것 같아요. 또 만날 수 있을까요?"

그가 내 대답을 기다리다 분명한 어조로 덧붙였다.

"직장 밖에서 말이죠."

"네, 좋아요."

그가 내게 한 걸음 다가왔고, 나는 그 자리에 얼어붙었다. 한 손을 내 엉덩이에 대면서 그는 나에게 살며시 기댔다.

"음⋯ 지금 이러는 건, 좋은 생각이 아닌 것 같아요."

나는 간신히 입을 열었다. 그도 당황했는지 뺨이 붉게 물들었다. 미안한 마음이 들었다. 그저 내 마음을 확인했으니 진도를 조금 더 나가려고 했던 건데 말이다.

"아, 알겠어요. 미안해요. 이러지 마, 말았어야 했는데…."

그가 말을 더듬었다.

"괜찮아요. 저도 마음의 준비가 안 된 상태라…."

변명처럼 말하자, 그는 미소를 지었다.

"오늘은 그냥 보내줄게요. 잘 자요, 테사."

방에 들어오자마자 참았던 숨을 한꺼번에 토해냈다. 숨도 제대로 못 쉬고 있었나 보다. 구두를 벗으며 옷을 벗을까 그냥 누울까 심각하게 고민했다. 너무 피곤했다. 고민하는 동안이라도 누워 있기로 했다. 하지만 누운 지 몇 분 되지 않아 나는 그대로 뻗어버렸다.

다음날, 킴벌리와 같이 다니는 내내 우리는 쇼핑보다 수다에 집중했다.

"어젯밤엔 어땠어요?"

킴벌리의 물음에 내 손톱을 다듬고 있던 여자가 요란스럽게 고개를 치켜들었다. 나는 그녀에게 미소를 지었다.

"좋았어요, 하딘과 저녁 먹으러 갔거든요."

내 말에 킴벌리가 헉 하고 놀랐다.

"하딘?"

"아니, 트레버! 트레버요."

매니큐어를 바르는 중이 아니었다면 내 입이라도 찰싹 때렸을 거다.

"흐음…."

킴벌리가 놀리는 눈초리로 바라보자, 무안해서 시선을 피했다.

우리는 백화점에 갔다. 수십 켤레의 신발을 신어보았고, 그 중 몇 가지 맘에 드는 것도 있었다. 하지만 정말로 사고 싶은 건 없었다. 킴벌리는 의욕에 넘쳐서 윗옷을 몇 벌이나 샀다. 쇼핑을 엄청 좋아한다더니 정말인가 보다.

킴벌리는 남성복 코너 진열대에서 남색 셔츠를 꺼내 들었다.

"크리스찬에게 사줘야겠어요. 내가 자기한테 돈 쓰는 걸 끔찍하게 싫어해요. 그래서 재밌거든요."

"그런데, 이런 건 많이 가지고 있지 않나요?"

참견쟁이로 보이지 않기를 바라며 조심스레 물었다.

"그럼요, 엄청 쌓여 있죠. 그래도 내 걸 사면 뭐라도 사주고 싶어요. 데이트할 때도 내 몫은 내가 내요. 재력만 보고 그와 사귀는 건 아니랍니다."

그녀가 자랑스레 얘기했다.

킴벌리와 함께 있는 시간은 정말 즐겁다. 랜던을 제외하고, 그녀는 현재 나의 유일한 친구다. 지금껏 동성 친구가 거의 없었다. 그래서 이런 상황이 내게는 조금 생소했다.

크리스찬이 우리를 데려갈 차를 보내주겠다고 전화했다. 신난다.

시애틀에서 정말 즐거운 시간을 보냈다. 동시에 끔찍한 시간도 보냈다. 돌아오는 차 안에서 나는 내내 잠을 잤다. 그리고 다시 모텔이다. 놀랍게도 도착하니 내 차가 거기 있었다. 전과 똑같은 자리에, 똑같은 모습으로 주차되어 있었다.

이틀치 숙박비를 지불하고 엄마에게 문자메시지를 보냈다. 식중독에 걸린 것 같아서 컨디션이 좋지 않다고 대강 둘러댔다. 엄마는 답이 없었다. 잠옷으로 갈아입고 텔레비전을 켰다. 볼 게 하나도 없었다. 책을 읽는 게 낫겠다 싶어 차 키를 들고 가방을 가지러 나갔다.

차 문을 열어보니 시커먼 물건이 눈에 들어왔다.

'저게 뭐지? 전자책 리더기?'

집어 들고 위에 붙어 있는 포스트잇을 떼어냈다.

생일 축하해.

– 하딘

심장이 부풀어 오르다가 이내 죄어들었다. 지금까지는 전자책 리더기 같은 걸 좋아하지 않았다. 종이 책이 훨씬 더 좋았다. 그러나 이번 컨퍼런스에 다녀온 뒤로 생각이 조금 달라졌다. 게다가 회사에서도 이걸 이용하면 종이 낭비 없이 많은 원고를 볼 수 있다.

바닥에 떨어져 있는 하딘의 『폭풍의 언덕』도 함께 주워 들고 방으로 돌아왔다. 리더기 전원을 켜자마자 미소와 함께 눈물이 터져나왔다. 화면에 '테스'라 적인 폴더가 있었다. 폴더를 열자 눈앞에 긴 리스트가 펼쳐졌다. 하딘과 내가 토론했던 소설 리스트였다. 언쟁을 벌이기도, 함께 웃기도 했던 바로 그 책들이었다.

22 • 테사

눈을 떠보니 오후 2시였다. 오전 11시가 지나면서 언제 잠들었는지 기억이 나지 않았다. 점심도 건너뛰어버렸다. 하지만 정상 참작의 여지가 있다. 새벽 4시가 넘도록 하딘의 환상적인 선물을 뒤져보고 읽느라 밤을 꼬박 샜으니까. 너무나도 맘에 드는 선물이다. 지금껏 받았던 선물 중에 단연 최고다.

협탁에 놓인 휴대전화를 들어 부재중 전화를 확인했다. 엄마한테 두 통, 랜던에게 한 통이 와 있었다. '생일 축하' 메시지도 몇 통 와 있었다. 한 통은 노아였다. 생일에 열광하는 나이는 아니지만, 그래도 생일날 혼자 보내고 싶진 않았다.

난 혼자가 아니다. 캐서린 언쇼와 엘리자베스 베넷(전자는 『폭풍의 언덕』, 후자는 『오만과 편견』의 주인공이다 – 옮긴이)이 있으니까. 이들이 엄마보다 훨씬 나은 친구들임은 확실하다.

중국 음식을 어마어마하게 시켜놓고, 하루 종일 잠옷을 입고 지냈다. 엄마한테 전화해서 아파서 못 간다고 말하자, 불같이 화를 냈다. 엄마는 내 말을 믿지 않는 것 같았지만, 솔직히 상관없다. 내 생일이고, 나는 하고 싶은 걸 할 거다. 그게 침대에서 뒹굴며 배달 음식을 먹고 새 장난감을 갖고 노는 거라면, 그렇게 할 거다.

하딘에게 몇 번이나 전화하려다 그만뒀다. 그의 선물은 정말 마음에 들지만, 그는 여전히 몰리와 잔다. 더 이상 상처 줄 수 없을 거라 생각할 때마다, 그는 그걸 해냈다.

지난 토요일, 트레버와 함께했던 저녁식사를 떠올려보았다. 트레버는 정말 다정하고 매력적이다. 매사 진지하고 늘 내게 칭찬을 아끼지 않는다. 소리를 지르거나 짜증나게 만들지도 않는다. 거짓말도 못한다. 그가 무슨 꿍꿍이인지, 어떤 기분인지 파악하려고 전전긍긍할 필요도 없다. 그는 똑똑하고, 잘 배웠고, 성공했다. 게다가 휴가 때 자원봉사까지 한다니, 하딘과는 하늘과 땅 차이다. 너무나 완벽하다.

문제는 그를 하딘과 비교할 수 없다는 거다. 트레버는, 뭐랄까, 조금 지루하다. 우리는 소설에 대한 열정을 나눌 수가 없다. 하딘과 내가 그 랬던 것처럼 말이다. 또 상처 입은 과거도 나누지 않았다.

하딘에 대해 가장 화가 나는 점은, 사실은 내가 그의 성격과 무례함, 그 모든 것들을 사랑한다는 점이다. 하딘은 재미있고 위트가 넘치며 내 킬 때면 더할 나위 없이 달콤한 남자다. 맘에 꼭 드는 선물을 받고 나니 머릿속이 복잡해졌다. 하지만 그가 저지른 짓을 기억해야 한다. 그 모 든 거짓말과 비밀들. 그리고 나 몰래 몰리와 섹스를 했다는 사실까지.

랜던에게 고맙다는 메시지를 보냈다. 그러자 바로 내 주소를 물었 다. 오지 말라고 하고 싶었지만, 한편으로는 남은 시간 내내 외톨이로 보내고 싶지 않았다. 옷을 갈아입지 않고 셔츠 속에 브래지어만 했다. 랜던이 도착하기를 기다리며 계속 책을 봤다.

한 시간 뒤, 노크 소리가 들렸다. 문을 열자 익숙하고 푸근한 미소가 보였다. 내가 미소 짓자 그가 나를 끌어당겨 안았다.

"생일 축하해, 테사."

"고마워."

그를 더 세게 안아주었다. 랜던은 책상 의자에 앉았다.

"한 살 더 먹은 게 실감 나?"

"아, 지난 한 주 동안 10년은 늙은 것 같아."

그는 희미하게 미소 지을 뿐 아무 말도 하지 않았다.

"배달 음식을 잔뜩 시켰어. 아직 많이 남았는데, 먹을래?"

랜던이 몸을 돌려 일회용 배달 상자와 플라스틱 포크를 집었다.

"하루 종일 이러고 있었어?"

"응."

나는 웃으며 침대 위에 다리를 꼬고 앉았다. 입 안 가득 음식을 우물 거리며. 랜던은 내 뒤를 슬쩍 보더니 한쪽 눈썹을 찡그렸다.

"전자책 리더기? 저런 거 싫어할 줄 알았는데."

"싫어했었지. 그런데 좋아하게 됐어."

리더기를 들고, 감상에 젖어 쳐다보았다.

"책 수천 권을 손가락 터치만으로 꺼내볼 수 있어! 이보다 좋을 수 있을까?"

나는 싱긋 웃으며 머리를 한쪽으로 기울였다.

"자신한테 주는 생일 선물로 나쁘지 않은 것 같다."

그가 입에 음식을 잔뜩 물고 말했다.

"사실은 하딘이 준 선물이야. 내 차에 두고 갔더라."

"아하. 참 다정하기도 해라."

말투가 어쩐지 좀 이상하다.

"완전! 게다가 멋진 책들까지 잔뜩 넣어놨어. 그리고…."

"그래서 넌 어떻게 생각하는데?"

나는 잠깐 멈칫거렸다.

"더 헷갈려. 가끔 이렇게 믿을 수 없을 만큼 다정한 짓을 하거든. 그 러면서 동시에 상처 주는 짓을 하지."

그가 미소 지으며 포크를 휘적거렸다.

"하딘은 널 진심으로 사랑해. 안타깝지만 사랑이 늘 상식적으로 흘 러가는 건 아니야."

나는 한숨을 쉬었다.

"하딘은 사랑이 뭔지 몰라."

사랑에 대한 소설 목록을 스크롤해 보았다. 그러고 보니 이 책들 중에도 상식적인 사랑은 없는 것 같았다.

"어제 하딘이 나랑 얘기하겠다고 집에 왔었어."

나는 깜짝 놀라 리더기를 매트리스 위에 떨어뜨렸다.

"뭐?"

"나도 완전 놀랐거든. 나랑 아버지, 심지어 우리 엄마라도 만나겠다고."

"왜?"

"도와달라고."

마음 속에서 걱정이 스멀스멀 피어올랐다.

"도와달라고? 뭘? 하딘은 괜찮은 거지?"

"응…, 글쎄. 널 좀 도와달라고 하더라. 굉장히 심란한 상태였어. 테사, 걔가 다른 데도 아닌 아버지 집으로 찾아온 거야. 도움을 청하러."

"그래서, 하딘이 뭐래?"

우리 관계에 대해 조언을 구하려고 아빠 집 문을 두드렸다니, 상상할 수가 없었다.

"널 사랑한다고. 한 번만 더 기회를 얻도록 설득해 달라고. 너도 알았으면 좋겠어. 너한테까지 숨기고 싶진 않았어."

"난…, 글쎄…. 뭐라고 말해야 할지 모르겠어. 하딘이 그런 말을 했다니, 사실 누굴 찾아갔다는 것 자체가 믿기지 않아."

"나도 인정하고 싶진 않지만, 지금의 하딘은 내가 처음 만났을 때의 그 '하딘 스캇'이 아니야. 농담도 하고 심지어 나랑 허그까지 할 뻔 했다니까."

"설마!"

이걸 어떻게 받아들여야 할까. 허그라니…. 터져 나오는 웃음을 참으며 랜던을 쳐다봤다.

"넌 정말 하딘이 날 사랑한다고 믿는 거야?"

"네가 그를 용서해야 할지 말아야 할지는 모르겠지만, 그건 분명해. 하딘이 진짜로 널 사랑한다는 거."

"거짓말일 거야. 또 날 가지고 놀려고. 사랑한다고 말해놓고 우리 사이에 있었던 모든 이야기를 애들한테 웃음거리로 던져줬어. 겨우 마음을 추슬렀는데, 나한테 와서 한다는 얘기가 또 몰리랑 잤다는 거야."

눈물이 나오려고 했다. 물을 한 모금을 마시며 진정하려고 애를 썼다.

"그 여자하고 안 잤대."

"아냐, 잤어! 잤다고 말했어."

랜던은 포크를 내려놓고, 고개를 가로저었다.

"너한테 상처 주려고 한 말이었대. 좋은 방법이 아니었다는 건 인정해. 그런데 너희 둘 다 눈에는 눈, 이에는 이로 싸우고 있잖아."

랜던을 보면서 이런 생각이 들었다. 하딘의 '연기'는 정말 끝내준다. 랜던까지 그 거짓말을 홀딱 믿고 있다니. 그 다음에 든 생각은 진짜로 하딘이 몰리와 안 잤을까, 하는 거였다. 그랬다면 그를 용서할 수 있을까? 용서하지 않겠다고 마음을 단단히 먹고 있었다. 하지만 결국 그를 떨쳐낼 수 없을 것만 같았다.

휴대전화에 메시지가 왔다는 불이 반짝거렸다. 그게 마치 나를 비웃는 것처럼 느껴졌다.

생일 축하해요, 예쁜 테사!

트레버였다. 얼른 고맙다는 답을 보냈다.

"랜던, 나 시간이 좀 필요해. 지금은 아무 생각도 하고 싶지 않아."

그가 고개를 끄덕였다.

"당연하지. 그런데 크리스마스에는 뭐 할 거야?"

"이거."

나는 배달 음식 상자와 전자책 리더기를 가리켰다. 그는 텔레비전 리모컨을 잡았다.

"그럼 엄마네 집엔 안 가?"

"여기가 훨씬 더 집 같아."

처량해진 내 신세를 떠올리지 않으려 애썼다.

"크리스마스를 모텔 방에서 혼자 보내는 건 안될 말이야, 테사. 우리 집으로 와. 우리 엄마가 너한테 주려고 몇 가지 준비를 해놓으셨어."

"아…, 내 인생! 완전 시궁창으로 떨어진 거니?"

나는 웃는 둥 마는 둥 했고, 그는 장난스럽게 고개를 끄덕였다.

"사실 하딘이 내일 영국으로 떠나면 그 아파트에 가 있으려고 해. 기숙사에 들어갈 때까지만. 그가 돌아오기 전까지는 있어도 되지 않을까. 그게 안 되면 나에겐 이 사랑스러운 거처가 있잖아."

농담처럼 말했지만 속이 상했다. 지금 내 상황은 너무나 어처구니가 없다.

"그래, 그러면 되겠네."

랜던은 텔레비전에 시선을 고정한 채 건성으로 대답했다.

"근데 갑자기 하딘이 나타나면 어떡하지?"

그는 여전히 텔레비전에서 눈을 떼지 않은 채 말했다.

"런던에 간다며?"

"그렇긴 해. 휴… 나 이름을 떠돌이라고 바꿔야 할까 봐."

랜던과 나는 텔레비전을 보며, 다코타가 뉴욕으로 간다는 얘기를 나눴다. 그녀가 거기에서 지내는 게 결정되면 랜던도 내년에는 NYU로 편입을 고려 중이라고 했다. 그가 잘되는 건 기쁘지만, 워싱턴을 떠나는 건 싫었다. 물론 랜던에게 말하진 않았다. 랜던은 9시까지 있다가 돌아갔다. 그가 가고 나서 나는 침대에 배를 깔고 누워 잠이 들 때까지 책을 읽었다.

다음날 아침, 나는 하딘의 아파트로 갈 준비를 했다. 진짜 그곳으로 가게 되다니, 망설여졌지만 뾰족한 방법이 없었다. 랜던에게 또 신세 지고 싶지도 않았고, 엄마 집으로 가는 건 더 싫었다. 게다가 여기에 계속 있다간 조만간 파산할 거다. 혼자 지낼 엄마한테 가지 않는 게 조금 마음에 걸렸지만, 일주일 내내 엄마의 인신 공격을 받으며 스트레스 받고 싶지는 않았다. 크리스마스 날에는 어쩔 수 없이 갈 수도 있지만, 여하튼 오늘은 아니다. 아직 결정할 시간이 5일이나 있다.

머리를 말고 화장을 마친 후, 흰색 셔츠에 청바지를 입었다. 잠옷을 입고 뒹굴거리고 싶었지만, 며칠 동안 지내려면 먹을 걸 사러 마트에 가야 했다. 하딘이 아파트에 둔 음식에 손을 댔다간 내가 왔었다는 걸 알게 될 것이다. 가방에 물건들을 챙겨서 허겁지겁 차에 올랐다. 놀랍게도 차 안은 완벽하게 청소가 되어 있었고, 희미하게 민트향이 났다.

'하딘….'

마트 가는 길에 눈이 내리기 시작했다. 크리스마스에 어떻게 할지 결정하기 전까지 먹으려고 음식은 넉넉하게 샀다. 계산하려고 줄을 서 있는데 이런 저런 생각이 들었다. 하딘이 크리스마스 때 같이 하자고 했던 일들이 떠올랐다. 내 생일 선물은 정말 사려 깊은 선택이었지만, 그것도 직접 골랐는지 누가 알겠어. 부디 비싼 게 아니기를 바랄 뿐이다.

"안 가고 뭐 해요?"

뒤에서 여자의 성난 목소리가 들렸다. 정신을 차리고 보니 계산원이 얼굴을 잔뜩 찡그리고 나는 기다리고 있었다. 앞 사람이 가버린 것도 모르고 딴청을 피우고 있었던 것이다.

"죄송합니다."

나는 중얼거리면서 물건들을 계산대에 올려놓았다.

아파트 주차장에 들어서자 심장이 쿵쾅거렸다. 하딘이 아직 출발하지 않았으면 어쩌지? 아직 12시밖에 안 됐다. 주차장을 샅샅이 둘러보았다. 그의 차는 보이지 않았다. 공항까지 직접 몰고 간 모양이다.

'아니, 몰리가 태워다 줬을지도 모르지.'

마음의 소리는 시도 때도 없이 불쑥 끼어든다. 그가 없다는 확신이 들자 차를 세우고 짐을 꺼냈다. 눈은 점점 더 펑펑 내리고 있었다. 주차되어 있는 차 위에 눈이 쌓인다. 난 곧 따뜻한 아파트 안으로 들어갈 거다. 문 앞에서 다시 한 번 큰 숨을 몰아쉬었다. 문을 따고 천천히 안으로 들어갔다. 나는 이곳이 정말 좋다. 정말 완벽한 곳이다. 우리, 아니 그에게…, 아니 나에게…, 우리 각자에게.

냉장고를 열어보고 깜짝 놀랐다. 음식이 가득 차 있었다. 지난 며칠 동안 음식을 사서 쟁여두었나 보다. 빈 틈을 찾아서 내가 사온 음식들을 욱여넣고 갖고 온 짐을 챙겼다.

랜던의 말이 머리에서 떠나지 않았다. 혼란스럽기 이를 데 없었다. 하딘이 조언을 구하러 누군가를 찾아갔다니. 또 랜던은 하딘이 나를 사랑한다고 말했다. 아니다. 자꾸 스스로 희망 고문을 하는 것이 두려워 이 모든 걸 묻고 가둬버리기로 했다. 그가 날 사랑한다는 사실을 인정하면 상황이 더 나빠질 것만 같았다.

나는 문을 잠그고 가방들을 방에 가져다두었다. 가방에서 옷들을 꺼내 구겨지지 않게 옷장에 걸었다. 하딘과 나만을 위한 옷장이었다. 가슴 한편이 칼로 후비는 것처럼 아파왔다. 하딘의 블랙진 몇 벌이 옷장 왼편에 걸려 있었다. 그의 옷에 정신이 팔리면 안 된다. 그는 여전히 완벽해 보였지만, 셔츠는 늘 약간 구겨져 있었다. 시선은 구석에 걸려 있는 검정색 드레스 셔츠로 옮겨갔다. 결혼식 날 입었던 그 셔츠에는 뭔가 얼룩이 묻어 있었다. 서둘러 짐 정리를 마치고 옷장을 닫았다.

마카로니 요리를 오븐에 넣고 텔레비전을 켰다. 옛날에 했던 〈프렌즈〉에 채널을 고정하고 볼륨을 한껏 높였다. 저 에피소드는 스무 번도 넘게 본 것 같다. 그리고 다시 부엌으로 들어가 식기세척기에 그릇을 넣으면서 배우들의 대사를 따라 했다. 하딘이 눈치 채지 않기를 바랐지만, 싱크대에 그릇들을 놔두는 건 참을 수가 없었다. 촛불을 켜고, 식탁을 닦았다. 어느새 나는 마루를 쓸고, 청소기를 돌리고, 침대를 정리하고 있었다. 깨끗하게 청소를 마치고, 빨래를 세탁기에 넣었다. 건조기에 그대로 둔 하딘의 빨래를 차곡차곡 갰다. 일주일을 통틀어 가장 평화롭고 고요한 날이었다. 문밖에서 두런두런 말소리가 들리고, 현관문 자물쇠가 천천히 돌아가는 게 눈에 들어오기 전까지는.

'망했다!'

하딘이다. 왜 내가 아파트에 몰래 들어올 때마다 나타나는 거냐고! 혹시 하딘이 여분의 키를 친구한테 준 건 아닐까? 그래서 친구가 집을 점검하러 온 건 아닐까? 혹시 여자친구와 함께 온 제드?

'누구든 상관없으니 하딘만 아니었으면, 제발…'

한 번도 본 적 없는 여자가 들어왔다. 하지만 한눈에 누구인지 알아볼 수 있었다. 반박의 여지 없이 똑같이 생겼고, 너무 아름다웠다.

"와우, 하딘! 여기 정말 아름답구나."

그녀의 액센트는 하딘 만큼 독특했다.

이건, 절대, 있을 수, 없는, 일이다! 하딘의 엄마다. 그녀 앞에 내가 불쑥 나타난다면 분명 사이코패스처럼 보일 거다. 내가 사다놓은 음식이 냉장고에 그득하고, 내 빨래를 세탁기에 넣은 채, 아파트를 바닥부터 천장까지 반짝거리게 청소해놓았으니.

그녀가 나를 보았고, 나는 패닉 상태로 그 자리에 얼어붙었다.

"어머나, 세상에! 네가 테사구나!"

그녀가 다가오며 활짝 미소를 지었다.

하딘은 들어오다가 나와 눈이 마주치자, 들고 있던 꽃무늬 여행 가방을 바닥에 떨어뜨렸다. 놀라 얼어붙은 눈동자였다. 나는 그에게서 눈을 돌려 나를 향해 다가오는 여인을 두 팔 벌려 맞았다.

"내가 얼마나 실망했는지 아니? 이번 주엔 네가 여기 없을 거라고 하딘이 그러더구나."

그녀는 야단스럽게 떠들며 나를 꼭 안았다.

"이런 능청스러운 녀석 같으니. 나를 놀래주려고 이런 깜찍한 거짓말을 했어?"

'이건 무슨 소리야?'

그녀는 두 팔로 내 어깨를 잡고 마주보았다.

"오, 정말 사랑스럽구나. 정말로!"

그녀는 높은 콧소리를 내더니 나를 또 안았다.

나도 잠자코 그녀를 한 번 더 포옹했다. 하딘은 어안이 벙벙한 얼굴로 잔뜩 얼어붙은 채 서 있었다.

사실은 나도 마찬가지였다.

23 · 테사

하딘의 엄마는 그 뒤로도 나를 네 번이나 더 안았다. 결국 하딘이 주저하며 나섰다.

"엄마, 테사는 낯 가리는 애란 말이에요."

"그래, 미안하다. 너를 만난 게 너무 좋아서 내가 좀 흥분했구나. 하딘이 네 얘기를 정말 많이 했거든."

부드럽고 따뜻한 말투였다. 그녀가 고개를 끄덕이며 물러섰다. 내 존재를 알고 있었다니 놀라웠다. 평소처럼 나를 비밀스런 존재로 숨겼을 줄 알았는데.

"괜찮아요."

얼떨떨하게 서 있다가 겨우 입을 열었다. 그녀는 환하게 웃으며 아들을 쳐다보았다.

"엄마, 부엌에서 물 한 잔 드시면서 잠깐 숨 좀 돌리실래요?"

하딘의 엄마가 자리를 뜨자 하딘이 천천히 내게로 다가왔다.

"그러니까, 우리. 음…, 방에서 잠시만 얘기할 수 있을까?"

그가 말을 더듬었다. 나는 고개를 끄덕이며 부엌 쪽을 슬쩍 쳐다보았다. 그리고 한때 우리가 함께 지냈던 침실로 들어갔다.

"이게 대체 무슨 일이야?"

문을 닫으며 내가 조용히 말했다. 하딘은 움찔하며 침대에 앉았다.

"나도 알아, 미안해. 엄마한테 너랑 무슨 일이 있었는지 얘기 못했어. 차마 내가 한 짓을 말할 수가 없었어. 근데 넌…, 여기, 다시 돌아온 거야?"

그의 목소리에는 막연한 희망이 담겨 있었다.

"아니…."

"아."

나는 한숨을 쉬며 머리카락을 쓸어 올렸다. 이 버릇은 하딘에게 배운 거겠지.

"난 어떻게 해야 돼?"

내가 그에게 물었다.

"나도 모르겠어…."

그도 깊은 한숨을 내쉬었다.

"네가 우리랑 같이 어울리거나 하는 걸 기대하진 않아. 난 그냥 엄마한테 말할 시간이 좀 필요할 뿐이야."

"나도 네가 여기 올 줄 몰랐어. 런던에 간 줄 알았어."

"나 혼자 가고 싶진 않았어…."

하딘이 말꼬리를 흐렸다. 그의 눈빛은 고통으로 일그러졌다.

"무슨 이유라도 있는 거야? 우리가 헤어졌단 얘기 못 한 거."

"내가 널 만난다는 얘기를 듣고 엄마가 너무 좋아하셨거든. 엄마 기분을 망치고 싶진 않아서."

켄 씨가 했던 말이 떠올랐다. 하딘이 누군가를 받아들일 수 있다고 생각하진 않는다던 말. 켄 씨가 옳았다. 하지만 하딘이 여기서 엄마와 보내는 시간을 나 때문에 망치게 하고 싶진 않았다.

"마음의 준비가 되거든 말씀 드려. 내기 얘긴 하지 말고."

나는 시선을 아래로 떨궜다. 하딘의 엄마가 사건의 전말을 모두 알게 된다면 분명 상처 받을 거다. 자기 아들이, 최초이자 유일하게 찾아온 사랑을 어떻게 망쳐버렸는지 알게 된다면 말이다.

"정말? 우리가 사귄다고 엄마가 생각해도 괜찮은 거야?"

놀란 목소리였다. 고개를 끄덕이자, 그는 참고 있던 숨을 토해냈다.

"고마워. 난 네가 당장 엄마에게 털어놓으라고 할 줄 알았어."

"그렇게까진 안 해."

진심이었다. 하딘한테 아무리 화가 났더라도, 그와 엄마의 관계까지 망치고 싶진 않았다.

"빨래만 다 끝내고 갈게. 난 네가 여기 없을 줄 알았어. 모텔보다는 여기가 낫겠다 싶어서 온 거야."

나는 어색한 듯 어깨를 으쓱했다. 방에 둘이 너무 오래 있었던 것 같다.

"어디 가려고?"

"엄마한테 가면 돼. 사실 가고 싶지 않지만."

결국 인정해버렸다.

"모텔도 나쁘진 않은데, 좀 비싸."

지난 한 주 동안 하딘과 내가 나눈 대화 중에 지금이 제일 정상적인 것 같다.

"여기 있으라고 해도 네가 싫다고 할 거니까, 내가 돈을 좀 줄까?"

하딘은 자기의 제안을 내가 어떻게 받아들일까 걱정하는 것 같았다.

"네 돈이라면 필요 없어."

"나 때문이니까, 내가 감당하면 어떨까 싶어서."

그가 바닥을 내려다보며 말했다.

"우리, 밖으로 나가는 게 좋겠어."

나는 한숨을 내쉬며 문을 열었다.

"난 조금만 있다가 나갈게."

그가 상냥하게 말했다. 그의 엄마와 단둘이 마주보고 있는 건 싫었다. 하지만 좁은 방에서 하딘과 계속 같이 있을 순 없었다. 심호흡을 한번 하고 방을 나섰다.

부엌에 들어서자, 하딘의 엄마가 싱크대에 서 있다가 물었다.

"걔가 나 때문에 화난 건 아니지? 초면에 너한테 너무 과하게 군건 아닌지 모르겠구나."

그녀의 목소리는 참으로 상냥했다. 아들과는 정반대다.

"아, 아니에요. 그냥…, 이번 주에 처리할 일들이 몇 가지 있어서요."

거짓말이었다. 난 거짓말엔 진짜 소질이 없다. 그래서 웬만하면 안 하려고 하는데.

"그래, 다행이구나. 그 녀석이 얼마나 변덕스러운지 나도 잘 알거든."

그녀는 정말 따뜻한 미소를 짓는다. 그래서 나까지도 미소 짓게 만든다.

마음을 진정시키려고 물 한 잔을 따랐다. 한 모금 마시는데 그녀가 얘기를 시작했다.

"네가 너무 예뻐서 난 아직도 정신이 없구나. 하딘이 지금껏 본 중에 네가 제일 예쁘다고 했단다. 난 걔가 허풍 떠는 줄 알았어."

켁, 마시던 물을 다시 컵에 뱉어냈다. 이건 확실히 세상에서 제일 예쁜 여자의 우아한 모습과는 거리가 멀다.

'대체 무슨 소릴 한 거야?'

정정 요청을 하고 싶었지만, 민망함을 숨기려고 물 한 모금을 얼른 다시 마셨다. 그녀가 웃었다.

"솔직히 난 네가 온몸을 타투로 도배했거나 초록색 머리일 줄 알았 거든."

"전 타투 없어요. 초록 머리도 별로고요."

웃음이 터졌다. 단단히 힘이 들어갔던 어깨에 긴장이 풀리는 느낌이 들었다.

"너도 하딘처럼 영문학 전공이지?"

"네, 여사님."

"여사님이라니, 트리시라고 부르렴."

"사실 제가 반스 출판사에서 인턴십을 하고 있거든요. 그래서 수업 시간표가 약간 뒤죽박죽이에요. 지금은 방학 중이고요."

"반스 출판사? 크리스찬 반스가 운영하는?"

나는 고개를 끄덕였다.

"아, 크리스찬 못 본 지는 거의 10년은 된 것 같네."

그녀는 내 손에 들려 있던 물 잔으로 시선을 옮겼다.

"하딘하고 내가, 사실 1년 동안 그 사람 집에서 살았거든. 그러니까 켄이… 아니다, 별 소리를 다하는구나. 하딘도 내가 입만 열면 수다라고 싫어하거든."

그녀는 신경 쓰이는 듯 싱긋 웃었다.

하딘과 엄마가 반스 씨와 함께 지냈다는 건 몰랐다. 하지만 하딘이 그와 아주 가까운 사이라는 건 안다. 둘 사이는 아빠의 친구 정도를 넘어설 만큼 가까워 보였다.

"저도 켄 씨 얘긴 들었어요."

그녀가 불편해할까 봐 얘기했지만, 순간 아차 싶었다. 그 얘기는 그녀에게 일어났던 일을 알고 있다는 걸 암시하니까. 나 때문에 기분이 상하면 어쩌나 걱정이 되었다.

"아, 그랬어?"

그녀가 대꾸를 하자마자 내가 잇달아 말했다.

"네, 하딘이 전에 얘기해 줬…."

"하딘이 무슨 얘기를 했다고?"

하딘이 부엌에 갑자기 나타나는 바람에 나는 말을 멈췄다. 이 화제를 끊을 수 있어 정말 다행이었다. 그가 한쪽 눈썹을 찡긋 올렸다. 팽팽한 긴장감이 하늘을 찌를 듯했다. 놀랍게도 그의 엄마가 나서서 변호를 했다.

"아무 것도 아니야. 그냥 여자들끼리 수다야."

그녀는 아들에게 다가가 허리에 팔을 둘렀다. 그는 반사적으로 슬쩍 물러섰다. 그녀가 인상을 찌푸렸지만, 나는 눈치챘다. 이게 그들에게는 일상적인 일이라는 걸.

빨래 건조기에서 알림음이 울렸다. 드디어 이 대화에서 빠져나갈 절호의 찬스다. 얼른 빨래를 마치면 나는 이곳에서 나갈 수 있다.

건조기에서 따뜻해진 빨래들을 꺼내 좁은 세탁실 바닥에 앉아 개었다. 하딘의 엄마는 정말 다정한 분이다. 다른 상황에서 만났더라면 얼마나 좋았을까. 이제 하딘에게는 화도 나지 않는다. 이미 화는 낼 만큼 냈다. 슬픈 기분이 들었다. 우리가 앞으로 어떻게 될지 정말 알고 싶었다.

빨래를 마치고 가방을 챙기러 침실로 갔다. 옷장에 옷들을 걸지 않았더라면, 부엌에 음식을 정리해두지 않았더라면. 쓸데없는 후회를 했다.

"도와줄까, 테사?"

트리시가 물었다.

"아, 엄마네 집에서 일주일 동안 지낼 짐을 준비하고 있어요."

비싼 모텔보다 차라리 엄마네로 가는 게 낫겠다는 생각이 들었다.

"오늘 가려고? 지금?"

그녀가 울상을 지었다.

"네, 엄마한테 크리스마스에 갈 거라고 말씀 드렸거든요."

하딘이 들어와 제발 이 상황에서 빠져나갈 수 있게 도와주기를 바랐다.

"아, 하룻밤만이라도 같이 지낼 수 있었으면 했는데. 널 또 만날 수 있을지 누가 알겠니. 내 아들이 사랑에 빠진 아가씨라니 나도 더 친해지고 싶구나."

갑자기 내 앞에 서 있는 이 분을 행복하게 해주고 싶다는 생각이 들었다. 그녀에게 말 실수를 했던 게 걸렸던 걸까. 아니면 하딘 앞에서 내 편을 들어주었던 게 신경 쓰여서? 잘은 모르겠다. 하지만 분명한 건, 이 순간 너무 깊게 생각하지 말자는 거였다. 마음 속에서 들리는 소리를 애써 잠재우고 고개를 끄덕였다.

"네, 그럴게요."

"정말? 여기 있겠다고? 하룻밤이면 돼. 그리고 내일 엄마네 집으로 가렴. 눈도 저렇게 많이 오는데, 저걸 뚫고 운전해서 가는 건 너무 위험하단다."

그녀가 두 팔을 벌려 나를 안아주었다. 오늘만 다섯 번째다.

적어도 그녀가 하딘과 나 사이에서 완충 역할을 해줄 것이다. 그녀가 있는 데서 싸울 수도 없을 테고. 글쎄, 난 싸우지 않을 거다. 하지만 이건 아마도, 아니 확실히 최악의 결정인 것 같다. 그래도 트리시는 거절하기 어려운 사람이다. 딱 그의 아들처럼 말이다.

"그래, 그럼 난 얼른 샤워하고 오마. 비행을 너무 오래 했잖니!"

그녀는 활짝 웃으며 욕실로 향했다.

나는 침대에 파묻혀 눈을 감았다. 앞으로 24시간은 내 인생 최고로 어색하고 고통스러운 시간이 될 거다. 아무리 발버둥쳐 봐도, 항상 하딘과 처음 시작했던 그때로 돌아와버리는 것 같았다.

잠시 후 눈을 떴다. 하딘이 옷장을 바라보며 내게 등을 돌리고 서 있었다.

"미안…, 귀찮게 하려는 건 아니었어."

그가 나를 바라보았다. 나는 일어나 앉았다. 너무 낯설었다. 하딘이 말끝마다 사과를 해댄다.

"아파트 청소했더라."

그의 목소리는 부드러웠다.

"응…, 어쩔 수 없었어."

내가 미소 짓자, 그도 따라 웃었다.

"하딘, 너희 엄마한테 오늘 하룻밤 여기 있겠다고 말씀드렸어. 딱 하루야. 네가 싫다면 갈게. 너희 어머니가 너무 잘해주셔서 매몰차게 가겠다고 할 수가 없었어. 그래도 혹시 네가 불편하면….”

“테사, 괜찮아.”

그가 잽싸게 대답했다. 다음 말을 덧붙였을 때 그의 목소리는 떨리고 있었다.

“나도 네가 있었으면 좋겠어.”

무슨 말을 해야 할지 모르겠다. 이런 급반전의 상황이 낯설기만 하다. 생일 선물에 대해 감사 인사를 하고 싶었다. 하지만 머릿속에서 너무 많은 생각들이 오갔다.

“어제 생일은 어떻게 보냈어?”

“나쁘지 않았어. 랜던이랑 있었어.”

“아….”

그때 거실에서 트리시의 목소리가 들렸다. 그는 얼른 나가려다 문턱을 넘기 직전 멈추더니 나를 돌아보았다.

“나, 어떻게 해야 할지 잘 모르겠어.”

나는 한숨을 내쉬었다.

“나도 그래.”

우리는 같이 거실로 나갔다.

24 · 테사

거실로 나가보니, 그의 엄마는 젖은 머리를 동그랗게 말아 올려 묶고 소파에 앉아 있었다. 그녀는 나이에 비해 정말 어려 보이고 놀랄 만큼 아름다웠다.

"우리, 영화 볼까? 그리고 내가 여러분을 위해 저녁을 만들겠습니다!"

그녀가 선언하듯 외쳤다.

"내 요리가 그립지 않았니, 꼬맹이?"

하딘이 어이없어 하면서 어깨를 으쓱했다.

"그럼요. 최고의 요리사죠."

뭔가 굉장히 어색한 상황인 것 같았다.

"이보세요! 내가 그렇게 엉망은 아니잖니?"

그녀가 웃었다.

"그런데 오늘 밤엔 네가 요리하겠다고 했던 것 같은데."

나는 어정쩡하게 서 있었다. 싸우는 것도, 사귀는 것도 아닌 이런 상태에서 하딘과 함께 있으니 어떻게 행동해야 할지 모르겠다. 이건 정말 뜻밖의 상황이다. 그런데 갑자기 이게 우리 관계의 패턴이라는 걸 깨달았다. 카렌과 켄 씨는 우리가 진짜로 사귀기 전부터 사귄다는 인상을 받았었다.

"넌 요리할 줄 아니, 테사?"

트리시가 묻는 바람에 상념에서 빠져나왔다.

"아니면 하딘이 하니?"

"음, 저희 둘 다 해요. 사실 요리라기보다는 '음식 준비'가 맞겠네요."

"우리 아들이랑 잘 지내는 것 같아서 정말 기쁘구나. 아파트도 멋지고, 청소도 완벽하고."

나는 '그녀의 아들과 잘 지내'지 않는다. 그녀의 아들이 한 짓 때문에 너무 상처 받았다.

"네, 그런데 하딘이 어지르기 대장이라서…."

하딘이 나를 바라보았다. 입가에 야릇한 미소를 머금고 있었다.

"나는 완전 깔끔 대장이고, 얘가 어지르기 대장이에요."

그의 말에 나는 황당하다는 표정을 지었다.

"쟤가 어지르기 대장이래요."

트리시와 내가 동시에 하딘을 가리키며 말했다.

"두 분은 영화를 볼 건가요, 아니면 밤새도록 나를 씹을 건가요?"

하딘이 부루퉁하게 말했다.

하딘이 앉기 전에 내가 먼저 소파에 앉았다. 이러면 어디 앉을까 우물쭈물하며 불편해 하지 않아도 된다. 그는 잠자코 나와 소파를 번갈아 쳐다보더니 잠시 후 내 오른쪽 옆에 와서 앉았다. 그에게서 익숙한 따스함이 느껴졌다.

"무슨 영화 볼까?"

트리시가 우리에게 물었다.

"아무 거나 상관없어요."

하딘이 대답했다.

그녀는 미소를 띠며, 〈첫 키스만 50번째〉를 골랐다. 분명 하딘은 싫어할 영화다. 아니나 다를까, 영화가 시작하자 하딘이 구시렁댔다.

"영화 진짜 구닥다리네."

"쉿."

내가 저지하자 그가 발끈했지만 이내 조용해졌다.

트리시와 나는 영화 보는 내내 웃다가 한숨 짓기를 반복했다. 그 사이 하딘이 나를 몇 번이나 힐끔거렸다. 나는 이 시간을 진짜로 즐기고 있었다. 어느 순간은 하딘과 나 사이에 벌어졌던 일들까지 몽땅 잊어버릴 뻔했다. 하딘에게 기대고, 그의 손을 만지고, 이마로 흘러내린 머리카락을 쓸어 올려 주는 걸 참는 일은 정말로 어려웠다.

"배가 고픈데."

영화가 끝나자 그가 중얼거렸다.

"너랑 테사가 같이 요리하면 어떻겠니? 엄마는 좀 피곤하구나."

트리시가 웃으며 말했다.

"비행을 너무 오래 우려먹는 거 아니에요?"

하딘이 엄마에게 돌직구를 날렸다. 그녀는 미간을 찡그리고 웃는 표정을 지었다. 하딘에게서 몇 번이나 본 적 있는 얼굴이다.

"제가 할게요."

내가 자리에서 일어났다. 부엌으로 도망치듯 나와 싱크대에 기대섰다. 대리석 상판을 필요 이상으로 세게 움켜잡았다. 숨을 골라야 했다. 내가 얼마나 오래 이럴 수 있을지 모르겠다. 모든 게 정상인 척, 아직도 그를 사랑하는 척할 수 있을까.

'나는 그를 정말 사랑한다, 애처로울 만큼.'

이 변덕스럽고 자기밖에 모르는 남자에게 너무 많은 기회를 줬다. 그가 저지른 용서할 수 없는 일들을 지울 수 있는 기회를. 그런데 이번에는 정말 심각하다.

"하딘, 얼른 가서 같이 준비하렴."

트리시의 목소리가 들렸다. 나는 얼른 냉장고 문을 열고, 아무 일도 없는 척했다.

"나는 뭘 할까?"

그의 목소리가 작은 부엌을 가득 채웠다.

"응…."

"저녁은 아이스크림이야?"

그가 물었다. 내 손에 들려 있는 걸 내려다보았다. 치킨을 꺼내려고 했는데, 정신이 없긴 없나 보다.

"다들 아이스크림 좋아하긴 해."

그가 씨익 웃었다. 사악할 만큼 예쁜 보조개가 드러났다.

'감당할 수 있어. 하던 옆에 있을 거야. 그에게 잘해줄 수 있어. 우리는 잘 지낼 수 있어.'

내 안에서 또 속삭임이 들렸다.

"저번에 만들어줬던 치킨 파스타인가, 그거 해줘."

내가 먼저 제안했다. 그의 초록색 눈동자가 나에게 고정되었다.

"그게 먹고 싶어?"

"네가 괜찮다면."

"물론 좋지."

"너 오늘, 진짜 이상해."

밖에 있는 손님이 들을까 봐 그에게 속삭였다.

"내가? 아닌데."

그가 어깨를 으쓱하며 다가왔다. 심장이 쿵쾅거리기 시작했다. 그가 내 쪽으로 몸을 기울였다. 나는 주춤거리며 뒷걸음질 쳤고, 그는 냉장고 손잡이를 잡고 문을 열었다.

'키스하려는 줄 알았네. 나, 왜 이러는 거니?'

우리는 말 없이 저녁을 만들었다. 둘 다 무슨 말을 해야 할지 몰랐다.

나는 시종일관 그에게서 눈을 떼지 않았다. 칼을 쥐고 치킨과 채소를 다지는 그의 기다란 손가락, 끓는 물에서 김이 솟아오르자 눈을 감는 모습, 소스를 맛보며 혀로 입술을 핥는 모습까지. 이런 식으로 그를 힐끔거리는 게 좋지 않다는 건 안다. 하지만 멈출 수가 없었다.

"식탁은 내가 차릴게. 엄마 모시고 와."

요리가 끝나자 내가 말했다.

"뭐라고? 그냥 부르면 되지."

"그건 예의가 아니지. 가서 모시고 와."

그는 어이없어 하면서도 내 말을 들었다. 하지만 바로 돌아왔다. 혼자였다.

"엄마가 잠드셨어."

"뭐라고?"

"소파에서 완전히 기절하셨어. 깨워야 할까?"

"아냐. 오늘 많이 힘드셨을 거야. 일어나시면 드실 수 있게 따로 챙겨놓을게. 우리가 너무 늦었네."

"8시다."

그의 목소리는 담담했다.

"대체 왜 그래? 나도 이게 불편한 상황인 거 알아. 그래도 너 정말 너무 이상해."

나는 아무 생각 없이 접시 두 개에 음식을 덜어 그에게 건넸다.

"고마워."

그가 접시를 받으며 식탁 앞에 앉았다.

포크를 쥐고 음식을 먹으려 조리대 앞에 섰다.

"말해줄 거지?"

"뭘?"

하딘은 포크에 음식을 잔뜩 찍은 채 물었다.

"왜 이렇게 얌전하고, 친절한지. 너무 이상해."

그는 입에 한가득 넣은 음식을 꿀꺽 삼킨 뒤 입을 열었다.

"그냥 말 실수 하고 싶지 않아서."

"아."

내가 할 수 있는 말은 겨우 이거였다. 이건 예상했던 답이 아니다. 그도 나에게 물었다.

"그럼 넌 왜 친절하고 이상하게 구는데?"

"너희 엄마가 계시잖아. 이미 벌어진 일을 내가 어떻게 할 수 있는 것도 아니고. 영원히 화만 낼 순 없잖아."

"그건 또 무슨 소리야?"

"그냥 더 이상 싸우고 싶지 않아. 평온을 되찾고 싶어. 하지만 우리 사이에 달라지는 건 없어."

눈물이 나올 것 같아 볼을 꽉 물었다.

하딘은 아무런 말 없이 일어서더니 접시를 싱크대에 던져놨다. 도자기 접시가 미끄러지면서 반으로 쩍 갈라졌다. 나는 놀라 펄쩍 뛰었다. 하딘은 눈 하나 깜짝 하지 않았다. 그는 뒤도 돌아보지도 않고 침실로 들어가버렸다.

거실을 힐끔 내다보았다. 그의 돌발 행동에 트리시가 깜짝 놀라 잠에서 깨지 않았는지 걱정이 됐다. 다행히 아직 잠들어 있었다. 살짝 입을 벌리고 자는 모습까지 아들이랑 똑같았다. 정말 신기했다.

평소처럼 하딘이 어질러놓은 걸 치우고 정리했다. 그릇을 식기세척기에 집어넣고, 남은 음식을 치웠다. 조리대까지 깨끗이 닦고 나자 너무 지쳤다. 정신적으로 더 지친 것 같다.

'그래도 샤워는 해야지. 그래야 잘 수 있잖아. 하지만 난 또 어디서 자야 하지?'

침실엔 하딘이, 소파에는 트리시가 있다. 아무래도 모텔로 돌아가야 할까 보다.

난방 온도를 조금 올리고 거실 불을 껐다. 잠옷을 가지러 침실로 들어갔다. 하딘은 침대 모서리에 앉아 있었다. 팔꿈치를 무릎 위에 받치고, 두 손으로 머리는 감싸 쥐고 있었다. 그는 고개를 들지 않았다. 가방에서 반바지와 티셔츠, 속옷을 챙겨 방을 나섰다. 복도로 막 나서려는데, 작게 흐느끼는 소리가 들렸다.

'설마 하딘이 울고 있는 거야?'

그렇지 않을 거다. 그럴 리가 없다.

혹시나 하는 마음에 방을 나설 수가 없었다. 나는 침대로 되돌아가서 하딘 앞에 섰다.

"하딘?"

나지막이 그를 부르며 감싸고 있는 그의 손을 치웠다. 그가 버텼지만, 나는 더 세게 끌어당겼다.

"나 좀 봐."

내가 말했다. 손을 치우자 그의 숨결이 훅, 하고 끼쳤다. 핏발 선 눈은 새빨갛고, 두 뺨은 온통 눈물 범벅이었다. 손을 잡으려 했지만 그가 뿌리쳤다.

"그냥 가, 테사."

많이 들었던 소리다.

"싫어."

그의 벌어진 다리 사이에 무릎을 꿇고 앉았다.

그는 손등으로 눈물을 닦았다.

"이건 정말 안 좋은 생각이었어. 내일 아침에 엄마한테 다 얘기할게."

"그러지 않아도 돼."

전에도 그가 우는 걸 몇 번 본 적은 있었지만 이렇게까지는 아니었다. 어깨를 들썩이며 눈물 범벅이 될 정도로 울진 않았다.

"네가 이렇게 가까이 있는데, 이렇게 멀게 느껴지는 건 고문이야. 최악의 벌이야. 내가 한 짓이 있으니, 이런 벌을 받아 마땅하겠지. 하지만 너무해."

그가 흐느꼈다.

"아무리 나 같은 놈이라도 말이야."

그가 회한에 가득 찬 깊은 숨을 토해냈다.

"네가 여기 있겠다고 했을 때, 난 혹시나… 혹시 네가 나한테 아직 애정이 남아 있는 건 아닐까 생각했어. 근데 이제 알겠어, 테스. 네가 날 어떻게 생각하는지. 다 내가 다 자초한 일이라는 거 아는데, 아무리 잡아도 손가락 사이로 네가 빠져나가는 것 같은 이 느낌은 견딜 수가 없어."

눈물이 줄줄 흘러내려 그의 검정색 티셔츠에 뚝뚝 떨어졌다.

그의 눈물을 멈추게 할 수만 있다면 무슨 말이라도 하고 싶었다. 그의 고통을 씻어줄 수만 있다면.

하지만 밤마다 나 혼자 울 때, 그는 대체 어디 있었지?

"내가 갔으면 좋겠어?"

그가 고개를 끄덕였다.

그의 거절이 지금은 더욱 상처가 된다. 내가 여기 있으면 안 된다는 거, 잘 안다. 우리가 이러면 안 된다는 것도. 하지만 나는 그와 함께할 시간이 조금 더 필요하다. 위험하고 고통스러울지라도 그 없이 혼자 견디는 시간보다는 나을 것이다. 그를 사랑하지 않았다면, 아니, 애초에 그를 만나지 않았더라면 좋았을 텐데.

그러나 이미 엎질러진 물. 나는 그를 사랑한다.

"알겠어."

숨을 꿀꺽 삼키고 일어섰다. 그의 손이 내 손목을 잡아 끌었다.

"미안해. 내가 잘못했어, 상처 준 거, 모두, 전부 다."

정말 마지막 작별 인사를 하는 것처럼 그의 목소리는 진지했다.

이런 상황이 너무 싫다. 그리고 마음 속 깊이 깨달았다. 나 또한 그가 나를 포기하게 놓아둘 준비가 아직 안 되었다는 걸. 한편으로는 그를 용서할 수 없었지만 그렇다고 우리 관계를 끝낼 수도 없었다. 그 혼란의 굴레 속에 며칠 동안 빠져 있었다. 오늘이 절정이다.

"난⋯."

말을 하려다 멈췄다. 하딘이 나를 올려다보았다.

"나, 가고 싶지 않아."

너무 작은 목소리였다. 그는 내 말을 들었을까.

"뭐라고?"

그가 물었다.

"가고 싶지 않다고. 가야 한다는 거 알아. 근데 가고 싶지가 않아. 적어도 오늘밤은."

산산조각이 난 채로 내 앞에 서 있는 남자, 그가 천천히 되살아나는 게 보였다. 아름다운 광경이었다. 동시에 영혼 깊숙이 공포감이 밀려왔다.

"그게 무슨 말이야?"

"나도 모르겠어. 아직 어떻게 해야 할지 마음의 준비가 안 됐나 봐."

이렇게라도 얘기하며 그가 내 마음을 알아주길 바랐다.

하딘은 나를 무표정하게 바라보았다. 흐느껴 울던 모습은 어디서도 찾을 수 없었다. 그는 로봇처럼 셔츠에 얼굴을 닦더니 말했다.

"그래, 좋아. 네가 침대에서 자, 나는 바닥에서 잘게."

그는 담요를 가져다 바닥에 툭 던지고, 베개 두 개를 쥐었다. 불현듯 이 모든 눈물 바람이 어쩌면 쇼가 아니었을까 하는 생각이 들었다. 나는 안다. 어찌 됐든, 우리는 여전히 헤어질 수도 함께 할 수도 없다는 것을.

25 · 테사

이불을 덮고 누웠다. 머릿속을 돌아다니는 생각은 한 가지뿐이었다. 하딘의 저런 모습을 보게 될 줄이야. 그는 너무나 연약했고 상처 받은 것처럼 보였다. 눈물을 흘리며 몸을 떨고 있는 모습이라니. 하딘과 나 사이의 에너지가 끊임없이 변하고 있다는 생각이 들었다. 나란히 서 있는 게 아니라 둘 중에 하나가 항상 우위를 점하고 있어야 하는 것처럼 느껴졌다. 지금은 내가 우위를 차지하고 있다.

하지만 나는 그러고 싶지 않았다. 이런 식으로 엎치락뒤치락 하는 건 싫다. 사랑은 주도권 전쟁이 아니다. 게다가 나 자신도 믿을 수가 없다. 우리 사이에 벌어지는 일을 쥐락펴락 할 자신이 없다. 불과 몇 시간 전만 해도 모든 게 명백했다. 하지만 그가 어깨를 떨며 우는 모습을 보고만 지금, 마음은 뒤죽박죽 혼란스럽기 그지 없고, 머릿속은 구름이 잔뜩 낀 듯 흐릿하기만 하다.

캄캄한 어둠 속에서도 하딘의 시선이 나에게 꽂혀 있는 걸 느낄 수 있었다. 그가 숨조차 쉬지 않고 있다는 사실을 깨달았다. 깊은 한숨을 쉬었다. 그러자 그가 재빨리 물었다.

"텔레비전 켜줄까?"

"아냐. 네가 보고 싶으면 켜. 난 괜찮아."

전자책 리더기라도 있으면 잠들 때까지 책이라도 볼 텐데. 캐서린과 히스클리프의 파국을 다시 읽으면 그나마 내 인생이 좀 나아 보일지도 모르겠다. 캐서린은 한 남자와의 사랑을 위해 일생을 바쳐 싸워야 했다. 죽기 직전 그의 용서를 구하고, 그 없이는 살 수 없다고 인정할 때까지 이랬다 저랬다를 반복했다.

'나는 하딘 없이 살 수 있다. 정말, 그렇겠지?'

평생을 사랑 때문에 싸우면서 보내진 않을 거다. 지금 이 상황은 일시적인 거다. 그렇겠지? 벽창호 같은 완고함 때문에 다른 사람들과 우리를 비참하게 만드는 짓은 하지 않을 거다, 그렇겠지? 『폭풍의 언덕』 과 평행 이론 같은 이 불확실함이 나를 더욱 괴롭혔다. 트레버를 에드가(캐서린이 배우자로 선택한 남자다 - 옮긴이)에 대입하면서부터 그 불안감은 더 커졌다. 이걸 어떻게 받아들여야 할지 잘 모르겠다. 너무 이상하다.

"테스?"

나의 히스클리프가 나를 부른다. 그의 목소리가 나를 공상에서 깨어나게 했다.

"응?"

시큰둥하게 대답했다.

"나…, 몰리랑 안 잤어."

그가 주저하며 말했다. 느닷없는 고백이 주는 충격이 그의 어눌한 말투 때문에 조금 누그러졌다. 잠자코 있었지만 적잖이 놀랐다. 한편으론 그를 믿고 싶었다. 하지만 하딘이 기만과 사기의 달인이라는 사실이 머릿속에서 떠나지 않았다.

"정말이야, 맹세해."

그가 덧붙였다.

"근데 왜 그렇게 말했어?"

"너 상처 주려고. 완전 돌아버릴 것 같았거든. 네가 어떤 놈이랑 키스했다니까. 그래서 네가 가장 상처받을 말을 한 거지."

하딘의 얼굴을 볼 수는 없었지만 나는 알고 있었다. 그는 똑바로 누워 머리에 팔을 괴고, 천장을 바라보고 있을 것이다.

"정말 다른 놈이랑 키스했어?"

"응."

순순히 인정했다. 거친 숨소리가 들렸다. 험악한 분위기를 잠재우려고 얼른 덧붙였다.

"딱 한 번."

"왜 그랬어?"

그는 침착했지만 화가 풀리지 않은 낯선 목소리였다.

"솔직히, 나도 모르겠어. 통화하면서 네가 못되게 굴었잖아. 그리고 너무 취해 있었어. 그래서 그 남자랑 춤을 췄는데, 그 남자가 나한테 키스했어."

"그 남자랑 춤을 췄다고? 어떻게 췄는데?"

질문이 계속된다. 어이가 없다. 내가 뭘 했는지 낱낱이 다 알고 싶은 거야? 우리 관계가 깨진 이 상황에?

"내 대답을 듣고 싶진 않을걸."

다시 분위기가 딱딱해졌다.

"듣고 싶어."

"하딘, 우린 그냥 클럽에 있는 다른 사람들처럼 춤췄어. 그리고 남자가 키스했고, 자기 집으로 데려가려고 했어."

이 얘기를 계속했다간 결국 분위기는 더 험악해질 거다. 화제를 바꿔야 한다.

"전자책 리더기는 고마워. 정말 마음에 들어."

"그 남자가 널 집에 데려가려 했다고? 너도 갈 생각이었어?"

부스럭거리는 소리가 들렸다. 그가 일어나 앉았나 보다. 나는 여전히 침대에 누운 채였다.

"꼭 그렇게 물어야 해? 내가 그 정도는 아니란 걸 너도 알잖아."

내가 매몰차게 말했다.

"글쎄, 난 네가 클럽에서 춤추고 키스하는 사람인 줄도 몰랐는걸."

그가 소리 질렀다.

잠시 침묵이 흐른 뒤 내가 말했다.

"난 네가 이렇게 갑자기 또 시작하고 싶어하는 줄 몰랐어."

담요가 바스락대는 소리가 들렸다. 그가 내 옆에 와 있는 게 느껴졌다. 바로 옆에서 목소리가 들렸다.

"말해줘, 제발. 아니라고."

그가 침대에 걸터앉자 나는 멀찍이 떨어졌다.

"아니라는 거 너도 알잖아. 그날 밤 늦게 네가 왔잖아."

"네 입으로 얘기하는 걸 들어야겠어."

그의 목소리는 까칠했지만 애원하고 있었다.

"그 남자와 딱 한 번 키스만 했다고, 아무 것도 안 했다고 얘기해줘."

"그 남자하고는 딱 한 번 키스했고, 그 담엔 아무 얘기도 안 했어."

그가 말한 그대로 말했다. 절박하게 그 말을 듣고 싶어한다는 걸 알았으니까.

나는 그의 목선에 보이는 소용돌이 타투에 시선을 고정했다. 그는 나를 평온하게 하면서 동시에 달아오르게 한다. 내 안에서 일어나는 전쟁의 한가운데에서 더 이상 버티기가 힘들었다.

"내가 알아야 할 게 또 있어?"

그가 부드럽게 물었다.

"없어."

거짓말이다. 트레버와 데이트한 얘기는 하지 않았다. 아무 일도 없었고, 하딘이 상관할 바도 아니니까.

트레버는 좋은 사람이다. 하딘이라는 시한폭탄한테서 트레버만은 안전하게 지켜주고 싶었다.

"확실해?"

"하딘, 날 다그칠 입장은 아닌 것 같은데."

나는 그의 눈을 똑바로 쳐다보았다. 이럴 수밖에 없었다.

"그래, 알아."

내 말에 그는 놀란 듯했다.

그가 침대에서 벌떡 일어섰다. 나는 온몸을 감싸는 허전함을 애써 무시했다.

26 · 하딘

지옥이었다. 지옥이라면 늘 두 팔 벌려 환영이지만, 오늘은 모든 게 지옥 같았다. 공항에서 돌아왔을 때 테사가 거기 있으리라곤 꿈에도 생각 못 했다. 여자친구는 크리스마스 주간 내내 여기에 없을 거라고, 엄마한테 어렵게 둘러댔는데 말이다. 엄마는 살짝 실망했지만 더 이상 캐묻지 않았다. 내 인생에서 여자친구가 생겼다는 것만으로도 엄마는 완전히 흥분했으니까. 엄마는 내가 평생 혼자 지낼 거라 생각했나 보다. 사실 나도 그랬었다.

테사가 단 한 순간도 내 머릿속에서 떠나지 않고 있다니 놀라울 따름이다. 혼자가 편했던 3개월 전까지만 해도 상상할 수 없던 일이다. 내가 뭘 잃어버렸는지도 몰랐다. 잃어버리고 나서야 알았고, 그냥 내버려둘 순 없었다. 오직 테사. 무슨 짓을 해도 그녀를 떨쳐버릴 수가 없었다.

관계를 끝내려고, 그녀를 잊으려고, 그녀라는 덫에서 놓여나려고 몸부림쳤다. 재앙이다. 지난 토요일 저녁에 만났던 완벽에 가까운 금발은 그저 테사가 아닌 여자일 뿐이었다. 누구도 테사가 될 수 없었다. 물론 비슷한 점이 있었다. 심지어 옷차림까지. 하지만 내 입에서 욕설이 튀어나오자 얼굴을 붉혔고, 저녁식사 내내 나를 조금 두려워하는 것 같았다. 그녀는 상냥했다, 충분히. 하지만 지루했다.

그녀에겐 테스가 가진 열정이 없었다. 내가 욕을 해도 제지하지 않았고, 식사 중에 허벅지에 손을 올려놓았을 때조차 아무 말도 하지 않았다. 그녀는 그저 나쁜 남자에 대한 자신의 판타지를 채우고 싶었던 걸까. 그러고 나서 다음 날이면 교회에 가겠지. 그래, 아무래도 상관없다. 나도 그녀를 이용한 나쁜 놈이니까. 테사를 잃은 공허함을 채우려고 누군가를 이용했다. 테사가 망할 놈의 트레버 자식과 시애틀에 있다는 걸 잊어야만 했으니까. 그녀에게 키스를 하려는데 죄책감이 덮쳐와 순간적으로 몸을 뗐다. 순진한 그녀의 얼굴에 당혹감이 선명했다. 나는 그녀를 레스토랑 한복판에 놓아둔 채 자리를 떠나버렸다.

이제는 멀찌감치 앉아, 미치도록 사랑하는 여자가 잠든 모습을 바라보고 있다. 막 세탁을 마친 옷을 입고 우리가 함께 살던 아파트에서 잠든 그녀를 보고 있다. 아파트는 예전처럼 깔끔하고, 그녀의 칫솔이 욕실에 있다…. 아주 조금만, 희망을 가져도 될까? 사람들이 말하는 그 희망 말이다.

테사가 나를 용서해줄지도 모른다는 작은 희망, 나는 그 작은 기회의 조각을 부여잡고 있다. 잠든 그녀의 모습을 우두커니 바라본다. 혹시라도 지금 그녀가 눈을 뜬다면 비명을 지를지도 모른다.

한 발 물러설 필요가 있다는 걸 안다. 그녀에게도 숨쉴 틈은 줘야 하니까. 이런 행동이나 내 격한 감정들은 너무나 소모적이고, 나를 더 짓누른다. 이 모든 걸 어떻게 감당해야 할지 잘 모르겠다. 하지만 반드시 방법을 찾아낼 것이다. 그래서 모든 걸 제자리로 돌려 놓을 것이다. 그녀의 얼굴에 흘러내린 머리카락을 쓸어 올려 주려다가 멈칫하고 침대에서 멀찍이 떨어졌다. 그리고 차가운 콘크리트 바닥, 담요 더미가 있는 내 자리로 돌아왔다.

오늘 밤, 잠들기는 틀렸다.

27 · 테사

잠에서 깼을 때, 벽돌 천장을 보고 순간적으로 여기가 어딘가 했다. 계속 잠자리가 바뀌는 바람에 이곳에서 맞은 아침이 낯설었다. 침대에서 내려왔을 때 이미 바닥이 싹 정리되어 있었다. 담요는 잘 개어져 베개와 함께 옷장 앞에 쌓여 있었다. 세면 가방을 들고 욕실로 향했다.

거실에서 하딘의 목소리가 들렸다.

"오늘 테사는 갈 거라니까요, 엄마. 걔네 엄마도 테사가 오기만을 기다리고 있어요."

"그럼 어머니를 이리로 모시면 안 될까? 나도 정말 만나고 싶은데."

'안 돼, 그건 아냐.'

"안 돼요, 엄마. 걔네 엄마는, 날 별로 좋아하지 않아요."

"아니, 왜?"

"내가 테사한테 안 맞는 짝이라고 생각하는 거죠. 내 겉모습 때문이기도 하고."

"네 겉모습? 하딘, 난 네가 네 스타일을 좋아하는 줄 알았는데?"

"좋아해요. 남들이 어떻게 생각하든 상관없어요. 테사한테만 예외지."

입이 떡 벌어졌다. 트리시가 웃는 소리가 들렸다.

"너 누구니? 내 아들은 어디 간 거야?"

그녀는 목소리 가득 행복을 담고 있었다.

"게다가 욕 한마디 없이 대화를 나누는 게 얼마만인지 기억도 안 난다. 정말 좋구나."

"알겠어요, 알겠다고요….''

하딘이 중얼거리는 소리가 들렸다. 트리시가 하딘을 끌어안으려 다가가는 모습이 눈에 선해서 웃음이 나왔다.

샤워 후, 욕실을 나서기 전에 모든 준비를 완벽히 마치기로 했다. 나는 겁쟁이다. 나도 안다. 하지만 나는 시간이 필요하다. 트리시 앞에 나서기 전에 거짓 미소를 장착해야 하니까. 정확하게 거짓 미소만은 아니지만.

'그건 빙산의 일각이잖아.'

마음의 소리가 또 한마디 한다. 어제는 정말 오랜만에 평온한 시간을 보냈다. 그리고 한 주를 통틀어 가장 편하게 잠을 잤다.

머리를 완벽하게 손질하고 세면 가방을 챙겼다. 가볍게 문 두드리는 소리가 났다.

"테스?"

하딘이었다.

"다 됐어."

대답을 하며 문을 열었다. 하딘은 문 옆에 기대 있었다. 회색 면 반바지와 흰색 티셔츠 차림이었다.

"재촉하고 싶진 않았는데, 내가 진짜 화장실이 급해서."

그는 살짝 미소를 지었고, 나는 고개를 끄덕였다. 그의 엉덩이에 걸쳐진 반바지에 최대한 눈길을 주지 않으려고 애를 썼다. 흰색 티셔츠 속으로는 옆구리에 필기체로 쓰여진 레터링 타투가 훤히 비쳐 보였다.

"난 옷 갈아입고, 바로 출발할게."

그가 시선을 돌려 벽을 쳐다보았다.

"알았어."

심한 죄책감이 들었다. 그의 엄마에게 거짓말을 한 것도, 이렇게 서둘러 나서는 것도 모두. 나를 만나 너무 기뻐했던 트리시. 그럼에도 나는 지금 만난 지 얼마 안 되어 떠날 채비를 하고 있다.

흰색 원피스를 입기로 하고, 안에 검정색 타이즈를 신었다. 날씨가 너무 추워서 청바지에 두툼한 맨투맨 티셔츠를 입는 게 맞겠지만, 어쩐지 흰색 원피스가 좋았다. 이 옷을 입으면 뭔지 모를 자신감이 생겼고, 그건 오늘 내게 꼭 필요한 덕목이었다. 옷장에 걸린 옷들을 모두 챙겨 가방에 넣었다.

"내가 좀 도와줄까?"

트리시가 등 뒤에서 말했다. 깜짝 놀라 손에 들고 있던 네이비 원피스를 떨어뜨렸다.

"아니요, 저는 그냥…."

내가 말을 더듬었다. 그녀의 눈이 반쯤 빈 옷장을 재빨리 훑었다.

"엄마네 집에서는 며칠이나 묵을 예정이니?"

"음, 그게…."

난 정말 거짓말에는 재주가 없다.

"잠깐 가 있을 것처럼 보였는데."

"네, 제가 옷이 별로 없어요."

울 듯한 목소리가 나왔다.

"내가 여기 있는 동안 같이 쇼핑하러 갈 수 있나 물어보려고 했지. 혹시 내가 떠나기 전에 돌아오게 되면 같이 쇼핑 갈래?"

내 거짓말을 믿고 있는 건지, 아니면 내가 돌아올 계획이 없다는 걸 눈치 챈 건지 잘 모르겠다.

"네, 그럴게요."

또 거짓말이다.

"엄마…."

하딘이 낮은 목소리로 엄마를 불렀다. 어느새 방에 들어와 있었다. 그는 텅 빈 옷장을 쳐다보며 인상을 쓰고 있었다. 하딘의 그런 모습을 트리시가 눈치 채지 못하길 바랐다.

"이제 짐 다 쌌어."

내가 말하자 그가 고개를 끄덕였다. 마지막 가방의 지퍼까지 채운 다음, 그를 쳐다봤다. 무슨 말을 해야 할지 정말로 모르겠다.

"가방 들어다줄게."

하딘은 내 차 키를 쥐더니 가방을 들고 나가버렸다.

그가 나가자, 트리시가 내 어깨를 감싸 안았다.

"만나서 정말 기쁘구나, 테사. 넌 아마 모를 거야. 엄마로서 하나뿐인 아들의 저런 모습을 보는 게 얼마나 기쁜지."

"네?"

"내 아들의 행복한 모습 말이야."

그녀의 말에 눈이 찌를 듯이 아파오기 시작했다. 이게 행복한 하딘으로 보인다면, 절대로 평소의 하딘은 보여주고 싶지 않다.

트리시에게 작별 인사를 하고, 아파트를 막 나서려던 참이었다.

"테사?"

그녀가 담담한 목소리로 불렀다. 나는 몸을 돌려 바라보았다.

"돌아올 거지, 그렇지?"

순간 가슴이 쿵 내려앉았다. 이번 크리스마스 휴가 얘기가 아니었다. 그걸 의미하는 게 아니라는 느낌이 들었다. 어떤 목소리로 말해야 할지 자신이 없었다. 나는 고개만 끄덕이고 재빨리 현관문을 나왔다.

엘리베이터 앞까지 갔다가, 방향을 바꾸어 계단으로 향했다. 하딘과 마주치는 걸 피하고 싶었다. 눈꼬리에서 흘러내린 눈물을 훔치고 심호흡을 했다. 그리고 눈 덮인 세상으로 발을 내디뎠다. 차에 덮였던 눈은 말끔히 치워졌고, 시동이 걸려 있었다.

엄마한테 미리 전화하지 않기로 했다. 지금 엄마하고 얘기할 기분이 아니다. 운전하는 두 시간은 오롯이 내 것이다. 복잡해진 머릿속을 정리해보려 했다. 하딘과 다시 엮인 게 잘된 건지 아닌지 비교 분석을 해봐야겠다. 이런 생각마저도 즐기고 있는 내가 너무 한심했다. 그는 나에게 끔찍한 짓을 저질렀다. 거짓말을 했고, 배신했으며, 나를 굴욕적인 상황에 던져 넣었다. 거짓말, 피 묻은 시트, 콘돔, 내기, 그의 광기, 그의 친구들, 몰리, 그의 이기심, 그의 태도. 그는 나의 신뢰를 헌신짝처럼 버렸다. 이 모든 것이 단점 리스트에 올라 있다.

장점 리스트에는, 글쎄…, 내가 그를 사랑한다는 사실이 있겠지. 나를 행복하게 해주고, 자신감 넘치게 해준다는 것. 또 그는 나한테서 최고의 모습을 이끌어내는 재주가 있다. 무모한 방법으로 해를 끼치지만 않는다면 말이다. 그의 웃음과 미소, 포옹, 키스, 나를 위해 변하고 있는 지금의 모습도.

엄청난 단점들에 비해 장점 리스트는 소소한 것들이었다. 하지만 소소한 것들이야말로 가장 중요한 덕목들 아닌가? 아, 이쯤 되면 내가 제정신이 아닌지도 모르겠다. 그를 용서해야 하나 망설이고, 사랑이 시키는 대로 하고 있으니 말이다. 무엇이 나를 제대로 된 사랑으로 이끌어갈까? 감정? 아니면 이성?

버티면 버틸수록 그에게서 멀어질 수가 없다. 그런 일은 단 한 번도 가능하지 않았다.

지금이야말로 같이 수다 떨 친구가 필요한 순간이다. 이런 상황에 처해본 적 있었던 친구. 스테프에게 전화하면 좋겠지만, 그녀도 나에게 내내 거짓말을 했다. 랜던에게 전화할까 생각해 봤지만, 그는 이미 자기 견해를 말해줬다. 그리고 이런 때는 같은 여자 입장에서 들어줄 사람이 더 나을 것이다.

눈은 펑펑 내리고, 바람이 휭휭 불었다. 거리는 황량했고, 눈발이 차를 향해 휘몰아쳤다. 호텔에 있을 걸 그랬나 보다. 대체 무엇 때문에 거기까지 가는지 모르겠다. 위험한 순간이 몇 차례나 있었지만, 생각보다 빨리 도착했다. 정신 없이 오다 보니 엄마 집이 눈앞에 있었다.

벌써 단정하게 눈을 치워 놓은 집 앞 도로에 차를 세웠다. 정확히 노크를 세 번하자 엄마가 문을 열었다. 가운 차림에다 머리는 덜 말라 있었다. 지금껏 살면서 머리 손질과 메이크업이 안 된 엄마 모습을 보는 건 손에 꼽을 만큼 드문 일이었다.

"너, 여기서 뭐해? 왜 전화도 안 했어?"

엄마는 불같이 화를 냈다. 나는 안으로 들어갔다.

"눈길에 운전하느라 정신이 없었어요. 전화하느라 한눈 팔면 안 될 것 같아서요."

"그럼 미리 전화를 했어야지. 그래야 내가 준비할 것 아니니."

"준비할 필요가 뭐 있어요. 저 혼자 오는 건데요."

엄마가 발끈했다.

"난 누구한테든 너절해 보이는 건 딱 질색이다."

엄마의 말투가 꼭 내 상황을 빗대어 말하는 것처럼 들렸다. 어처구니 없는 엄마의 말에 웃음이 터질 뻔했지만, 가까스로 참았다.

"가방은 어딨니?"

"차에 있어요. 나중에 가지고 올게요."

"그리고 그 옷차림은 뭐니?"

엄마는 나를 머리부터 발끝까지 훑어보았다. 나는 미소 지었다.

"출근 복장이에요. 이 옷 정말 좋아하거든요."

"너무 훤히 비치잖니. 그래도 컬러는 괜찮아 보이네."

"근데 포터 씨 댁은 잘 지낸대요?"

엄마의 신경을 딴 데로 돌리려고 노아네 가족 얘기를 꺼냈다.

"잘 지낸다. 네가 보고 싶다고 하더라."

엄마는 부엌으로 들어가며 심드렁하게 얘기했다.

"오늘 저녁식사에 초대할까 생각 중이다."

나는 움찔하면서 황급히 말을 덧붙였다.

"별로 좋은 생각 같지 않은데요."

엄마가 힐끔 나를 쳐다보고는 커피 한 잔을 따랐다.

"왜?"

"그냥 좀 어색할 것 같아서요."

"테레사, 그 집하고 인연이 몇 년째니. 그 분들에게 대학생이 된 데다 인턴십까지 하고 있는 네 모습을 보여주고 싶구나."

"그러니까, 자랑하고 싶다는 거죠?"

생각만 해도 짜증이 난다. 엄마는 자랑을 해대고 싶어서 그들을 초대하려는 거다.

"아니지, 난 그분들에게 네가 이룬 것들을 보여주고 싶을 뿐이야. 이건 자랑이 아니지."

"안 그랬음 좋겠어요."

"글쎄, 테레사. 여긴 내 집이다. 내가 초대하고 싶으면 초대하는 거지. 이제 난 준비를 좀 해야겠다. 좀 이따 보자."

배우 같은 몸짓으로 몸을 돌리더니, 엄마는 나만 남겨두고 부엌에서 나갔다.

정말 어이가 없었다. 피곤이 몰려와 방으로 올라가 침대에 누웠다. 엄마의 어마무시한 치장 의식이 끝나기를 기다리면서 좀 쉬어야겠다.

"테레사?"

엄마의 목소리에 화들짝 눈을 떴다. 나도 모르게 잠이 들었다.

고개를 들고 비몽사몽 중에 대답했다.

"가요!"

잠이 덜 깨서 비틀비틀하여 아래층으로 내려갔다. 거실에 가보니 노아가 소파에 앉아 있었다. 엄마가 겁을 준 것처럼 포터 씨네 가족 모두는 아니었지만, 어쨌든 잠이 확 깼다.

"네가 눈을 붙이는 사이에 누가 왔는지 보렴!"

엄마는 가짜 미소를 지으며 말했다.

"안녕."

인사를 건넸지만 속으론 딴 생각을 했다.

'여기 오지 말았어야 했어.'

노아가 슬쩍 손을 흔들었다.

"안녕, 테사. 좋아 보이네."

물론 노아하고는 아무 문제도 없다. 노아는 내게 가족 같은 존재다. 그를 진심으로 좋아한다. 하지만 지금 내게 필요한 건 휴식이다. 게다가 노아가 여기 있다는 사실만으로도 죄책감이 느껴져 괴롭다. 이건 그의 잘못이 아니다. 우리가 이별한 다음에도 그는 내게 한없이 친절하니 더욱 괴롭다.

엄마가 거실에서 나가고, 나는 신발을 벗고 노아의 맞은편 소파에 앉았다.

"연휴는 어떻게 지내고 있어?"

그가 먼저 물었다.

"잘 지내, 너는?"

"나도 잘 지내. 어머니 말씀이, 시애틀에 갔었다면서?"

"응, 정말 좋았어. 사장님과 직원들이랑 같이 갔었어."

그가 흥미진진한 표정으로 고개를 끄덕였다.

"멋지다, 테사. 네가 잘돼서 기뻐. 너 정말 출판계에서 일을 하고 있구나!"

"고마워."

미소를 지었다. 생각보다 어색하지 않았다.

잠시 후, 노아가 복도 쪽을 힐끔 보며 엄마가 없는 걸 확인하고는 몸을 나에게 기울였다.

"테사, 너희 어머니, 지난 토요일부터 완전 긴장 상태셔. 보통 때보다 훨씬 더. 넌 대체 이걸 어떻게 감당하고 있는 거야?"

나는 미간을 찌푸렸다.

"그게 무슨 소리야?"

"너네 아버지 말이야."

그는 내가 다 알고 있기라도 하는 양, 빠르게 말했다.

"우리 아빠?"

"어머니가 너한테 말씀 안 하셨어?"

그는 아무도 없는 복도를 또 한 번 쳐다보았다.

"아, 어머니한텐 내가 말했다는 소리 하지 마."

그가 말을 채 끝내기도 전에 나는 벌떡 일어섰다. 그리고 발을 쾅쾅 구르며 엄마 방으로 갔다.

"엄마!"

아빠라니, 이게 무슨 말도 안 되는 소리인가? 지난 8년 동안 아빠를 만나기는커녕 소식조차 듣지 못했다. 하지만 노아의 행동은 어쩐지 진지해 보였다.

'혹시 돌아가셨나?'

만약 그렇대도 어떻게 받아들여야 할지 잘 모르겠다.

"아빠가 뭐 어떻게 됐는데요?"

엄마 방문을 박차고 들어가 한껏 목소리를 높였다. 엄마의 눈이 동그래졌다가 이내 평정을 되찾았다.

"어떻게 됐냐고요!"

다시 한 번 소리쳤다.

"목소리 좀 낮춰라. 아무 것도 아니야. 네가 걱정할 건 아무 것도 없어."

"내가 어떻게 받아들일지는 엄마가 결정할 문제가 아니라고요. 무슨 일이 있었는지 당장 얘기해주세요! 아빠가 돌아가셨어요?"

"돌아가셨냐고? 아니다. 그랬으면 얘기했지."

엄마는 어림없는 소리라는 듯 손사래를 쳤다.

"그럼요?"

엄마는 한숨을 쉬더니 잠시 나를 바라보았다.

"아빠가 돌아왔어. 너희 학교에서 멀지 않은 곳에 있다더라. 그래도 너한테 가진 않을 거다. 그러니까 걱정하지 말거라. 내가 잘 처리해놨어."

"그게 대체 무슨 말이에요?"

하던 하나만으로도 머릿속이 복잡해 죽겠는데, 이 마당에 아빠가 워싱턴으로 돌아왔다니. 이제 생각해보니 애초에 아빠가 떠났다는 것도 몰랐다. 그냥 이제는 아빠가 없는 줄만 알았다.

"아무 것도 아니야. 지난 금요일 밤에 전화했을 때 말하려고 했어. 근데 네가 전화 안 받았잖니. 그래서 내가 알아서 했어."

그날 밤, 너무 취해서 전화를 못 받은 게 천만다행이다. 나는 절대 감당할 수 없었을 거다. 지금도 간신히 버티는 중인데.

"아빠가 널 괴롭히진 않을 거야. 그러니까 걱정 말고 어서 나갈 준비나 해. 쇼핑하러 가자꾸나."

엄마는 무심하게 얘기했다.

"쇼핑 가기 싫어요. 이건 나한텐 중요한 일이에요, 아시잖아요."

"아니, 중요한 일 아니라니까."

엄마의 목소리에는 짜증과 독기가 서려 있었다.

"아빠는 그동안 우리한테 아무 것도 해준 게 없어. 앞으로도 그럴 거다. 달라지는 건 없어."

엄마는 전혀 신경 쓰지 않는다는 듯 옷장 문을 열었다. 그런 엄마와 논쟁해 봐야 아무 소용 없다는 걸 깨달았다. 나는 거실로 나가서, 휴대전화를 들고 신발을 신었다.

"어디 가게?"

노아가 물었다.

"몰라."

나는 밖으로 나갔다. 매서운 추위가 온몸을 휘감았다.

눈길을 뚫고 두 시간이나 운전해서 왔는데, 이 꼴이라니. 시간을 길바닥에 버린 셈이 됐다. 고작 마녀, 아니 마귀할멈 같은 엄마를 보려고. 엄마는 자기밖에 모른다. 차 앞 유리에 쌓인 눈을 팔로 쓸어내렸다. 잘못 생각했다. 몸이 더 얼어붙는 것 같았다. 차에 올라타며 이를 악물었다. 시동을 켜고 따뜻해지기를 기다렸다.

운전하는 내내 소리소리 질렀다. 생각나는 온갖 못된 단어를 엄마를 향해 쏟아내며 소리쳤다. 목이 쉬어서 소리가 안 나올 때까지. 뭘 어떻게 해야 할지 생각해 내려고 애를 썼다. 하지만 아빠에 대한 기억들이 떠올라 무엇에도 집중할 수가 없었다. 눈물이 흘러 두 뺨을 적셨다. 조수석에 있던 휴대전화를 집어 들었다.

잠시 후 하딘의 목소리가 스피커를 통해 울려 퍼졌다.

"테사? 무슨 일이야?"

나도 모르게 흐느낌에 목이 메었다.

"엄마가…, 나 거기로 돌아가도 돼?"

그는 깊은 숨을 토해냈다.

"당연하지! 당장 와. 얼마나 걸려?"

그가 물었다.

"20분쯤."

나는 울면서 대답했다.

"알겠어, 계속 통화할래?"

"아냐…, 눈이 오잖아."

전화를 끊었다. 애초부터 엄마네 집에 가는 게 아니었다. 그가 저지른 일들은 어쩌고, 일이 생기자 그에게 한달음에 달려가고 있는 꼴이 됐다. 정말 아이러니하다.

주차장에 차를 세울 때까지도 나는 울고 있었다. 눈물을 닦았지만, 화장이 번져 얼굴은 엉망이 되어 있었다. 차에서 내리자 하딘이 눈을 뒤집어 쓴 채 기다리고 있는 게 보였다. 앞뒤 잴 것도 없이, 나는 그를 향해 돌진하여 두 팔로 끌어안았다. 그가 흠칫 물러섰다. 갑작스런 내 행동에 놀랐을 거다. 하지만 바로 나를 꼭 안아주었다. 나는 눈 덮인 그의 셔츠에 얼굴을 묻고 펑펑 울었다.

28 · 하딘

생애 처음인 것처럼 그녀를 안았다. 뭐라 형언할 수 없는 감정이었다. 그녀가 내게 달려든 순간, 온몸의 긴장감이 한번에 빠져나갔다. 이런 일이 벌어질 줄은 상상도 못했다. 그녀가 너무 먼 곳에 있는 것 같았고, 내게 너무나 차가웠다. 그녀를 원망하지는 않지만, 나 때문에 상처받은 게 아니었다면 탓했을지도 모른다.

"괜찮아?"

그녀의 머리에 입술을 대고 물었다. 그녀는 고개를 끄덕였지만 울음을 멈추지 않았다. 괜찮지 않은 거다. 그녀의 엄마가 말도 안 되는 소리를 해댄 게 분명하다. 이런 일이 생길 줄 알았다. 솔직히 말하면, 한편으론 그녀의 엄마가 무슨 짓을 했든 나한테는 다행스러운 일이다. 내여자가 위로를 받으러 내 품으로 달려왔기 때문이다.

"안으로 들어가자."

테사는 고개를 끄덕였지만 나한테서 떨어지려 하지 않았다. 나는 억지로 팔을 풀어 그녀를 안으로 데리고 들어갔다. 예쁜 얼굴에 화장이 번져 검정 얼룩이 잔뜩 생겨 있었다. 눈과 입술은 퉁퉁 부었다. 설마 오는 내내 울었던 건 아니겠지.

로비에서 머플러를 풀어 그녀에게 둘러주었다. 얼굴을 부드러운 보라색 머플러로 감쌌다. 눈이 쏟아지는데 달랑 원피스만 입고 오다니, 이러다 감기에 걸리겠다. 흰 원피스, 보통 때 같았으면 환상에 빠져 있었을지도 모른다. 얇은 원피스를 그녀에게서 벗겨내는 환상에. 그러나 오늘은 아니다, 이런 상태라면 더욱.

그녀는 딸꾹질까지 했다. 그 모습이 미치게 귀여웠다. 머플러를 머리에 쓰고 머리를 한쪽으로 묶어 옆으로 빼놓았다. 그러니까 평소보다 더 어리게 보였다.

"대체 무슨 일이야?"

엘리베이터에 오르며 물었다. 실낱 같은 희망을 품고서. 그리고 우리의…, 아니, 집으로 들어갔다.

문을 열자 소파에 앉아 있는 엄마가 보였다. 엄마도 근심이 가득한 얼굴로 테사를 바라보았다. 나는 엄마에게 눈짓을 했다. 제발 엄마가 약속을 잊지 않길 바라며. 테사가 돌아오더라도 질문 폭탄은 날리지 않기로 단단히 약속한 터였다. 엄마는 테사에게서 눈길을 돌려 무심한 듯 텔레비전을 보았다.

"우리, 잠깐만 방에 들어가 있을게요."

엄마는 고개를 끄덕였다. 엄마 입에 자물쇠를 채우는 건 엄마를 돌아버리게 만드는 일이란 걸 잘 안다. 그렇다 해도 엄마 때문에 테사 기분이 더 엉망이 되는 건 싫다.

나와서 보일러 온도를 높였다. 테사는 몸이 꽁꽁 얼어 있었다. 방으로 들어가니 테사가 침대 모서리에 앉아 있었다. 가까이 다가가야 할지 어쩔지 몰라서, 그녀가 먼저 입을 떼기를 기다렸다.

"하딘."

힘이 다 빠진 목소리다. 목이 잔뜩 쉬어 있었다. 분명히 오는 내내 울었던 거다. 마음이 더 안 좋아졌다.

그녀 앞으로 다가갔다. 그녀가 내 셔츠를 잡아 끌어 그녀의 다리 사이에 서게 했다. 나는 깜짝 놀랐다. 역시 그녀의 엄마가 생각했던 것보다 더 심한 짓을 한 모양이다.

"테스, 너희 엄마가 뭘 어쨌는데?"

그녀가 다시 울음을 터뜨렸다. 내 흰 셔츠 밑단이 온통 그녀의 화장품으로 얼룩졌다.

"우리 아빠가…."

그녀의 생소한 목소리에 몸이 뻣뻣해졌다.

"아빠?"

그가 거기 있었다고?

"테사, 아빠가 거기 있었어? 너한테 무슨 짓을 한 거야?"

이를 악물고 물었다.

대답 대신 그녀가 고개를 가로저었다. 턱을 들어 나를 바라보게 했다. 그녀는 누가 뭐라든 잠자코 있는 성격이 아니다. 게다가 화가 났을 땐 더욱. 어떤 상황에서도 자기가 할 말은 똑 부러지게 다 하는 사람이다.

"아빠가 돌아왔대. 근데 난 그동안 아빠에 대해 한 번도 생각해본 적이 없어. 왜 떠났는지에 대해서도. 아빠를 생각조차 한 적이 없었단 말이야."

"오늘 아빠를 만났어?"

내 목소리는 의도했던 것보다 더 격앙되어 있었다.

"아니, 근데 엄마가 얘기했대. 아빠한테 내 근처엔 얼씬도 하지 말라고 했나 봐. 난 그게 싫어. 엄마가 내 문제에 대해 자기 맘대로 결정하는 거."

"넌 아빠를 만나고 싶어?"

그녀가 지금껏 아빠에 대해 얘기한 건 죄다 부정적인 말뿐이었다. 그는 난폭했고, 종종 테사가 보는 데서도 엄마에게 폭력을 썼다고 했다. 그런 아빠를 왜 만나고 싶겠는가.

"아니…, 사실은, 잘 모르겠어. 그래도 내 일은 내가 결정하고 싶어."

그녀는 손등으로 눈물을 훔쳤다.

"아빠가 날 만나고 싶은 게 아니라도…."

당장이라도 그 남자를 찾아서 테사 곁에는 얼씬도 못 하게 만들고 싶었다. 하지만 경솔하고 바보 같은 짓은 하지 말아야 한다.

"그런 생각이 들어. 혹시 우리 아빠도 너네 아빠 같진 않을까?"

"그게 무슨 소리야?"

"이제는 우리 아빠도 달라진 건 아닐까? 술을 끊고 전혀 다른 사람이 됐을 수도 있잖아."

그녀의 목소리에 희망이 담겨 있어서 더 마음이 아팠다. 하지만 글쎄, 어딘가 마음 한 편이 찜찜했다.

"잘 모르겠어. 그게 일반적인 일은 아니라…."

나는 솔직하게 얘기했다. 내 말을 듣고 그녀의 입꼬리가 축 처졌다.

"그래도 모르지. 너네 아빠도 아마 지금쯤은 달라졌을 거야."

그럴 거라 믿진 않는다. 그래도 지금 이 순간 그녀의 희망에 찬물을 끼얹을 수는 없다.

"네가 아빠한테 관심이 있는 줄은 몰랐어."

"관심 없어, 아니 관심 없었어. 내가 화가 나는 건, 엄마가 내 의사와는 상관없이 아빠랑 나를 억지로 떼어놓으려고 한다는 거야."

그녀는 내 셔츠에 얼굴과 코를 닦았다. 그리고 집에서 일어났던 일을 다 얘기했다. 테사의 엄마는 술주정뱅이 전남편이 돌아왔다는 얘기를 하면서 아무렇지도 않게 쇼핑하러 가자고 했단다. 노아 자식이 거기 있었단 얘기도 했지만 입을 꾹 다물었다. 그 자식은 어쩐지 쉽게 떨어져 나갈 것 같지 않았다.

마침내, 그녀가 좀 진정되자 나를 올려다보았다. 주차장에서 나에게 달려들 때보다는 훨씬 나아진 것 같았다. 그게 나와 함께 있었기 때문이면 좋겠다.

"나 여기 있어도 괜찮은 거지?"

그녀가 물었다.

"당연하지. 네가 있고 싶은 만큼 있어도 돼. 어쨌든 여긴 네 아파트잖아."

웃어 보이려고 애를 썼다. 놀랍게도 그녀가 나를 향해 웃어주었다. 그리고 또 한 번 내 셔츠에 코를 닦았다.

"다음 주엔 기숙사로 갈 거야."

나는 말없이 고개만 끄덕였다. 입을 열었다간 그녀에게 떠나지 말라고 애원할 것만 같았다.

29 · 테사

욕실로 들어가 화장을 지우고 세수를 했다. 물은 따뜻했다. 오늘 오전에 일어난 모든 일들이 씻겨 내리는 것 같았다. 이곳에 다시 돌아오게 되어 내심 좀 기뻤다. 그와 함께 있을 수 있는 곳이 아직 남아 있다는 걸 알게 되었기 때문이다. 온갖 일들을 겪은 곳이긴 하지만, 내 삶에서 변치 않을 사람은 오직 그밖에 없었다. 그가 내게 그랬었다. 딱 한 번 말했지만, 아직도 생생하게 기억한다. 그게 진심이었는지 정말 궁금하다.

그땐 진심이 아니었더라도 지금은 그도 그렇게 느낄 거라 믿는다. 그가 더 얘기해줬음 좋겠다. 솔직하게 그가 느끼는 감정을 말이다. 어제 그가 무너져 내리는 모습을 보고 내 마음도 무너지는 것 같았다. 그를 만난 이후 그런 모습을 본 건 처음이었다. 눈물을 흘리며 중얼거리던 그의 말을 다시 듣고 싶었다.

방으로 돌아오자 하딘이 내 가방들을 바닥에 내려놓고 있었다.

"내려가서 네 물건들을 챙겨왔어."

"고마워. 귀찮게 하고 싶지 않았는데."

나는 몸을 굽혀 셔츠들을 꺼냈다. 이 옷을 당장 갈아입어야 할 것 같았다.

"테사, 네가 계속 여기 있었으면 좋겠어."

그가 나지막이 말했다. 내가 어깨를 으쓱하자, 그가 인상을 찌푸렸다.

"응. 바보같이 너희 엄마 앞에서 울고불고 했네."

"괜찮아. 그리고 엄만 네가 여기 있는 걸 좋아하셔. 나도 그렇고."

가슴이 북받쳐 올랐지만, 얼른 말을 돌렸다.

"넌 오늘 무슨 계획이라도?"

"엄마가 쇼핑몰에 가고 싶다고 하셨는데, 내일 가도 돼."

"아냐, 다녀와. 나 괜찮아."

하딘이 엄마와 하기로 한 일정을 나 때문에 취소하는 건 싫었다. 그도 1년 만에 엄마를 만난 거니까.

"아니, 너 혼자 있지 않아도 돼."

"괜찮아."

"테사!"

그가 으르렁거렸고, 나는 그를 올려다보았다. 그는 완전히 잊어버린 것 같았다. 내 일에 이래라 저래라 하지 않기로 한 것을. 이제는 누구도 그럴 수 없다. 그는 내 얼굴을 보고 아차 싶었는지 이내 누그러지며 말했다.

"아, 미안. 그럼 여기 있어. 난 엄마하고 다녀올게."

"훨씬 낫네."

억지로 미소를 지어 보였다.

지난 며칠간 하딘은 너무 친절했고, 그래서 너무 두렵다. 자기 뜻을 관철시키려고 밀어붙이기도 했지만, 여전히 예전 모습 그대로인 건 정말 좋다.

옷을 갈아입으려고 옷장 문을 열었다. 옷을 막 머리 위로 벗는데, 하딘이 부른다.

"테스?"

"응?"

약간 뜸을 들이다 그가 물었다.

"우리 다녀올 때까지, 여기 있을 거지?"

"당연하지. 어디 갈 데도 없어."

"알았어. 필요한 거 있으면 전화해."

그의 목소리에는 분명 슬픔이 묻어 있었다.

몇 분 뒤, 현관문이 닫히는 소리가 들렸다. 나는 침실에서 나왔다. 그들과 같이 갔어야 했나. 그럼 이 복잡한 생각들을 껴안고 혼자 있지 않아도 됐을 텐데. 벌써부터 외로운 것 같았다. 한 시간쯤 텔레비전을 보고 나니 지루함이 극에 달했다. 몇 번이나 휴대전화가 울렸고, 화면에 엄마 이름이 선명하게 보였다. 나는 엄마 전화를 전부 무시했다. 하딘이 돌아오기만을 기다리고 있었다. 전자책 리더기를 들고 책을 읽기 시작했지만, 자꾸 시계만 힐끔거리고 있었다.

하딘에게 문자메시지를 보내서 얼마나 걸릴지 물어보고 싶었지만, 대신에 저녁을 만들며 시간을 보내기로 했다. 뭘 만들까…, 시간은 좀 걸리지만 만들기 쉬운 것. 그래, 그거다! 라자냐!

곧 8시가 됐고, 8시 반, 그리고 9시가 되었다. 그에게 메시지를 보낼까 말까 몇 번이나 생각했다.

'나 대체 왜 이러는 거니?'

엄마랑 한 번 싸웠다고 단숨에 하딘에게 달려오다니. 아니, 좀 더 솔직해지자. 그에 대한 집착을 버릴 수 없다는 걸 스스로 잘 알고 있다. 인정하고 싶지 않지만. 하딘 없는 내 삶을 받아들일 준비가 되지 않았다. 그에게 다시 뛰어들진 않겠지만, 그를 떨쳐내려고 혼자 발버둥치는 데 점점 지쳐간다. 그가 내게 끔찍한 짓을 저질렀지만, 그 없는 내 삶이 오히려 더 비참할 것만 같다. 나를 걸고 내기를 했다는 걸 알았을 때보다 더. 강단 없는 나 자신에게 짜증이 났다. 하지만 한편으로는 오늘 이곳으로 돌아왔을 때 느꼈던 안도감까지 부정할 순 없었다. 생각할 시간이 좀 더 필요하다. 우리를 둘러싼 일들이 어떻게 전개되어 나갈지 가늠해볼 시간. 나는 여전히 너무 혼란스럽다.

9시 50분. 상을 차리고 엉망이 된 부엌을 치웠다. 그에게 메시지를 보내야겠다. 딱 한 번만, 간단하게. 그저 확인만 하는 거다. 눈이 내리니까, 안부만 확인하는 거다. 이 정도는 괜찮잖아, 안전한지만 묻는 거니까.

휴대전화를 막 집어 드는 순간, 현관문이 열렸다. 하딘과 그의 엄마가 들어오는 걸 보고 휴대전화를 슬쩍 내려놨다.

"쇼핑은 어땠어?"

"저녁은 어떻게 했어?"

하딘과 내가 동시에 말을 꺼냈다.

"네가 먼저 말해."

이것까지도 동시에 말하자, 둘 다 웃음이 터졌다.

"저녁을 만들었어요. 드시고 오셨다면, 그것도 괜찮아요."

"냄새만 맡아도 너무 좋구나!"

식탁에 차려진 음식을 보고 트리시가 말했다. 그녀는 쇼핑백들을 내려놓고, 얼른 식탁 의자에 앉았다.

"고맙다, 테사. 쇼핑몰은 정말 끔찍했어. 아무리 크리스마스지만 쇼핑하러 온 사람들이 왜 그렇게 많다니. 대체 누구 선물을 사려고 크리스마스 이틀 전까지 기다린 거니?"

"엄마?"

하딘이 컵에 물을 따르며 말했다.

"아, 입 다물게."

그녀가 쏘아붙이고는 빵을 한 입 베어 물었다.

하딘은 엄마 옆에 앉았고, 나는 그녀의 맞은편에 앉았다. 저녁식사 내내 쇼핑 얘기로 꽃을 피웠다. 백화점에서 원피스를 훔치려다 걸린 남자 얘기를 할 때는 의견이 분분했다. 하딘은 그 남자가 그 옷을 입으려고 훔친 게 분명하다며 열을 올렸다. 트리시는 그 의견에 반대했고, 이어서 줄줄 처음 듣는 얘기를 끝도 없이 쏟아놓았다. 저녁 준비 해놓기를 잘한 것 같다. 음식은 평소보다 맛있었다. 라자냐 팬이 거의 다 비었을 때쯤 우리의 식사도 끝났다. 나는 두 접시나 먹었다. 그러고 보니 오늘 하루 종일 먹은 게 없었다.

"참! 트리도 샀단다."

트리시가 갑자기 생각난 듯 말했다.

"작은 걸로. 둘만의 공간이라도 트리는 있어야지. 같이 보내는 최초의 크리스마스잖니!"

그녀가 손뼉을 쳤고, 나는 웃었다.

헤어지기 전에도 하딘과 나는 크리스마스 트리 같은 건 얘기해본 적이 없었다. 추수감사절도 둘 다 무덤덤하게 보냈다. 하딘도 그렇고, 나도 엄마네 교회에서 보내긴 싫었기 때문에 기숙사 방에서 피자를 시켜 먹으며 시간을 보냈다.

"괜찮지?"

트리시가 물었다. 그제야 내가 한참을 멍하니 있었다는 걸 알았다.

"당연히 좋죠."

대답하며 하딘을 바라봤다. 그는 빈 접시만 뚫어지게 내려다보고 있었다.

트리시가 대화를 끊임없이 이어나가는 게 정말 고마웠다.

"자, 나도 너희 같은 야행성 동물처럼 밤새 이야기하고 싶지만, 가서 좀 자야겠다. 미인은 잠꾸러기잖니."

그녀는 또 한 번 고맙다는 인사를 하더니 빈 접시를 싱크대에 가져다 놓았다. 굿 나잇 인사를 하고는 하딘의 뺨에 입을 맞추었다. 그가 질색을 하며 몸을 빼는 바람에 입술이 닿을락 말락 했지만. 그런데도 그녀는 기뻐하는 것처럼 보였다. 트리시는 내 어깨에 팔을 두르고 내 머리에도 입을 맞췄다. 하딘이 어이없는 표정을 지어서, 나는 테이블 아래에서 그를 툭 걷어찼다. 그녀가 들어가고, 우리는 일어나서 남은 음식을 치웠다.

"저녁식사, 정말 고마워."

나는 고개를 끄덕였다. 우리는 함께 침실로 향했다.

"오늘은 내가 바닥에서 잘게. 어젯밤엔 네가 잤으니까."

그가 받아들이지 않을 걸 뻔히 알면서도 말을 건네봤다.

"괜찮아. 바닥도 그렇게 나쁘진 않아."

나는 침대에 앉았고, 하딘은 옷장에서 담요들을 꺼내 바닥에 깔았다. 베개를 두 개 건네자 그가 미소를 지어 보였다. 그러더니 바지 버튼을 풀기 시작했다.

'눈을 딴 데로 돌려야 해.'

그러고 싶진 않았지만, 그래야 할 것 같았다. 그는 블랙진을 훌렁 벗어버렸다. 그가 몸을 굽힐 때마다 타투가 그려진 그의 복근이 불끈불끈 움직였다. 눈을 뗄 수가 없었다. 그가 얼마나 매력적인지 잠시 잊고 있었다. 검정색 박서 팬티가 몸에 딱 맞는다. 그가 갑자기 머리를 들어 나를 쳐다보았다. 굳은 표정으로 눈을 나에게 고정시킨 채, 최면에 걸린 듯 움직이지 않았다. 그의 턱선은 너무 날카롭고 매혹적이다. 그는 나를 뚫어지게 바라보고 있었다.

"미안."

나는 고개를 재빨리 옆으로 돌렸다. 너무 창피해서 볼이 후끈거렸다.

"아냐, 내가 미안해. 습관적으로 행동했던 것 같아."

그가 어깨를 으쓱하더니, 서랍장에서 면바지를 꺼냈다.

나는 내내 벽만 바라보고 있었다.

"굿 나잇, 테사."

그가 인사를 건네고 전등을 껐다. 그가 웅얼거리는 소리를, 말 그대로 듣고만 있었다.

날카로운 비명 소리에 잠이 깼다. 천장이 눈에 들어왔다. 어둠 속에서 흐릿하게 천장 팬이 보였다.

그때였다. 짧은 비명이 또 들렸다. 하딘이다.

"안 돼! 제발!"

그는 흐느끼고 있었다.

'아, 또 악몽을 꾸고 있어.'

나는 침대에서 뛰어내려 몸부림을 치고 있는 그의 곁에 무릎을 꿇었다.

"안 돼!"

그가 계속 소리쳤다. 훨씬 큰 목소리였다.

"하딘, 하딘!"

그의 어깨를 흔들며 귀에 대고 말했다.

셔츠가 땀에 흠뻑 젖어 있었다. 얼굴이 일그러지더니 그가 눈을 번쩍 떴다. 그러더니 벌떡 일어나 앉았다.

"테스…."

그가 숨을 토해내면서 두 팔로 나를 끌어당겼다.

나는 그의 머리카락을 쓸어주고, 부드럽게 등을 쓰다듬어주었다.

"괜찮아."

괜찮다는 말만 몇 번이고 해줬다. 그는 나를 더 세게 끌어안았다.

"이리 와, 침대로 가자."

내가 일어서자, 내 셔츠를 잡고 있던 그도 나를 따라 침대로 올라왔다.

"하딘, 괜찮아?"

나는 그를 더 가까이 끌어당겼다.

"물 좀 갖다줘…."

"금방 갖다줄게."

스탠드를 켜고 침대에서 내려왔다. 트리시가 깰까 봐 살금살금 나갔다. 부엌으로 가자, 그녀가 이미 와 있었다.

"하딘은 괜찮니?"

"네, 괜찮아졌어요. 물 좀 가져다주려고요."

그녀에게 대답하며 물 한 잔을 가득 따랐다. 그녀는 나를 끌어안더니 볼에 입을 맞췄다.

"우리, 내일 얘기 좀 할까?"

그녀가 물었다. 갑자기 긴장감이 몰려오면서 입을 뗄 수가 없었다. 고개만 겨우 끄덕였다. 그녀는 훌쩍이면서도 미소를 지어 보였다.

방으로 돌아오자, 하딘이 조금 나아진 듯 보였다. 내 손에 들려 있던 물잔을 받아 단숨에 마셨다. 그 모습을 바라보다가 그의 옆에 누웠다. 그가 얼마나 불안한 상태인지 알 수 있었다. 악몽 때문일 테지만, 그게 전부는 아니라는 걸 안다. 일부는 나 때문일 것이다.

"이쪽으로 올래?"

그의 눈빛에 안도감이 일었다. 그는 몸을 돌려 나에게 다가왔다. 두 팔로 그를 안으며 머리를 그의 가슴에 기댔다. 내가 편안해진 만큼 그도 편안하다는 걸 느낄 수 있었다. 그가 저지른 모든 짓을 잊은 채, 나는 그의 품 속에서 집 같은 아늑함을 느꼈다.

"날 떠나지 마, 테스."

그가 속삭이며 눈을 감았다.

30 · 테사

땀에 흠뻑 젖은 채 잠이 깼다. 하딘의 머리가 내 배 위에 있었다. 그는 두 팔로 나를 꼭 껴안고 있었다. 내 몸에 눌린 팔이 저릴 텐데. 우리의 다리는 서로 얽혀 있었고, 그는 나지막이 코를 골고 있었다.

심호흡을 하고, 나는 조심스레 손을 들어 그의 이마에 늘어진 머리카락을 쓸어 올렸다. 너무나 오랜만에 그의 머리를 만지는 것 같은 기분이었다. 근데 사실은 마지막이 겨우 지난 토요일이었다. 시애틀에서의 해프닝이 영화처럼 머릿속에 펼쳐졌다. 헝클어진 그의 머리카락을 부드럽게 어루만졌다.

그가 파르르 떨며 눈을 떴다. 나는 잽싸게 동작을 멈추고 손을 치웠다.

"미안."

나쁜 짓을 하다 들킨 것처럼 민망해졌다.

"아니야, 기분 좋아."

그의 목소리는 잠이 덜 깬 듯 푹 잠겨 있었다.

그가 잠시 정신을 차리더니 내 살갗에 대고 숨을 쉬었다. 그러더니 몸을 벌떡 일으켰다. 그의 머리에 손대지 말걸 그랬다. 그랬으면 좀더 오래 잤을 텐데, 나를 안고 말이다.

"오늘은 할 일이 좀 있어서, 시내에 나갔다 와야 할 것 같아."

그는 옷장에서 블랙진을 꺼내 입고 재빨리 부츠를 챙겨 신었다. 서둘러 탈출하려는 것 같은 느낌이었다.

"알겠어."

우리가 일주일 만에 처음으로 서로를 안고 잠이 든 걸 그도 기뻐할 줄 알았다. 오늘 아침에는 뭔가 조금 변했을 줄 알았다. 완전히는 아니지만. 내 결심이 느슨해진 걸 그가 알아챈 걸까. 어제보다는 더 섞여 보려고 몇 걸음 더 가까이 다가갔다고 생각했는데.

"그래, 그럼…."

그는 입고 있던 흰색 셔츠를 머리 위로 벗고, 서랍장에서 검정색 셔츠를 꺼냈다. 그리고 방을 나설 때까지 아무 말도 하지 않았다. 나는 또 한 번 혼란에 빠졌다. 일어날 수 있다고 예상한 것들 중에 이건 없었다. 그가 눈을 뜨자마자 쫓기듯 이 방에서 나가버리는 것 말이다. 도대체 지금 당장 해야 할 일이라는 게 뭘까?

그도 나처럼 출판사에서 일하며 원고를 읽는다. 하지만 출근도 하지 않고, 집에서 일할 시간도 많다. 그런데도 왜 오늘, 꼭 지금 당장 뭔가 일을 하려고 하는 걸까? 지난 번에도 그가 해야 할 일이 있다고 했다.

그가 그의 엄마에게 짧게 얘기하는 소리가 들렸다. 현관문이 열렸다 닫히는 소리도 들렸다. 나는 베개 위로 털썩 쓰러져서 애들처럼 발버둥을 쳤다. 몸에서 카페인 부족 사이렌이 울렸다. 할 수 없이 침대를 박차고 나와 부엌으로 갔다.

"굿 모닝, 테사."

트리시가 식탁에 앉아 있다가 내가 들어서자 미소 지었다.

"안녕히 주무셨어요? 커피, 감사해요."

갓 내린 커피 포트를 쥐며 인사했다.

"하딘은 할 일이 있다 그러더라."

어쩐지 나한테 무슨 일인지 물어보는 말투였다.

"저한테도 그러더라고요."

달리 할 말이 없었다. 그녀는 내 말은 못 들은 것처럼 다시 말했다.

"어젯밤에 악몽에 시달렸는데도 괜찮아 보여 참 다행이야."

목소리에는 근심이 가득했다.

"저도요."

아무 생각 없이 덧붙여 말했다.

"바닥에서 재우지 말 걸 그랬어요."

아뿔사⋯. 그녀가 미간을 찌푸렸다.

"걔가 바닥에서 안 잘 땐 악몽을 안 꾸던?"

그녀가 조심스럽게 물었다.

"아뇨, 근데 그땐 괜찮았어요. 저희가 함께⋯."

목소리가 점점 기어들어갔다. 커피에 설탕을 넣고 휘휘 저으며 어떻게 해야 이 상황을 모면할까 궁리했다.

"너희들이 함께 있을 때?"

그녀가 나 대신 말을 이었다.

"네, 제가 같이 있을 때요."

그녀는 희망이 담긴 눈빛으로 나를 바라보았다. 자식 얘기를 하는 엄마의 눈빛, 딱 그거였다.

"걔가 왜 그런 꿈을 꾸는지 알고 싶니? 너에게 말했다는 걸 알면 하딘이 펄쩍 뛰겠지만, 난 너도 알아야 한다고 생각한다."

"아, 괜찮아요."

침을 꿀꺽 삼켰다. 그녀의 입으로 그 얘기를 다시 듣고 싶진 않았다.

"하딘이 얘기해줬어요, 그날 밤의 일."

그녀의 눈이 동그래지는 걸 보고 또 한 번 침을 삼켰다.

"걔가 얘기했다고?"

그녀가 헐떡거렸다.

"죄송해요, 이렇게 말씀 드리려 했던 건 아닌데. 엊그제 밤에, 어머니도 알고 계신 줄 알고…."

얼른 사과를 하고 커피 한 모금을 마셨다.

"아니다…. 사과하지 말거라. 하딘이 너한테 얘기했다니 믿어지지가 않는구나. 넌 알고 있었구나. 그래도 이건, 이건 좀 많이 놀랍네."

그녀는 눈가를 톡톡 두드리더니 미소 지었다. 가슴 깊은 곳에서부터 나오는 진짜 미소였다.

"괜찮으시죠? 이런 일 벌어지게 해서 정말 죄송해요."

그들의 가족사에 억지로 끼어들고 싶진 않았다. 게다가 나는 지금껏 이런 일을 겪어본 적이 없었다.

"괜찮은 것 그 이상이란다, 테사."

그녀의 눈에 눈물이 가득 차올랐다.

"하딘이 너랑 함께라서 얼마나 행복한지 모르겠다. 그놈들은 정말 악당들이었어. 그 아이는 소리소리 질러댔지. 정신과 치료를 받게 하려고 몇 번이나 보냈는지 몰라. 근데, 너도 하딘을 알잖니. 걔는 병원에 가면 입을 열지 않았어, 전혀. 한마디도 안 하고 앉아서 내내 벽만 쳐다봤지."

나는 머그잔을 싱크대에 내려놓고, 두 팔로 그녀를 살며시 안았다.

"어제 무슨 일 때문에 다시 돌아왔는지는 모르겠다만, 네가 다시 와줘서 정말 기쁘구나."

그녀가 내 어깨에 기대며 말했다.

"네?"

"오, 얘야. 내가 늙긴 했지만 그렇게 늙은이는 아니야. 너희 둘 사이에 무슨 일이 있었다는 것쯤은 눈치채고 있었어. 우리가 집에 도착했을 때, 걔가 널 보고 깜짝 놀라던 것부터 다 봤단다. 네가 영국에 오지 못할 거란 얘길 들었을 때, 둘 사이가 심상치 않다는 걸 이미 짐작했고."

트리시가 우리의 관계에 대해 뭔가 눈치채고 있다는 느낌이 들긴 했다. 그런데 이렇게까지 간파하고 있는 줄은 몰랐다. 나는 미지근하게 식은 커피를 한 모금 마시고, 이 상황을 다시 생각해봤다.

트리시는 다정하게 내 팔을 잡았다.

"하딘은 엄청 흥분해 있었어. 널 영국에 데려올 거라면서. 그러더니 얼마 전에는 네가 영국에 못 온다고, 내가 오더라도 넌 여기 없을 거라고만 하더구나. 그래서 짐작했지. 무슨 일이 있었던 거니?"

나는 그녀의 눈을 똑바로 쳐다보았다.

"그러니까…."

그녀에게 뭐라 해야 할지 모르겠다. '당신 아들이 나의 처녀성을 가지는 걸로 내기를 걸었거든요.'라고 말할 순 없는 노릇이니까.

"그가…, 저한테 거짓말을 했어요."

이 말밖에 할 수 없었다. 그녀가 하딘에게 화내는 건 싫었다. 게다가 그 일을 알게 하고 싶지도 않았다. 하지만 한편으로는 거짓말을 하고 싶지도 않았다.

"큰 거짓말이었니?"

"엄청 큰 거짓말이었어요."

그녀는 나를 핵폭탄이라도 되는 양 쳐다보았다.

"걔가 미안해 하니?"

트리시와 이런 얘기를 하는 게 낯설다. 나는 그녀를 잘 모른다. 또 그녀는 하딘의 엄마가 아닌가. 그러니까 어찌됐든 그녀는 하딘 편을 들어줄 것이다. 나는 조심스럽게 대답했다.

"그런 것 같아요."

남은 커피를 한꺼번에 들이마셨다.

"걔가 그렇게 얘기를 했어?"

"네, 몇 번 정도."

"정말 그런 것처럼 보였어?"

"아마도요."

'하딘이 그랬던가?'

그가 무너져 내렸고, 그때부터 평소보다 차분해진 것 같긴 했다. 하지만 실제로 내가 듣고 싶은 말을 하진 않았다. 그녀는 나를 빤히 쳐다봤다. 잠시 동안 그녀가 어떤 반응을 보일까 진짜로 두려웠다. 하지만 나는 깜짝 놀랐다. 그녀는 이렇게 말했다.

"하딘의 엄마로서, 난 걔가 한 광대 짓을 견뎌야 한단다. 하지만 넌 아니야. 하딘이 너한테 용서 받고 싶다면 응분의 대가를 치러야 해. 너에게 보여줘야 해. 자신이 저지른 짓이 뭐든 앞으로 다시는 그런 짓을 하지 않겠다는 걸 말이야. 네가 헤어질 생각까지 했다는 걸 보니 꽤나 엄청난 거짓말이었던 것 같구나. 감정이 도피처가 될 순 없다는 걸 명심하거라. 하딘은 분노에 가득 찬 아이였어, 이젠 남자가 되었지만."

이런 상황이 좀 우습게 느껴졌다. 사람들은 항상 거짓말을 한다. 미처 생각지도 못했는데, 말이 먼저 불쑥 튀어나왔다.

"거짓말을 한 사람을 용서할 수 있으세요?"

"글쎄다, 무슨 거짓말이냐에 따라 다르겠지. 그리고 그걸 얼마나 사죄하고 반성하는지도 관계가 있고. 이런 얘기를 해주고 싶구나. 거짓말을 계속 믿어주면, 나중엔 진실을 찾아내기 힘들게 된단다."

'지금 하딘을 용서하지 말란 얘기를 하는 건가?'

그녀는 식탁을 손가락으로 톡톡 두들겼다.

"그래도 난 내 아들은 안단다. 전과 달리 많이 변한 게 보였어. 하딘은 지난 몇 달 사이에 엄청나게 변했어. 테사, 다 얘기할 수 없을 지경이야. 걔가 웃기도 하고, 심지어 어제는 나랑 대화에 열중하기까지 했다니까."

주제는 심각했지만 그녀의 미소는 더없이 환했다.

"너를 잃는다면 하딘은 다시 예전 모습으로 돌아갈 거야. 그렇다 해서 너에게 강요하고 싶진 않구나."

"강요하시는 게 아니라는 건 알아요. 진심이에요. 전 그냥, 어떻게 판단해야 할지 모르겠어요."

그녀에게 모든 이야기를 다 할 수 있었으면 좋겠다. 그리고 솔직한 의견을 듣고 싶다. 우리 엄마가 이렇게 너그럽고 이해심 있는 분이었으면 좋겠다.

"참 어려운 이야기구나. 네가 결정해야 하니까. 넌 시간을 좀 더 갖고, 하딘에게는 대가를 치르게 하렴. 걔는 모든 걸 너무 쉽게 생각해. 항상 그랬거든. 아마 그게 하딘의 단점 중 하나일 거다. 하고 싶은 건 늘 어떻게든 얻고야 말았으니까."

나는 한숨을 쉬며 그릇장에서 시리얼 박스를 꺼냈다. 트리시가 가만히 내 팔을 잡았다.

"옷 갈아입고 아침 먹으러 나가는 건 어떠니? 나가서 우리만의 시간을 보내자꾸나. 이 헤어스타일도 어떻게 해봐야 할 것 같아."

그녀가 웃으며 갈색 머리카락을 흔들었다.

트리시의 유머 감각은 최고다, 하딘처럼. 하딘도 어떤 상황에서든 재치 있는 말을 하곤 한다. 물론 좀 더 '19금 유머 코드'이긴 하지만. 그의 유머 감각이 어디서 왔는지 알 것 같다.

"우선 샤워 좀 할게요."

"샤워라고? 밖에 눈이 오는데? 어차피 눈 맞으면 머리는 다 젖을 텐데 뭘! 난 그냥 이걸 입고 나가려고 했는데?"

그녀는 입고 있던 시커먼 운동복을 가리키며 말했다.

"그럼 청바지나 대충 걸쳐 입고 나가자!"

엄마와 외출할 때와는 천지 차이다. 날카롭게 주름 잡은 옷에, 잘 매만진 머리, 그리고 완벽한 화장까지. 마트에 장 보러 갈 때도 기본으로 착장해야 했다.

"좋아요!"

나는 미소를 지었다.

옷장에서 청바지에 맨투맨 셔츠를 꺼내 입고, 머리는 동그랗게 말아 올렸다. 잽싸게 이를 닦고 찬물 세수를 한 뒤 스니커즈를 신었다. 거실로 나가 보니 트리시가 벌써 현관문 앞에서 기다리고 있었다.

"하딘한테 메모나 문자를 남겨야겠어요."

그녀는 아랑곳 않고 웃으며 나를 문 쪽으로 끌어당겼다.

"그 친구는 신경 쓰지 마, 괜찮을 거야."

하루 종일 트리시와 함께 보내면서, 나는 훨씬 마음이 편해졌다. 그녀는 친절하고 재미있으며 말을 엄청 잘했다. 가벼운 대화를 주도했고, 나는 내내 웃느라 정신이 없었다. 우리는 함께 머리를 하러 갔다. 뱅 헤어스타일을 시도한 트리시가 나에게도 권유했지만 웃음으로 겨우 모면했다. 그래도 그녀가 검정색 원피스를 사라고 강권할 땐 더는 거부할 수가 없었다. 크리스마스를 보내려면 꼭 필요하다나. 크리스마스에 뭘 해야 할지도 모르는 이 마당에 말이다. 하딘이 엄마와 보내는 크리스마스에 끼어들고 싶지 않았다. 게다가 선물도 사지 않았다. 랜던이 집으로 초대할지도 모르겠다. 하지만 이제 하딘과 사귀지도 않는데, 하딘의 가족들과 함께 크리스마스를 보내는 건 좀 오버다. 우리는 어정쩡한 단계에 머물러 있다. 사귀지도 않는데 왠지 좀 더 가까워진 것 같은 느낌이 들었다. 오늘 아침 하딘이 집을 나서기 전까지는 말이다.

아파트에 돌아오니 주차장에 하딘의 차가 있었다. 다시 긴장되기 시작했다. 집에 들어서자 소파에 앉아 있는 하딘이 눈에 들어왔다. 다리

위며 거실 테이블에 온통 원고 뭉치를 늘어놓은 채였다. 뭘 하는지는 모르겠지만, 펜까지 입에 물고 일에 열중한 것처럼 보였다. 일하는 거겠지, 생각했다. 그런데 하딘을 알게 된 뒤로 지난 몇 달간 그가 일하는 모습은 겨우 몇 번밖에 보지 못했다.

"안녕, 하딘!"

트리시가 명랑한 목소리로 말했다.

"왔어요?"

하딘은 무덤덤하게 대답했다.

"우리 보고 싶었어?"

그녀가 짓궂게 말했다. 그는 어이없다는 표정으로 흩어진 종이들을 모아 바인더에 넣었다.

"방에 들어가 있을게요."

그가 소파에서 일어났다. 나는 트리시를 향해 어깨를 으쓱했다. 그리고 하딘을 따라 침실로 들어갔다.

"둘이 어디 갔다 왔어?"

바인더를 서랍장 위에 놓으며 하딘이 물었다. 종이 한 장이 떨어지자 재빨리 집어 다시 바인더 안에 넣었다. 바인더 고리가 딸각, 하며 닫혔다.

나는 침대에 걸터앉으며 다리를 꼬았다.

"아침 먹으러 갔다가, 머리 손질하고, 쇼핑 좀 했어."

"아."

"넌 어디 갔었는데?"

그는 바닥을 내려다보며 대답했다.

"일하러."

"내일이 크리스마스 이브야. 일이라니, 믿을 수가 없어."

나는 트리시의 말투를 흉내냈다. 그의 초록색 눈동자가 나를 향해 반짝였다.

"크리스마스? 난 진짜 신경 안 쓰는데."

그는 빈정거리는 듯 말하더니 반대쪽 침대에 앉았다.

"너 왜 그래?"

내가 쏘아붙였다.

"뭘? 아무 문제 없는데."

그가 벽을 쌓는다. 그를 둘러싼 벽이 분명히 느껴진다.

"분명 이상하거든. 오늘 아침엔 왜 말도 없이 나갔어?"

하딘이 머리카락을 쓸어 올렸다.

"이미 말한 것 같은데."

"거짓말은 도움이 안돼. 그게 네가, 아니 우리가 엉망이 된 원인이잖아."

"내가 어디 갔었는지 알고 싶어? 아빠네 집에 갔었어!"

그가 소리를 지르더니 벌떡 일어섰다.

"아빠네 집? 왜?"

"랜던하고 얘기하러."

어이가 없었다.

"그게 다가 아닌 것 같은데."

"그게 다야. 못 믿겠으면 전화해봐."

"알았어. 근데 랜던이랑 무슨 얘길 했는데?"

"당연히 네 얘기지."

"내 얘기?"

나는 두 손을 앞으로 들어올렸다.

"그냥 전부 다. 네가 여기 있기 싫어하잖아."

그가 나를 쳐다보았다.

"여기가 정말 싫었다면, 여기 있지 않았을 거야."

"갈 데만 있었어도 여기 있지 않았을 거라는 거, 나도 알아."

"어떻게 그렇게 장담해? 어젯밤엔 한 침대에서 잤잖아."

"하지만 내가 악몽을 꾸지 않았더라면 넌 그렇게 하지 않았을 거야. 네가 나를 침대에서 재운 건 단지 그 때문이잖아."

그의 손은 덜덜 떨렸고, 눈동자는 이글거렸다. 초록색 눈동자 뒤로 얼핏 수치심이 보였다.

"왜 그랬는지는 중요한 게 아니잖아."

나는 머리를 가로저었다. 도대체 왜 항상 이런 방식으로 결론을 비약하지 모르겠다. 자신이 사랑받고 있다는 걸 받아들이는 게 그렇게 힘이 드는 걸까?

"불쌍했겠지. 악몽이나 꾸고, 혼자 잠도 못 자는 나란 놈이."

그의 목소리는 너무 컸다. 손님이 있는 걸 뻔히 알면서.

"소리 좀 그만 질러! 너네 엄마가 밖에 계시잖아!"

나도 같이 소리를 질렀다.

"하루 종일 둘이 내 얘기만 했겠지? 난 거지 같은 동정 따윈 필요 없어, 테스."

"오 마이 갓! 네 얘기 안 했어. 네가 생각하는 그런 얘기 말이야. 그리고 분명히 말하지만, 난 너한테 미안하지 않아. 네 악몽하고 상관없이 난 너와 함께 침대에서 자고 싶었다고."

나는 팔짱을 끼었다.

"물론 그러시겠지!"

"이건 나 때문이 아니라 네가 자초한 감정이야. 자신을 학대하는 일
좀 그만둬!"

"난 그런 놈이 아냐."

"아니, 그렇게 보여. 넌 늘 아무 이유 없이 싸움을 시작하잖아. 우린
앞으로 나아가야 해, 퇴보가 아니라."

"앞으로 나아간다고?"

그가 내 눈을 쳐다봤다.

"응…, 아마도."

나도 모르게 머뭇거렸다.

"아마도라고?"

그가 씨익 웃었다. 느닷없이 행복해졌나 보다. 크리스마스를 맞은
어린아이처럼 갑자기 빙글빙글 웃었다. 말다툼을 하느라 뺨에 열이 올
라 불그레하다. 하지만 이상하게 그의 미소를 보고 있자니 나 또한 화
가 스르르 풀리는 걸 느꼈다. 내 감정을 이렇게 들었다 놨다 하는 그가
두렵다. 그는 애간장을 녹일 듯 멋진 미소를 지어 보였다.

"테사, 머리 정말 예쁘다."

"하딘, 넌 정말 치료를 좀 받아야 해."

내가 놀리듯 말하자, 그가 웃었다.

"반론의 여지가 없네."

그를 따라 웃음이 터졌다. 아마 나도 하딘처럼 미쳐가나 보다.

31 · 테사

서랍장 위에 놓인 휴대전화가 요동쳤다. 덕분에 우리의 짧고 달콤한 시간도 끝나버렸다. 하딘이 집어 들고 화면을 보더니 말했다.

"랜던이야."

그에게서 휴대전화를 건네받았다.

"안녕, 테사."

반가운 목소리였다.

"엄마가 너한테 전화해보라고 하셔서. 크리스마스에 우리 집에 올래?"

카렌은 너무 다정하다. 분명히 그녀는 크리스마스에 어울리는 진수성찬을 차릴 거다.

"정말? 몇 시까지 가면 되는데?"

"12시. 벌써 음식 준비를 시작하셨어. 굶고 오는 게 좋을 거야."

"지금부터 단식해야 하나?"

나도 농담을 건넸다.

"뭘 좀 가져가야 하나? 물론 카렌은 베테랑이지만, 나도 디저트 정도는 만들 수 있어."

"디저트, 좋네. 좀 이상하게 들리겠지만, 불편하면 안 와도 괜찮아."

그의 목소리가 낮아졌다.

"하딘이랑 걔네 엄마도 초대하실 생각인가 봐. 아, 물론 둘이 좀 그렇다면…."

"아냐, 우리 괜찮아. 비교적."

내 대답에 하딘은 한쪽 눈썹을 찡긋 올렸다. 나는 그에게 어정쩡한 미소를 지어 보였다.

"휴, 다행이다. 같이 오면 정말 좋아하실 거야."

"노력해볼게. 그런데 선물은 어떡하지?"

"아무 것도 준비하지 마. 선물은 없어도 돼."

하딘의 시선이 부담스러워 나는 벽만 뚫어지게 쳐다봤다.

"그래도 선물, 준비할래. 뭐가 좋을까?"

랜던은 온화하게 말했다.

"하여간 고집은. 우리 엄마는 주방 용품을 좋아하고, 켄 씨는 문진이나…, 암튼 넥타이는 사지 마. 내가 샀거든. 필요한 거 있으면 물어보고. 나, 집 청소 도와드려야 해."

그가 전화를 끊었다. 전화를 내려놓자마자 하딘이 물었다.

"거기 가려고?"

"응, 엄마네 집에 가긴 싫으니까."

나는 침대에 걸터앉았다.

"그래, 너한테는 뭐라고 안 할게."

그가 검지로 턱을 문질렀다.

"넌?"

나는 애꿎은 손톱을 잡아 뜯었다.

"나랑 같이 가도 되는데."

"엄마를 여기 혼자 두고?"

"아니! 너희 엄마도 초대할 거라고 했어. 우리 모두 말이야."

하딘은 미친 사람 보듯이 나를 쳐다봤다.

"우리 엄마가 거길? 아빠랑 새 부인이 있는 데를?"

"나도 잘 모르겠어. 그래도 다같이 모이면 좋잖아."

솔직히, 정말로, 무슨 일이 벌어질지 나도 잘 모르겠다. 트리시와 켄이 지금 어떤 감정인지 모르니까. 관계가 틀어진 사람들을 억지로 한자리에 끌어모으는 건 주제넘는 짓인지도 모른다. 나는 그들의 가족이 아니니까. 아, 그러고 보니 나는 이제 하딘의 여자친구도 아니다.

"그건 좀 아니잖아."

그가 인상을 찌푸렸다.

하지만 하딘과 함께 크리스마스를 보내고 싶긴 했다. 이렇게 온갖 일을 다 겪었지만 말이다. 어쨌든 하딘을 설득해서 아빠네 집에 데려가는 건 아무래도 어려울 것 같았다. 차라리 엄마랑 둘이 보내는 게 나을 수도 있다. 초대에 응하려면 랜던과 그의 부모님 선물도 준비해야한다. 물론 트리시의 것도.

'이런, 지금 당장 나가야겠네.'

벌써 오후 5시다. 시간이 얼마 안 남았다. 내일은 크리스마스 이브. 하딘 선물도 사야 할까? 아무리 생각해봐도 그건 좀 이상하다. 이도 저도 아닌 어정쩡한 사이인데 선물을 준다는 건.

"쇼핑몰에 가야겠어. 갈 곳 없는 내가 어디든 가 있으려면 선물이라도 사야 환영을 받지."

"집 없는 너한테 나쁜 계획은 아니네."

그가 짓궂게 대꾸했다. 희미하게 웃었지만 그의 눈빛은 반짝였다. 나는 하딘에게 살짝 눈을 흘겼다.

"나는 나쁜 계획 같은 건 절대 안 해."

그를 찰싹 때리며 장난치듯 말하는 순간 그가 내 손목을 잡았다. 친숙한 따스함이 온몸으로 전해졌다. 우리는 눈이 마주치자 재빨리 손을 놓고 서로 딴 곳을 보는 척했다. 순식간에 긴장감이 감돌았다. 나는 벌떡 일어났다.

"지금 나가게?"

"쇼핑몰이 9시까진 할 거야."

"혼자 갈 거야?"

그가 엉거주춤 일어섰다.

"같이 갈래?"

좋은 생각이 아니라는 건 안다. 그래도 노력은 해보고 싶었다. 적어도 한 단계 앞으로 나아가려면 쇼핑몰쯤은 같이 가야 하니까.

"같이 쇼핑을 하자고?"

"싫으면 말고."

내가 어색하게 말했다.

"같이 갈게. 그냥, 예상치 못했던 질문이라."

휴대전화와 핸드백을 집어 들었다. 하딘이 거실로 따라 나왔다.

"우리, 잠깐 쇼핑몰에 다녀올게요."

하딘이 엄마에게 말했다.

"둘이 같이?"

막 문을 나서는데, 등 뒤로 그녀의 목소리가 들렸다.

"테사, 거기다 하딘을 버리고 온대도 난 불만 없다."

"명심할게요."

나는 싱긋 웃으며 집을 나섰다.

하딘이 시동을 걸자, 익숙한 피아노 선율이 흘러나왔다. 그는 서둘러 볼륨을 낮췄지만 이미 늦었다. 나는 의기양양한 표정으로 그를 쳐 다봤다.

"어쩐지 점점 얘들이 좋아져서, 됐지?"

"당연하지."

나는 우쭐거리며 볼륨을 다시 키웠다.

모든 게 영원히 지금만 같았으면 좋겠다. 때론 이렇게 시시덕거리고 때론 살얼음판 같은 팽팽한 긴장감 속에 있을지라도, 단지 함께였으 면. 하지만 그럴 수 없을 것이다. 아니 그러지 못할 거다. 우리는 할 얘 기가 너무 많다. 이 모든 문제를 한꺼번에 해결할 수도 없다. 적당한 시 기를 찾을 때까지 천천히 나아가고 싶다.

가는 내내 침묵이 흘렀다. 흘러나오는 노랫말이 내가 하고 싶은 말을 대신해주는 것 같았다. 쇼핑몰 입구에 다다르자 하딘이 입을 열었다.

"입구에 내려줄게."

그는 주차를 하고 나를 향해 뛰어왔다. 그 뒤로 거의 한 시간 동안 온 갖 종류의 베이킹 도구들을 둘러봤다. 카렌 선물로 케이크 팬 세트를 사기로 했다. 이런 그릇 정도야 차고 넘칠 만큼 많겠지만, 요리와 정원 가꾸기가 취미인 카렌에게 이보다 더 좋은 선물을 생각할 시간적 여유 도 없었다.

"이거 차에 실어놓자."

큰 박스를 낑낑거리며 들고 하딘에게 말했다.

"내가 갖다 놓을게. 여기서 기다려."

그가 박스를 가지고 주차장으로 가자마자, 남성복 코너로 갔다. 수 많은 넥타이들을 보니 랜던의 말이 떠올랐다. 역시 넥타이가 제일 사기 쉬운 선물인가 보다. 찬찬히 둘러보았다. 지금껏 '아빠 선물'을 사본 적이 없어서 뭘 사야 할지 도통 알 수가 없었다.

"날씨 진짜 춥네."

하딘은 몸을 덜덜 떨면서 양손을 비볐다.

"이렇게 눈까지 왔는데, 티셔츠만 입고 나오는 건 좋은 생각이 아니지."

"배가 고픈데?"

우리는 푸드코트로 발걸음을 옮겼다. 하딘이 피자를 사 오는 동안 앉을 자리를 찾았다. 잠시 후 그는 양손에 하나씩 접시 두 개를 들고 왔다. 한 손엔 피자를, 한 손엔 냅킨을 들고 조심스레 한입을 베어 물었다.

"좋다, 그치?"

"뭐가, 피자가?"

나는 모르는 척하며 다시 물었다. 하딘이 음식 얘기를 하는 게 아니란 걸 뻔히 알면서 말이다.

"우리 이렇게 같이 있는 거, 정말 오랜만이잖아."

정말 오래 전인 것 같았다.

"사실 2주밖에 안 됐잖아."

"그게 오래지 뭐, 우리한텐."

"그렇지…."

다시 한입을 크게 물었다. 그러느라 잠시 침묵이 흘렀다.

"우리 관계가 앞으로 나아가야 한다는 건 얼마나 생각한 거야?"

그가 물었다.

"며칠쯤 된 것 같아."

이 대화는 될 수 있는 한 가볍게 받아 넘겨야 한다. 여기서 또 싸우면 안 되니까. 그래도 할 말은 해야겠다.

"아직도 넘어야 할 산이 많아."

"나도 알아. 그래도…."

그의 초록색 눈동자가 커지며 내 등 뒤 어느 한 곳을 주시했다. 뒤를 돌아보니 빨강 머리가 눈에 들어왔다. 스테프였다. 가슴이 철렁했다. 옆에는 남자친구 트리스탄이 함께였다.

"갈래."

자리에서 벌떡 일어섰다.

"테스, 아직 다른 선물들은 안 샀잖아. 그리고 쟤들은 우리 못 본 것 같아."

다시 뒤를 돌아봤을 때, 스테프와 눈이 마주쳤다. 그녀의 얼굴에 놀라움이 번졌다.

왜 저렇게 놀랄까? 나를 만나서? 아니면 내가 하딘과 같이 있어서? 아마 둘 다일 것이다.

"봤네."

두 사람이 우리를 향해 걸어왔고, 나는 바닥에 발이 붙어버린 것 같았다.

"안녕."

트리스탄이 거북한 목소리로 인사를 건넸다.

"어, 안녕."

하딘이 뒷목을 문지르며 말했다.

나는 아무 말도 할 수가 없었다. 스테프를 한 번 보고, 테이블에 있던 핸드백을 쥐었다. 그리고 자리를 뜨려 했다.

"테사, 잠깐만!"

그녀가 나를 불렀다. 등 뒤로 그녀의 하이힐 소리가 시끄럽게 들렸다. 그녀가 나를 따라잡으려 부리나케 달려왔다.

"테사, 우리 얘기 좀 할래?"

"무슨 얘기?"

내가 일갈했다.

"나의 처음이자 유일한 친구가 사람들 앞에서 나를 얼마나 모욕 줬는지?"

하딘과 트리스탄이 서로 쳐다보고 있었다. 끼어들어야 할지 말지 고민하는 게 분명했다. 스테프는 별 수 없다는 듯 두 손을 털썩 내렸다.

"내가 잘못했어. 너한테 말했어야 했는데. 하딘이 너한테 얘기할 줄 알았어!"

"그래서, 그걸로 다 해결된 거라고?"

"아냐. 정말 미안해, 테사. 내가 먼저 말했어야 했어."

"어쨌든 안 했잖아."

나는 팔짱을 끼었다.

"테사, 보고 싶었어. 너랑 같이 있고 싶었다고."

"그랬겠지. 조롱거리가 필요해서 내가 그리웠겠지."

"그런 게 아니야, 테사. 넌 내 친구잖아, 아니 친구였잖아. 진심으로 미안해."

그녀의 사과는 정말 뜻밖이었다. 그래도 얼른 정신을 가다듬고 다시 말했다.

"어쨌든 난, 너 용서 못해."

그녀가 인상을 찌푸렸다. 그러더니 차츰 분노의 표정으로 바뀌었다.

"그래도 하딘은 용서가 되나 보지? 이 모든 걸 시작한 건 잰데. 그런 하딘은 용서하고, 난 안 돼? 이게 무슨 엿 같은 경우야?"

처음으로 누군가를 때리고 싶었다. 뺨이라도 한 대 때리고 심한 말을 해줄까 싶었지만, 그녀 말이 다 맞다.

"하딘을 용서한 건 아니야. 난…, 나도 내가 무슨 짓을 하는 건지 모르겠어."

나는 두 손으로 얼굴을 감쌌다. 스테프가 한숨을 쉬었다.

"테사, 네가 이 모든 걸 다 덮어줄 거란 기대는 안 해. 그치만 적어도 나한테만은 한 번 더 기회를 줘. 우리, 잘 지낼 수 있을 거야. 우리 넷만이라도. 다른 애들은 어쨌든 다 형편없는 애들이니까."

나는 그녀를 쳐다봤다.

"무슨 소리야?"

"제이스는 하딘한테 제대로 얻어터진 다음부터 훨씬 더 개같이 변했어. 그래서 트리스탄하고 나도 걔들이랑 거리를 두는 중이야."

하딘과 트리스탄이 우리를 빤히 보고 있었다.

"하딘이 제이스를 때렸어?"

"응, 지난 토요일에."

그녀는 미간을 한껏 찌푸렸다.

"하딘이 너한테 아무 말도 안 했어?"

"응…."

하딘이 다가와 그녀의 입을 막기 전에 최대한 정보를 캐내고 싶었다. 그녀는 나의 우방이 되고 싶은 모양이었다. 묻지 않아도 줄줄 다 말하기 시작했다.

"몰리가 하딘한테 제이스가 모든 걸 꾸몄다고 얘기했잖아…, 너도 알지?"

그녀는 조그만 소리로 덧붙였다.

"그걸 애들 앞에서 너한테 얘기한 거잖아."

그러다가 그녀가 살짝 웃었다.

"솔직히 제이스가 자초한 거지, 뭐. 그리고 하딘이 몰리를 매몰차게 밀쳐냈을 때, 걔 표정을 봤어야 해. 돈 주고도 못 볼 광경이었어. 진심, 그거 사진 찍어놨어야 했는데!"

나는 그녀의 말을 곰곰이 생각하고 있었다. 하딘이 몰리를 내치고 제이스를 박살냈던 그 토요일, 그는 시애틀에 왔었다. 그때 트리스탄의 목소리가 들렸다.

"여러분…."

그 말은 마치 하딘이 가까이 왔다고 경고하는 것처럼 들렸다.

하딘이 나에게 다가와 손을 잡았다. 트리스탄은 스테프를 자기 쪽으로 끌어당겼다. 그녀는 나를 잠시 빤히 보다가 눈을 크게 뜨고 말했다.

"테사, 그냥 한 번 생각해봐, 알았지? 나 너 보고 싶었어."

32 · 테사

"괜찮아?"

그 둘이 사라지자 하딘이 물었다.

"응…."

"스테프가 뭐래?"

"자기를 용서해달래."

나는 어깨를 한 번 으쓱했고, 우리는 메인 통로 쪽으로 향했다. 하딘하고 제대로 얘기하기 전까지는 스테프와 나눈 얘기들은 꺼내지 말아야겠다. 하딘은 시애틀에 오기 전 그들의 파티에 함께 있었다. 몰리도 분명 그 자리에 함께 있었다. 스테프가 해준 얘기로 큰 오해는 덜었다는 걸 부인할 수는 없다. 하딘이 몰리와 잤다고 했던 그날 밤 사실은 정말로 몰리를 내친 거라니, 정말 다행이다. 클럽에서 내가 낯선 남자랑 키스를 하고 있는 동안 하딘은 몰리를 걷어찼다. 안심이 되는 한편 죄책감이 그림자를 드리웠다. 아이러니하다.

"테스?"

하딘이 걸음을 멈추고 내 얼굴 앞에 손을 흔들었다.

"무슨 일인데?"

"아무 것도 아냐. 너네 아빠한테 어떤 선물을 드려야 하나 생각 중이었어."

거짓말도 참 못한다. 내 목소리는 조금 다급하게 들렸다.

"켄 씨가 스포츠 좋아하시니? 너랑 같이 풋볼 경기 봤었잖아."

하딘은 잠시 나를 바라보다가 말했다.

"패커스 팀을 좋아해."

하딘은 스테프에 대해 뭔가 더 묻고 싶었을 거다. 하지만 잠자코 있었다.

우리는 스포츠 용품 코너로 갔다. 하딘이 아빠 선물을 고르는 동안 나도 조용히 있었다. 내가 돈 내는 걸 그가 한사코 거절했다. 그래서 나는 카운터 가까운 진열대에 있던 열쇠고리를 하나 쥐고 잽싸게 계산했다. 그를 짜증나게 하고 싶었다. 그가 눈을 흘겼고, 나는 그에게 혀를 내밀었다.

"다른 팀 거 잘못 집어온 거 알지?"

상점을 막 나오는데 그가 말했다.

"뭐?"

내가 고른 열쇠고리를 꺼내 봤다.

"그건 패커스 팀이 아니라, 자이언트 팀 거야."

그가 놀리듯 말했고, 나는 열쇠고리를 쇼핑백 안에 다시 던져 넣었다.

"다행인 건 그 좋은 선물들을 네가 샀다는 걸, 사실 아무도 모른다는 거지. 이제 랜던 선물 사야지."

"아, 랜던이 새로 나온 립스틱 발라보고 싶댔어. 코랄 색이라던가?"

"제발 랜던 좀 놀리지 마! 그리고 립스틱은 널 사줘야겠네. 색깔까지 정확하게 알고 있는 걸 보니."

내가 짓궂게 말했다. 이런 식으로 하딘과 장난스럽게 티격태격하는 기분은 정말 좋았다. 눈만 마주치면 온 집을 홀랑 태울 것처럼 싸우는 대신에 말이다.

하딘은 어이없는 표정과 함께 살짝 옅은 미소를 지었다.

"랜던한테는 하키 경기 티켓 사줘. 사기도 쉽고 비싸지도 않아."

"진짜 좋은 생각이다. 그런데 애석하게도 같이 보러 갈 친구가 없네."

"내가 가지, 뭐."

하딘이 그런 농담을 하다니, 저절로 미소가 지어졌다. 예전과는 달라도 너무 다른 모습이었다. 랜던에 대해 얘기하는 그의 목소리에는 어떤 악의도 담겨 있지 않았다.

"너희 어머니께도 선물 드리고 싶어."

그는 조금은 재미있어 하면서 나를 흘겨보았다.

"왜?"

"크리스마스니까."

"그럼 엄마한텐 스웨터 같은 거나 사드려."

그가 할머니 옷 코너를 가리키며 말했다.

"난 사람들 선물 고르는 데 소질이 없나 봐. 넌 엄마 선물 뭐 샀어?"

그가 준비했던 내 생일 선물은 정말 완벽했다. 그래서 엄마를 위한 선물도 사려 깊은 선택을 했을 거라 기대했다. 그는 어깨를 한 번 으쓱했다.

"팔찌 하고 스카프."

"팔찌?"

"아니, 그게…. 목걸이였나. '엄마'라고 적힌 평범한 목걸이야."

"참, 다정하기도 하셔라."

우리는 다시 백화점으로 들어갔다. 이리저리 둘러보다가 좋은 생각이 떠올랐다.

"너희 어머니 운동복을 좋아하시는 것 같아."

"오, 갓! 제발 운동복은 이제 그만. 엄마는 만날 그것만 입으신다고."

그가 울상을 짓는 걸 보니 웃음이 나왔다.

"그러니까 새 걸 하나 더 사 드리면 되잖아."

진열대를 돌아보면서 하딘은 운동복에 손을 뻗어 얇은 천을 만져보았다. 그의 주먹에 눈길이 갔다. 딱지가 앉아 있었다. 스테프가 해준 애기가 다시 떠올랐다.

민트 색 운동복을 보자, 트리시가 딱 좋아할 것 같은 느낌이 들었다. 우리는 계산대를 향해 걸었다. 하딘만 생각하면 미칠 것 같던 머릿속에 한 가지 결심이 생겼다. 시애틀에 가 있는 동안 그가 몰리와 잔 게 아니라는 걸 알았기 때문이다.

옷을 계산대 위에 놓으며, 나는 하딘을 돌아보았다.

"우리, 오늘 밤 얘기 좀 하자."

계산대에 있던 점원이 흥미로운 눈길로 하딘과 나를 번갈아 쳐다보았다.

"얘기?"

나는 점원이 도난방지 태그를 떼는 걸 보며 말했다.

"어제 사온 트리 먼저 만들고."

"무슨 얘기?"

몸을 돌려 그를 쳐다보았다.

"전부 다."

하딘은 살짝 두려운 표정이었다. 일순간 무거운 침묵이 찾아왔다. 점원이 운동복 가격표를 스캔하자 삑 소리가 나며 침묵이 깨졌다. 하딘이 중얼거렸다.

"아…, 가서 차 빼올게."

점원이 트리시의 선물을 쇼핑백에 담는 걸 보면서 생각했다.

'내년에는 모두를 깜짝 놀라게 해줄 선물을 사야지. 엉터리 준비는 올해로 끝이야.'

그러면서 한편 이런 생각이 들었다.

'내년? 그런데 내년에도 하딘이랑 함께할 생각인 거야?'

아파트로 돌아오는 동안 우리는 아무 말도 하지 않았다. 나는 밤에 해야 할 얘기들을 차근차근 정리하고 있었다. 그도 아마 비슷할 것이다. 주차장에 도착하자 쇼핑백들을 쥐고 눈 속을 뛰었다.

집 안에 들어서자 향기로운 마늘 향이 풍겼다. 뱃속에서 꼬르륵 소리가 요동쳤다.

"내가 저녁을 준비해뒀지!"

트리시가 발랄하게 말했다.

"쇼핑은 어땠니?"

하딘이 나한테서 쇼핑백들을 받아 들고 침실로 갔다.

"나쁘지 않았어요. 생각했던 것만큼 붐비지 않던데요."

"잘됐네. 우리 같이 트리 만들자. 하딘은 도와주기 싫을 거야."

그녀가 미소를 지었다.

"하딘은 재미있는 거라면 질색하거든. 우리 둘이 잘 할 수 있을 거야."

나는 싱긋 웃었다.

"네, 좋아요."

"우선 저녁부터 먹읍시다."

하딘이 부엌으로 들어오며 한마디 보탰다.

트리를 다 만들면 하딘과 얘기할 거니까 서두를 필요는 없다. 하고 싶은 얘기들을 제대로 하려면 힘을 모을 시간이 최소한 한 시간쯤 필요하다. 트리시가 여기 머무는 동안 이런 중대한 얘기를 하는 건 좋은 생각이 아닐지도 모른다. 하지만 더 이상은 기다릴 수가 없었다. 숨김

없이 모든 걸 다 얘기해야 한다, 당장. 인내심이 한계에 달했다. 더 이상 이렇게 어정쩡한 관계로 있을 순 없다.

트리시가 시금치와 마늘이 들어간 치킨 캐서롤을 한 접시 담아줬다. 접시에 담긴 음식은 냄새 만큼이나 맛있어 보였다.

"하딘, 박스에서 트리 좀 꺼내줄래? 그럼 만들기가 좀 수월할 것 같은데."

그녀가 나를 보며 웃었다.

"트리 장식도 몇 개 사 왔단다."

내가 저녁을 다 먹는 동안 하딘은 상자에서 트리를 꺼내 가지들을 나무 홈에 끼웠다.

"괜찮다, 그치?"

트리시가 말했다. 하딘이 트리 조립을 끝내고 장식 박스를 잡았다.

"그건 우리가 할게."

저녁식사를 마치고 나도 테이블에서 일어섰다.

이렇게 셋이서 크리스마스 트리를 만들고 있다니, 생각지도 못한 일이었다. 절대로. 우리가 함께하는 이 순간을 나는 진정 즐기고 있었다. 트리시도 정말 행복해 보였다.

"우리, 사진 찍자!"

그녀가 제안했다.

"난 안 찍어요."

하딘이 투덜거렸다.

"하딘, 크리스마스잖아."

트리시가 눈을 깜빡이며 말했다.

"오늘이 아니잖아요."

그가 어이없는 표정으로 대답했다. 내가 끼어드는 건 옳지 않은 느낌이지만, 오늘은 트리시 편을 들어야겠다. 나도 그를 보며 눈을 크게 뜨고 말했다.

"딱 한 컷만!"

"젠장, 좋아. 딱 한 컷만이야."

그가 엄마와 나란히 트리 앞에 섰다. 나는 휴대전화로 둘의 사진을 찍었다. 하딘은 웃는 둥 마는 둥 했지만, 트리시는 환하게 웃었다. 트리시가 나하고 하딘에게 같이 사진을 찍으라고 종용하지 않아서 안심이 되었다. 어쨌든 우리가 어떻게 되고 있는지 제대로 정리해야 한다. 크리스마스 트리 앞에서 로맨틱한 커플 사진을 찍기 전에 말이다. 트리시의 휴대전화로 하딘과 함께 찍은 사진을 보내주었다. 그 사이 하딘은 부엌으로 가서 자기 몫의 음식을 먹었다.

"그럼 내일 아침에 보자꾸나, 테사."

트리시가 나를 안아주고 방으로 들어갔다.

침실에 들어가 보니, 하딘이 벌써 포장지와 리본, 테이프 등 필요한 것들을 다 준비해놓았다. 나는 서둘러 선물을 포장하기 시작했다. 우리의 '대화'가 너무 늦어지지 않게 얼른 해치우고 싶었다. 하지만 한편으로는 얘기가 어떻게 전개될지 두렵기도 했다. 마음은 이미 정했지만, 내가 정말 그 결심을 받아들일 준비가 되어 있는지 확신이 서지 않았다. 내가 너무 바보 같았다. 하딘을 처음 만났을 때부터 나는 바보가 되어 있었다. 하지만 그게 늘 나쁘지만은 않았다.

켄 씨의 이름을 쓴 메모를 막 붙였을 때 하딘이 들어왔다.

"다 됐어?"

"응, 랜던한테 줄 티켓만 출력하면 돼. 그러고 나서 얘기하자."

그가 고개를 뒤로 젖혔다.

"왜 모든 걸 다 한 다음에 얘기해야 하는데?"

"네가 도와줘야 하니까. 우리가 싸우면 안 도와줄 거잖아."

"우리가 싸울지 말지 어떻게 알아?"

"그게, 우리니까."

내가 슬며시 웃었고, 그는 알겠다는 듯 조용히 고개를 끄덕였다.

"옷장에서 프린터 가져올게."

그가 자리를 뜨자, 나는 노트북을 켰다. 20여 분을 씨름하며 시애틀 썬더버드의 티켓 두 장을 출력해서 작은 박스에 넣어 포장을 마쳤다.

"됐어, 이제 우리가 얘기하는 데 방해되는 건 없지?"

"그런 것 같아."

우리는 침대에 앉았다. 그는 침대 머리에 등을 기대고 다리를 쭉 뻗었다. 나도 등을 기대고 다리를 꼬아 앉았다. 어디서부터 무슨 말로 시작해야 할지 모르겠다.

"그럼…."

하딘이 먼저 말을 꺼냈다. 너무 어색했다.

"그러니까…."

나는 애꿎은 손톱만 뜯고 있었다.

"제이스랑은 무슨 일이 있었던 거야?"

내가 물었다.

"스테프가 말했구나."

그는 담담했다.

"응."

"그 자식이 입을 함부로 놀리잖아."

"하딘, 제대로 얘기해줘. 그게 아니라면 이 대화는 아무 소용이 없어."

그의 눈에는 분노가 가득했다.

"얘기하고 있잖아."

"하딘…."

"알았어, 알았어."

그는 울분 섞인 숨을 토해냈다.

"그 자식이 널 욕보이려고 계획 중이었어."

생각만으로도 속이 뒤틀렸다. 게다가 그건 내가 아는 싸움의 이유가 아니다. 스테프가 쇼핑몰에서 해준 얘기와 다르다.

'또 다시 거짓말을 하는 거야?'

"그래서? 그런 일은 벌어지지 않았잖아."

"별로 다를 바 없어. 그 자식이 널 건드리려고 했다는 생각만 해도…."

그가 몸서리를 치더니 말을 이어 나갔다.

"그리고 또, 그 자식이…. 아, 몰리도 있었구나. 걔들이 애들 앞에서 너한테 내기 얘기를 까발리기로 작당한 거였어. 그 자식이 널 모욕할 개 같은 권리 따위 없다고. 그 자식이 모든 걸 망쳤어."

하딘의 이야기가 스테프가 해준 말과 맞아떨어졌다. 아주 잠깐 안도감을 느꼈다. 하지만 그것도 잠시, 그의 태도에 화가 치밀었다. 이건 꼭 나만 내기에 대해 몰랐다면, 모든 게 괜찮았을 거라는 태도다.

"하딘, 네가 다 망친 거야. 걔들은 그저 그걸 나한테 말해줬을 뿐이야."

내가 그에게 사실을 다시 상기시켰다.

"나도 알아."

그가 짜증스럽게 말했다.

"안다고? 너 그에 대한 얘기는 한마디도 안 했잖아."

하딘이 뻗었던 다리를 접으며 말했다.

"아냐, 했어. 며칠 전에 울었잖아. 그 빌어먹을 일 때문에."

얼굴이 간질거리는 느낌이 들었다.

"넌 말할 때 욕을 너무 많이 해. 제발 그것 좀 그만둬. 그게 첫 번째고. 두 번째는, 그건 한 번이었어. 네가 말했던 건 딱 한 번뿐이었잖아. 그걸로는 충분하지 않아."

"시애틀에서도 얘기하려고 했어. 근데 네가 나랑 얘기하지 않으려고 했잖아. 나를 완전히 무시했잖아. 그럼 언제 얘기했어야 하는데?"

"하딘, 핵심은 이거야. 우리가 지금 이 상황을 극복하려고 노력할 거면, 네가 나한테 마음을 열어야 해. 네가 어떻게 느끼고, 어떤 기분인지 내가 정확히 알아야 한다고."

내가 말했다. 그의 초록색 눈동자가 나를 뚫어버릴 듯 쳐다봤다.

"그럼 나는 네 기분을 언제 알 수 있는데, 테사? 너도 나처럼 마음을 꽉 닫고 있잖아."

"뭐라고? 아니야, 그렇지 않아."

"아냐! 넌 네가 이 일들은 어떻게 느끼는지 단 한 번도 얘기하지 않았어. 그냥 끝이라는 얘기만 계속 했잖아."

하딘은 말을 이었다.

"그래 놓고는 다시 내 앞에 와 있잖아. 나도 헷갈린다고."

그의 얘기를 생각해볼 시간이 필요했다. 머릿속에 너무 많은 생각이 뒤엉켜 있었다. 무슨 얘길 하고 싶었는지도 잊어버렸다.

"너무 혼란스러워."

내가 말했다.

"난 네 마음 속 생각까지는 못 읽어, 테사. 뭐가 혼란스럽다는 거야?"

목에 뭔가 큰 덩어리가 걸린 듯했다.

"이 상황, 우리 말이야. 뭘 어떻게 해야 할지 모르겠어. 네가 배신한 것도."

벌써 눈물이 차오르고 있었다. 이제 막 대화를 시작했을 뿐인데.

조금 거칠어진 목소리로 그가 말했다.

"그럼 넌 뭘 어떻게 하고 싶은데?"

"그걸 모르겠어."

그가 버럭 소리를 질렀다.

"아냐, 넌 알고 있어."

그에게 들어야 할 말이 너무 많다. 그래야 내가 뭘 원하는지 확신이 설 것 같았다.

"하딘, 넌 내가 뭘 어떻게 하길 바라는 거야?"

"네가 내 곁에 있었으면 좋겠어. 나를 용서해줬으면 좋겠고, 나에게 한 번 더 기회를 줬으면 좋겠어. 이런 부탁 너무 많이 했단 거 알아. 그래도 제발, 나한테 한 번만 더 기회를 줘. 너 없이는 살 수 없어. 헤어지려고 노력도 해봤어. 너도 그랬다는 거 알아. 근데 우린 다른 누구로는 안 돼. 우리가 함께하지 않는다면 아무 의미도 없어. 너도 알고 있잖아."

하딘이 말을 마쳤을 때, 그의 눈은 촉촉하게 반짝였다. 나도 흐르는 눈물을 훔쳐냈다.

"하딘, 넌 내게 너무 큰 상처를 줬어."

"나도 알아, 테사. 전부 내 탓이야. 모든 걸 되돌릴 수만 있다면 뭐든 하겠어."

그는 그렇게 말하다가 이상한 표정을 지으며 침대로 시선을 떨궜다.

"사실, 되돌릴 수 없지. 아무 것도 바뀌지 않았을 거야. 하지만 너한 테 더 빨리 말했어야 했어, 분명."

나는 무슨 소린지 몰라 고개를 번쩍 들었다. 그가 고개를 들고 나를 정면으로 쳐다보았다.

"테사, 난 아무 것도 되돌리지 않을 거야. 내가 그런 빌어먹을 짓을 안 했으면, 우린 함께하지도 못했을 거니까. 살면서 우린 아무런 접점도 갖지 못했을 테니까. 이렇게 우리가 단단히 묶일 수 없었을 거니까. 그 게 내 삶을 망쳐버렸는지도 모르지만, 그 병신 같고, 악의적인 내기가 없었다면, 나한테 삶이라는 게 아예 없었을 거야. 이런 말 하면 네가 날 더 미워하겠지. 하지만 네가 진실을 알고 싶댔잖아. 이게 그 진실이야."

무슨 말을 해야 할지 모르겠다. 그저 하딘의 초록색 눈동자만 들여 다보고 있을 뿐이었다.

그 말을 듣자, 나 또한 그 어떤 것도 바꾸지 않았을 거라는 걸 알았다.

33 · 하딘

어느 누구에게도 이렇게 솔직했던 적은 없었다. 적어도 지금은 모든 걸 털어놓고 싶었다.

그녀는 울음을 터뜨렸다. 그리고 부드러운 목소리로 물었다.

"네가 또 다시 상처 주지 않는다는 걸 내가 어떻게 믿어?"

그녀는 내내 눈물을 참고 있는 것처럼 보였다. 하지만 더 이상 버틸 수 없었나 보다. 차라리 우는 게 낫다. 조금이라도 감정을 내비치는 걸 보고 싶었다. 요즘 들어 테사는 너무 차갑기만 했다. 그녀답지 않았다. 전에는 눈빛만 봐도 무슨 생각을 하는지 알 수 있었다. 하지만 지금은 벽이 생겼다. 도대체 그녀의 생각을 읽을 수가 없다. 오늘만큼은, 우리가 함께 보내는 이 순간만큼은, 그녀가 마음을 푸는 데 도움이 되길 기도하고 또 기도했다. 모두 다 진심이다.

"테사, 난 분명 너한테 또 다시 상처를 줄 거야. 너도 나에게 상처 줄 거고. 내가 장담할 수 있는 건 앞으로 절대 너에게 뭘 숨기거나, 배신하지 않겠다는 거야. 말도 안 되는 소리일 수도 있어. 하지만 하늘은 알겠지. 우린 이 문제를 잘 헤쳐나갈 수 있어. 다른 사람들도 다 그렇게 하니까. 나한테 마지막 기회를 줘. 너한테 어울리는 사람이란 걸 보여줄 수 있는 기회. 제발, 테사…. 부탁이야."

나는 애원했다.

그녀는 붉어진 눈으로 나를 바라봤다. 한쪽 뺨을 입 안쪽에서 물고 속을 알 수 없는 표정을 지으면서. 그녀의 이런 표정은 정말 별로다. 그렇게 만든 나도 정말 별로다.

"너도 나 사랑하잖아, 그렇지?"

그녀의 대답이 두려웠다.

"맞아. 누구보다 더."

그녀는 한숨을 내쉬며 인정했다.

가슴 떨리는 미소를 숨길 수가 없었다. 그녀가 아직도 나를 사랑한다는 말로 내 삶을 돌려줬다. 그녀가 날 포기해버렸을까 봐, 날 사랑하지 않을까 봐, 나에게서 떠날까 봐 내내 걱정했다. 난 그녀를 사랑할 자격이 없다. 그녀도 그걸 잘 알고 있다.

마음이 이러저리 휘청거렸다. 그녀는 말 없이 너무 조용했다. 이런 거리감은 견딜 수가 없다.

"내가 뭘 하면 될까? 뭘 어떻게 해야 우리가 이 상황을 극복해낼 수 있을까?"

내 목소리는 너무나 절박했다. 너무 밀어붙이고 있다는 걸 안다. 나를 쳐다보는 그녀의 얼굴에 담겨 있는 건 두려움일까, 짜증일까, 아니면…, 모르겠다.

"내가 잘못 말했어, 그러지 말았어야 했는데."

손으로 눈가에 흘러나온 물기를 닦아냈다.

"너도 알잖아. 나, 말 잘 못하는 거."

이렇게 감정적이었던 적은 없었다. 기분이 좋지 않았다. 누구에게도 내 감정을 솔직하게 표현하거나 그의 반응에 신경 쓴 적이 없었다. 하지만 이 여자를 위해서라면 뭐든 할 거다. 나는 늘 모든 걸 망쳐버리는 인간이지만, 이번만큼은 제대로 돌려 놓아야 한다. 아니 할 수 있는 한 그렇게 되도록 노력이라도 해봐야 한다.

그녀가 흐느꼈다.

"난 잘 모르겠어. 너와 함께 있고 싶어, 하딘. 그래서 모든 걸 다 잊어버리고 싶지만, 후회하고 싶진 않아. 형편없는 사람 취급을 받으면서도 그냥 참고 견디는, 그런 여자는 되고 싶지 않아."

나는 그녀에게 몸을 기울였다.

"누구한테? 누가 널 그렇게 생각하는데?"

"모두 다. 우리 엄마, 네 친구들…, 그리고 너까지."

그거였다. 그녀는 자신이 하고 싶은 것보다 해야만 하는 걸 더 고민했다.

"다른 사람들은 상관하지 마. 형편없는 사람 취급을 하든 말든, 다른 사람들 생각이 왜 중요해? 그냥 네가 원하는 걸 생각해. 널 행복하게 만드는 게 뭔지."

크고, 동그랗고, 아름답고, 핏발이 선, 그리고 눈물이 맺힌 눈으로 그녀가 말했다.

"너."

심장이 미친 듯이 뛰었다.

"지쳤어. 입 밖으로 내기 싫어서 말하지 않은 모든 것들에 완전 지쳐버렸어."

그녀가 덧붙였다.

"그러니까 더 이상 담아두지 마."

"하딘, 넌 날 행복하게 만들어. 그런데 넌 또 나를 비참하게, 화나게도 해. 무엇보다 넌, 나를 미치게 해."

"그게 핵심이야. 그게 우리가 같이 있어야 할 이유야, 테사."

그녀도 나를 미치게, 또 화나게 만든다. 그리고 행복하게 만든다. 너무나 행복하게.

"우리는 서로에게 너무 끔찍해."

그녀가 옅은 미소를 띠었다.

"우리가, 그렇지."

나도 그녀에게 미소를 보냈다.

"그런데도 널 사랑해, 테사. 세상 누구보다 더. 맹세할게. 남은 일생 동안 너에게 다 갚으며 살겠다고. 네가 허락만 해준다면 말이야."

나는 간절했다. 내 목소리에 담겨 있는 진심을 그녀가 들을 수 있기를. 내가 얼마나 지독하게 그녀의 용서를 원하는지. 나는 용서가 필요하다. 예전엔 아무 것도 필요하지 않았지만, 이제 그녀가 필요하다. 그녀도 나를 사랑한다. '남은 일생 동안'이라니. 내가 이런 말을 하다니. 그녀가 기겁할 수도 있는 말을. 나조차도 믿기지 않았다. 그렇지만 그녀가 날 사랑하지 않았다면 이 자리에 있지도 않았을 거다.

그녀가 아무 말도 하지 않자 가슴은 무너져 내렸다. 눈물이 나오는 것 같았다. 나는 다시 속삭였다.

"정말 미안해, 테사…. 그래도 널 너무 사랑해…."

그녀가 갑자기 뛰어들어 내 다리 위로 올라왔다. 생각지도 못한 행동이었다. 나는 그녀의 아름다운 얼굴을 두 손으로 감쌌다. 그녀는 내 손바닥에 뺨을 기대며 깊은 숨을 몰아쉬었다. 그리고 나를 올려다보았다.

"나도 내 방식대로 풀어나가야 할 것 같아. 또 다시 마음이 무너지면 난 버틸 수 없을 거야."

"난 그저 너랑 함께 있으면 돼."

"우리 좀 천천히 가자. 한 번 더 나한테 상처 주면 절대 용서 안 할 거야, 절대."

그녀가 으름장을 놓았다.

"절대 안 그럴 거야. 맹세할게."

그녀에게 다시 상처를 주느니 차라리 죽을 거다. 여전히 믿어지지 않았다. 그녀가 나에게 다시 한 번 기회를 주었다는 사실이.

"정말 보고 싶었어, 하딘."

그녀는 눈을 감았다. 그녀에게 키스하고 싶었다. 내 입술로 그녀의 뜨거운 입술을 느끼고 싶었다. 하지만 그녀가 천천히 가자고 막 얘기한 터였다.

"나도 네가 보고 싶었어."

그녀가 내게 이마를 가져다 댔다. 나는 참고 있는지도 몰랐던 숨을 토해냈다.

"그럼 우리, 이제 괜찮은 거지?"

최대한 감정을 자제하며 물었다. 내 절박한 안도감을 그녀가 알아채면 안 되니까. 그녀가 똑바로 앉았고, 나는 그녀의 눈을 들여다보았다. 지난 주 내내, 눈만 감으면 내 앞에 나타났던 그 눈. 그녀는 미소를 지으며 고개를 끄덕였다.

"응…, 그런 것 같아."

나는 두 팔로 그녀의 허리를 감싸 안았다. 그녀는 내게 몸을 기댔다.

"키스해줘, 테사."

그녀가 내 이마를 만지며, 뒷머리를 쓸어 올렸다. 기쁨을 숨기지 않는 얼굴이었다. 그녀가 만져주니 너무 좋다.

"제발."

내가 덧붙였다.

그녀는 입술로 내 입술을 덮어 말을 막았다.

그의 입술에 닿는 순간 내 입술은 저절로 벌어졌다. 그 틈을 놓치지 않고 그의 혀가 미끄러져 들어왔다. 입술에 닿은 피어싱의 금속 느낌이 서늘했다. 혀로 링 표면을 부드럽게 훑었다. 익숙한 그의 맛이 온몸에 불을 지폈다. 아무리 심하게 싸웠더라도 나는 그가 필요하다. 그와 가까이 있어야 하고, 나를 편안하게 해주는 그의 위안이 필요하다. 나에게 도전하고, 나를 짜증스럽게 만들고, 나에게 키스해주고, 나를 사랑해주는 그가 필요하다. 내 손가락이 그의 머리카락을 쥐었다. 그는 내 허리를 더 세게 감싸 안았고, 나는 머리카락을 움켜쥔 손에 힘을 주어 그를 부드럽게 당겼다. 그는 내가 듣고 싶고, 들어야 했던 모든 얘기를 해주었다. 기분이 좋았다. 그를 다시 받아들이기로 섣불리 결정한 것 같지만, 사실 그는 나를 떠나지도 않았다. 더 오래 버텼어야 했나. 거짓말로 나를 힘들게 했던 것처럼 더 오래 기다리게 했어야 했다. 하지만 그럴 수 없었다. 이건 영화가 아니다. 이건 진짜, 내 삶이다. 그가 없는 내 삶은 완전하지 않다. 아니 견딜 수조차 없었다. 타투투성이에 무례하고 성나 있는 이 남자는 이미 내 심장 속 깊숙이 자리하고 있다. 아무리 발버둥을 쳐도 그를 떨쳐버릴 수 없을 것 같다.

그가 혀로 내 아랫입술을 스치듯 핥았다. 나도 모르게 얕은 신음소리가 흘러나왔다. 살짝 민망해졌다. 몸을 떼고 서로 거친 숨을 내뱉었다. 내 살갗은 뜨거워졌고, 그의 볼은 붉게 달아올랐다.

"만회할 기회를 줘서 고마워."

그는 헐떡거리며 나를 다시 안았다.

"하딘, 넌 마치 내가 널 선택한 것처럼 행동했잖아."

그가 인상을 찌푸렸다.

"너, 그랬거든."

"나도 알아."

거짓말이었다. 그를 처음 만났을 때부터 난 한 번도 선택이란 걸 하지 않았다. 우리가 처음 키스했던 그 순간부터 나는 완전히 그가 이끄는 대로만 따라갔다.

"우리, 이제 어디로 가게 될까?"

내가 물었다.

"너한테 달렸지. 넌 내가 뭘 하고 싶은지 잘 알잖아."

"난 우리가 예전처럼 지냈으면 좋겠어. 다른 모든 것들 없이 우리만 있었을 때."

하딘은 고개를 끄덕였다.

"내가 원하는 것도 바로 그거야, 테사. 내가 다 돌려놓을게, 약속해."

하딘이 내 이름을 부를 때마다 뱃속이 간지럽다. 짜증 섞인 듯한 영국식 억양, 그 속에 섞인 부드러움까지, 모두 완벽하게 조화롭다.

"이 순간을 후회하게 만들진 말아줘, 부탁이야."

그에게 말했다. 그는 또 두 손으로 내 얼굴을 감싸 쥐었다.

"절대 안 그럴게. 너도 알게 될 거야."

그가 약속하며 다시 키스했다.

하딘과 나는 아직 풀어야 할 숙제가 많다. 그런데도 지금 나는 너무도 차분하고 결연하면서도 당연히 할 일을 한 것 같은 느낌이 들었다. 물론 사람들의 반응이 걱정스럽긴 하다. 특히나 엄마는 나를 심하게 비난할 것이다. 하지만 그건 맞닥뜨렸을 때 해결해나가면 된다. 크리스마스를 엄마와 함께 보내지 않는 건 18년 만에 처음이다. 게다가 다시 하딘과 함께하기로 결정해버렸다. 아마 상황은 더 나빠질 것이다. 솔직히 난 아무래도 상관없다. 아니, 상관이… 있다. 그래도 이건 '내 인생의 결정'이다. 언제까지 엄마가 내 인생을 좌우하게 만들 순 없다. 또 앞으로도 엄마가 만족스러운 삶을 사는 건 불가능할 것이다. 지금까지의 착한 딸 역할을 끝내야 한다.

하딘의 가슴에 머리를 기댔다. 그는 하나로 묶은 내 머리카락 끝을 손가락으로 빙글빙글 꼬았다. 선물 포장을 다 해놓아서 그나마 마음이 느긋하다. 쫓기듯 선물 준비하는 건 정말 스트레스 받는 일이다.

'망했다! 하딘 선물을 안 샀어!'

혹시 하딘은 내 선물을 샀을까? 아마 안 샀을 거다. 지금에야 다시 사귀기로 했으니까, 그리고 크리스마스는 처음이니까. 그래도… 그는 내 선물을 준비했을까?

'근데 하딘한테는 어떤 선물을 줘야 하는 거야?'

"왜 그래?"

그가 내 턱을 잡고 얼굴을 마주 보게 하며 물었다.

"너, 아니지…?"

그가 우물쭈물하며 천천히 말을 꺼냈다.

"혹시, 그러니까, 마음이 바뀐 건 아니지?"

"아냐, 그런 거. 나, 네 선물을 안 샀어."

결국 실토해버렸다.

그의 얼굴에 미소가 번졌다. 그리고 내 눈을 바라보았다.

"크리스마스 선물 때문에 걱정하고 있었어?"

그가 웃었다.

"테사, 넌 나한테 모든 걸 줬어. 크리스마스 선물 따위를 걱정하다니, 말도 안 돼."

하지만 여전히 미안했다. 그럼에도 의기양양한 그의 표정을 보는 게 너무 좋았다.

"생일에는 멋진 선물을 줄게."

그는 엄지로 내 아랫입술을 부드럽게 문질렀다. 입술이 벌어졌다. 이제 입을 맞추겠지. 예상은 빗나갔다. 그는 입술 대신 콧등에, 그리고 이마에 입을 맞췄다. 예상 밖의 달콤한 행동이었다.

"나, 생일엔 아무 것도 안 해."

"알아, 나도 그래."

우리가 가진 몇 안 되는 공통점 중 하나다.

"하딘?"

가볍게 방문 두드리는 소리와 함께 트리시의 목소리가 들렸다. 그가 투덜거렸고, 나는 얼른 그의 다리에서 내려왔다.

"하딘, 엄마한테 조금만 더 다정하게 대해드려. 1년만에 널 만나신 거잖아."

"나도 이러고 싶진 않아."

말은 그렇게 하지만, 사실 더 하면 죽을지도 모른다는 표정이었다.

"날 봐서라도… 조금만 다정하게, 응?"

나는 애교 섞인 몸짓으로 속눈썹을 깜빡거렸다. 그는 고개를 저으며 미소를 지었다.

"정말 못됐어, 너."

그가 짓궂게 말했다. 트리시가 또 한 번 노크를 했다.

"하딘?"

"가요!"

그가 침대에서 뛰어내렸다. 방문을 여니, 완전 지루한 표정의 트리시가 서 있었다.

"혹시, 너희들 영화 보지 않을래?

"네, 좋아요."

그가 나를 돌아보며 한쪽 눈썹을 찡긋했다. 나는 침대에서 내려왔다.

"좋았어!"

그녀는 미소를 지으며, 아들의 머리를 마구 헝클어 놓았다.

"옷 좀 갈아입고요."

하딘이 우리를 밀어내며 말했다. 트리시가 내게 손짓했다.

"테사, 우린 간식이나 좀 먹을까?"

우리는 부엌으로 갔다. 하딘이 옷 갈아입는 걸 보는 건 별로 좋은 생각 같진 않았으니까. 모든 걸 천천히 해나가고 싶었다. 천천히. 하딘과 그게 가능할진 잘 모르겠지만.

'트리시에게 말해야 할까? 하딘을 용서하기로, 적어도 노력해보기로 했다는 걸.'

"쿠키 어떠니?"

나는 고개를 끄덕이며 그릇장을 열었다.

"땅콩버터 쿠키로 할까요?"

밀가루를 꺼내며 물었다. 그녀가 놀라 대답했다.

"만들려고? 난 사온 쿠키도 괜찮은데. 쿠키를 만들 수 있다면야, 그게 훨씬 좋지!"

"잘은 못해요. 그래도 카렌이 간단한 레시피를 가르쳐줘서 만들 줄은 알아요."

"카렌?"

그녀가 되묻자 가슴이 철렁했다. 트리시를 불편하게 만드는 건 싫었다. 나는 몸을 돌려 오븐을 켰다. 당황한 표정을 감춰야 했다.

"그 여자를 만난 적 있니?"

감정을 읽을 수 없는 목소리였다. 나는 조심스럽게 대답했다.

"네. 랜던이라고, 그 분 아들이 제 친한 친구예요."

트리시는 그릇과 스푼을 건네며 억지로 담담함을 유지하는 것 같았다.

"아, 그녀는 어때?"

계량컵에 밀가루를 부어 재고, 큰 믹싱볼에 쏟았다. 나는 일부러 눈길을 피하는 중이었다. 어떻게 대답해야 할지 모르겠다. 거짓말은 하고 싶지 않았다. 그녀가 켄 씨와 카렌에 대한 얘기를 들으면 어떤 기분일지 도통 감이 잡히지 않았다.

"얘기해도 괜찮아."

그녀가 정곡을 찔렀다.

"그 분, 사랑스러우세요."

결국 내뱉고 말았다. 그녀는 재빨리 고개를 끄덕였다.

"그럴 줄 알았어."

"일부러 그 분 얘기를 꺼낸 건 아니에요. 저도 모르게 그만….”

내가 얼른 사과했다. 그녀가 버터 조각을 건넸다.

"걱정하지 마. 난 그녀에게 아무런 감정도 없단다. 그 여자가 끔찍한 괴물이란 소리를 들었다면 더 좋았겠지만 말이야."

트리시가 웃으며 말하자 안도의 한숨이 쉬어졌다.

"그래도 하딘 아빠가 행복하다니 나도 기쁘다. 하딘이 아빠한테 가진 분노를 씻어버리길 바랄 뿐이야."

"이미 그랬….'

대답을 하려다 황급히 그만두었다. 하딘이 부엌으로 불쑥 들어왔다.

"뭘 그랬는데?"

그녀가 물었다. 나는 하딘을 쳐다보다가 다시 트리시를 보았다. 하딘이 얘기하지 않았다면 내가 끼어들 일은 아닌 것 같았다. 아, 내 입은 왜 이렇게 아무 때나 제멋대로 말을 뱉어낼까.

"무슨 얘기 하고 있었는데?"

그가 물었다.

"네 아빠 얘기."

트리시가 대답하자 하딘의 얼굴이 창백해졌다. 표정을 보니 분명히 알겠다. 이제 막 싹트기 시작한 아빠와의 관계를 엄마에게 말할 의도는 절대 없었던 거다.

"난 몰랐어."

내가 말하려 했지만, 그가 손을 들어 나를 저지했다.

나는 모든 걸 숨기려고만 하는 그의 이런 면이 싫다. 이게 항상 우리 사이에 문제를 만들기 때문이다.

"괜찮아, 테사. 나, 아빠와 시간을 좀 보내고 있어요."

하딘의 두 뺨이 붉게 물들었다.

생각할 겨를도 없이 나는 그의 곁으로 갔다. 그가 불같이 화를 내며,

엄마에게 거짓말로 둘러댈 줄 알았다. 내 생각이 틀렸다는 걸 그가 증명해 보였다. 너무 기뻤다.

"그랬어?"

트리시는 꽤 놀란 것 같았다.

"미안해요, 엄마. 몇 달 전까지만 해도 아빠 곁엔 얼씬도 안 했어요. 술 마시고 그 집 거실을 난장판으로 만든 적도 있거든요. 근데 그 후에 거기서 몇 번 잤어요. 우리 같이 결혼식에도 갔었고요."

"너, 다시 술을 마셨다고?"

그녀의 눈가가 촉촉해졌다.

"하딘, 제발! 다시 술을 마시고 있는 건 아니라고 말해주렴."

"아니에요, 엄마. 겨우 몇 번이에요. 전처럼은 아니에요."

그가 다짐하듯 말했다. 전처럼은 아니라고? 하딘이 전에 술을 많이 마셨다는 건 알고 있었다. 하지만 트리시의 반응은 의외였다. 내가 생각했던 것보다 상황이 더 나빴던 모양이다.

"제가 아빠를 만난다는데, 화나지 않으세요?"

나는 그를 안심시키려 그의 등에 손을 얹었다.

"오, 하딘! 내가 화낼 이유가 없잖니. 네가 네 아빠와 잘 지낸다는데. 그냥 조금 놀랐을 뿐이야. 나한테 그런 얘길 해주다니 정말 고맙구나."

그녀는 눈물을 감추려 눈을 깜빡였다.

"오래 전부터 네가 안고 있던 분노를 떨쳐내길 바랐단다. 그땐 우리 인생의 암흑기였잖니. 우린 그걸 이겨냈고. 다 지난 일이야. 네 아빠도 그때 그 사람은 아니고, 나도 그때 그 여자가 아니란다."

"그래도 다 괜찮은 건 아니에요."

그가 조용히 말했다.

"그렇지. 그래도 가끔은 다 흘러가버리게 놔둬야 해. 그리고 벗어나야 해. 네가 네 아빠랑 만나고 있다니 정말 기쁘구나. 잘한 일이야. 그게 널 여기로 보낸 이유 중 하나야. 네가 아빠를 용서하는 거 말이야."

"아빠를 용서한 건 아니에요."

"용서해야 해."

그녀가 진심을 담아 말했다.

"난 이미 용서했단다."

하딘은 테이블에 팔꿈치를 기대며 고개를 떨구었다. 나는 그의 등을 가만히 쓸어주었다. 그걸 보던 트리시가 내게 미소를 지어 보였다. 나는 전보다 훨씬 더 그녀를 좋아하게 됐다. 트리시는 강한 여성이었고, 동시에 사랑스러웠다. 아들은 감정이 차갑게 말라버렸지만, 그녀는 아니었다. 그녀가 켄 씨와 카렌처럼 인생의 새로운 동반자를 만나길 진심으로 바랐다.

하딘도 나와 똑같은 생각을 하는 게 분명했다. 하딘은 고개를 떨군 채 이렇게 말했다.

"그래도 아빠는 빌어먹을 엄청 큰 저택에 살면서 비싼 차를 타요. 새 부인도 생겼고. 근데 엄만 혼자잖아요."

"네 아빠가 어떤 집에 살든, 돈이 얼마나 많든, 난 신경 안 쓴다."

그녀가 단호하게 말했다. 그리고 미소를 지었다.

"그리고, 누가 내가 혼자래?"

"뭐라고요?"

그가 고개를 번쩍 들었다.

"너무 놀라진 마라! 나도 만나는 사람 있어, 하딘."

"사귀는 사람이요? 누군데요?"

"마이크야."

그녀는 얼굴을 붉혔고, 나는 마음이 따뜻해졌다. 하딘의 입이 떡 벌어졌다.

"마이크요? 옆집에 사는?"

"맞아, 옆집 남자. 정말 좋은 사람이야, 하딘."

그녀가 웃으며 나에게 눈짓을 했다.

"옆집 사는 남자랑 사귀면 얼마나 편하고 좋은데."

하딘은 손을 절레절레 흔들었다.

"얼마나 만났어요? 왜 그 동안 얘기 안 했어요?"

"몇 달 됐어. 별로 심각한 관계는 아니라서, 아직. 게다가 너한테 연애 상담할 생각 없다."

그녀가 짓궂게 말했다.

"근데, 마이크라고요? 그 남자는 좀…."

"그 사람 험담이라면 그만두렴. 네가 왈가왈부할 문제는 아니다."

그녀가 얼굴을 찌푸리며 하딘을 나무랐다.

"네, 네. 알았다고요."

하딘은 훨씬 느긋해 보였다. 우리 사이에 팽팽했던 긴장감은 거의 사라졌다. 하딘이 엄마와 농담을 주고받는 모습을 보니 나까지 행복해지는 것 같았다.

트리시는 발랄하게 말했다.

"그럼 난 가서 영화를 고르마. 쿠키 없이 영화 볼 생각은 하지 말거라, 하딘."

그녀는 미소를 지으며 우리 둘만 남기고 부엌을 나갔다.

나는 쿠키 반죽을 마무리했다. 손가락에 묻은 반죽을 살짝 맛보자, 하딘이 한마디 한다.

"그건 별로 위생적인 것 같지 않은데."

나는 끈적끈적한 반죽을 손가락에 듬뿍 묻혀 다가갔다.

"너도 맛 좀 봐."

그는 내 손가락을 입술로 가져갔다. 그가 내 손가락을 빨자 숨이 막혔다.

'정신 차려. 이건 그냥 반죽을 맛보는 거잖아.'

나는 스스로에게 최면을 걸며 하딘의 음흉한 눈길을 애써 외면했다. 부엌 온도가 왠지 너무 높은 것 같았다.

"이 정도면 된 것 같아."

나는 화들짝 놀라 손가락을 뺐다. 하딘은 짓궂게 웃었다.

"나머지는 나중에."

영화를 시작한 지 10분만에 쿠키 한 접시가 동이 났다. 새로 배운 베이킹 기술이 제법 괜찮았나 보다. 어깨가 조금 으쓱해졌다. 트리시는 나를 칭찬했고, 하딘이 절반을 먹어 치웠다. 그것만으로도 충분했다.

"지금까지 미국에서 경험한 것 중에 이 쿠키가 최고였다면 나쁜 걸까?"

트리시가 마지막 하나를 입에 넣으며 웃었다.

"너무 슬픈데요."

하딘이 짓궂게 말했고, 나는 키득거렸다.

"테사, 매일 쿠키를 구워줘야 할 것 같구나. 내가 떠날 때까지 말이야."

"좋아요."

나는 미소 지으며 하딘에게 기댔다. 그는 한 팔로 내 허리를 감싸 안았다. 나는 다리를 접어 무릎을 세우고, 그에게 바싹 붙어 앉았다.

영화가 끝날 무렵 트리시는 곯아떨어졌다. 하딘은 볼륨을 조금 낮췄고, 영화가 끝날 때까지 그녀는 깨지 않았다. 영화가 끝날 무렵까지 나는 펑펑 울었다. 세상에, 이렇게 슬픈 영화가 있다니. 트리시는 어떻게 이런 영화를 보다가 잠들었는지 이해가 안 됐다.

"너무 슬퍼, 재미있지만 너무너무 슬펐어."

내가 흐느꼈다.

"엄마 탓이야. 코미디 영화를 보자고 했는데 결국 〈그린 마일〉을 고르시더라고. 내가 그렇게 경고했건만."

그는 내 어깨에 팔을 둘렀다. 그러더니 나를 더 가까이 당기며 이마에 부드럽게 입을 맞추었다.

"방에 가서 〈프렌즈〉나 보자. 그래야 주인공이 죽은 게…."

"하딘! 또 생각나게 하지 마!"

내가 외쳤다. 그는 키득거리며 나를 일으켜줬다. 방으로 들어와 스탠드와 텔레비전을 켰다.

그가 방문을 잠그고 뒤돌아 나를 바라보았다. 반짝거리는 초록색 눈동자와 악마 같은 보조개. 그것만으로도 온몸의 털들이 일어나는 듯 했다.

"옷 좀 갈아입고."

테사가 옷장을 열었다. 손에는 눈물을 닦던 티슈를 쥔 채였다.

영화를 보는 동안 얼마나 울었는지 눈이 아직도 빨갰다. 나는 그녀의 반응을 보고 싶었다. 그녀가 감정을 쏟아내는 걸 보는 게 좋다. 이런 허구의 상황에도 테사는 늘 마음을 활짝 연다. 그게 영화든 소설이든 그 속에 자신을 투영한다. 그걸 바라보는 건 매혹적이다.

그녀가 흰색 레이스 브래지어와 반바지 차림으로 나타났다.

'이런, 젠장.'

눈을 뗄 수가 없었다.

"그러니까, 내 셔츠를 입을 생각인 거지?"

조심스레 물었다. 어쨌든 난 침대에서 그녀가 내 셔츠를 입고 있는 모습을 보고 싶었다.

"응."

그녀는 빨래 바구니 맨 위에서 내가 입었던 셔츠를 꺼내 입었다. 벌써 흥분된다. 그녀가 팔을 들어올리자 레이스 브래지어 위로 젖가슴이 물결쳤다.

'젠장, 그만 쳐다봐. 천천히 가자고 했잖아. 천천히…, 그녀 안으로 들어가는 거야. 맙소사, 대체 왜 이래?'

시선을 옮겨야 한다고 막 생각하던 참이었다. 그녀가 셔츠 아래로 손을 넣어 브래지어를 풀어 한쪽 소매로 끄집어냈다.

'오, 갓!'

"왜?"

그녀가 침대에 오르며 물었다.

"아무 것도 아니야."

나는 침을 꿀꺽 삼켰다. 테사가 묶었던 머리를 푸는 걸 경이로운 눈으로 바라봤다. 아름다운 금발이 찰랑이며 어깨 위로 떨어졌다. 그녀는 천천히 고개를 흔들었다.

'유혹하려고 일부러 저러는 건가?'

그녀가 누웠다.

'이불 속으로 들어가. 그럼 이렇게 적나라하게 보이진 않을 텐데.'

그녀가 미심쩍은 눈초리로 나를 쳐다보았다.

"넌 안 와?"

내가 여태 문 앞에 멍하니 서 있었다는 것도 깨닫지 못하고 있었다.

"응, 가야지."

"당장은 좀 어색하겠지만, 그니까, 다시 나란히 눕는 거 말이야. 그래도 너무 서먹해 할 필요는 없잖아."

그녀가 긴장한 듯 말했다.

"그렇지."

나는 침대로 올라갔다. 손으로는 앞섶을 가린 채.

"생각했던 것만큼 어색하진 않네."

그녀가 속삭이듯 말했다.

그 말을 들으니 안심이 됐다. 전과 같을 수 있을까, 걱정했다. 불과 몇 시간 전까지만 해도 지독하게 방어적이었던 그녀는 내가 사랑해 마지 않던 테사가 아니었다. 앞으로도 지금과 같기를. 그녀는 너무 쉬운 것 같으면서, 동시에 너무 어려웠다.

그녀가 내 가슴에 몸을 기대며 내 손 위에 손을 살며시 포갰다.

"하딘, 너 진짜 이상해. 무슨 생각을 하는 건지 말해봐."

그녀가 내게 매달렸다.

"같이 있는 게 너무 좋아서."

'널 갖고 싶어. 네 전부를.'

가슴 속에서 진심이 속삭였다.

"그게 다가 아닌 것 같은데."

테사는 손가락으로 내 관자놀이에서부터 눈썹에 있는 피어싱까지 길게 훑어내렸다.

"쓸데없는 생각을 좀 했어."

내가 실토했다. 그녀가 날 오해하는 건 싫었다. 내가 그녀를 이용한다거나, 노리개로 삼는다고 생각해선 안 되니까. 마음에 담고 있는 생각을 전부 말하고 싶진 않지만, 이제부터는 솔직해져야 한다.

그녀가 가만히 나를 쳐다보았다. 걱정이 담긴 얼굴이었다.

"말해줘."

"나는, 그러니까, 생각하고 있었어. 너랑 섹스…, 아니, 사랑을 나누고 싶다고."

"아."

그녀의 눈이 동그래졌다.

"나 쓰레기 같지."

"너 그런 사람 아니야."

그녀의 뺨이 붉어졌다.

"나도 너랑 같은 생각하고 있었는걸."

그녀가 아랫입술을 살짝 물었다. 도발적이었다.

"너도?"

"한참 됐잖아. 시애틀은 빼고. 그땐 내가 제정신이 아니었으니까."

나는 그녀의 얼굴을 살폈다. 얼굴에 당혹스러움이 묻어 있었다. 그날 일을 회상하는 모양이다. 나도 그날 밤이 생각났다. 덩달아 팬티 안이 불룩해지면서 불편할 정도로 팽팽해졌다.

"내가 널 이용한다는 생각은 안 했으면 좋겠어."

"하던, 복잡한 생각들 중에도 그런 생각은 없어. 그건 아니야."

나는 두려웠다, 너무나. 우리의 은밀한 시간들이 한순간의 실수로 물거품이 될 수도 있었다.

"절대 다시는 우리 관계를 망치고 싶지 않아."

그녀는 대답대신 내 손을 잡아 자신의 허벅지 사이에 놓았다.

나는 그녀의 허리를 끌어당겼다. 그리고 허벅지를 그녀의 다리 사이에 밀어 넣으며 목덜미에 입을 맞추었다. 그녀의 부드러운 살갗이 닿자, 내 입술은 금세 뜨거워졌다. 그녀는 내 옷을 잡아당겼고, 나는 그녀의 셔츠를 벗겼다. 그녀의 쇄골에서 부풀어 오른 젖가슴으로, 입을 맞추며 내려갔다. 혀가 지나간 자리마다 축축한 자취가 남았다. 그녀는 땀이 흥건해진 내 셔츠를 잡아당겨 벗겼다. 이제 나는 팬티 차림이었다.

그녀의 몸 구석구석을 모두 만지고 싶었다. 몸의 굴곡을 샅샅이, 살갗의 아주 작은 부분까지 구석구석 만지고 싶었다. 맙소사, 너무나 아름답다. 그녀의 복부에 입을 맞추며 점점 아래로 내려갔다. 그녀가 내 머리카락을 움켜쥐었다. 입술로 그녀의 살갗을 살짝 꼬집었다. 그리고 반바지와 팬티를 한꺼번에 벗겨 바닥에 떨어뜨렸다. 나는 그녀의 엉덩이 윗부분을 혀로 부드럽게 애무했다.

그녀의 몸을 마치 처음인 듯 그리고 마지막인 듯 탐험했다. 그녀는 참기 힘든 것처럼 내게 애원했다.

"하딘, 제발…."

나는 그녀의 가장 민감한 부분에 입술을 가져갔다. 그녀를 맛보며, 천천히 혀를 움직여 안으로 밀어넣었다. 온몸의 감각을 집중시켰다.

"오, 갓!"

그녀가 헐떡거리며 내 머리를 더 세게 끌어당겼다. 그녀의 엉덩이가 침대 위에서 들썩거렸다. 그녀는 스스로 움직이며 내 움직임에 반응했다. 내가 몸을 빼자 신음을 토해냈다. 내게 필사적으로 매달리는 모습을 보는 게 너무 좋다. 나는 얼른 몸을 일으켜 협탁 서랍을 열었다. 이로 콘돔 포장을 뜯어냈다.

그녀는 나를 바라보았고, 나도 그녀를 지그시 바라보았다. 그녀의 가슴이 기대감으로 들썩거렸다. 나는 팬티를 벗어 던지고, 몸을 기울여 그녀의 볼에 입을 맞추었다. 내 페니스가 그녀의 허벅지에 닿았다. 나는 페니스를 세워 콘돔을 씌웠다.

"기다려 봐."

나는 다시 그녀의 다리 사이로 들어갔다. 기대감이 육체의 모든 감각을 극대화시킨다. 페니스가 너무 팽팽해져서 아프기까지 했다.

"넌 항상 나를 위해 준비가 되어 있어, 테사."

나는 그녀의 애액이 묻은 손가락을 그녀의 입으로 가져갔다. 그녀는 부끄러워하면서도 거부하지 않았다. 내 손가락을 입에 넣고 혀로 감쌌다. 온몸의 감각이 하나하나 살아나며 그녀 안으로 미끄러져 들어갔다. 이거다. 강렬한 이 느낌이 너무나 그리웠다.

내 입에서 신음 소리가 저절로 튀어나왔다. 그녀 또한 신음을 토해 냈다.

그녀 안으로 깊이 들어가자, 가슴에 맺혔던 모든 응어리가 한 순간에 풀리는 것 같았다. 그녀의 머리가 뒤로 젖혀졌다. 나는 느긋하게 원을 그리며 넣다 빼기를 반복했다.

"더 해줘…, 제발, 하던."

그녀가 애원하는 소리는 너무 섹시하다.

"천천히 할 거야."

나는 다시 엉덩이를 빙빙 돌렸다. 이 모든 순간을 음미하고 싶다. 서두르고 싶지 않다. 내가 그녀를 얼마나 사랑하는지 느끼게 해주고 싶었다. 그녀를 위해서라면 뭐든지 할 준비가 되어 있다는 걸 알게 해주고 싶었다. 그녀에게 입을 맞추고 혀로 애무했다. 그녀의 손톱이 내 팔을 파고들었다. 달콤한 통증. 팔뚝에 초승달 모양의 손톱 자국이 선명했다.

"사랑해, 널."

속도를 조금 내면서 말했다. 천천히 움직이는 게 그녀를 괴롭히고 있다는 걸 나도 안다.

"나…, 나도 사랑해."

그녀가 신음했다. 곧 그녀의 다리가 미세하게 떨리기 시작했다. 그녀는 이제 절정에 오르는 중이다. 이 순간의 우리 모습을 보고 싶었다. 떨어져 있던 우리가 한 몸이 되어 있는 모습. 매끄럽고 빛나는 그녀의 흰 피부와 검정 잉크로 뒤덮인 내 몸이 묘한 대조를 이루었다. 그녀가 내 팔을 잡고 신음하는 모습은 정말 섹시했다. 어둠이 빛을 만난 것처럼, 혼돈이자 완벽함이었다. 그것은 내가 두려워하고, 원하고, 필요로 하는 모든 것이다.

그녀의 신음소리가 점점 더 커졌다. 나는 손으로 그녀의 입을 막았다. 그녀가 내 손을 깨물었다.

"괜찮아, 테사."

내 움직임이 빨라지자 그녀의 유연했던 몸은 내 아래에서 뻣뻣하게 굳어져 갔다. 그녀는 입을 막은 손 아래에서 내 이름을 불렀다. 잠시 후, 그녀와 함께 나도 절정에 올랐다. 마치 마약처럼 완전히 빠져들어 정신이 혼미해졌다.

"날 봐."

나는 숨을 토해냈다. 그녀의 눈과 내 눈이 마주쳤다. 나는 그녀의 눈을 바라보며 극치감을 맛보았다. 내 안에 모든 것을 쏟아냈다. 동시에 그녀의 몸이 떨리더니 축 늘어졌다. 방 안에서 우리가 헐떡거리는 소리만 들렸다. 나는 콘돔을 벗겨내 침대 옆 쓰레기통에 던졌다.

내가 내려오려 몸을 움직이자 그녀가 내 팔을 붙들었다. 나는 그녀를 내려다보며 미소 지었고, 그대로 있었다. 팔꿈치로 기대며 그녀에게 내 몸 전체를 의지했다. 테사의 손이 내 뺨을 어루만졌다. 그녀는 엄지손가락으로 축축히 젖은 내 살갗에 작은 원을 그렸다.

"사랑해, 하딘."

그녀가 조용히 말했다.

"사랑해, 테스."

머리를 그녀의 가슴에 기댔다.

눈꺼풀이 무거워졌다. 그녀가 천천히 숨을 고르는 게 느껴졌고, 나는 잠에 빠져들었다. 규칙적으로 울리는 그녀의 심장 소리를 들으며.

36 · 테사

테이블에 놓인 휴대전화 진동 소리에 잠에서 깼다. 내 배를 베고 잠든 하딘의 머리가 묵직했다. 살며시 머리를 들어올리고 휴대전화를 더듬거리며 집었다. 아, 엄마다. 할 수 없다. 받아야 한다.

"테레사?"

수화기 너머로 엄마 목소리가 쩌렁쩌렁 울렸다.

"네."

"어디 있는 거니? 집엔 몇 시에 올 거니?"

"집에 안 가요."

"크리스마스 이브잖니, 테사. 네가 아빠 문제로 화난 건 잘 안다. 그래도 크리스마스는 함께 보내야지. 호텔 같은 데서 혼자 있을 순 없잖아."

죄책감이 느껴졌다. 엄마와 크리스마스를 함께 보내지 않을 거다. 엄마가 좋은 사람은 아니지만, 그래도 엄마에겐 나밖에 없다.

"거기까지 운전해서 못 가겠어요. 눈도 너무 많이 오고, 가고 싶지도 않아요."

하딘이 뒤척이더니 고개를 들었다. 아무 소리 말라고 막 말하려는데, 그가 먼저 입을 열었다.

"무슨 일이야?"

그의 말이 끝나자마자 엄마가 소리쳤다.

"테레사 영! 너 대체 무슨 생각인 거니?"

"엄마, 지금은 이러고 싶지 않아요."

"그 녀석이지? 걔 목소리가 분명해!"

최악의 기상 이벤트다. 하딘을 밀쳐내고 몸을 일으켰다. 벗은 몸을 담요로 감쌌다.

"전화 끊을게요, 엄마."

"감히 먼저 전화를…."

말이 끝나기도 전에 전화를 끊어버렸다. 다시 전화벨이 울렸지만 받지 않았다. 엄마가 조만간 알게 될 거라고 생각했다. 그래도 최대한 늦게 알길 바랐다.

"엄마가 아셨어. 우리 다시 사귀는 거. 네 목소리 듣고 완전 열 받으셨어."

휴대전화에 뜬 부재중 전화 화면을 들어 그에게 보여줬다. 그가 몸을 뒤틀었다.

"차라리 이렇게 알게 된 게 더 나을 수도 있어."

"그건 아니지. 내가 엄마한테 먼저 말했어야지."

그가 어깨를 으쓱거렸다.

"같은 거 아닌가? 어쨌든 너희 어머니는 화 내셨을 거잖아."

"그래도."

하딘의 퉁명스러운 반응 때문에 슬쩍 짜증이 났다. 하딘이 엄마를 별로 좋아하지 않는 건 안다. 그래도 우리 엄마인데. 그리고 난 엄마가 이런 방식으로 알게 되는 게 싫다.

"그래도 매사에 조금씩만 더 친절할 수 있잖아."

그가 고개를 끄덕였다.

"미안."

무례한 반응을 예상했는데, 이건 좀 즐거운 놀라움이다.

하딘은 미소를 지으며 나를 다시 끌어당겼다.

"내가 아침식사를 만들어줘도 괜찮을까, 데이지?"

"데이지?"

나는 한쪽 눈썹을 찡긋 올렸다.

"너무 앞서 갔나? 역시 내가 문학 작품을 인용하는 건 좀 어색하네. 그동안 네가 너무 무뚝뚝했잖아. 그래서 데이지라고 불러 봤어."

"데이지 뷰캐넌(프랜시스 스콧 피츠제럴드의 소설 『위대한 개츠비』의 여자 주인공 - 옮긴이)은 무뚝뚝하지 않았어. 나도 마찬가지고."

퉁명스럽게 말했지만 미소가 스며 나오는 건 어쩔 수 없었다. 그가 웃었다.

"오늘 아침엔 이쯤 하자."

나도 슬쩍 웃었다. 하딘이 엄살을 부리듯 말했다.

"재미 없는 농담이라도 했다간 뼈도 못 추리겠다."

아침부터 일었던 짜증이 눈 녹듯이 사라졌다. 우리는 농담을 주고받으며 침대에서 내려왔다. 하딘은 그냥 잠옷을 입고 있자고 했다. 어차피 오늘은 집 밖으로 안 나갈 테니까. 하지만 좀 낯설다. 엄마네 집에 있었다면 최대한 잘 차려 입고 우아하게 앉아 있어야 했을 거다.

"그냥 내 셔츠 입고 있어."

그가 바닥에 벗어놓은 셔츠를 가리켰다.

나는 웃으며 셔츠를 뒤집어 쓰고 트레이닝 바지를 입었다. 노아를 만날 때는 한 번도 이런 옷을 입은 적이 없었다. 화장을 짙게 하지는 않았지만 옷만은 늘 제대로 차려 입었다. 문득, 지금처럼 입고 노아와 시간을 보내려 했다면 그가 어떻게 생각할까, 궁금해졌다. 아이러니하다. 나는 노아 곁에서 항상 편안하다고 생각하고 있었다. 우리는 서로 오래 알고 지냈고, 나는 늘 그의 곁에 있을 거라고 생각했다. 그러나 실제로 그는 나를 전혀 알지 못했다. 그는 진짜 내 모습을 모른다. 이런 꾸미지 않은 모습을 편안하게 보여줄 수 있고, 내 안에 있던 욕망과 오롯한 내 모습을 꺼내 준 건 하딘이다.

"준비 됐어?"

고개를 끄덕이고 헝클어진 머리를 묶었다. 휴대전화를 꺼서 서랍장 위에 올려두고 거실로 나갔다. 향기로운 커피 향과 달콤한 냄새가 났다. 트리시가 팬케이크를 뒤집고 있었다. 그녀는 미소를 지으며 우리를 돌아봤다.

"메리 크리스마스!"

"아직 크리스마스가 아니잖아요."

하딘이 눈치 없이 말했다. 그를 째려보며 옆구리를 툭 쳤다. 하딘은 잠시 억울한 표정을 짓더니 엄마에게 미소를 보냈다. 하딘과 나는 테이블 앞에 앉아 그녀가 할머니께 배웠다는 특별한 팬케이크 얘기를 들었다. 하딘은 듣는 데 열중하며 얼굴에 옅은 미소까지 띠고 있었다.

우리는 맛있는 라즈베리 팬케이크를 먹기 시작했다. 트리시가 먼저 물었다.

"우리, 오늘 선물 오픈식 할까? 테사는 내일 엄마네 집에 갈 거잖아."

뭐라고 대답해야 할지 몰라 더듬거리며 대답했다.

"제가… 사실…, 말씀 드리려고…."

"테사는 내일 아빠 집에 갈 거예요. 랜던하고 약속했거든요. 랜던은 친구가 얘 하나뿐이라서 취소할 수가 없어요."

하딘이 내 말을 가로챘다. 덕분에 위기는 모면할 수 있었다. 그래도 내가 랜던의 유일한 친구라니, 좀 못됐다. 하긴 아마 그럴지도 모른다. 랜던도 내 유일한 친구니까.

"아, 그랬구나. 테사, 그런 얘기 불편해 하지 않아도 된다. 네가 켄과 어울려도 나는 아무 상관없거든."

트리시가 말했다. 그녀가 괜찮다고 하는 게 우리 둘 중 누구인지 모르겠다.

하딘은 고개를 가로저었다.

"나는 안 가요. 테사한테 이미 말했어요, 우리는 거절했다고."

트리시는 팬케이크를 한 입 베어 물다 갑자기 멈추었다.

"우리? 그 집에서 나도 초대했어?"

그녀의 목소리에 놀라움이 가득했다.

"네, 모두 다 왔으면 하더라고요."

"아니, 왜?"

"저도 잘 모르겠어요…."

솔직히 진짜 모르겠다. 카렌은 정말 다정한 사람이다. 그녀는 남편과 그의 아들이 관계를 회복하길 진정으로 바란다. 이게 내가 생각한 유일한 이유다.

"이미 거절했어요. 신경 쓰지 마세요."

트리시는 마지막 조각을 입에 넣고 신중하게 씹었다.

"아니, 가야 할 것 같구나."

마침내 그녀가 입을 뗐다. 하딘과 나는 깜짝 놀랐다.

"왜요?"

하딘은 언짢은 표정을 지었다.

"글쎄, 네 아빠를 마지막으로 본 게 벌써 10년 전이잖니. 그의 삶이 어떻게 바뀌었는지 봐야 할 것도 같고. 또 너도 크리스마스에 테사랑 떨어져 있는 건 싫잖니."

"저도 안 가도 괜찮아요."

약속을 취소하고 싶진 않았지만, 나 때문에 트리시를 억지로 가게 만들고 싶지도 않았다.

"정말 괜찮아. 우리 다 같이 가자꾸나."

"진심이세요?"

하딘이 걱정하는 목소리로 물었다.

"나쁘진 않을 거야."

그녀의 얼굴에 미소가 번졌다.

"게다가 캐시가 테사한테 쿠키 만드는 걸 가르쳐줬잖니. 그럼 음식은 얼마나 맛있겠니."

"카렌이요, 엄마. 그 여자 이름은 카렌이라고요."

"하딘, 그 여자는 전남편의 새 아내야. 난 그들과 크리스마스를 보내야 하고. 이 마당에 그깟 이름쯤 내가 부르고 싶은 대로 부르면 어떠니?"

그녀가 웃자 나도 따라 웃음이 나왔다.

"랜던한테 우리 모두 갈 거라고 얘기해 놓을게요."

꿈도 꾸지 못할 일이다. 크리스마스를 하딘의 가족들, 그것도 양쪽 가족 모두와 함께 보내게 되다니. 지난 몇 달간은 내 예상을 완전히 빗나간 일들의 연속이다.

핸드폰을 다시 켜보니, 음성메시지가 세 통이나 와 있었다. 분명 엄마일 거다. 메시지를 확인하지 않고 랜던에게 전화를 걸었다.

"안녕, 테사! 메리 크리스마스 이브!"

그의 목소리는 전에 없이 밝고 명랑했다. 따뜻한 미소를 가득 담고 있는 얼굴이 그려졌다.

"메리 크리스마스 이브, 랜던."

"그런데 너, 못 온다고 전화한 건 아니지?"

"당연히 아니지. 그 반대야. 하딘하고 트리시도 같이 가기로 했어."

"정말? 오시겠대?"

"응."

"그럼 너하고 하딘이⋯."

"맞아. 내가 좀 바보 같잖아."

"그런 뜻으로 말한 거 아니야."

"그치만 그렇게 생각하잖아."

"우리 내일 얘기하자. 어쨌든 넌 바보가 아니야, 테사."

"고마워."

이건 진심이었다. 랜던은 이 문제에 대해 부정적인 견해를 피력하지 않는 유일한 사람이었다.

"엄마한테 두 분이 다 온다고 전할게. 정말 좋아하시겠다."

하딘과 트리시가 있는 거실로 돌아왔다. 그들은 이미 선물을 다리 위에 올려놓고 앉아 있었다. 소파에는 박스 두 개가 놓여 있다. 내 선물인 것 같았다.

"나부터!"

트리시가 눈꽃 무늬 포장지를 뜯고 박스를 열었다. 내가 준비한 운동복을 보자 얼굴에 환한 미소가 번졌다.

"어머, 정말 맘에 든다! 내 취향을 어떻게 알았어?"

그녀는 입고 있던 회색 운동복을 가리켰다.

"제가 선물 사는 데 좀 서툴러요."

내가 실토했고, 그녀는 깔깔대며 웃었다.

"무슨 소리! 너무 맘에 드는데."

그녀는 두 번째 상자를 열었다. 상자 안에 있는 선물을 확인하더니 하딘의 허벅지를 꽉 쥐었다. 하딘이 말한 그대로 '엄마'라고 새겨져 있는 목걸이였다. 함께 산 두툼한 스카프도 마음에 들었나 보다.

하딘에게 줄 선물도 준비했더라면 좋았을 텐데. 이렇게 다시 잘 지내게 될 걸 알았다면 말이다. 그도 마찬가지일 것이다. 내 몫의 상자 두 개는 분명 트리시가 준비한 거겠지.

다음 차례는 하딘이다. 트리시가 사준 옷을 보고, 하딘은 엄마에게 최고의 거짓 미소를 보냈다. 빨간색 긴 소매 셔츠였다. 검정색과 흰색, 회색 외에 다른 컬러의 옷을 입은 하딘을 떠올려보려 애를 썼다. 도저히 상상할 수가 없었다.

"네 차례야."

하딘이 나에게 말했다.

긴장되는 미소를 머금고 첫 번째 상자의 반짝이는 리본을 풀었다. 확실히 트리시는 남자 옷보다 여자 옷 고르는 안목이 탁월하다. 파스

텔톤의 노란색 원피스가 모습을 드러냈다. 발랄한 베이비돌 스타일이 너무 맘에 들었다.

"고맙습니다. 너무 예뻐요."

그녀를 안으며 말했다. 처음 만난 나를 이렇게까지 생각해주다니 정말로 고마웠다. 이제 막 만났는데도 트리시는 너무 다정하고 따뜻했다. 마치 오래 알던 사이처럼.

두 번째 상자는 훨씬 작았다. 테이프를 어찌나 단단히 붙였는지 열기가 무척 어려웠다. 마침내 포장을 열자 팔찌가 나왔다. 이렇게 예쁜 팔찌는 본 적이 없었다. 트리시는 정말 너무나 안목이 좋다, 마치 하딘처럼. 나는 팔찌를 들어 줄에 달린 장식물을 보았다. 엄지 손톱만한 장식 세 개가 달려 있었다. 두 개는 회청색 금속 재질이고, 하나는 흰색 자기인가? 흰색 장식은 무한대 기호인데 양끝이 하트 모양이었다. 하딘 손목에 있는 타투와 똑같았다. 그를 힐끗 돌아봤다. 눈길이 바로 그의 타투로 옮겨갔다. 그가 어색하게 몸을 움직였고, 나는 다시 팔찌로 시선을 돌렸다. 두 번째 장식은 음표였고, 세 번째는 두 번째보다 크기가 조금 큰 책 모양이었다. 책 장식을 뒤집어 봤다. 뒷면에 글자가 써 있었다.

우리의 영혼이 무엇으로 만들어졌든,
그와 나의 영혼은 다르지 않다.

나는 하딘을 올려다보았다. 목구멍에서부터 눈물이 차오르려고 했다. 이 선물은 트리시가 준비한 게 아니다. 이건 하딘의 선물이다.

하딘의 두 볼이 빨갛게 달아올랐다. 긴장한 듯 미소를 짓던 그의 입 꼬리가 올라갔다. 나는 잠자코 그를 한동안 바라보았다.

그러다가 안락의자에 앉아 있는 그를 향해 돌진했다. 나는 열정과 욕망을 가득 담아 그의 목을 끌어안았다. 이 거칠고 정신 나간 남자를 안아주고 싶었다. 다행히 그가 나를 꽉 잡아서 함께 뒤로 넘어가진 않았다. 그를 있는 힘껏 끌어안았다. 목을 너무 세게 안았는지 그가 기침을 했다.

"이건 너무, 완벽해."

내가 흐느꼈다.

"고마워. 어쩜 이런 선물을…, 믿어지지가 않아."

이마를 그의 이마에 가져다 댔다. 나는 그의 다리 위에 찰싹 달라붙어 있었다.

"별 거 아니야, 진짜."

그가 들릴락 말락 하게 말했다. 그가 너무 아무렇지도 않게 말하는 바람에 오히려 더 놀랐다. 가까이 있던 트리시가 헛기침을 했다.

화들짝 그의 다리에서 내려왔다. 이 공간에 우리 둘뿐이 아니란 사실을 잠시 잊었다.

"죄송합니다!"

그녀가 의미심장한 미소를 지었다.

하딘은 잠자코 있었다. 트리시 앞에서 선물에 대한 얘기를 꺼내지는 않을 거다. 빨리 화제를 바꿔야겠다. 그의 선물은 믿을 수 없을 만큼 멋지다. 그가 장식에 새겨 넣은 인용구, 그보다 더 완벽한 글귀는 찾을 수 없을 것이다.

'우리의 영혼이 무엇으로 만들어졌든, 그와 나의 영혼은 다르지 않다.'

이건 내가 그에게 느끼는 바로 그 감정이다. 우리는 너무나 다르다. 그리고 아직 우리는 캐서린과 히스클리프처럼 똑같지는 않다. 나는 그저 그들과 우리의 운명이 같지 않기를 바랄 뿐이다. 그들의 실수를 통해 교훈을 얻어, 우리에게는 그런 일이 일어나지 않았으면 좋겠다고 생각하고 있었다.

나는 팔찌를 손목에 두르고 팔을 앞뒤로 흔들어봤다. 장식이 가볍게 흔들렸다. 너무 예뻤다. 지난 생일 선물로 받은 전자책 리더기가 최고의 선물이라 생각했는데, 하딘은 자기 기록을 가볍게 제쳐버렸다. 노아의 선물은 항상 똑같았다. 향수와 양말. 매년 같은 선물이었다. 나 또한 그에게 매년 향수와 양말을 주었다. 그게 우리의 일상이었다. 지루하고 틀에 박힌 일상.

팔찌에서 한동안 눈을 떼지 못했다. 그제야 하딘과 트리시가 나를 쳐다보고 있다는 걸 깨달았다. 얼른 일어나 어지러이 널려 있는 포장지를 치우기 시작했다. 트리시가 싱긋 웃었다.

"자, 여러분! 오늘은 뭘 할까요?"

"난 낮잠 자고 싶은데."

하딘이 말했다.

"낮잠? 이렇게 이른데? 게다가 크리스마스에?"

그녀가 놀려대듯 말했다.

"오늘은 크리스마스가 아니라고 열 번도 넘게 얘기했잖아요."

그가 살짝 거칠게 말했지만, 금세 미소를 지었다.

"넌 암튼 못됐어."

그녀는 하딘의 팔뚝을 찰싹 때렸다.

"모전 자전이죠."

둘이 다정하게 티격태격하는 걸 보고 있자니 하딘한테 선물을 주지 못한 게 더욱 마음에 걸렸다. 오늘도 쇼핑몰이 문을 열면 좋을 텐데…. 무슨 선물을 사야 할지 여전히 오리무중이지만, 아무 것도 주지 않는 것보다는 나을 것 같았다. 손가락으로 무한대 하트 장식을 만져 보았다. 여전히 믿기지 않았다. 자기 타투와 꼭 닮은 장식을 넣은 팔찌를 만들어 주다니.

"다 됐어?"

귓가를 간질이는 목소리에 깜짝 놀랐다. 뒤를 돌아보니 그가 빙글빙글 웃고 있었다. 가슴이 콩닥콩닥 뛰었다. 이렇게 달콤하게 부르는 건 너무 그답지 않다.

내 목에 대고 웃고 있는 게 느껴졌다. 그는 두 팔로 내 허리를 감싸 안았다.

"같이 낮잠 잘래?"

"아니. 난 너희 엄마 말동무 해드릴 거야."

그에게 미소를 지어 보였다. 낮잠 자는 건 별로 좋아하지 않는다. 완전히 기진맥진한 게 아니라면. 트리시와 수다 떨거나 책을 보는 게 더 나을 것 같았다.

"그 전에 널 먹어버릴 거야."

하딘이 낮게 속삭이며 나를 끌고 침실로 들어갔다. 그는 셔츠를 벗어 던졌다. 그의 살갗에 새겨진 낯익은 무늬를 따라 시선이 움직였다.

그는 미소 지으며 나를 바라보았다.

"선물 마음에 들어?"

그가 말하며 장식용 베개를 바닥에 집어 던졌고, 그걸 내가 다시 주웠다.

"어지르지 마, 하딘!"

나는 투덜거리며 베개를 트렁크 안에 집어넣고, 셔츠는 화장대에 걸쳤다. 그리고 전자책 리더기를 들고 침대 위 그의 곁으로 다가갔다.

"너무너무 맘에 들어. 정말 완벽한 선물이야, 하딘. 왜 선물 준비했다고 말하지 않았어?"

그는 자기 가슴에 내 머리를 기대게 했다.

"그 선물 준비할 때만 해도, 네가 다시는 나랑 말을 안 할 줄 알았거든."

그가 실토했다.

"내가 안 그럴 거라는 거, 알았잖아."

"솔직히 전혀 몰랐어. 네가 이번엔 달랐던 거지."

나는 그를 올려다보았다.

"잘 모르겠지만, 그냥 좀 달라. 얘기하고 싶지 않다고 수백 번 되풀이하던 때하고는 전혀 달랐어."

하딘은 내 이마에 흘러내린 머리카락을 쓸어 올렸다. 목소리가 밝았다.

들썩이는 그의 가슴에 시선을 고정시켰다.

"인정하고 싶진 않지만, 난 내가 너한테 다시 돌아갈 거라는 걸 알고 있었어. 항상 그랬거든."

"다시는 네가 떠나게 만들지 않을 거야."

"나도 그러길 바라."

그의 손바닥에 입을 맞추었다.

이 순간 무슨 말이 필요할까. 그는 졸린 것 같았다. 나도 그를 떠나겠다는 얘기는 더 이상 하고 싶지 않았다. 몇 분만에 그는 쌕쌕거리며 잠이 들었다. 『위대한 개츠비』를 다시 읽어보고 싶었다. 오늘 아침, 하딘이 나를 데이지라고 부르는 바람에 생각이 났다. 하딘이 만들어 놓은 전자책 목록을 훑어보았다. 역시 『위대한 개츠비』가 있었다. 몸을 일으켜 거실로 막 나가려던 순간이었다. 성난 여자의 목소리가 들렸다.

"실례 좀 하겠어요!"

오 마이 갓! 우리 엄마였다. 전자책 리더기를 침대 모서리에 놓고, 얼른 일어났다.

'엄마가 대체 여길 왜 온 거야?'

"들어오시면 안 된다니까요!"

트리시가 소리치는 게 들렸다.

트리시. 엄마. 하딘. 이 아파트. 불길한 예감이 엄습해 왔다.

침실 문이 벌컥 열리고 엄마가 들이닥쳤다. 빨간색 원피스에 검정 하이힐의 세련된 차림이었지만, 그만큼 위협적으로 보였다. 돌돌 말아 올려 핀으로 고정시킨 머리는 꼭 벌집 같았다. 입술에 바른 빨간 립스틱이 핏빛처럼 선명했다.

"넌 어떻게 여기에 있을 수가 있니! 그 일을 다 겪고도!"

엄마가 소리를 질렀다.

"엄마…."

말을 꺼내려는데, 엄마가 트리시를 향해 몸을 돌렸다.

"그리고 당신은 누구예요?"

"난 저 아이의 엄마예요."

트리시가 단호하게 대답했다.

하딘이 선잠에서 깬 듯 웅얼거리더니 눈을 떴다.

"빌어먹을, 이게 무슨 일이야!"

핏빛 원피스의 악마가 눈에 들어오자 그가 내뱉은 첫 마디였다.

엄마는 다시 고개를 획 돌려 나를 바라봤다.

"가자, 테레사."

"난 아무 데도 안 가요. 왜 오신 거예요?"

엄마는 발끈하며 두 손을 허리에 올렸다.

"말했잖니. 넌 하나밖에 없는 내 자식이야. 뒷전에 앉아서 네 인생이 망가지는 꼴을 보고 있을 수만은 없다. 저런, 저… 멍청한 녀석이랑."

온몸이 불로 달궈지는 것처럼 달아올랐다.

"하딘에 대해 그딴 식으로 말하지 마세요!"

나는 소리 질렀다.

"저 '멍청한 녀석'이 제 아들이에요, 부인."

트리시가 눈을 부라리며 말했다. 유머를 잃지 않았지만, 아들을 위해 싸울 만반의 준비가 된 듯했다.

"그러니까요, 당신 아들이 내 딸을 망치고 수렁에 빠뜨리고 있군요."

엄마가 투지에 불타올라 말했다.

"두 분 다 나가세요."

하딘이 침대에서 일어섰다.

엄마는 고개를 가로저으며 환하게 미소를 지었다.

"테레사, 짐 챙겨라, 어서!"

엄마가 이래라 저래라 하는 바람에 나는 벌컥 화를 냈다.

"안 간다고 했잖아요. 엄마한텐 저와 크리스마스를 같이 보낼 기회가 있었어요. 근데 그걸 망쳐버린 건 엄마라고요."

이렇게까지 말하면 안 되지만, 어쩔 수 없었다.

"망친 게 나라고? 대학생이랍시고 조악한 옷 몇 벌 사고, 화장 좀 할 줄 알게 됐다고 인생을 다 안다고 생각하는 거니? 나보다 더?"

엄마는 소리 치고 있었지만, 한편 비웃는 것 같았다. 어쩐지 농담하고 있는 것 같기도 했다.

"어쨌든 넌 틀렸어. 스스로를 이런 시궁창에 처넣으면서 무슨 대단한 결정이라도 한 양 성인이 된 것 같겠지! 하지만 넌 나한테는 그냥 어린애일 뿐이야. 순진하고 감수성 예민한 어린애. 당장 짐 챙겨. 내가 나서기 전에!"

"테사 물건엔 절대 손 못 대요."

하딘이 낮게 으르렁댔다.

"테사는 가지 않을 거예요. 얘가 있어야 할 곳은 여기예요."

엄마의 시선이 그에게 향했다. 얼굴에서 웃음기가 사라졌다.

"'얘가 있어야 할 곳'이라고 했니? 그럼 얘가 모텔을 전전할 때 있어야 할 곳은 어디였지? 네가 얘한테 저지른 일들 때문에 말이다. 넌 우리 테사한테 전혀 좋을 게 없어. 그리고 앤 이런 곳에서 너랑 같이 있지 않을 거다."

"미세스 화이트, 두 사람 모두 성인이에요."

트리시가 끼어들었다.

"테사는 성인이라고요. 걔가 여기 있고 싶다면, 있는 겁니다."

엄마의 성난 눈이 트리시의 불꽃 튀는 눈과 마주쳤다. 이건 대참사다. 내가 입을 열었지만, 엄마가 다시 소리를 질렀다.

"이런 불결한 행동에 어떻게 편을 들 수 있죠? 못된 짓을 했으면, 곁에서 썩 꺼져야 마땅하지!"

"테사가 하딘을 용서하기로 했어요. 당신은 그 결정을 받아들여야 해요."

트리시는 담담하게 말했다. 너무나 담담하게. 그녀는 마치 때를 기다리는 뱀 같았다. 느릿느릿 미끄러지듯 움직여서 언제 공격할지 절대로 알 수 없을 것 같았다. 하지만 공격이 시작되면 우리 엄마는 아주 쉬운 먹잇감이 될 것이다. 지금 당장은 트리시가 감춘 이빨에 독이 있기를 바랄 뿐이다.

"용서요? 쟤는 우리 애의 순결을 짓밟았어요. 그것도 장난 삼아. 친구들과 내기를 걸고! 그리고 우리 애를 데리고 논 걸 자랑 삼아 떠들고 다녔다고요!"

트리시는 숨이 턱 막히는 얼굴이었다. 일순간 적막이 감돌았다. 그녀는 입을 떡 벌린 채 아들을 쳐다보았다.

"이게 무슨…"

"아, 모르셨나 보죠? 진심으로 놀라시네요. 당신의 거짓말쟁이 아들이 당신에게도 거짓말을 한 모양이군요? 딱하기도 해라. 걔를 변호할 생각은 꿈에도 하지 마세요."

엄마는 머리를 단호하게 가로저었다.

"당신 아들이 내 딸의 순결을 가지고 돈 내기를 하고, 심지어 그 증거까지 챙겨서 온 캠퍼스에 떠벌리고 다녔답니다."

나는 그 자리에서 얼어붙었다. 두 엄마들의 얼굴을 쳐다보았다. 너무 두려워 차마 하딘을 볼 수가 없었다. 그의 숨소리가 거칠어졌다. 내가 엄마한테 그렇게까지 자세하게 얘기했던가? 게다가 트리시에게는 그 무엇도 말하고 싶지 않았다. 그녀의 아들이 얼마나 엄청난 짓을 저질렀는지. 어쨌든 이건 나의 치욕이기도 하니까.

"증거라고요?"

트리시의 목소리는 떨리고 있었다.

"네, 콘돔 말이에요! 그리고 테사가 처녀성을 잃은 흔적이 묻은 침대 시트하고요. 그렇게 딴 돈으로 뭘 했는지 모르겠지만, 저 애가 죄다 말하고 다녔어요. 저희들의 은밀한 관계를 말이에요. 그러니까 이제 한 번 말씀해 보시죠. 내가 내 딸을 데리고 가는 게 틀렸는지."

엄마는 트리시를 향해 완벽하게 그려진 눈썹 한쪽을 치켜세웠다.

올 것이 왔다는 느낌이 들었다. 방 안에서 에너지가 이동하는 게 느껴졌다. 트리시는 이제 우리 엄마의 편이다. 나는 무너져 내리는 하딘이라는 절벽에서 그 귀퉁이를 필사적으로 붙들고 있으려 애를 썼다. 하지만 눈에 들어온 것은 아들을 역겨운 눈초리로 노려보고 있는 트리시의 모습이었다. 낯설지 않은 모습이었다. 마치 예전에도 그랬던 것만 같은 표정이었다. 그리고 지금 들은 아들의 엄청난 악행을 믿는 표정이었다.

"어떻게… 그럴 수가 있니, 하딘?"

그녀가 울부짖었다.

"이제는 달라졌길 바랐는데…. 여자애들, 아니 여자들한테 이런 짓을 저지르는 걸 그만둔 줄 알았는데…. 지난 번에 무슨 일을 벌였는지 벌써 잊어버린 거니?"

38 · 테사

도움이 안 된다, 전혀. 엄마까지 트리시를 따라 울부짖었다.

"지난 번이요? 봤지, 테레사! 이래서 저 애를 멀리 해야 해. 전에도 이런 짓을 저질렀다고 하잖니. 그럴 줄 알았어! 네 동화 속 왕자님은 또 일을 저지른 거라고!"

나는 하딘을 쳐다보았다. 온몸에서 힘이 빠져나가는 것 같았다.

'또 그런 거라고…?'

더 이상 감당할 수 없을 것 같았다.

"이건 그거랑 다른 문제예요, 엄마."

하딘이 마침내 입을 열었다.

트리시는 불신이 가득한 눈으로 그를 쳐다보았다. 눈가를 닦는 그녀의 눈에서는 눈물이 멈추지 않았다.

"저번과 똑같은 얘기로 들린다, 하딘. 솔직히, 널 정말 믿을 수가 없구나. 엄마는 널 사랑한다, 하딘. 하지만 테사는 여기 있으면 안될 것 같구나. 이건 잘못된 거야, 완전히 잘못된 거야."

이런 상황에서 무슨 말을 해야 할지 막막했다. 무슨 말이라도 하고 싶었고, 말해야만 했다. 트리시가 말한 '지난 번'이라는 말이 마음에 걸렸다. 온갖 끔찍한 일이 끝도 없이 펼쳐져 있을 것만 같았다. 도저히 입을 뗄 수가 없었다

"이건 다르다고 얘기했잖아요!"

하딘이 두 팔을 들었다 놓으며 소리쳤다. 트리시는 몸을 돌려 엄한 눈으로 나를 쳐다보았다.

"테사, 넌 엄마와 가는 게 좋겠다."

목에 큰 덩어리가 걸린 것 같았다.

"뭐라고요?"

하딘이 트리시에게 소리쳤다.

"넌 얘한테 좋은 상대가 아니야, 하딘. 나는 목숨보다도 널 사랑한단다. 그래도 이런 짓을 또 저질렀다니 용납할 수가 없구나. 미국에 오면, 환경이 바뀌면, 좀 나아질 줄 알았는데."

"테레사, 이제 들을 만큼 들은 것 같구나."

엄마는 내 팔을 잡았다.

"가야 할 것 같다."

하딘이 엄마 앞으로 다가오자, 엄마가 뒤로 물러났다. 엄마는 내 팔을 더 세게 쥐었다.

"테사를 놔주세요, 당장."

그가 이를 악물고 말했다.

엄마의 자줏빛 손톱이 내 살갗을 파고들었다. 이 상황을 어떻게 무마해야 할지 모르겠다. 엄마가 아파트로 쳐들어올 거라곤 생각도 못했다. 그리고 트리시한테서 하딘이 숨기고 있던 비밀을 듣게 될 거라는 것도 전혀 짐작하지 못했다.

'이런 짓을 전에도 저질렀다고? 누구한테? 하딘은 그 여자를 사랑했을까? 그 여자는 하딘을 사랑했나?'

지금까지 이런 경험은 없었다고 그가 말했다. 전에는 그 누구도 사랑한 적이 없다고.

'거짓말이었나?'

성난 그의 모습에선 아무 것도 읽어낼 수가 없었다.

"넌 더 이상 테사와 관계 있는 어떤 얘기도 할 자격이 없어."

엄마는 그에게 독하게 말했다.

그 순간, 이 집에 있는 모두가, 아니 나조차도 깜짝 놀랄 일이 벌어졌다. 나는 천천히 엄마의 손아귀에서 팔을 빼냈다. 그리고 하딘의 뒤로 갔다. 하딘조차 입을 다물지 못했다. 그도 내가 무슨 짓을 하는지 모르는 눈치였다. 트리시와 엄마는 똑같이 충격을 받은 표정이었다.

"테레사! 어리석은 짓 좀 그만 해. 이쪽으로 오너라!"

엄마가 명령조로 말했다.

나는 하딘의 팔뚝을 움켜쥐고 그 뒤에 서 있었다. 내가 왜 이러는지 나도 잘 모르겠지만, 어쨌든 그렇게 했다. 상식적으로라면 엄마와 함께 여기를 떠나야 맞다. 아니면 트리시가 얘기한 그 엄청 난 일이 뭔지 하딘을 추궁해야 한다. 그런데 이상하게도 나는 엄마가 어서 가버리길 간절히 원했다. 몇 분이든 몇 시간이든 나는 지금 시간이 필요하다. 그래야 뭐가 어떻게 돌아가는지 이해할 수 있을 것 같았다. 이제 겨우 하딘을 용서했는데, 왜 숨겨 둔 비밀은 항상 이렇게 최악의 순간에 드러나는 걸까?

"테레사!"

엄마가 나를 향해 몇 걸음 다가왔다. 하딘이 팔을 뒤로 돌려 나를 감쌌다. 엄마에게서 나를 보호하려는 거였다.

"테사한테서 떨어지세요."

그가 경고했다. 트리시가 나섰다.

"하딘, 테사는 이 분의 딸이야. 둘 사이에 네가 끼어들 권리는 없어."

"권리요? 저 분이야말로 우리 아파트에, 빌어먹을 우리 침실에 쳐들어올 권리 따윈 없어요! 누가 반겨준다고!"

그는 소리 질렀다. 나는 그의 팔을 더 세게 붙잡았다.

"여긴 개 침실도, 개 아파트도 아니다."

엄마가 말했다.

"아니요! 테사가 누구 뒤에 서 있는지 보이시죠? 제가 당신을 막아줄 방패라고요."

"개가 바보 같아서, 자기한테 뭐가 최선인지 모를 뿐이야."

엄마의 말이 끝나기도 전에 내가 끼어들었다. 이제는 제대로 말할 수 있다.

"내가 여기 없는 것처럼 얘기하지 마세요! 나, 여기 있어요. 난 성인이에요, 엄마. 내가 여기 있고 싶으면, 여기 있을 거예요."

동정 어린 눈길로 트리시가 나에게 간청했다.

"테사, 제발 네 어머니 말을 듣는 게 좋을 것 같구나."

그녀마저 나를 거부하자 배신감 같은 통증으로 가슴이 아려 왔다. 그녀가 아들에 대해 뭘 알고 있는지 알 수는 없었지만 말이다.

"휴, 감사합니다."

엄마가 한숨을 내쉬었다.

"적어도 가족 중에 한 사람은 제정신인 것 같네요."

트리시가 경고하듯 엄마를 노려보았다.

"부인, 난 당신이 딸을 대하는 방식에 찬성하는 건 아니에요. 그러니까 우리가 같은 팀이라고 생각하진 마세요."

엄마는 어깨를 으쓱했다.

"여하튼 우린 네가 가야 한다는 데 생각을 모았다, 테사. 넌 이 집을 나가서 다신 돌아오지 말아야 해. 필요하다면 학교를 옮기는 것도 생각해보자."

"테사는 자기 일 정도는 알아서 결정할 수 있어요."

"쟤가 네 정신을 완전히 흐려 놓았구나, 테레사. 너한테 한 짓을 잘 생각해보렴. 넌 쟤를 정말 잘 아는 거니?"

"난 하딘을 잘 알아요."

이를 악물고 대답했다.

엄마는 다시 하딘을 바라보았다. 어째서 엄마는 그를 두려워하지 않는 걸까. 씩씩거리는 저 가슴을, 분노로 이글거리는 저 눈을, 꽉 쥐어서 하얗게 보이는 그의 주먹을 말이다. 하딘은 위협적으로 보였지만, 엄마는 조금도 주눅 들지 않았다.

"얘야, 네가 정말로, 아니 손톱만큼이라도 저 아이를 위한다면, 넌 테사를 보내줘야 해. 쟬 무너뜨린 것밖에 네가 한 일이 뭐가 있니? 쟤는 3개월 전에 내가 학교에 데려다주었던 그 아이가 아니야. 그건 다 네 탓이다. 넌 요 며칠간은 얘가 우는 걸 볼 필요가 없었겠지. 다른 여자애들하고 어울려 파티에 미쳐 있었을 테니까. 그 사이 얘는 매일 밤을 눈물로 지새웠다. 넌 얠 완전히 망쳤어. 그러고도 어떻게 또 같이 살 수 있니? 넌 곧 또 다른 상처를 줄 거야. 네가 양심이란 게 있다면, 어서 얘기해라. 나랑 같이 가라고."

으스스한 침묵만이 감돌았다.

트리시는 깊은 생각에 잠긴 듯 조용히 서서 천장만 응시하고 있었다. 하딘의 지난 일들을 회상하는 것 같았다. 엄마는 하딘의 대답을 기다리며 그를 노려보고 있었다. 하딘은 기세가 한풀 꺾여 깊은 숨만 내쉬고 있었다. 그리고 나는 갈등 중이었다. 어느 쪽을 따라야 이 진흙탕 싸움에서 이기는 걸까? 내 마음? 아니면 이성?

"나, 엄마랑 같이 가지 않을래요."

결국 내가 입을 열었다.

내 결정에 엄마는 기가 막힌 표정이었다. 성인으로서 내 결정이 무엇을 의미하는지 잘 안다. 앞으로 일어날 일들을 모두 스스로 처리해야 하고, 힘든 상황을 혼자 견뎌내야 할 것이다. 하지만 한 가지에만 집중하기로 했다. 사랑하는 이와 함께 있을 것인가, 아닌가.

그러자 새삼 화가 치밀어 올랐다.

"여기 엄마를 반갑게 맞아줄 사람은 아무도 없어요. 다시는 오지 말아요!"

나는 관자놀이에 핏발이 서도록 소리 질렀다.

"갑자기 찾아와서 난장판을 만들고, 하딘에게 그런 모욕적인 얘기를 해대다니!"

나는 하딘을 뒤로 밀어내고 엄마 앞에 마주 섰다.

"난 이제 엄마한테 아무 것도 원하지 않아요! 다른 사람들도 마찬가지예요! 그래서 엄마 곁에 아무도 없었던 거라고요. 잔인하고 자만심이 하늘을 찌르니까요! 엄만 절대로 행복해질 수 없을 거예요!"

목 안이 말라서 찢어지는 것 같았다. 나는 거친 숨을 내쉬었다.

엄마는 확신에 차서 조롱하는 표정으로 나를 쳐다보았다.

"내가 혼자였던 건 내 선택이었어. 난 남자 따위는 필요 없어. 난 너 같지 않으니까."

"나도 마찬가지예요! 누구도 필요 없어요! 엄마는 늘 나를 노아 옆에 갖다 붙였죠. 스스로 뭔가를 선택했던 적이 단 한 번도 없었다고요! 엄마가 항상 나를 조종했으니까요. 이제 끝이에요. 이런 꼭두각시 놀음은 정말 끝이에요!"

눈물이 솟구쳤다. 엄마는 입술을 앙다물었다. 진지하게 뭔가 생각하는 것 같았다. 하지만 이내 빈정거리며 말했다.

"상호 의존 문제가 분명한 것 같구나. 네 아빠 때문이니?"

나는 엄마를 노려보았다. 증오를 가득 담아서. 처음에는 천천히 말을 시작했지만 점점 열이 올랐다.

"엄마가 싫어요. 증오해요. 아빠는 엄마 때문에 떠난 거예요. 엄마를 더 이상 견딜 수가 없어서! 그래서 난 아빠를 탓하지 않아요. 사실 아빠가…."

바로 그때, 하딘의 손이 내 입을 틀어막았다. 그가 나를 끌어당겨 가슴에 안았다.

39 · 하딘

공방전이 오가는 내내, 그녀의 엄마가 또 테사의 뺨을 때릴지도 모른다는 생각이 들었다. 게다가 테사가 이렇게 공격적으로 나올 거라고는 생각 못했다.

그녀의 얼굴은 상기되었고, 눈물이 손등으로 뚝뚝 떨어졌다.

그녀의 엄마는 어째서 항상 모든 걸 쑥대밭으로 만들까? 그녀가 화내는 걸 탓할 순 없다. 내가 그녀를 얼마나 싫어하는지도 상관없다. 내가 테사에게 상처를 준 건 변명의 여지가 없으니까. 그렇지만 내가 테사를 망쳤다고 생각하진 않는다. 혹시 망친 건가?

뭘 어떻게 해야 할지 모르겠다. 나는 도움을 청하는 표정으로 엄마를 쳐다봤다. 엄마는 나를 원망의 눈초리로 쳐다보고 있었다. 내가 테사에게 한 짓을 엄마가 알게 되는 게 싫었다. 엄마에겐 끔찍한 일이라는 걸 알고 있으니까. 특히나 예전에 벌어졌던 일을 생각하면 더욱.

하지만 나는 그때의 내가 아니다. 완전히 달라졌다. 나는 테사를 사랑한다. 내가 빚어낸 혼돈의 도가니 속에서, 나는 사랑을 찾았다.

테사는 내 손에 대고 웅웅 소리치며 나를 밀쳐내려 했다. 하지만 힘으로 나를 떼어낼 순 없을 거다. 내가 그녀를 막지 않았다면 둘 중 한 가지 일은 반드시 일어났을 것이다. 그녀의 엄마가 테사의 따귀를 때리는 걸 내가 완력으로 막거나, 테사가 영원히 후회하게 될 말을 엄마에게 내뱉거나.

"이제 가셔야 할 것 같습니다."

그녀의 엄마에게 말했다.

테사는 내 팔에 잡혀 발악을 하면서 내 정강이를 걷어차고 있었다. 그녀가 화 내는 모습을 보는 건 항상 심란하다. 특히나 이렇게 온몸으로 화를 내는 건 더욱. 그래도 마음 한편에서는 그녀의 분노가 나를 향하고 있는 게 아니란 사실이 다행스러웠다. 곧 그렇게 되겠지만….

그녀의 엄마 말이 맞다. 나는 그녀에게 부족한 놈이다. 나는 테사가 생각하는 그런 사람이 아니다. 하지만 나는 그녀를 사랑한다. 그래서 다시 곁을 떠나게 놓아둘 수 없다. 이제 겨우 되찾았는데, 또 잃을 수는 없다. 그녀가 내 얘기를 들어주기만을 바랄 뿐이다. 처음부터 끝까지, 모든 얘기를. 그렇다 해도 때가 오겠지…. 테사가 그 모든 이야기를 들으면 내 곁을 떠나버릴 것만 같다.

'제기랄, 엄마는 왜 그 얘기를 꺼낸 거야.'

테사를 침실로 데리고 갔다. 그녀가 몸을 너무 세게 비트는 바람에 다시 그녀의 엄마와 눈이 마주쳤다. 증오에 찬 눈이었다. 테사가 엄마에게 다시 덤벼들려 했다. 하지만 나에게 붙들려 있었고, 나는 방으로 그녀를 끌고 들어와서 재빨리 문을 잠갔다.

테사는 독기 어린 눈으로 나를 노려보았다.

"왜 이러는 거야?"

"네가 두고두고 후회할 말을 할까 봐."

"왜 말리는 거냐고! 엄마라는 사람한테 내가 할 얘기가 얼마나 많은데. 심지어…, 난…."

그녀가 내 가슴을 세게 밀쳤다.

"테사…, 진정하라고."

엄마에 대한 분노가 나에게 옮겨 올지도 모를 일이다. 나는 그녀의 얼굴을 두 손으로 감싸 쥐었다. 엄지로 광대뼈를 부드럽게 문질렀다. 그녀가 내 눈을 들여다 보았다. 그리고 천천히 숨을 내쉬었다.

"진정해, 테사."

같은 말을 몇 번이고 반복했다. 그녀의 뺨에서 홍조가 사라지며 결국 고개를 끄덕였다.

"너네 엄마 가시라고 할게, 됐지?"

속삭이는 것처럼 목소리를 낮추어 말했다.

그녀가 고개를 끄덕이더니 침대로 가 앉았다.

"빨리."

테사의 재촉에 나는 방을 나섰다.

거실로 나오자, 테사의 엄마는 혼자 서성이고 있었다. 그녀는 나를 날카로운 눈초리로 노려보았다. 고양이가 사냥감을 응시하는 눈초리였다.

"테사는 어디 있니?"

"방에서 안 나올 거예요. 얼른 가세요. 그리고 다시는 오지 마세요. 진심이에요."

이를 악물고 내가 말했다. 그 여자는 한쪽 눈썹을 치켜세웠다.

"지금 협박하는 거니?"

"뭘 하든 상관 안 하지만, 테사한테서 떨어지세요."

아이라인을 살벌하게 그린 여자가 사나운 눈초리로 나를 쳐다봤다. 이런 눈빛은 제이스네 패거리들한테서나 보던 거다.

"전부 네 탓이다."

그녀가 차분하게 말했다.

"네가 저 아이를 세뇌시켰구나. 나도 한때 너 같은 남자를 만났지. 널 처음 봤을 때부터 골칫거리란 걸 눈치챘다. 테사한테 방을 바꾸게 했어야 했는데, 이런 꼴을 미연에 방지했어야 했는데. 이제 어떤 남자도 저 아이를 원하지 않을 거다…, 널 만난 이후엔. 네 꼴을 좀 봐라."

그녀는 다 부질없다는 듯 손을 휘휘 젓더니 현관문을 향했다. 나는 복도까지 그녀를 따라 나갔다.

"그게 핵심이에요. 어떤 남자도 테사를 원하지 않는 거. 나 말곤 어떤 남자도. 그리고 테사도 나 아닌 다른 누구와도 함께하지 않을 거고요."

내가 단호하게 말했다.

"테사는 항상 나를 택할 거라고요. 당신도, 그 누구도 아닌."

그녀는 몸을 홱 돌려 나에게 다가왔다.

"넌 악마야. 난 절대 물러서지 않을 거다. 저 아인 내 딸이고, 너한텐 너무 과분해."

나는 재빨리 몇 차례 고개를 끄덕여주었다. 그리고 단호한 눈빛으로 바라봤다.

"확실히 기억해두죠. 오늘 밤 당신 딸에게 깊이 들어가면서."

내 말이 끝나기가 무섭게 그녀가 나를 후려치려 손을 올렸다. 나는 여자의 손목을 잡아 공손히 내려놓았다. 나는 그게 누구든, 앞으로 어떤 여자도 해치지 않을 거다. 또 누구도 나와 테사를 해치게 두진 않을 거다.

최대한 활짝 웃어 보이며 나는 집으로 들어왔다. 그리고 면전에서 문을 쾅 닫았다.

40 · 하딘

문에 머리를 기대고 잠시 흥분을 가라앉혔다. 뒤돌아서자 엄마가 거실에 서서 나를 쳐다보고 있었다. 손에는 커피가 담긴 머그잔이 들려 있었고, 눈은 완전히 충혈된 상태였다.

"어디 갔었어요?"

"화장실에."

목소리가 갈라져 나왔다.

"엄마는 어떻게 테사한테 가라고 할 수가 있어요? 어떻게 날 떠나라고 할 수 있냐고요!"

내가 따져 물었다. 엄마가 실망스러운 건 알지만, 그래도 너무 심했다.

"하딘….."

엄마는 한숨을 내쉬었다.

"너랑 걔는 맞지 않으니까. 너도 그걸 알잖니. 걔가 결국 나탈리나, 다른 애들처럼 되는 건 보고 싶지 않구나."

엄마가 고개를 가로저었다.

"테사가 날 떠나면 내가 어떻게 될 줄이나 아세요? 하긴 엄마는 이해 못하겠죠. 난 저 애 없인 살 수가 없어요. 나도 내가 쟤한테 안 어울리는 인간이라는 거 알아요. 쟤를 볼 때마다 내가 저지른 짓을 후회하고 또 후회해요. 나도 저 애한테 어울리는 남자가 되고 싶다고요."

나는 거실 한가운데서 이리저리 서성거렸다.

"하딘, 너 또 게임 같은 거 하고 있는 건 아니지?"

"아니에요, 엄마….."

나는 고개를 떨궜다. 진정하려고 애쓰는 중이다.

"이건 게임이 아니에요. 난 테사를 사랑해요, 진심으로."

고개를 들어 엄마를 쳐다보았다. 한없이 착하고 다정한 엄마를. 엄마는 이 모든 일들을 다 겪어냈다.

"말로 다 할 수 없을 만큼 저 애를 사랑해요. 나도 이해가 안 돼요. 근데 이것만은 확실해요. 내가 행복해지려면 저 애 없인 안 된다는 거. 저 애가 날 떠나면, 난 다신 일어나지 못할 거예요, 절대로. 저 애만이 유일한 희망이에요. 내가 했던 그 망나니 짓들을 생각하면 당연히 테사는 과분해요. 나도 알아요. 그래도 테사는 나를 사랑해줘요. 온갖 몹쓸 짓을 저질렀지만 그런 나를 사랑해주는 누군가가 있다는 느낌이 어떤 줄 아세요? 저 애는 나한테 희망이에요."

엄마는 손등으로 눈물을 훔쳤다. 나는 말을 멈추었다. 너무 힘들었다. 하지만 이 말은 해야 할 것 같았다.

"테사는 나를 위해 그 자리에 있어 줬어요. 항상 나를 용서해줬어요. 그러지 않아도 될 때조차. 저 애는 늘 옳은 말을 해줘요. 나를 진정시켜주고, 잘못은 따끔하게 지적해줘요. 내가 더 좋은 남자가 되고 싶게 만들어 준다고요. 내가 형편 없는 쓰레기라는 거 잘 알아요. 하지만 테사는 날 떠나지 않았어요. 나도 더 이상은 혼자이고 싶지 않아요. 테사 외에는 누구도 사랑하지 않을 거예요. 저 애는 내게 원죄 같은 존재예요, 엄마. 저 애를 위해서라면 난 그 어떤 저주도 기꺼이 받아들일 거예요."

나는 겨우 숨을 토해냈다. 엄마의 뺨이 눈물로 젖어 있었다. 엄마의 시선은 내 등 뒤에 고정되어 있었다.

뒤를 돌아보니 테사가 서 있었다. 양 손을 축 늘어뜨리고, 눈은 동그랗게 뜨고, 두 뺨은 엄마처럼 젖은 채였다.

엄마가 부드럽게 말했다.

"잠시 나갔다 오마…. 너희 둘이 얘기할 시간이 필요할 것 같구나."

엄마는 코트를 쥐더니 현관문을 나섰다.

기분이 좋지 않았다. 크리스마스 이브에 갈 곳도 마땅치 않을 텐데, 게다가 눈까지 내리고 있으니 말이다. 그래도 지금은 테사와 단둘이 있을 시간이 필요하다. 엄마가 나가자마자 나는 그녀를 향해 다가섰다.

"너…, 방금 전에…, 그거 진심이야?"

그녀가 울먹이며 물었다.

"진심이란 거 너도 알잖아."

그녀가 알 듯 모를 듯 미소를 지었다. 그리고 내게 다가와 한 손을 가만히 내 가슴에 얹었다.

"네가 무슨 짓을 했던 건지 알고 싶어."

"하나만 약속해줘. 이해하려고 노력해보겠다고…."

"얘기해봐, 하딘."

"그 무엇도 자랑스럽게 생각하지 않는다는 것도 알아줘."

그녀는 고개를 끄덕였다. 심호흡을 하고 소파에 가서 앉았다.

대체 이 빌어먹을 이야기를 어디서부터 시작해야 할지 알 수가 없었다.

41 · 테사

하딘의 얼굴은 창백했다. 앉아서 무릎을 연신 문질러댔다. 머리도 몇 차례나 쓸어 넘겼다. 천장을 한참 바라보다가 바닥을 내려다보기도 했다. 아마 우리의 대화를 그냥 얼버무리고, 비밀을 영원히 덮어두고 싶을 것이다. 하지만 결국 그가 입을 떼었다.

"영국에 살 때, 질 나쁜 친구들이랑 어울렸어. 제이스랑 비슷한 애들. 우리는 그런 짓들…, 그런 게임들을 했었어. 각자 여자애들을 하나씩 찍고, 누가 그 여자애와 제일 먼저 섹스하는지 가리는 거였어."

가슴이 철렁 내려앉았다.

"게임에 이긴 사람은 그 다음주에 제일 화끈한 여자애랑 섹스할 수 있었어. 돈도 걸려 있었고…."

"그걸 몇 주나 했는데?"

후회스럽다. 이런 건 알고 싶지도 않다. 그래도 알아야 했다.

"딱 5주. 그 애 전까지."

"나탈리?"

이름을 또박또박 발음했다. 하딘은 멀찌감치 창밖을 응시했다.

"응, 나탈리가 마지막이었어."

"걔한테 뭘 어떻게 했는데?"

그의 대답이 두려웠다.

"셋째 주 쯤에, 제임스가 마틴이 거짓말하는 것 같다고 그랬어. 그래서 증거물 아이디어를 생각해냈어…."

증거물…. 듣기만 해도 몸서리쳐지는 말이다. 갑자기 피 묻은 시트 생각이 났다. 가슴이 아파 오기 시작했다.

"그런 증거물은 아니었어…."

내가 무슨 생각을 하는지 아는 것 같았다.

"사진…."

입이 떡 벌어졌다.

"사진이라고?"

"또 동영상…."

그가 실토하며 커다란 두 손으로 얼굴을 가렸다.

"섹스하는 걸 녹화했다는 거야? 그 여자도 알았어?"

대답은 이미 알고 있었지만 묻지 않을 수 없었다. 그는 머리를 가로 저었다.

"너, 어떻게 그럴 수가 있어? 어떻게 그럴 수가…."

나는 울부짖었다. 고통스러운 깨달음이 밀려왔다. 나는 하딘에 대해 제대로 알고 있는 게 하나도 없었다. 신물이 넘어오는 걸 꿀꺽 삼켰다. 그의 눈에도 고통이 너울거리고 있었다.

"나도 모르겠어. 그냥 그때는 상대가 누구든 무슨 짓을 하든 신경 쓰지 않았어. 장난이었어…. 그게 진짜로 재미있었다는 게 아니라, 암튼."

솔직한 그의 말에 억장이 무너져 내렸다. 아주 잠깐, 그가 이 모든 걸 나한테 숨겼던 날들이 그리웠다.

"그래서 나탈리는 어떻게 됐어?"

눈물을 닦으며 물었다.

"제임스가 그 동영상을 봤어. 사실은 걔가 나탈리랑 섹스하고 싶었는데 나탈리가 거절했었대. 그래서 제임스가 홧김에 그 동영상을 사방에 뿌려버렸어."

"오 마이 갓."

기분이 너무나 더러웠다. 어떻게 그런 짓을 할 수 있을까. 어떻게 하딘이, 그런 짓을….

"동영상은 금세 퍼져서, 하루도 지나기 전에 걔네 부모님까지 보게 됐어. 걔네 집안이 그 지역 교회에선 꽤 영향력이 컸거든. 그래서 상황이 더 안 좋아졌어. 부모님은 걔를 집에서 내쫓았고, 소문이 더 퍼지는 바람에 걔는 그 해 가을에 입학하기로 한 사립 대학교의 장학금까지 놓쳤어."

"네가 그 애를 완전히 망쳐버렸구나."

내가 조용히 말했다. 하딘이 그 애의 인생을 무너뜨렸다. 나한테 협박했던 것처럼. 나도 결국 그녀처럼 되는 걸까? 아니면 이미 그녀처럼 된 걸까?

나는 그를 쳐다보았다.

"버진이랑 잔 적은 없다며?"

"걘 아니었어. 어떤 녀석이랑 잔 적이 있다고 했어. 암튼 그래서 엄마가 나를 여기로 보낸 거야. 사람들이 죄다 알게 됐거든. 나는 그 영상에 나오지도 않았는데. 그니까 내가 걔랑 섹스한 건 맞지만, 내 얼굴은 나오지 않았거든. 팔에 있는 타투만 몇 개 나왔지."

그는 한쪽 주먹을 다른 손바닥에 비벼댔다.

"여기까지가 지금까지 내가 알고 있는 거야…."

머리가 빙빙 돌았다.

"네가 한 짓이란 걸 그 애가 알게 됐을 때, 걘 뭐라고 했어?"

"나를 사랑한다고 했어. 갈 곳을 정할 때까지 우리 집에 있으면 안 되겠냐고."

"그래서?"

그는 고개를 저었다.

"왜?"

"그러기 싫었으니까. 난 걔를 좋아하지 않았거든."

"어떻게 그렇게 냉정할 수 있어? 네가 걔한테 무슨 짓을 저질렀는지 몰라? 넌 걔를 꾀어내서 섹스하고 그걸 녹화까지 했어. 그리고 친구들한테 보여줬고, 온 학교 애들이 다 봤겠지. 그 애는 너 때문에 가족도, 미래도 다 잃었어! 그런데도 걔를 도와야겠다는 일말의 동정심도 들지 않았던 거야? 걔가 잘 곳도 없이 길바닥으로 내쫓겼는데도?"

나는 소리를 지르며 벌떡 일어섰다.

"그래서 걔는 지금 어떻게 됐어?"

"몰라. 알아보려고 하지 않았어."

이거다. 이게 가장 치 떨리는 부분이다. 이 엄청난 일을 저지르고도 그는 너무 태연하고 냉정하다. 구역질이 난다. 그의 패턴이 보였다. 나탈리와 나는 양상이 비슷하다. 나도 하딘 때문에 아무 데도 갈 데가 없었다. 하딘 때문에 엄마와의 관계도 완전히 틀어졌다. 그가 나를 역겨운 게임의 상품으로 이용하는 동안 나는 그에게 푹 빠져 있었다.

하딘은 나를 따라 일어섰지만 다가오지는 않았다.

"오, 하느님…."

온몸이 떨렸다.

"나도 녹화했지, 그렇지?"

"아냐! 빌어먹을, 아니라고! 너한텐 절대로 그런 적 없어! 맹세할 수 있어."

믿지 말아야 하지만 조금은 믿고 싶었다.

"다른 사람은 몇 명이나 찍었어?"

내가 물었다.

"나탈리뿐이야, 미국에 올 때까지는."

"그럼 또 그랬단 거야? 그 가엾은 애한테 그런 짓을 저질러놓고, 또?"

나는 소리소리 질렀다.

"딱 한 번…, 댄의 여동생한테."

"댄의 여동생? 네 친구 댄?"

이제 이해가 된다.

"너희가 싸울 때 제이스가 한 말이 그거였구나!"

댄과 하딘의 싸움을 거의 잊고 있었는데, 기억 났다. 제이스가 둘 사이의 긴장감에 대한 이야기한 적이 있다.

"친구라면서 왜 그런 짓을 했어? 다른 사람들한테도 보여줬어?"

"아니, 아무한테도 안 보여줬어. 스크린 캡처한 걸 댄에게 보내주고 다 지워버렸어. 왜 그랬는지 나도 모르겠어, 정말이야. 걔가 자기 여동생을 데리고 와서는, 나한테 꺼지라면서 재수 없게 굴었거든. 그래서 그 자식 엿 먹이려고…. 어쨌든 그 자식은 정말 개새끼야, 테사."

"넌 정말 이 난장판이 아무렇지도 않은 거니? 네가 얼마나 끔찍한 짓을 한 건지 정말 모르는 거야?"

또 소리를 질렀다.

"알아! 안다고!"

"날 두고 내기했던 게 네가 저지른 최악의 일인 줄 알았는데…. 그런데, 오 마이 갓, 훨씬 더 심각하네."

이건 정말 비열하고 구역질 나는 짓이다. 하딘에 대해 내가 알고 있던 모든 것들에 의문이 들었다. 그가 완벽한 사람이 아니라는 건 안다. 그렇지만 이건 새로운 차원의 치욕이다.

"이건 전부 널 만나기 전의 일이야, 테사. 과거라고. 과거는 과거로 묻어줘, 부탁이야."

그가 애원했다.

"난 이제 그때의 내가 아니야. 네가 더 나은 사람이 되게 만들어줬잖아."

"하딘, 넌 그 여자들한테 한 짓을 신경도 쓰지 않잖아! 일말의 죄책감도 없지?"

"그런 건 아냐."

"이제 내가 알게 됐기 때문이겠지."

그는 더 이상 항변하지 않았다.

"넌 상처 준 사람한테 아무런 신경도 쓰지도 않았어."

"네 말이 맞아! 신경 안 써. 솔직히 다른 사람들은 안중에도 없어, 너 말고는!"

그도 맞받아 소리 질렀다.

"정말 너무해! 내기, 아파트, 싸움, 거짓말들, 다시 사귀게 된 거, 우리 엄마, 너네 엄마, 크리스마스까지. 숨도 못 쉬겠어. 이 엉망진창인 상황에서 한 가지를 겨우 넘겼다 싶으면 또 다른 게 나타나. 네가 또 무슨 일을 저질렀을지 누가 알겠어!"

나는 울기 시작했다.

"널 모르겠어, 하딘."

"아냐, 테사! 넌 진짜 내 모습을 안다고. 그때 그건 내가 아니었어. 지금 여기 있는 게 나야. 결혼식에서 같이 춤추고, 네가 잠든 모습을 바라보는 그 남자. 네가 입을 맞춰주기 전에는 하루를 시작할 수 없는 그런 남자. 너 없으면 차라리 죽는 게 나은 그런 남자 말이야. 그게 나야. 나는 그런 사람이야. 제발, 이 일이 우리 사이를 망치게 두지 말아줘."

그의 초록색 눈은 눈물로 빛나고 있었다. 그의 말은 감동이었지만 뭔가 부족했다. 그가 다가왔고, 나는 뒤로 물러났다. 생각할 시간이 필요했다. 나는 손을 들어 그를 저지했다.

"시간이 필요해. 지금 당장은 너무 감당하기 힘들어."

그의 어깨가 축 처졌다. 조금은 안심한 듯 보였다.

"알았어…, 생각할 시간을 줄게."

"너 없이."

"그건 안 돼."

"그래야 해, 하딘. 네가 있으면 제대로 판단을 할 수가 없어."

"싫어. 넌 떠날 수 없어."

그의 말투는 명령조였다.

"나한테 이래라 저래라 하지 마."

내가 일갈했다. 그는 한숨을 쉬면서 머리를 쥐어뜯었다.

"알겠어…. 그럼 내가 나갈 테니, 넌 여기 있어."

반박하고 싶었지만, 나는 진심으로 여길 떠나고 싶지 않았다. 이미 충분히 모텔을 전전했으니까. 게다가 내일은 크리스마스다.

"내일 아침에 올게. 생각할 시간이 더 필요한 게 아니라면."

그는 신발을 신고, 차 키를 찾기 위해 뒤적거렸다. 그제야 트리시가 그의 차를 가지고 나간 걸 알았다.

"내 차 가지고 가."

그는 고개를 끄덕이고 내 앞으로 다가왔다.

"건드리지 마."

두 손으로 그를 막았다.

"그리고 너 아직 잠옷 차림이야."

그가 인상을 쓰더니 침실로 들어가 옷을 갈아입었다. 그리고 나가기 전 멈추어 서서 나를 바라보았다.

"제발 이것만 기억해줘. 난 널 사랑해. 그리고 난 달라졌어."

그는 아파트를 떠났다.

'이젠 뭘 해야 하지?'

침대 귀퉁이에 걸터앉았다. 이 모든 일들에 속이 뒤틀리는 것 같았다. 하딘이 과거에 행실 바른 사람이 아니었다는 것 정도는 알고 있었다. 또 석연치 않은 무언가 더 있을 거란 짐작도 했다. 하지만 진실을 알게 된 지금, 온갖 생각들이 뒤엉켜 머릿속을 휘젓고 있다. 그는 끔찍하고 처참하게 한 여자의 삶을 짓밟았다. 그러고도 양심의 가책을 느끼지 않는다. 그건 지금도 마찬가지다.

천천히 심호흡을 해보려 애를 썼다. 눈물이 두 뺨을 타고 흘러내렸다. 가장 최악인 건 그 여자의 이름까지 알아버렸다는 것이다. 이름 모를 누군가였다면, 존재가 이렇게 선명하게 다가오지는 않았을 것이다. 나탈리. 그 이름까지 알게 되면서 머릿속은 더 복잡해졌다.

어떻게 생겼을까? 하딘 때문에 장학금을 박탈당하기 전엔 무얼 전공하려고 했을까? 다른 형제 자매는 있을까? 가족들도 그 동영상을 봤을까? 트리시가 이 사건을 상기시키지 않았다면, 나는 영영 몰랐을까? 둘은 몇 번이나 섹스했을까?

'하딘은 좋았을까? 좋았겠지. 그건, 섹스잖아. 그리고 하딘은 다른 여자들하고도 많이 해봤잖아. 엄청 많은 여자들과.'

섹스한 뒤에 나탈리와 함께 밤을 보냈을까? 나는 나탈리에게 질투를 느끼고 있는 건가? 그녀에게 미안한 마음이 들어야 옳은 거다. 이런 역겨운 생각은 집어치워야 한다. 그리고 하딘이 진짜 어떤 사람인지 차근차근 생각해보기로 했다.

그를 눈앞에 두고 직접 얘기하게 했어야 했다. 하지만 나는 스스로 자리를 박차고 나가거나, 이번처럼 그를 나가게 만든다. 문제는 그가 있으면 추궁할 힘마저 사라져버리기 때문이다.

하딘이 인생을 짓밟아버린 후 나탈리는 어떻게 살고 있을지 알고 싶었다. 그녀가 현재 행복하고, 즐거운 삶을 살고 있다면, 기분이 조금 나아질 것 같았다. 허심탄회하게 모든 걸 털어놓고 조언을 구할 수 있는 친구가 있으면 좋겠다. 그렇지만 하딘의 경솔한 행동들을 폭로하지는 않을 거다. 누구에게도 하딘이 여자들에게 그런 짓을 저질렀다는 걸 알게 하고 싶지 않았다. 보호받을 자격도 없는 그를 감싸주려는 내가 얼마나 바보 같은지…. 그래도 어쩔 수 없다. 주변 사람들이 그를 더 나쁘게 생각하는 게 싫었다. 또 하딘 스스로가 자신을 나쁜 놈으로 여기는 것도 원치 않는다.

누워서 천장을 멍하니 바라보았다. 겨우 한 고비 넘겼는데…, 하딘이 나를 두고 내기한 걸 겨우 용서하는 중이었는데, 또 다시 원점이다.

나탈리와 네 명의 여자들, 그리고 댄의 여동생까지. 그는 악순환의 고리에 있다. 그는 이 고리를 끊을 수 있을까? 그가 나를 사랑하지 않았더라면 나한테는 도대체 무슨 일이 벌어졌을까?

하딘이 나를 사랑한다는 걸 안다. 그는 진심으로 나를 사랑한다. 그건 믿는다.

그리고 나도 그를 너무나 사랑한다. 그가 저지른, 과거에 저질렀던 온갖 과실에도 불구하고. 나는 그가 변하는 걸 보아 왔다. 지난 한 주 동안 엄청나게 변했다. 오늘처럼 자신의 감정을 말로 표현하는 사람이 아니었다. 그의 진심 어린 고백이 이런 추악한 잘못들 때문에 퇴색되지 않기를 바랄 뿐이다.

하딘은 나 없이는 행복해질 수 없다고 했다. 내가 앞으로의 인생에 유일한 희망이라고. 그건 진심이 담긴 고백이었다. 그리고 누구도 나만큼 그를 사랑할 수는 없다. 그가 사랑 받을 자격이 없어서가 아니라, 누구도 그를 나만큼은 알지 못할 테니 말이다.

'정말 그럴까?'

확신할 수는 없지만, 나는 그를 잘 안다고 믿고 싶었다. 그의 진짜 모습을. 지금 그의 모습은 불과 몇 달 전과도 확연히 다르다. 상처와 과거의 잘못을 들쑤시는 고통에도 불구하고, 그는 많은 부분을 드러냈다. 내가 바라는 사람이 되려고 노력하고 있다. 그는 변할 수 있다. 변하는 걸 확인했다. 한편으로는 내 책임도 있다는 생각이 들었다. 누구도 과거를 지울 수는 없다. 그렇기 때문에 과거의 잘못은 숨기고 싶기 마련이다. 그리고 사람이 변하는 데는 시간이 걸린다. 그럼에도 나는 그를 너무 심하게 몰아세웠다.

그가 한 잘못은 너무나도 명백하지만, 그와 함께 있으면 나는 자꾸 그걸 잊어버린다. 그 누구도 사랑한 적 없는, 분노와 상처로 가득 찬 맹수 같은 사람. 외로웠을 것이다.

그는 나름의 방식으로 엄마를 사랑한다. 부모에 대한 보편적인 사랑 방식이 아닐 뿐.

하지만 한편으로는 너무 지겹다. 그가 만든 악순환의 고리에 기가 질린다. 처음 사귀기 시작했을 땐, 끊임없이 이랬다 저랬다를 반복했다. 나쁜 놈이었다가, 다정하게 굴고, 그러다 다시 못되게 굴고. 그 악순환의 고리는 어찌된 일인지 진화해버렸다. 더 나쁘고 훨씬 더 지독하게. 나는 그를 떠났다가, 다시 돌아오고, 그러다 또 떠난다.

더 이상은 안 된다. 그가 무언가를 더 숨기고 있다면, 결국 나는 파멸하고 말 것이다. 지금도 간신히 버티는 중인데. 더 이상의 비밀도, 더 이상의 아픔도, 더 이상의 이별도 견딜 수 없다.

항상 모든 걸 계획한 대로 살았다. 내 삶의 시시콜콜한 부분까지 계산하고 분석해서 정해왔다. 하딘을 만나기 전까지. 그는 내 삶을 송두리째 뒤집어놓았다. 때로는 부정적인 방법으로. 하지만 동시에 지금껏 느껴보지 못할 만큼 행복과 자유로움을 느끼게 되었다.

우리는 함께해야 한다. 그리고 그가 저지른 끔찍한 과거들을 뛰어넘어야 한다. 그를 떠나려면 나는 여기에서 떠나야 한다, 아주 멀리. 내 삶에 묻어 있는 그의 흔적이 보이지 않는 곳으로 가야 한다. 그렇지 않으면 절대로 벗어나지 못할 것이다.

갑자기 눈물이 멈췄다는 걸 깨달았다. 내 판단은 옳았다. 그를 떠나는 게 그가 가져온 고통보다 훨씬 더 아팠다. 그를 떠날 순 없을 것 같다.

힘들고 가슴 아픈 일이 많은 거다. 그래도 그 없이 살아갈 수는 없을 것 같다. 누구도 내게 이런 감정을 갖게 하지 못할 것이다. 누구도 그가 될 순 없다. 내가 그에게 꼭 맞는 것처럼, 그도 나에게 꼭 맞는 사람이다. 그를 내보내지 말았어야 했는데…. 이미 그가 돌아오기를 원하고 있다.

'사랑이란 게 이런 건가? 늘 이렇게 감정적이고, 가슴이 터질 것 같이 아픈 건가?'

비교해볼 수가 없으니 알 턱이 없다.

문 열리는 소리가 들렸다. 침대에서 뛰어내려 거실로 나가 보았다. 트리시였다. 실망감을 감출 수가 없었다. 뭐라고 말해야 할지 모르겠다. 나더러 엄마와 같이 가라고 하던 얼굴이 자꾸 떠올랐다.

"하딘은?"

부엌으로 들어가며 그녀가 물었다.

"나갔어요…, 하룻밤만."

그녀가 나를 돌아보았다.

"전화해보면 어디 있는지 얘기해줄 거예요. 혹시 제가 여기 있는 게 싫으시면…."

"테사."

그녀는 적당한 말을 찾는 것 같았다. 연민이 가득 담긴 표정이었다.

"그렇게 말한 거 미안하구나. 너한테 악감정이 있는 게 아니란다. 그냥 하딘이 너한테 또 다시 실수를 할까 봐, 그걸 막으려던 것뿐이야. 네가 결국 그렇게… 되는 건 원하지 않으니까."

"결국 나탈리처럼 되는 거요?"

이름을 부르는 것만으로도 고통스러운 것 같았다.

"하딘이 얘기했니?"

"네."

"전부?"

의심이 가득한 목소리였다.

"네. 동영상이랑 사진이랑 장학금…, 전부 다요."

"그래도 여전히 여기 있는 거니?"

"하딘에게 얘기했어요, 생각할 시간과 혼자 있을 공간이 필요하다고. 전 아무 데도 가지 않을 거예요."

그녀가 고개를 끄덕였다. 우리는 서로 마주 보고 앉았다.

"하딘이 끔찍한 짓, 아니 정말 처참한 짓을 저질렀다는 건 알아요. 그래도 저는 달라질 거라는 그의 말을 믿어요. 그는 더 이상 옛날의 하딘이 아니에요."

트리시는 두 손을 포갰다.

"테사, 걔는 내 아들이야. 난 그 애를 사랑한다. 하지만 제대로 알아야 해. 그 애는 전에 한 짓과 똑같은 짓을 너에게도 했어. 그 애가 널 사랑하는 건 알아. 그건 분명히 알 것 같구나. 그래도 걱정하는 건, 그 해가 너에게까지 미칠 것 같아서야."

나는 고개를 끄덕였다. 그녀의 솔직함에 감사했다.

"그렇진 않아요. 누군가도 저도, 피해를 입었지요. 하지만 결국 되돌릴 순 없잖아요. 그의 과거를 감당해보기로 마음 먹었어요. 하딘도 과거를 딛고 일어서지 않으면 어떻게 앞으로 나아갈 수 있겠어요? 그는 잘못한 게 있으니 앞으로도 영원히 사랑 받을 자격이 없는 건가요? 제가 순진하고 바보 같다고 생각하실지도 모르겠어요. 계속 그를 용서하기만 한다고요. 하지만 저도 어머니의 아들을 사랑해요. 저도 하딘 없이는 살 수가 없어요."

트리시는 가볍게 혀를 차며 고개를 절레절레 흔들었다.

"테사, 난 네가 순진하거나 바보 같다고 생각하지 않아. 너의 용서는 성숙함과 연민의 표현이니까. 내 아들은 스스로를 증오해. 쭉 그래 왔어. 난 그 애가 그 감정에서 벗어날 수 없을 거라 생각했단다, 너를 만나기 전까지는. 네 엄마가 그 애가 한 짓을 말해줬을 때, 나는 정말 쥐구멍이라도 들어가고 싶었어. 그리고 너무너무 미안했단다. 난, 어디서부터 하딘과 어긋난 건지 모르겠어. 할 수 있는 한, 나는 최선을 다해 좋은 엄마가 되려고 노력했단다. 하지만 아빠 없이 혼자 아들을 감당하는 건 정말 어렵더구나. 먹고 살려면 열심히 일해야 했고, 핑계 같지만 그 애한테 많은 관심을 기울여주지 못했어. 내가 좀 더 노력했다면 그 애가 여성들을 더 존중했겠지."

트리시가 갖고 있는 마음 속의 짐이 얼마나 무거웠을지 짐작할 수 있었다. 나는 조금이라도 그녀를 위로해주고 싶었다.

"하딘이 그렇게 된 건 어머니 때문이 아니에요. 아빠나 친구들에게도 분노의 감정이 많이 쌓였을 거예요. 그런 것들을 제가 같이 풀어보려고 노력 중이에요. 제발, 자책하지 마세요. 어머니 잘못이 아니에요."

트리시는 내게 몸을 기울였다. 우리는 손을 맞잡았다. 그녀는 내 손을 꼭 잡았다.

"넌 정말, 내가 35년 동안 만난 사람 중에 가장 마음이 따뜻한 사람이로구나."

나는 깜짝 놀라 눈을 동그랗게 떴다.

"35년이요?"

"애, 그런 건 그냥 좀 넘어가줘. 알았지?"

그녀가 미소를 지었다.

"물론이죠."

나도 따라 웃었다.

20분 전만 해도 나는 몰락의 길 끄트머리에서 울고 있었다. 그러나 지금은 트리시와 함께 웃고 있다. 하딘의 과거를 과거로 묻어두기로 결정한 순간부터 내 몸을 휘감고 있던 긴장이 조금씩 사라졌다.

"하딘에게 전화해서 제가 결정한 걸 얘기해야겠어요."

트리시는 고개를 갸웃거리더니 싱긋 웃었다.

"걔는 좀더 헤매고 다녀도 될 것 같은데."

그를 괴로움 속에 내버려두는 건 별로 내키지 않았지만, 자기가 저지른 일 하나하나를 깊이 반성해야 한다는 데에 동의한다.

"그럴까요…."

"걔도 알아야 해. 그릇된 선택을 하면 반드시 응분의 대가를 치러야 한다는 걸."

그녀가 한쪽 눈을 찡긋했다.

"내가 저녁을 만들게. 그런 다음에 하딘을 절망의 구렁텅이에서 꺼내오는 게 어떨까?"

기뻤다. 트리시의 위트 있는 조언으로 비로소 나는 하딘의 과거라는 굴레에서 빠져나올 수 있었다. 나는 기꺼이 이 난관을 극복할 것이다. 최소한 노력이라도 해볼 거다. 그 또한 자신이 저지른 잘못이 스스로를 망친다는 걸 분명히 알아야 한다. 그리고 혹시라도 또 다른 과거의 망령이 남아 있는 건 아닌지 알아내야 한다. 또 다시 비밀이 폭로되어 이런 기로에 서지 않으려면 말이다.

"뭐 먹고 싶니?"

"아무 거나요. 제가 도와드릴게요."

그녀는 고개를 저었다.

"넌 좀 쉬려무나. 오늘 하루 너무 힘들었잖니. 하딘이랑 네 어머니 때문에."

"우리 엄마는 좀 못됐어요."

트리시 앞에서 엄마를 대놓고 욕할 수는 없었다.

"아, 그래. 너네 어머니는 좀 못된 면이 있더구나."

그녀가 웃었고, 나도 따라 웃었다.

트리시는 저녁으로 치킨 타코를 만들었다. 우리는 크리스마스나 날씨 같은 소소한 얘기를 나누었다. 머릿속을 맴도는 진짜 하고 싶은 얘기만 빼고 말이다. 그러다 더 이상 견딜 수 없는 지경에 이르렀다. 하딘에게 당장 오라고 연락하지 않으면 미칠 것만 같았다.

"이 정도면 충분히 헤매고 다닌 거 아닐까요?"

짐짓 초조하지 않은 척 하며 말했다.

"그건 내가 결정할 문제가 아닌 것 같구나."

"제가 할게요."

부엌을 나와서 하딘에게 전화를 했다. 전화를 받는 그의 목소리가 놀라움으로 떨렸다.

"하딘, 우리 아직 얘기할 게 많잖아. 집으로 왔으면 좋겠어. 같이 얘기하자."

"그래? 그럼, 물론이지!"

다급한 말투였다.

"금방 갈게."

전화를 끊었다. 그는 곧 도착할 것이다. 내 입장을 견지해야 한다. 그리고 그 모든 잘못에도 불구하고 그를 사랑한다는 걸 분명히 말할 것이다. 차가운 바닥을 서성이며 그를 기다렸다. 한 시간쯤 지났을까, 현관문이 열렸다. 쿵쿵거리는 발소리가 들렸다. 그가 침실 문을 열고 들어오자, 심장이 멎는 것 같았다.

하딘의 핏발 선 눈은 퉁퉁 부어 있었다. 그는 아무 말도 하지 않았다. 대신에 내 곁으로 다가와서 손에 뭔가를 쥐어주었다. 잘 접은 종이였다. 나는 그를 올려다보았다.

"결심을 굳히기 전에 읽어봐."

그는 나지막이 말했다. 그러고 나서 내 관자놀이에 짧게 입을 맞추고는 거실로 나갔다.

43 · 테사

접힌 종이를 펴보았다. 놀라 눈이 휘둥그레졌다. 종이에는 앞뒤로 검정 글씨가 빽빽하게 적혀 있었다. 편지였다. 하딘이 직접 쓴 편지. 읽기가 두려웠다. 무슨 말이 쓰여 있을까. 그래도 읽어야 한다.

테스에게

내 마음을 표현하기엔 내가 너무 말주변이 없잖아. 그래서 미스터 다아시의 힘을 좀 빌려보기로 했어. 네가 제일 동경하는 사람이니까. 너에게 아픔을 주거나 동정을 구하려고 이 편지를 쓰는 건 아니야. 다만 너무 쉽게 잃어버릴 순 없잖아. 너와 나, 둘 다 행복할 거란 희망 말이야. 이 긴 편지는 읽기가 쉽지 않을 거야. 읽어내기 부담스러운 편지를 쓰게 된 거, 정말 미안해. 하지만 끝까지 읽어줘. 그래야 너도 제대로 된 판단을 내릴 수 있을 테니까….

너에게 몹쓸 짓을 너무 많이 저질렀다는 거 잘 알아. 또 네 곁에 있기에는 한참 모자라는 인간이라는 것도. 그렇지만 이렇게 애원할게. 내가 했던 짓들은 모두 과거의 일로 여겨주기를. 난 항상 너에게 너무 많은 걸 요구하는 것 같아. 그것도 미안해. 이 모든 걸 되돌릴 수만 있다면 나도 그러고 싶어. 내 행동들 때문에 많이 화나고 실망한 거 알아. 죽고 싶을 만큼 괴로웠을 거야. 그런 나를 변명하는 대신에, 나에 대해 솔직히 얘기해줄게. 네가 몰랐던 진짜 내 모습에 대해. 기억나는 최초의 일부터 지금까지, 모두. 물론 이것보다 더 많은 일이 있었겠지. 하지만 맹세해. 앞으론 절대 의도적으로 뭔가를 숨기거나 하지 않겠다고.

9살 무렵, 이웃집의 자전거를 훔쳐서 바퀴를 박살 냈고, 거짓말로 숨겼어. 같은 해, 거실 창문에 야구공을 던져서 깨뜨리곤 그것도 거짓말을 했지. 엄마한테 일어났던 불행한 사건은 알 거야. 아빠는 그 일이 있고 나서 얼마 후 집을 나갔어. 그런데 나는 오히려 기뻤어.

나는 친구가 별로 없었어. 정말 개자식이었거든. 그 해엔 애들을 진짜 많이 괴롭혔어. 매일매일. 엄마한테도 정말 못되게 굴었지. 엄마한테 사랑한다고 말한 것도 그 해가 마지막이었어. 사람들에게 못되게 굴고 괴롭히는 건 지금까지도 계속하고 있었어. 일일이 다 열거할 수도 없을 정도야. 15살쯤에는 친구들하고 집 근처 드럭스토어에 몰래 들어가서 닥치는 대로 훔쳤어. 왜 그랬는지도 모르겠어. 한 녀석이 잡혔는데, 걔한테 죄다 뒤집어 씌웠고, 그래서 걔 혼자 처벌받았어. 그 무렵에 처음으로 담배를 피웠어. 맛도 거지 같았고, 10분 넘게 기침만 해댔지. 그 후로 대마초를 피우기 시작할 때까지 담배는 입에도 안 댔어. 근데 대마초엔 안 빠졌어.

16살 때 첫 섹스를 했어. 마크의 누나가 첫 여자였고. 그녀는 17살이었는데, 생소한 경험이었지만 좋았어. 그 여자는 나뿐만 아니라 내 친구들하고 전부 잤어. 그 뒤로 17살 때까진 한 번도 안 했어. 근데 그 다음부터는 멈출 수가 없었다. 파티에서 아무 여자나 마구 꼬셨어. 나이는 늘 속였고, 여자애들은 쉽게 넘어왔어. 아무도 나를 신경 쓰지 않았거든. 그 해에 대마초를 피우기 시작했고, 자주 피웠어. 술도 마시기 시작했어. 나랑 친구들은 어디서든 술을 훔쳤어. 싸움질도 많이 했지. 종종 얻어맞기도 했지만, 거의 대부분은 내가 때렸어. 나는 늘 분노에 차 있었어. 항상. 누군가를 죽도록 두들겨 패면 기분이 좋아졌지. 재미 삼아 사람들과 싸움을 했어. 가장 최악은 터커였어. 터커는 가난한 집 애였어. 걔는 낡고 더러운 옷을 입고 다녔지. 난 걔를 정말 심하게 괴롭혔어. 펜으로 걔 셔츠에 표시를 해놨어. 걔가 그 옷을 며칠이나 안 빨고 계속 입나 보려고 말이야. 정말 못됐지, 나도 알아. 하루는 걔가 걸어가길래 가서 어깨를 붙들었어. 괜히 시비를 건 거지. 걔가 화를 내며 나한테 욕을 했어. 나는 그 애 면상을 제대로 갈겼고, 걔는 코가 부러졌어. 근데 걔네 집은 치료할 돈도 없었어. 그런데도 계속 괴롭혔지. 그런데 몇 달 후 걔네 엄마가 돌아가셨어. 그래서 위탁가정으로 가게 됐는데, 완전 부잣집이었어. 녀석한텐 다행이었지. 어느 날 그 애가 운전하는 차가 내 옆을 지나갔어. 그날은 내 18살 생일이었는데, 걔는 최신형 차를 타고 있었어. 그게 또 불같이 화가 나더라. 찾아내서 또 한 번 코를 부러뜨리고 싶을 만큼. 근데 지금 다시 생각해보니, 그 녀석이 잘되어서 참 다행이야.

18살 얘기는 건너뛸게. 한 거라고는 술 마시고, 약에 취하고, 싸움질해댄 것밖에 없으니까. 사실 19살 때도 마찬가지였어. 차를 몇 대나 긁었고, 유리창도 깨뜨렸어. 19살 때 제임스라는 애를 처음 만났어. 걔는 세상에 아무 것도 거리낄 게 없다는 듯이 행동해서 멋있어 보였지. 우리 패거리들은 매일 술을 마셨어. 나는 매일 밤 술을 먹고 마루에 토하는 걸 반복했어. 엄마는 매번 그걸 치우셨지. 매일 밤 뭔가를 깨부수기도 하고. 우리는 소규모 갱단이 되어버렸어. 누구도 우리를 건드리지 못했어. 사람들이 알아서 우리를 피했거든.

게임을 시작했어. 내가 말했던 그 게임. 나탈리한테 무슨 일이 벌어졌는지는 이미 알 거야. 그게 내가 저지른 최악의 일이야. 맹세해. 그 애에게 벌어졌던 일들을 내가 신경도 쓰지 않았다는 게 역겨웠을 거야. 왜 그랬는지 모르겠지만, 난 신경이 쓰이지 않았어. 이제야 이 텅 빈 호텔 방에 앉아서, 나탈리를 생각해보고 있어. 아직도 죄스러운 마음이 그렇게 크지는 않지만, 다르게 생각해봤어. 만약에 누군가 테사 너에게 그런 짓을 했다면? 너를 나탈리의 상황에 대입해 보는 것만으로도 미칠 것 같았어. 맞아, 그 애에게 너무나 큰 잘못을 한 거야.

멜리사라는 애가 나한테 달라붙었지만, 걔하고는 아무 일도 없었어. 그 애는 역겹고 시끄러웠지. 내가 다른 애들한테 걔는 너무 더럽다고 떠벌리고 다녔어. 그래서 다들 그 애를 욕했고, 걔는 두 번 다시 나한테 치근덕거리지 않았어. 한번은 공공 장소에서 술주정을 부려서 체포되기도 했어. 엄마는 너무 화가 나서 날 밤새도록 경찰서 유치장에 두셨어. 그 다음 나탈리 일이 터지는 바람에 엄마는 한계에 다다른 거야. 나를 미국으로 보내겠다고 해서, 나는 기절할 만큼 놀랐어. 내가 아무리 망나니 짓을 하고 살았어도, 아는 사람 하나 없는 곳으로 쫓겨나고 싶진 않았어. 근데 결국 일이 벌어졌어. 축제에 온 사람들이 다 보는 앞에서 누군가를 흠씬 패버렸거든. 엄마는 두 손 두 발 다 들었어. 난 WCU에 입학 원서를 냈고, 합격했어, 당연히.

미국에 왔을 때, 모든 게 너무너무 싫었어. 아빠와 가까이 있다는 게 너무 화가 났고, 아빠를 더 싫어하게 됐어. 그래서 매일 클럽하우스에서 술을 마시고 파티를 해댔어. 그때 스테프를 처음 만났어. 어떤 파티에서 내가 걔를 꼬셨는데, 걔가 친구들에게 나를 소개해줬어. 네이트가 나랑 죽이 제일 잘 맞았어. 댄하고 제이스는 쓰레기였고, 제이스는 그 중 최악이지. 댄의 여동생 얘기는 이미 알고 있으니 넘어갈게. 그때부터 여자들 몇 명하고 섹스했어. 하지만 네가 상상하는 것만큼은 아니야. 너랑 키스한 다음 몰리하고는 딱 한 번 잤어. 그 이유는 네 생각을 떨쳐낼 수가 없어서였어. 네가 머릿속에서 떠나질 않았어, 테스. 하루 종일 네 생각만 나는 거야. 몰리랑 자면 그걸 떨쳐낼 수 있을까 했는데, 아니었어. 네가 아니었으니까.

스스로 수도 없이 되뇌었어. 너를 다시 한 번만 만나면, 이게 다 말도 안 되는 망상이었지만, 네가 그 이상도 이하도 아니란 걸 깨닫게 될 거라고. 이건 그냥 욕정일 뿐이라고. 하지만 너를 만날 때마다 점점 더 너를 원하게 됐어. 어떻게 하면 너를 화나게 만들까 생각했어. 그래야 네가 내 이름을 불러줄 테니까. 수업 시간에 잔뜩 인상을 쓰고 책을 들여다 보는 네가 무슨 생각을 하고 있는지 궁금했어. 네 미간에 잡힌 주름을 펴주고 싶었고, 랜던하고 뭘 그렇게 속닥거리는지 알고 싶었어. 플래너에 뭘 잔뜩 써대는지도 너무 알고 싶었고. 너한테서 그걸 뺏을 뻔도 했었지. 네가 떨어뜨린 걸 주워서 건네줬을 때. 넌 아마 기억 못할 거야. 퍼플 셔츠랑 만날 입던 회색 스커트 입었던 그날.

네 기숙사에서 필기 노트를 엉망으로 만들고, 너를 벽에 밀어붙여 키스한 날. 그날 이후로 난 네 곁을 떠날 수 없을 정도로 너에게 깊이 빠져버렸어. 눈만 뜨면 네 생각이 났어. 온통 너밖에 보이지 않았어. 왜 이렇게 너에게 집착하는지 모르겠어. 너와 처음으로 밤을 보냈던 날, 그제야 알았어. 너를 사랑한다는 걸. 너를 위해서라면 뭐든지 할 수 있을 것 같았어. 지금은 이것도 다 부질 없는 소리로 들리겠지. 결국엔 내가 널 진흙탕 속으로 밀어 넣었으니까. 하지만 이것만은 진심이야. 맹세할 수 있어.

나는 매일 공상을 했어. 너와 함께 하는 삶을. 네가 입에 펜을 물고 다리 위엔 책을 올려놓고 소파에 앉아 있는 모습을 상상했어. 네 다리는 내 허벅지 위에 올려져 있고. 그 모습이 내내 머릿속에서 떠나질 않았어. 너무 괴로웠어. 넌 나랑 다른 감정일 거라고 생각했으니까. 누가 네 옆자리에 앉기만 해도 화가 났어. 랜던에게도 으름장을 놓았었어. 내가 그 자리에 앉겠다고. 그저 네 곁에 가까이 있고 싶어서. 이런 이상한 짓거리를 하는 게 전부 '내기에 이기고 싶어서'라고 스스로에게 말했어. 하지만 내가 나를 속이고 있다는 걸 알았어. 그래도 인정할 수 없어서 온갖 바보짓을 했어. 완전 미친 짓. 너에 대한 집착을 더 불사르는 짓이었지. 너를 떠올리면서 책에 밑줄을 그었어. 제일 처음 밑줄 그은 문구가 뭔 줄 알아?

'그는 마치 그녀가 태양인 것처럼 오래 바라보지 않으려고 애를 썼다. 하지만 마치 태양처럼, 그는 보지 않고도 그녀를 보고 있었다.'

빌어먹을 톨스토이 작품에서 이 문장을 찾아냈을 때, 난 너를 사랑한다는 걸 깨달았어.

애들 앞에서 널 사랑한다고 말했을 때, 그건 진심이었어. 네가 등을 돌렸을 때, 그걸 인정하려니 칼에 찔린 것처럼 아팠거든. 네가 처음으로 내게 사랑한다고 말한 날, 처음으로 나에게도 희망이 있다는 걸 느꼈어. 우리에 대한 희망 말이야. 너한테 왜 그렇게 상처를 주고, 힘들게 했는지 나도 이해가 안 돼. 변명의 여지가 없어. 난 정말 고약한 성격에다 행실까지 나쁜 놈이야. 그래도 너를 위해 죽을 힘을 다해 노력 중이야. 내가 아는 건, 오직 너만이 나를 행복하게 해줄 수 있다는 거야, 테스.

넌 망나니 같은 나를 사랑해줬고, 난 그런 네가 필요해. 지난 주 네가 떠났을 때, 정말 죽을 것처럼 힘들었어. 제정신이 아니었어. 너 없인 정신을 차릴 수가 없어. 지난 주에 어떤 여자랑 데이트를 했었어. 너한테 얘기하지 않았지. 너를 또 잃기는 싫었으니까. 그건 데이트가 아니었어. 아무 일도 없었거든. 그 여자한테 거의 키스할 뻔한 순간에 멈췄어. 너 말고 다른 여자에게 키스할 순 없었어. 그 여자는 시시했고, 너하고 비교조차 할 수 없었어. 누구도 마찬가지야. 누구도 널 대신할 순 없어.

내가 너무 늦었다는 거 알아. 내가 저지른 온갖 악행을 다 알게 됐지. 네가 이 편지를 읽고 난 후에도 여전히 나를 사랑하기를 간절히

기도할 뿐이야. 그렇지 않더라도, 괜찮아. 이해할 수 있어. 넌 나보다 훨씬 좋은 사람을 만날 자격이 있으니까. 나는 로맨틱하지도 않고, 너를 위해 시를 쓰거나, 노래를 불러줄 수도 없어. 다정하지도 않고.

널 다시 상처 주지 않는다고 약속할 순 없어. 하지만 이것만은 맹세할게. 죽는 날까지 너만을 사랑할 거라고. 나는 형편없는 인간이고 너를 가질 자격이 없어. 그래도 네 믿음을 회복할 기회가 생기길 바라. 나 때문에 받은 모든 고통에 대해 미안하고 또 미안해. 네가 날 용서할 수 없다고 해도 이해해.

미안해. 이렇게 길게 쓰려던 건 아니었는데. 더 망쳐버린 것 같네.

너를 사랑해. 언제나처럼.

하딘

나는 멍하니 앉아 편지를 들여다보았다. 그리고 두 번이나 다시 읽었다. 무슨 말을 썼을지 짐작하기도 어려웠지만, 이런 내용일 줄은 몰랐다. 어떻게 이런 남자를 로맨틱하지 않다고 할 수 있을까? 고통을 주고 마음을 어지럽히긴 했지만, 팔목에 걸려 있는 팔찌를 고르고 이런 편지를 쓸 줄 아는 남자라니. 심지어 편지의 첫머리에서 엘리자베스에게 보낸 다아시의 편지를 인용했다.

그는 내 앞에서 벌거벗고 모든 걸 드러냈다. 그런 그를 어떻게 사랑하지 않을 수 있을까. 그는 온갖 짓을 다 저질렀다. 내가 감당할 수 없는 그런 일들을. 그 끔찍한 일들로 많은 사람들을 다치게 했다. 하지만 중요한 건, 그가 더 이상 그런 짓들을 하지 않고, 변화하고 있다는 거다. 사람이 늘 옳은 행동만 할 수는 없다. 돌이킬 수 없는 실수를 하더라도 누군가는 용서하고 보듬어주어야 한다. 그래야 변할 수 있다. 그는 내게 달라지고 있는 걸, 달라지려고 애쓰는 중이라는 걸 보여주었다. 그 노력까지 모른 척할 수는 없다. 이건 한 편의 시였다. 자신이 아닌 누군가에게 관심조차 없었던 야생마 같은 남자가 처음 쓴 시.

편지를 한참 들여다보고 있었다. 노크하는 소리가 들렸다. 얼른 편지를 접어, 서랍장 맨 아래칸에 넣었다. 하딘이 다 읽은 편지를 버리거나 찢어버릴 수도 있으니까.

"들어와."

그가 문을 열었다. 시선은 바닥을 향해 있었다.

"읽어봤어…?"

"응…."

나는 그의 턱을 들어 나를 바라보게 했다. 그가 내게 하던 대로. 그의 눈은 충혈돼 있었고, 슬픔이 가득했다.

"너무 바보 같지. 괜히 그랬나 봐…."

"아냐, 바보 같지 않았어."

붉어진 그의 눈은 계속 나를 바라보고 있었다.

"하딘, 그토록 오랫동안 너한테 듣고 싶었던 얘기야."

"너무 오래 걸렸어. 결국 말이 아닌 편지로 써버렸고…. 미안해. 쓰는 게 더 쉬웠거든. 난 말로는 잘 표현이 안 돼."

촉촉해진 그의 눈은 아름다웠고, 초록색 눈동자는 가늘게 떨렸다.

"테사, 아직도 시간이 더 필요해? 이제 내가 얼마나 쓰레기 같은 놈인지 다 알았지?"

그가 울상을 지으며 다시 바닥으로 시선을 떨궜다.

"넌 너무 엄청난 일들을 벌였어, 너무 나쁜 짓을 했어."

그가 고개를 끄덕였다. 하딘이 괴로워하는 걸 보는 게 정말 힘들다. 그게 스스로 만든 올가미일지라도.

"그렇다고 네가 몹쓸 사람이라는 의미는 아니야. 전에 나쁜 짓을 했다고, 평생 벌을 받아야 하는 건 아니니까."

그가 나를 올려다보았다.

"뭐?"

나는 두 손으로 그의 얼굴을 감쌌다.

"넌 나쁜 사람이 아니야, 하딘."

"정말? 내가 쓴 걸 다 읽었는데도?"

"그럼. 네가 그걸 다 쓰고 반성하고 있다는 건, 나쁜 사람이 아니라는 증거야."

그의 얼굴에는 혼란스러움이 역력했다.

"나한테 거리를 두고 싶어 했잖아. 엉망진창인 내 과거도 다 알았고. 그래도 그런 말을 하는 거야? 어떻게 넌…."

나는 엄지로 그의 뺨을 쓰다듬었다.

"엉망이었던 너를 다 알게 됐어. 그래도 내 마음은 변하지 않아."

그의 눈빛이 반짝거리기 시작했다. 그가 또 눈물을 보인다면, 그것도 바로 앞에서, 나는 너무나 고통스러울 것 같았다. 내가 말하려는 걸 제대로 이해하지 못했나 보다.

"네가 나가기 전에 이미 마음을 정했어. 그리고 네 편지를 읽고 확신했어. 그 어느 때보다도 네 곁에 머물고 싶어. 사랑해, 하딘."

하딘은 내 손을 꼭 잡았다. 그리고 내가 사라져버리기라도 할 것처럼 있는 힘껏 나를 끌어안았다.

'네 곁에 머물고 싶어'라는 말을 내뱉는 순간 깨달았다. 이 모든 것들이 어떻게 해결될지. 이제 더 이상 하딘의 과거가 나를 덮쳐 올지도 모른다는 걱정은 하지 않아도 된다. 누군가의 폭탄 발언 같은 것도 걱정할 필요가 없다. 나는 전부 다 안다. 그가 숨겨 왔던 모든 걸 결국 다 알게 되었다. 이 생각만이 머릿속을 맴돌았다.

'때로는 어둠 속에 있는 것이 더 나을 때가 있다. 빛에 눈이 머는 것보다는.'

지금 이 말이 딱 맞아떨어지는 건 아니지만, 위로가 된다. 그의 과거 때문에 많이 괴롭지만 나는 그를 사랑한다. 그리고 그의 과거는 이제 우리 사이에 아무런 영향도 미치지 않을 거다. 내가 그러기로 했으니까. 이건 나의 선택이니까.

하딘은 침대 모서리에 걸터앉았다.

"무슨 생각해? 묻고 싶은 말이라도? 나 너한테는 솔직하고 싶어."

나는 그의 다리 사이에 가서 섰다. 그는 내 손바닥에 작은 문양을 그리며 눈으로는 나를 살폈다. 표정에 담긴 감정의 실마리를 읽어내려는 듯했다.

"나탈리에게 무슨 일이 있어났던 건지 알고 싶어…."

"그건 이미 완전히 끝난 얘기야. 너도 알잖아?"

그래도 그의 입으로 또 한 번 들어야 할 것 같았다.

"알아. 우리가 극복해야 할 것들이 많네."

그의 손가락이 다시 움직였다. 내 손바닥에 작은 하트를 그리고 있었다.

"테사, 네가 날 왜 사랑하는지 모르겠어."

"왜 널 사랑하는지는 중요하지 않아. 사랑한다는 사실이 중요하지."

"내 편지는 정말 바보 같았어. 그치?"

"제발 자기 비하는 그만 해, 하딘. 편지는 최고였어. 단숨에 세 번이나 읽었다고. 그리고 정말로 기뻤어. 네가 나를…, 아니 우리를 어떻게 생각하는지 알 수 있어서."

그가 나를 올려다보았다. 웃음 반 걱정 반이 담긴 얼굴이었다.

"내가 널 사랑한다는 건 알고 있었잖아."

"그래도 소소한 것까지 알게 돼서 좋았어. 내가 그때 뭘 입었는지도 기억하고 있구나, 그런 거 말이야. 넌 그런 얘긴 한 번도 안 했잖아."

"아."

그는 창피해하는 것 같았다. 우리 관계에서 하딘이 상처 받는 존재가 되다니, 그건 좀 김 새는 일이다. 그 역할은 내 담당이었는데.

"부끄러워하지 마."

그는 두 팔을 내 허리에 두르고, 나를 무릎에 앉혔다.

"안 그래."

거짓말이다. 한 손으로 그의 어깨를 잡고, 다른 한 손으로는 머리카락을 쓰다듬었다.

"아닌 것 같은데."

부드럽게 되물었다. 그는 웃으며 머리를 내 목에 파묻었다.

"이런 게 크리스마스 이브라니, 더럽게 긴 하루다."

그가 투덜거렸다. 동의하지 않을 수 없었다.

"정말 너무 길었어. 우리 엄마가 여길 오다니, 믿을 수가 없어, 정말."

"그건 아니지. 사실 그런 식으로 쳐들어온 건 좀 잘못이지만, 그래도 나 같은 놈 옆에 자식을 그냥 둘 수 없다고 찾아온 건데 뭐라고 할 순 없지."

나는 인상을 썼다. 그의 다리에서 냉큼 내려와 앉았다.

"테스, 그런 얼굴로 보지 마. 난 지금 내가 했던 못된 짓들을 진심으로 뉘우친다는 얘기를 하는 거야. 너희 엄마가 걱정하는 것도 당연해."

"글쎄, 그래도 엄마가 잘못한 건 맞아. 엄마 얘긴 그만 하자."

오늘 하루, 아니 올 한 해 동안 너무 많은 감정의 소용돌이를 겪었다. 나는 너무 지쳤고, 신경도 날카로워진 상태다. 이렇게 한 해가 저물고 있다니 믿을 수가 없다.

"좀 가벼운 이야기 하자."

나는 짜증을 가라앉히며 멋쩍게 웃었다.

"하딘, 네가 얼마나 로맨틱한지, 뭐 그런 거."

"난 로맨틱하지 않아."

그가 콧방귀를 뀌었다.

"아냐, 넌 엄청 로맨틱해. 그 편지는 한 편의 작품이었어."

"그건 편지가 아니야. 수기라고. 별볼일 없는 수기."

"그럼 로맨틱한 수기라고 해둘게."

"아, 제발 그만…."

그가 창피한 듯 엄살을 부렸다. 나는 그의 머리카락을 한 움큼 쥐고 깔깔 웃었다. 그가 내 허리를 붙잡고 나를 침대에 밀어 넣었다. 그의 두 손은 내 엉덩이에 놓여 있었다. 그가 입술을 내 귀에 바짝 대고 뜨거운 숨을 불어넣었다. 내 몸이 하딘의 열기에 꿈틀대며 반응했다.

"하딘…."

쉰 목소리가 나왔다. 그 순간, 갑자기 나탈리의 얼굴 없는 형체가 눈앞에 떠올랐다. 속이 울렁거렸다.

"너희 엄마가 계실 때는 좀 자제해야 할 것 같아."

예전 관계로 돌아가려면 확실히 시간이 좀 더 필요할 것 같다. 그리고 말이 안 된다. 이미 그의 엄마가 여기 있을 때 한 번 했으니까.

"엄마를 당장 가시라고 할 수도 있어."

그가 농담을 건네고는 몸을 굴려 옆에 누웠다.

"아님 하딘 너를 확 쫓아내든가."

"난 다시는 안 떠나. 테사 너도 그럴 거고."

그의 말투에는 확신이 담겨 있다. 나는 미소를 지었다. 우리는 나란히 누워 천장을 바라보고 있었다.

"그럼 우리 이제 오락가락 하지 않는 거지?"

내가 물었다.

"당연하지. 더 이상 비밀도, 도망치는 일도 없어. 그리고 넌 일주일도 나를 떠나 있을 수 없잖아?"

나는 그의 어깨를 툭 치며 웃었다.

"그럼 넌 적어도 일주일은 나를 붙잡아둘 수 있다고 생각하는 거야?"

"아마도."

그가 대답했다. 그는 지금 미소 짓고 있을 것이다. 고개를 옆으로 돌렸더니 역시나 그의 얼굴에는 환한 미소가 번져 있었다.

"가끔 내 기숙사 방에서 자고 가도 돼."

"기숙사? 넌 기숙사에서 살지 않아. 여기서 살 거라고."

"우린 이제 막 화해했어, 하딘. 근데 넌 그게 좋은 반응이라고 생각하는 거야?"

"그냥 여기서 지내. 우리 이 얘기 다시는 하지 말자."

"그런 식으로 말하는 걸 보니, 아직 정신 못 차렸네."

나는 몸을 일으켜 팔꿈치로 턱을 괴고 그를 쳐다보았다. 가볍게 고개를 저으며 슬쩍 미소를 지었다.

"사실은 나도 기숙사에서 살고 싶지는 않아. 그냥 네가 그렇게 말하는 걸 듣고 싶었어."

그도 몸을 일으키며 내 동작을 따라 했다.

"짜증나는 네 모습을 다시 보게 되어 참으로 기뻐, 테사."

"나도 싸가지 없는 네 모습을 다시 보게 되어 기뻐. 로맨틱한 편지를 쓰고 나서 네가 매력을 잃어버렸으면 어쩌나 걱정했거든."

"로맨틱 얘기 한 번만 더 꺼내봐. 당장 여기서 해버릴 거야, 엄마가 있든 말든."

나는 눈이 휘둥그레졌다. 하딘은 큰 소리로 웃었다. 지금껏 들어본 적 없는 큰 웃음 소리였다.

"농담이야! 네 얼굴을 네가 봤어야 하는데!"

나도 결국 그를 따라 웃었다. 겨우 웃음이 멈추자, 그가 말했다.

"오늘 그렇게 큰일을 겪었는데, 이렇게 웃으면 안 될 것 같아."

"아마 이렇게 웃어야 하기 때문에 겪은 일일 거야."

이렇게 우리는 싸우고, 또 화해했다.

"우리 관계도 참 아이러니다."

"조금 그렇지."

마치 롤러코스터 같다.

"더 이상은 아니야. 약속할게."

"응."

나는 슬쩍 몸을 기울여 그의 입술에 쪽, 입을 맞췄다. 하지만 이걸로는 충분치 않다. 나는 다시 그의 입술에 입을 맞추었다. 이번엔 좀 더 오래. 서로의 입술은 하나인 듯 움직였다. 그의 혀가 입 안으로 미끄러지듯 들어왔다. 그가 나를 끌어당겨 그의 위로 올라오게 했다. 그러는 동안에도 그는 혀놀림을 멈추지 않았다. 우리 관계가 아무리 엉망이었더라도, 우리 사이에 불타오르는 열정은 거짓말처럼 건재했다. 나도 그처럼 아래위로 입술을, 혀를 움직였다. 그가 내 입술에 대고 미소 짓는 게 느껴졌다.

"이 정도면 충분할 것 같은데."

그의 말에 고개를 끄덕였다. 그의 가슴에 머리를 기대고, 나를 꼭 안아주는 느낌을 온몸으로 즐기고 있었다.

"내일은 잘 지나갔으면 좋겠어."

잠시 침묵이 흐르고 내가 먼저 입을 뗐다.

아무 반응이 없었다. 고개를 들어보니, 그는 입술을 살짝 벌리고 잠들어 있었다. 지친 모양이다. 나도 그랬다.

몸을 일으켜 시간을 확인했다. 밤 11시가 넘었다. 그가 깨지 않게 살살 바지를 벗겼다. 그리고 그의 옆에 바짝 붙어 누웠다. 내일은 크리스마스다. 내일이 오늘보다 훨씬 나은 날이 되길 기도할 뿐이다.

"하딘."

테사의 부드러운 목소리다. 신음 소리를 내며 그녀의 몸에 깔린 팔을 빼냈다. 그리고 베개로 얼굴을 가렸다.

"안 일어날래."

"우리 늦잠 잤어. 얼른 준비해야 해."

쥐고 있던 베개를 그녀가 휙 낚아채서 바닥에 던졌다.

"그냥 침대에 같이 있자. 취소해버려."

그녀를 내 쪽으로 돌려 몸을 밀착했다.

"크리스마스를 취소할 순 없어."

그녀가 웃으며 말하고, 내 목에 키스했다. 나는 그녀를 끌어안고, 몸을 흔들며 페니스를 들이밀었다. 그녀는 장난스럽게 나를 밀쳐냈다.

"오, 노! 하지 마."

그녀는 나를 밀치고 일어났다. 그녀가 욕실로 가고, 나는 혼자 남았다. 그녀를 따라 욕실에 들어갈까 말까 고민했다. 무슨 짓을 하려는 게 아니라 그냥 옆에 있고 싶었다. 하지만…,이불 속이 너무 따뜻했다.

아직도 어리둥절하다. 테사가 여전히 내 곁에 있다는 사실이 말이다. 그녀가 나를 용서하고 받아들였다는 게 믿기지 않을 만큼 놀랍다.

그녀와 함께 크리스마스를 보내는 것도 새롭다. 이런 휴일을 보낸 적은 한 번도 없었다. 그런데 참을 만 했다. 더럽게 비싼 크리스마스 장식이 달린 트리를 보면서 테사의 얼굴이 환하게 빛났으니까. 엄마가 함께 있는 것도 나쁘지 않다. 테사는 엄마를 꽤 좋아하는 것 같았다. 엄마는 나처럼 그녀에게 푹 빠져버렸다.

'내 여자.'

테사는 다시 내 여자가 되었다. 그리고 우린 함께 크리스마스를 보낸다. 망할 놈의 또 다른 내 가족과도 함께. 작년만 해도 크리스마스 내내 정신 없이 취해 있었다. 이제 일어나야 한다. 억지로 몸을 일으켜 부엌으로 갔다. 커피, 커피가 필요하다.

"메리 크리스마스!"

"엄마도요."

엄마를 지나쳐 냉장고를 향했다.

"내가 커피 내려놨어."

"봤어요."

냉장고 위에 놓인 시리얼 상자를 쥐고 커피포트로 향했다.

"하딘, 어제 내가 한 말은 미안하구나. 테사 엄마 편을 들었을 때 화 많이 났지? 하지만 내 입장도 이해해줬으면 해."

엄마가 테사한테 나에게서 떠나라고 말한 걸 원망하지는 않는다. 엄마의 입장은 너무도 잘 이해한다. 중요한 건 그게 아니다. 우리에게도 우리 편을 들어줄 사람이 필요하다. 세상에 그녀와 나, 둘뿐인 것 같았다. 우리 편이 되어줄 엄마가 필요하다.

"그녀는 내 곁에 있어야 해요, 엄마. 아무 데도 못 가요. 내 곁에 있어야 해요."

머그잔 밖으로 넘친 커피를 닦았다. 흰색 행주에 커피 얼룩이 묻었다. 귓전에서 테사의 잔소리가 들리는 것 같았다.

"그런 것 같구나, 하딘. 이제 나도 안다. 미안하구나."

"저도 항상 못되게 굴었던 거 사과 드릴게요. 진심은 아니었어요."

엄마는 놀란 것처럼 보였다. 그럴 만도 하다. 나는 한 번도 내가 저지른 일에 대해 사과한 적이 없었으니까. 그게 내가 한 짓이다. 쓰레기처럼 굴면서도 절대 인정도 사과도 하지 않았다.

"괜찮다. 다 지난 일이야. 멋진 크리스마스를 보내자꾸나. 네 아빠의 멋드러진 집에서."

엄마는 조소가 분명한 미소를 지었다.

"지난 일은 지나간 걸로 둬야죠."

"그래, 어제 일 때문에 오늘까지 망치고 싶진 않구나. 너를 더 잘 이해하게 됐어. 이 모든 상황과 함께. 네가 얼마나 저 아이를 사랑하는지도 알았고. 더 나은 남자가 되는 법을 배우고 있구나, 하던. 엄마는 정말 행복하다."

엄마는 두 손을 가슴에 모았다. 나는 기가 막힌다는 표정을 지어 보였다.

"진심이야, 엄마는 너무너무 행복해."

"고마워요."

나는 딴청을 피웠다.

"사랑해요, 엄마."

난데없이 엉뚱한 말이 튀어나왔다. 엄마가 너무 감동하는 바람에 벌어진 일이다. 엄마는 놀라 숨을 들이마셨다.

"너, 뭐라고 했니?"

엄마 눈에 눈물이 가득 고였다. 어린 시절 이후 한 번도 하지 않았던 말이었다. 이 순간에 왜 그런 말을 했는지 나도 모르겠다. 엄마의 진심이 내 마음 어딘가를 건드린 것 같았다. 엄마는 테사가 나를 용서해주는 데 중요한 역할을 해주었다. 늘 나를 위해 뭔가를 희생하고 감내하는 엄마를, 나는 늘 외면했다. 엄마는 온갖 뒤치다꺼리를 하며, 늘 나에게 최선을 다했다. 내 말 한마디에 그렇게 기뻐할 줄은 몰랐다. 하긴 엄마가 지난 13년 동안 단 한 번도 들어본 적 없는 말이긴 하다.

나는 그냥 너무 화가 났었다. 아니, 지금도 그렇다. 하지만 그건 엄마의 잘못이 아니다. 단 한 번도 엄마의 잘못이었던 적은 없었다.

"사랑해요, 엄마."

다시 한 번 말했다. 조금 부끄러워졌다.

엄마가 다가와 나를 꼭 안아주었다. 평소보다 훨씬 더 꼭.

"오, 하딘! 나도 사랑한다."

46 · 테사

조금은 다르게 보이고 싶은 날이라, 머리 만지는 데 공을 들였다. 나가야 할 시간이 다 됐을 텐데…. 오늘은 과연 어떤 날이 될지 긴장이 되었다. 하딘이 제대로 행동해주길, 아니, 노력해주길.

화장은 옅게 했는데 아이라인을 망치는 바람에 세 번이나 지우고 다시 그려야 했다.

"테사, 살아 있는 거지?"

욕실 문 너머로 하딘의 목소리가 들렸다.

"거의 끝나 가."

급하게 대답했다.

"샤워만 간단하게 하려고. 늦지 않으려면 바로 출발해야 할 것 같아."

내가 나오자 하딘이 얼른 욕실 안으로 사라졌다. 소매가 없는 짙은 녹색 원피스를 꺼냈다. 오늘을 위해 사둔 옷이다. 두툼한 소재에, 목선을 길게 올린 디자인이다. 허리에 달린 리본이 입어봤을 때보다 너무 커 보였다. 그래도 위에 카디건을 덧입을 거니까 괜찮을 것 같다. 풀어놓았던 팔찌를 찼다. 장식에 새겨진 완벽한 문구를 다시 읽었다. 가슴이 뛰고 있었다.

하이힐을 신으면 너무 화려해 보일 것 같아서 검정색 플랫 슈즈를 신었다. 흰색 카디건을 막 입는데, 하딘이 나왔다. 허리에 타월만 두른 차림이었다. 저런 모습을 볼 때마다 숨이 턱 막힌다. 반라인 하딘의 몸을 빤히 쳐다보았다. 전에는 왜 저 타투들이 나하고 어울리지 않는다고 생각했을까?

"세상에, 제기랄."

그도 서서 나를 아래 위로 훑어 보고 있었다.

"왜?"

이상한가? 내 차림을 내려다보았다.

"믿을 수 없을 만큼 순수해 보여."

"잠깐, 그게 좋은 거야, 나쁜 거야? 크리스마스잖아. 꼴사납게 보이고 싶진 않아."

갑자기 옷을 갈아입어야 하나 싶었다.

"완전 좋아."

그가 혓바닥으로 아랫입술을 핥았다. 그제야 무슨 의미인 줄 알아챘다. 얼굴이 화끈 달아올라 시선을 피했다. 안 그랬다간 뭔가 일이 시작될 것 같았다. 적어도 지금은 안 된다.

"넌 뭐 입을 거야?"

"늘 입던 거. 아빠네 집 가면서 차려 입진 않을 거야."

"엄마가 크리스마스 선물로 준 그 셔츠는 어때?"

안 입을 걸 알았지만, 그냥 한 번 말해봤다. 그가 큰 소리로 웃어댔다.

"절대."

그는 옷장에서 블랙진을 꺼냈다. 그리고 수건을 바닥에 툭, 떨궜다. 아무래도 빨리 나가는 게 좋을 것 같았다. 최대한 그를 쳐다보지 않으려 애쓰면서 방을 나왔다.

트리시는 거실에 있었다. 빨간색 원피스에 검정 하이힐. 운동복을 입은 평소와는 완전히 다른 모습이었다.

"너무 아름다우세요!"

"그러니? 차림새가 좀 과한 거 아닐까?"

목소리에 긴장감이 묻어났다.

"허름해 보이고 싶지는 않아. 몇 년 만에 전 남편을 보는 자리니까."

"전혀요!"

그제야 그녀가 살짝 미소를 지었다.

"둘 다 준비됐어요?"

하딘이 거실로 나왔다. 머리카락은 아직도 젖은 채였다. 그런데도 완벽해 보였다. 그는 역시 올 블랙이었다. 시애틀에 신고 왔던 내가 좋아하는 신발도 신었다.

함께 엘리베이터를 타자, 하딘이 엄마를 처음 보는 듯한 눈빛으로 쳐다봤다.

"왜 이렇게 잘 차려입었어요?"

트리시가 살짝 얼굴을 붉혔다.

"크리스마스잖니, 좀 차려입으면 안 돼?"

"낯설어요."

"너무 예뻐 보이시지? 나도 차려입었는걸 뭐."

얼른 하딘의 말을 끊었다. 쓸데 없는 소리를 해서 기분을 망쳐선 안 되니까.

차를 타고 가는 동안 아무도 말을 하지 않았다. 트리시는 생각이 많아 보였다. 당연한 일이다. 나도 이렇게 긴장이 되는데. 켄 씨의 집에 가까워질수록, 긴장감은 더욱 고조되었다. 서로 다른 이유였을 것이다. 이유야 어찌되었든, 진심으로, 고요한 크리스마스가 되기만을 바랄 뿐이다.

마침내 집 앞에 차를 세웠다. 트리시는 많이 놀라는 것 같았다.

"이 집이니?"

"으리으리하다고 말했잖아요."

하딘이 차에서 내리며 대답했다.

"이렇게 큰 줄 몰랐어."

그녀가 조용히 말했다. 하딘은 차에서 내려 엄마 쪽 문을 열었다. 트리시는 충격이 가시지 않은 듯 계속 앉아 있다가 겨우 정신을 차렸다. 집을 향해 걸어가는데 하딘도 긴장한 표정이었다. 나는 그를 진정시키려고 가만히 손을 잡았다. 하딘이 보일락 말락 미소를 지었다. 그는 벨도 누르지 않고, 현관문을 열었다.

"모두 와주셔서 감사합니다."

집 안으로 들어서자 카렌이 환하게 웃으며 맞아주었다. 그녀의 환대에 기분이 조금 나아졌다. 카렌이 트리시에게 다가가 인사를 건넸다. 따로 인사를 해야 할 사람은 그녀뿐이었으니까.

"안녕하세요, 트리시. 저는 카렌이라고 해요."

카렌이 손을 내밀었다.

"만날 수 있어서 정말 기뻐요. 초대에 응해 주셔서 감사합니다."

카렌은 차분했다. 하지만 그녀도 이런 상황이 편하지만은 않을 것이다.

"카렌, 저도 만나서 반가워요."

트리시는 카렌이 내민 손을 잡았다.

바로 그때, 켄 씨가 거실에 나타났다. 우리를 보고 발걸음을 멈칫 하더니, 가만히 서서 전 부인을 쳐다보았다. 나는 하딘에게 기대어 서 있었다. 부디 랜던이 켄 씨에게 우리가 올 거라고 귀띔했길 바랄 뿐이다.

"오랜만이야, 켄."

트리시가 먼저 말을 꺼냈다. 그녀의 목소리가 오늘 아침과는 사뭇 다르게 들렸다.

"트리시, 와우…, 오랜만이네."

켄 씨가 말을 더듬거렸다. 트리시는 그의 반응에 즐거워하는 것처럼 보였다.

"당신…, 많이 달라 보이네."

그 말에 켄 씨의 예전 모습을 떠올려 보려 애를 썼다. 술에 취해 핏발 선 두 눈, 땀에 젖은 이마, 창백한 얼굴. 잘 그려지지 않았다.

"당신도 마찬가지군."

아슬아슬한 긴장감에 머리가 어지러웠다. 카렌이 갑자기 소리를 질렀다.

"랜던, 왔구나!"

랜던이 거실에 나타났다. 카렌은 아들을 보자 이내 안심이 되는 것 같았다. 그는 역시 자신의 역할을 잘 알고 있다. 검정 슬랙스에 흰 드레스 셔츠, 그리고 검정 타이를 맨 차림이었다.

"테사, 완전 예뻐 보인다."

그는 내게 칭찬의 말을 건네고 살짝 안았다. 하딘이 내 손을 더 세게 잡았다. 나는 겨우 하딘의 손을 뿌리치고 랜던을 안았다.

"너도 정말 멋있어, 랜던."

하딘이 내 허리를 더 가까이 끌어당겼다. 랜던은 하딘을 어이없는 눈초리로 바라보다가, 트리시에게 시선을 돌렸다.

"안녕하세요, 부인. 저는 랜던이라고 합니다. 카렌 씨의 아들이에요. 만나 뵙게 되어 정말 반갑습니다."

"아, 제발 부인이라고 부르지 말아줘요."

트리시가 웃으며 말했다.

"나도 만나게 되어 기뻐요. 테사한테 얘기 많이 들었어요."

그가 미소를 지었다.

"좋은 얘기였기를 바라요."

"대부분은."

그녀가 짓궂게 말했다. 랜던의 마법이 방 안에 감돌던 긴장을 풀어주었다. 그때 카렌이 모두에게 알렸다.

"자, 모두 모였군요. 몇 분만 있으면 거위 요리가 완성될 거예요!"

켄 씨는 식당으로 우리는 안내했다. 테이블은 완벽하게 세팅되어 있었다. 이런 건 이제 별로 놀랍지도 않다. 최고의 도자기, 반짝반짝 광을

낸 은 식기, 우아한 나무 재질의 냅킨 링, 음식으로 그득한 접시들이 테이블에 정갈하게 정렬되어 있었다. 메인 디시인 거위 요리는 두껍게 썬 오렌지로 둘러싸여 있었다. 윗부분에 붉은색의 라즈베리가 군데군데 놓여 있다. 냄새만으로도 침이 고였다. 구운 감자 접시는 바로 내 앞에 있었다. 마늘과 로즈메리 향기가 풍겨왔다. 음식이 놓이지 않은 테이블의 나머지 부분도 훌륭했다. 가운데에는 큰 꽃 장식과 크리스마스 장식이 놓여 있었다. 모두 오렌지와 베리를 테마로 완벽한 조화를 이루었다. 카렌은 항상 기대한 것 이상을 보여준다.

"술 드실 분? 아주 좋은 레드 와인을 준비해 놓았어요."

카렌의 두 볼이 붉어졌다. 말을 하고 난 다음에야 알았나 보다. 이 사람들에게 술은 민감한 주제라는 걸.

트리시가 미소 지으며 말했다.

"저, 주세요."

카렌이 와인을 가지러 갔다. 그 사이 너무 조용해서 부엌에서 와인 따는 소리가 다 들릴 지경이었다. 와인 마개가 튀어서 벽에 부딪히는 것처럼 크게 들렸다. 그녀가 뚜껑을 딴 병을 들고 나타났다. 한 잔 마실까 잠시 고민했다. 긴장된 마음을 달래려면 술 한 잔 정도는 괜찮겠지. 하지만 관두기로 했다. 카렌이 돌아오자 다같이 자리에 앉았다. 켄 씨가 테이블 머리에, 카렌과 랜던 그리고 트리시가 그의 한쪽 편에, 하던과 내가 그 맞은 편에 앉았다. 음식 차림에 대해 감탄사가 몇 차례 나왔다. 그 후 음식을 덜면서 아무도 말을 하지 않았다.

식사를 시작하고 잠시 후, 랜던이 나에게 눈을 맞추었다. 뭔가를 말할까 말한 고민하는 눈치였다. 나는 살짝 고개를 끄덕였다. 침묵을 깨고 싶진 않았다. 거위 고기를 한입 베어 물었다. 하딘은 한쪽 손을 내 허벅지에 올린 채였다.

랜던이 냅킨으로 입을 닦고, 트리시에게 말했다.

"미국은 어떠셨어요, 미세스 다니엘스? 처음 와보신 거죠?"

트리시는 몇 차례 고개를 끄덕였다.

"처음이에요. 여기서 살진 않겠지만, 마음에 드네요. 학교 졸업하고도 워싱턴에 계속 있을 계획이에요?"

그녀가 켄 씨를 쳐다보았다. 마치 그 질문을 랜던이 아니라 켄 씨에게 한 것처럼.

"아직 잘 모르겠어요. 여자친구가 다음 달에 뉴욕으로 가거든요. 그녀가 뭘 원하는지에 따라 달라지겠죠."

이기적인 바람이지만, 랜던이 여길 떠나지 않았으면 좋겠다.

"그렇군요. 난 하딘이 졸업하면 집으로 돌아온대서 정말 기뻐요."

트리시의 말에 나도 모르게 포크를 접시에 떨어뜨렸다. 시선이 나에게로 집중되었다. 나는 머쓱하게 웃어 보이며 포크를 주웠다.

"하딘, 졸업하고 다시 영국으로 돌아갈 거라고?"

랜던이 물었다.

"응, 당연히 그래야지."

하딘은 아무렇지도 않게 대답했다.

"아."

랜던이 곧장 나를 쳐다봤다. 하딘과 나는 졸업 후의 계획에 대해 얘기한 적이 없다. 그래도 그가 영국으로 돌아갈 거란 생각을 해본 적은 없었다. 나중에 따로 얘기해봐야겠다. 지금, 모두의 앞에서는 아니다.

"당신은… 미국이 좋아, 켄? 여기서 쭉 살 예정인가?"

트리시가 켄 씨에게 물었다.

"응, 여기가 마음에 들어. 아마 쭉 여기서 살게 될 것 같아."

그의 말에 트리시는 미소를 지으며 와인 한 모금을 마셨다.

"당신은 늘 미국을 증오했잖아."

"그랬었지."

그가 반쯤 웃으며 트리시를 쳐다보았다. 카렌과 하딘은 둘 다 좌불 안석인 듯했다. 나는 입 속에 넣은 구운 감자를 씹는 데만 집중했다.

"누구 다른 얘기 할 사람 없어요?"

하딘이 언짢은 표정으로 말했다. 테이블 아래에서 그를 툭 걷어찼지 만 그는 알아듣지 못한 듯했다. 카렌이 갑자기 나에게 물었다.

"시애틀은 어땠니, 테사?"

그 얘긴 전에 다 했었다. 그녀가 다른 방식으로 대화를 이어가려고 애쓰는 중이라는 걸 알았다. 그래서 모두에게 컨퍼런스와 인턴십 이야 기를 또 한 번 들려줬다. 적어도 긴장감을 늦추고 식사를 재개할 수는 있었다. 모두들 내게 열심히 질문을 했다. 다들 전남편과 전부인 주제 로 돌아가지 않으려고 노력 중이었다.

무사히 식사를 마쳤고, 나는 카렌이 그릇 치우는 걸 도왔다. 그녀는 심란해 보였다. 나는 테이블 정리하는 동안 그녀에게 말을 걸지 않았다.

"트리시, 와인 한 잔 더 하실래요?"

모두가 거실로 오자 카렌이 물었다. 하딘과 트리시, 내가 한쪽 소파 에 앉았다. 랜던은 의자에 앉았고, 카렌과 켄 씨는 우리의 맞은편 소파 에 앉았다. 두 팀으로 나누어 랜던이 심판하는 느낌이었다.

"네, 와인이 정말 맛있네요."

트리시가 빈 잔을 카렌에게 건넸다.

"지난 여름 그리스에서 사온 거예요. 거긴 너무 멋졌…."

카렌이 말을 중간에 끊었다 다시 이어 나갔다.

"좋은 곳이었어요."

트리시는 미소를 지으며 그녀에게 살짝 손인사를 했다.

처음에는 이 어색함에 정신이 없었다. 하지만 금세 깨달았다. 카렌은 켄 씨를 가졌다. 트리시가 절대로 가질 수 없었던 그런 모습의 켄 씨를. 그녀는 그리스뿐 아니라 온 세상을 가졌다. 대저택에, 새 차. 그리고 가장 중요한, 사랑스럽고 맑은 정신의 성공한 듯 보이는 남편을 가진 거다. 나는 이런 상황에서도 흔들리지 않는 트리시의 강인함과 넓은 마음에 진심으로 박수갈채를 보냈다. 그녀는 끝까지 정중하고 예의 바른 모습을 보여주었다.

"다른 분은요? 테사, 너도 한 잔 할래?"

카렌이 랜던에게 와인을 따라주고 나에게도 물었다. 나는 트리시와 하딘을 쳐다보았다.

"딱 한 잔만 해라, 크리스마스니까."

카렌의 권유에 결국 넘어갔다.

"네, 주세요."

이렇게 요상한 분위기로 하루가 계속될 거라면, 와인 한 잔은 필요할 것 같았다. 그녀가 와인을 따르자, 옆에 있던 하딘이 불쑥 말을 던졌다.

"어떠세요, 아빠? 와인 한 잔 안 드세요?"

모두가 입을 떡 벌리고 눈이 동그래져서 그를 쳐다보았다. 나는 그의 입을 다물게 만들려고 손을 꽉 쥐었다.

하지만 그는 아랑곳 없이 사악한 미소를 지으며 말을 이어 나갔다.

"안 드신다고요? 한 잔 하셔야죠. 정말 그리웠을 텐데."

47 · 테사

"하딘!"

날카로운 트리시의 목소리가 들렸다.

"왜요? 난 그냥 성인 남성에게 술 한 잔 권했을 뿐인데. 사교적인 차원에서 말이죠."

하딘이 비아냥거렸다. 나는 켄 씨를 쳐다보았다. 하딘이 던진 미끼를 물까 말까 고민하는 모습이었다. 어떤 쪽이든 싸움의 불씨는 이미 점화되었다.

"그만 해."

하딘에게 나지막이 속삭였다.

"버릇 없게 굴지 마라."

트리시가 말했다. 마침내 켄 씨가 입을 열었다.

"괜찮아."

그는 물 한 모금을 마셨다. 주위를 둘러보았다. 카렌의 얼굴은 창백해져 있었다. 랜던은 커다란 벽걸이 텔레비전에 시선을 고정시키고 있었다. 트리시는 와인 잔을 내려다보고 있다. 켄 씨는 넋이 나간 듯 보였고, 하딘은 그런 그를 노려보고 있었다. 그때 하딘이 분노를 억누르는 듯한 목소리로 조소하며 말했다.

"괜찮을 줄 알았어요."

"넌 화가 난 모양이구나. 네 기분이 나아진다면 무슨 말이든 해봐라."

켄 씨가 하딘에게 말했다. 그렇게 말해선 안 되는 거였다. 하딘의 감정을 이런 식으로 하찮게 여겨서는 안 된다. 특히나 이 사안에 대해서는. 하딘의 감정을 대충 넘어가도 상관없는 철부지 남자애의 것처럼 다뤄서는 안 되는 거였다.

"화 안 났어요. 짜증나고 놀랐다면 모를까, 화난 건 아니에요."

하딘이 차분하게 말했다.

"뭐가 놀라운데?"

켄 씨가 되물었다.

'켄 씨, 제발 아무 말 말아주세요.'

"아빠가 아무 일도 없었다는 듯 행동하는 데 놀랐어요. 아빠가 그런 개난장판을 벌였던 당사자가 전혀 아닌 것처럼 구는 데 놀랐다고요."

하딘은 켄 씨와 트리시를 번갈아 가리켰다.

"두 분, 정말 웃기지도 않아요."

"너, 지금, 선을 넘고 있구나."

켄 씨가 말했다.

'맙소사, 제발.'

"내가요? 언제부터 아빠가 넘지 말아야 할 선이 어디인지를 정했는데요?"

하딘이 켄 씨에게 덤벼들었다.

"여기가 내 집이었을 때부터다, 하딘. 그게 내가 선을 정한 이유다."

하딘은 벌떡 일어섰다. 나는 그의 팔을 붙잡았다. 하지만 그는 쉽게 나를 뿌리쳤다. 와인 잔을 테이블 위에 내려놓고 나도 일어섰다.

"하딘, 그만 해."

나는 애원하며 그의 팔을 다시 붙잡았다.

모든 게 잘 풀리고 있었다. 어색했지만 그런대로 괜찮았다. 그런데 하딘이 무례한 말을 던지면서 또 다시 이런 상황을 만든 것이다. 그의 아빠가 저지른 과거의 잘못 때문에 화가 났다는 건 안다. 하지만 크리스마스 저녁 만찬이다. 이런 때 그 문제를 다시 끄집어내는 건 안 좋은 생각이다. 둘은 이제 겨우 그들의 관계를 조금씩 만들어 나가기 시작했다. 하딘이 멈추지 않는다면, 상황은 예전보다 더 나빠질 것이다.

켄 씨는 권위적인 얼굴로 우뚝 서더니 교수님 같은 모습으로 물었다.

"난 우리가 다 넘어선 줄 알았다. 넌 내 결혼식에도 오지 않았니?"

일촉즉발의 상황이다. 좋게 끝날 것 같지 않았다.

"뭘 다 넘어섰는데요? 아빠는 뭐 하나도 인정하고 사과하지 않았어요! 그냥 아무 일도 일어나지 않은 것처럼 굴고 있잖아요!"

하딘은 소리를 질렀다. 머리 속이 멍해졌다. 랜던이 하딘과 트리시를 초대했다고 말하지 말걸 그랬다. 또 다시 내가 그들 가족 싸움의 원인이 된 것만 같았다.

"오늘은 이런 얘기를 하기에 적당한 날이 아니잖니, 하딘. 다들 좋은 시간을 보내고 있었는데, 꼭 그렇게 싸움을 걸어야겠니?"

켄 씨가 말했다.

"그럼 언제가 적당한 날인데요?"

"어쨌든 오늘은 아니다. 난 네 엄마를 정말 오랜만에 만났다. 네가 고른 날이 고작 지금인 게냐?"

"아빠가 엄마를 몇 년이나 못 본 건, 빌어먹을 아빠가 떠났기 때문이 잖아요! 아빠는 빈털터리인 엄마와 어린 나를 버렸어요. 빌어먹을 돈도, 차도, 아무 것도 없이!"

하딘은 소리치며 아빠 앞으로 바짝 다가섰다. 켄 씨의 얼굴은 분노로 시뻘개졌다. 그도 소리를 지르기 시작했다.

"빈털터리? 난 매달 돈을 보냈다! 그것도 제법 큰돈을! 그리고 내가 준 차를 받지 않은 건 네 엄마다!"

"거짓말!"

하딘이 거친 숨을 토해냈다.

"뭘 보내요! 우리는 거지처럼 살았고, 엄마는 일주일에 50시간이나 일했다고요!"

"하딘…, 네 아빠가 거짓말하는 건 아니야."

트리시가 불쑥 끼어들었다. 하딘은 엄마 쪽으로 고개를 홱 돌렸다.

"뭐라고요?"

이건 재앙이다. 지금까지 본 것보다 훨씬 더 큰 재앙이다.

"네 아빠는 돈을 보내왔어."

트리시는 와인 잔을 내려놓고 하딘 곁으로 다가갔다.

"그럼 그 돈은 다 어디 갔어요?"

불신이 가득 담긴 목소리였다.

"네 학비로 썼다."

그를 생각하니 가슴이 아파왔다.

"난 그 돈을 계속 저축해왔다."

"젠장, 뭐라고요?"

하딘은 손으로 이마를 문질렀다. 나는 하딘 뒤에 서서 그의 다른 한 손을 잡고 깍지를 꼈다.

트리시가 아들의 어깨에 한 손을 올렸다.

"전부는 아니야, 일부는 생활비로도 썼어."

"왜 나한테 말하지 않았어요? 아빠는 다 갚았어야 했어요. 돈이 아니라, 우리와 함께 살면서 자신이 저지른 잘못을 오래오래 갚았어야죠!"

그는 아빠를 돌아보았다.

"돈 같은 건 상관없어요! 아빠는 빌어먹을 내 생일에 전화 한 통도 없이 지금껏 떠나 있었다고요!"

켄 씨는 눈을 깜빡거렸다.

"그럼 내가 뭘 했어야 하는 거냐, 하딘? 곁에 머물렀어야 해? 나는 술주정꾼이었다, 아무 짝에도 쓸모없는 술주정꾼. 네 엄마랑 너는 내가 없어야 더 나은 삶을 살 수 있었어. 그날 이후…, 내가 물러서야 할 것 같았다."

하딘의 몸은 뻣뻣해졌고, 숨소리는 분노에 가득 차 있었다.

"그날 밤 일은 입에 담지도 마세요! 그건 아빠 때문에 벌어진 일이잖아요!"

하딘이 내가 잡고 있던 손을 뿌리쳤다. 트리시는 화나 보였고, 랜던은 겁에 질린 모습이었다. 카렌은 계속 울고 있었다. 그제야 깨달았다. 이 상황을 멈출 수 있는 사람은 나뿐이라는 걸.

"그건 나도 안다! 내가 그 시간을 되돌릴 수 있기를 얼마나 바라고 또 바랐는지 모를 거다. 그날 밤 일이 나를 늘 괴롭혔다, 지난 10년 동안 내내!"

켄 씨는 쉰 목소리로 말했다. 울음이 터지려는 걸 참는 게 분명했다.

"아빠를 괴롭혔다고요? 난 그 빌어먹을 일을 내 눈으로 봤어요, 이 괴물! 난 거기서 바닥에 떨어진 핏자국을 내 손으로 닦았다고요! 당신이 고주망태가 되어 밖에 있는 동안!"

하딘이 두 주먹을 불끈 쥐었다.

카렌은 훌쩍거리며 입을 틀어막고 거실을 떠났다. 그녀를 탓할 수는 없었다. 나도 내가 울고 있는지 몰랐다. 가슴으로 눈물이 뚝뚝 떨어질 때까지. 오늘 무슨 일이 일어날 것 같긴 했다. 하지만 이런 건 아니었다.

켄 씨는 허공으로 두 손 쳐들었다가 털썩 놓았다.

"나도 안다, 하딘! 나도 안다고! 하지만 그걸 돌이킬 방법이 없었다! 난 이제야 정신을 차렸어! 몇 년 동안 술은 입에도 대지 않았다! 그걸로 날 영원히 옭아맬 순 없어!"

하딘이 그의 아빠를 향해 돌진했다. 순간 트리시가 소리를 질렀다. 랜던이 도와주려 달려들었지만, 너무 늦었다. 하딘은 켄 씨를 도자기 장식장 쪽으로 밀어 붙였다. 켄 씨는 하딘의 셔츠를 붙잡았고, 그를 밀어내려 했다. 그러나 하딘의 주먹이 켄 씨의 턱을 강타했다.

나는 그 자리에 얼어붙었다. 다른 사람도 아닌 자기 아빠를 때리다니….

켄 씨는 하딘을 향해 몸을 일으켰다. 하딘이 한 대 더 칠지도 모를 상황이었다. 하지만 하딘은 대신 장식장 문 유리를 후려쳤다. 사방으로 피가 튀는 걸 보고서야 정신이 들었다. 나는 하딘의 셔츠를 움켜쥐었다. 그가 내 팔을 거칠게 뿌리쳤다. 나는 테이블 위로 내동댕이쳐졌다. 와인 잔이 쓰러지면서 흰색 카디건 위로 레드 와인을 뒤집어썼다.

"하딘! 대체 무슨 짓이야!"

랜던이 소리를 지르며 내 옆으로 달려왔다. 트리시는 문 옆에 서서 아들을 죽일 듯이 노려보고 있었다. 켄 씨는 박살 난 장식장을 보다가 나를 보았다. 하딘도 덤벼들기를 멈추고 돌아보았다.

"테사…."

나는 마루에 쓰러져 그의 주먹과 팔에서 떨어진 핏자국을 가만히 보고 있었다. 다친 데는 없었다. 이 혼돈의 도가니 속에서 옷이 더러워진 것쯤은 문제도 아니다.

"너 괜찮은 거야? 랜던인 줄 알았어."

그가 나를 일으켜 세웠다.

"괜찮아. 괜찮아."

나는 똑같은 말을 반복하면서 몸을 일으켰다. 그리고 그의 손길을 뿌리쳤다.

"저희는 갈게요."

그가 화난 듯 한 팔을 내 허리에 감쌌다.

나는 그에게서 한 걸음 물러서 켄 씨를 쳐다보았다. 켄 씨는 흰색 버튼다운 셔츠 소매로 입가에 묻은 피를 닦고 있었다.

"넌 여기 있는 게 좋겠어, 테사."

랜던이 강하게 말했다.

"개수작 부리지 마."

하딘의 거친 대꾸에도 랜던은 눈 하나 깜짝하지 않았다.

"하딘, 이제 그만 좀 해."

내가 딱 부러지게 말했다. 하딘은 한숨을 내쉬었지만 반박하진 않았다.

"괜찮을 거야."

내가 랜던에게 말했다. 괜찮을지, 안위를 걱정해야 할 사람은 내가 아니라 하딘이었다.

"가자."

하딘이 명령조로 말했다. 그가 문을 향해 앞장섰다. 내가 뒤따라 오는지 보려는 듯 그는 뒤를 돌아보았다.

"죄송합니다, 전부 다."

켄 씨에게 사과를 하고 하딘의 뒤를 따라갔다.

등 뒤로 켄 씨의 조용한 목소리가 들렸다.

"네 잘못이 아니다. 모두 내 잘못이다."

트리시는 말이 없었다. 하딘도 그랬다. 나는 온몸이 얼 것 같았다. 맨다리에 닿은 가죽 시트가 얼음장처럼 차가웠다. 카디건까지 젖는 바람에 옷은 전혀 도움이 안 됐다. 히터를 최대한으로 올렸다. 하딘이 나를 쳐다보았지만, 나는 창밖만 바라보았다. 그에게 화를 내야 하는 건지 어쩐지 도무지 모르겠다. 그는 저녁식사를 망쳐버렸고, 모두가 보는 데서 아빠를 때렸다.

하지만 한편으로 그를 이해한다. 그는 너무 많은 일들을 겪었다. 그리고 그 모든 문제의 근원에는 그의 아빠가 있었다. 악몽, 분노, 여성에 대한 그릇된 시각까지. 누구도 그에게 진짜 남자가 되는 법을 가르쳐 준 적이 없다.

하딘이 한 손을 내 허벅지에 올려놓았지만 치우지는 않았다. 머리가 지끈지끈 아팠다. 모든 게 이렇게 빨리 악화되다니 믿을 수가 없었다.

"하딘, 오늘 일에 대해 얘기를 좀 해야겠다."

트리시가 먼저 말을 꺼냈다.

"아뇨, 안 할 거예요."

"해야 해. 넌 오늘 지나쳤어."

"내가요? 엄만 어떻게 아빠가 저지른 걸 다 잊어버릴 수가 있죠?"

"난 하나도 잊지 않았다, 하딘. 네 아빠를 용서하기로 한 거지. 언제까지나 그 사람을 증오하며 살 순 없잖니. 폭력은 언제나 도를 넘어서게 만든단다. 증오와 분노는 널 갉아먹을 거야. 계속 그렇게 두면 언젠가 네 인생 전체를 뒤덮어버리고 말 거다. 네가 계속 그 분노를 키워 간다면, 그게 너를 파괴할 거야. 엄마는 네가 그렇게 사는 걸 원치 않는다. 나는 네가 행복하길 바라, 하딘. 네 아빠를 용서하면 엄마도 훨씬 더 행복해질 수 있어."

그녀의 강인함에 끝도 없이 놀란다. 하딘의 완고함도 마찬가지다. 그는 아빠가 저지른 과거의 실수를 결코 용서하지 않는다. 그러면서 매번 나에게는 용서를 구한다. 그러면서 자기 자신은 또 용서하지 않는다. 말도 안 되는 이상한 아이러니다.

"난 아빠를 용서하고 싶지 않아요. 그럴 수 있다고 생각했는데, 오늘 생각이 바뀌었어요."

"네 아빠는 오늘 네게 아무 짓도 안 했어."

트리시가 그를 꾸짖었다.

"네가 의도적으로 음주 문제를 들먹이면서 도발했잖아."

하딘이 내 다리에 올렸던 손을 치우자 핏자국이 선명했다.

"아빠는 무임 승차해서는 안 돼요."

"이건 무임 승차에 대한 얘기가 아니잖니. 스스로에게 한번 물어봐라. 자제력을 잃을 정도로 널 화나게 만든 게 뭐니? 그래서 네가 얻는 건 또 뭔데? 피범벅이 된 손이랑 고독한 인생 말고?"

하딘은 대답하지 못했다. 그는 정면을 뚫어지게 응시했다.

"말해봐."

그 후로는 내내 다들 아무 말도 하지 않았다.

아파트에 돌아오자 마자 나는 곧장 침실로 향했다.

"테사한테도 사과해야 해, 하딘."

등 뒤에서 트리시의 목소리가 들렸다.

나는 더러워진 카디건을 벗어 바닥에 던졌다. 신발을 벗고, 머리를 귀 뒤로 넘겨 땋아 묶었다. 잠시 후, 침실 문이 열리고 하딘이 들어왔다. 그는 붉은 얼룩이 묻은 옷을 슬쩍 보고, 내 얼굴을 쳐다보았다. 그리고 내 앞으로 와서 손을 잡았다. 애원하는 눈빛이었다.

"정말 미안해, 테스. 의도한 건 아니었어."

"오늘은 그래선 안 되는 거였어."

"알아…, 다친 데는 없어?"

그는 상처 난 두 손을 블랙진에 문질렀다.

"없어."

그가 나를 다치게 했다면 문제는 더 심각해졌을 것이다.

"미안해. 난 랜던인 줄 알고…."

"네가 그렇게 화내는 거 너무 싫어."

그의 손이 나를 뿌리치던 순간이 떠올랐다. 눈에 눈물이 차 올랐다.

"미안해, 테사."

그는 무릎을 굽혀 내 눈높이에서 눈을 맞췄다.

"절대 너한테 상처 주진 않아."

그는 엄지로 내 관자놀이를 따라 쓰다듬었다. 나는 천천히 고개를 끄덕였다. 그것만은 분명하다. 그는 절대 나한테 상처 주지는 않을 것이다. 적어도 육체적으로는.

"왜 갑자기 아빠 음주 문제를 꺼낸 거야?"

"아빠가 아무 일도 없었다는 듯이 우쭐대는 꼴이 보기 싫었어. 엄마한테 사과 한 번 한 적 없으면서! 우리 엄마는 그걸 보고만 있어야 하잖아. 누군가는 엄마 편에 서줬어야지."

혼란스러운 말투였다. 불과 30분 전, 아빠의 면전에 대고 소리 지르던 모습과는 완전히 달랐다. 가슴이 아팠다. 그건 엄마를 보호하려는 그만의 서툰 방법이었던 것이다. 분명 잘못된 방법이었지만, 그건 하딘에겐 본능적인 거였다.

"켄 씨가 어떻게 느꼈을지 생각해봐. 그 분도 평생을 죄책감 속에서 살 거야, 하딘. 네가 아무리 그래도 과거는 달라지지 않을 거고. 난 지금 네게 화내지 말라고 얘기하는 건 아니야. 그건 자연스러운 반응이니까. 하지만 너 자신 뿐만 아니라 사람들도 용서해야 해."

"나는⋯."

"그리고 폭력은 그만둬. 열 받을 때마다 사람들을 때릴 순 없어. 그건 아니야. 난 네가 그러는 거 정말 싫어."

"알아."

그는 시선을 바닥으로 떨궜다. 나는 한숨을 내쉬고 그의 두 손을 잡았다.

"우리, 일단 좀 씻자. 주먹에서 아직도 피가 나."

나는 그를 데리고 욕실로 향했다. 그의 상처를 내 손으로 닦아주고 싶었다.

48 · 테사

상처를 소독하는데도 하딘은 신음 소리 한 번 내지 않았다. 그는 나를 올려다보았고, 나는 그 앞에 서 있었다.

"엄지손가락에 뭘 좀 붙여야 할 것 같아."

"괜찮아."

"깊게 베인 것 같아. 피는 멈췄지만, 그냥 두면 다시 벌어질 거야."

그는 아무 말도 하지 않았다. 그저 내 얼굴만 빤히 보고 있을 뿐이다.

"왜?"

"아무 것도 아니야."

거짓말이다.

"말해봐."

"내가 깽판을 놓았는데도 그걸 다 견뎌준 게 믿어지지 않아서."

"나도 그래."

내가 먼저 웃었다. 그의 표정이 일그러졌다.

"근데 그럴 만했어."

내가 덧붙였다. 진심이었다. 그제야 그도 웃었다. 한 손을 그의 얼굴로 가져갔다. 움푹 패인 보조개 자국을 따라 엄지로 천천히 쓰다듬었다. 그의 미소가 점점 더 크게 번졌다.

"나, 샤워 좀 할게."

그는 셔츠를 벗고, 물을 틀었다.

"난 방에 있을게."

"왜? 나랑 같이 해."

"너희 엄마가 저쪽 방에 계셔."

나는 조용히 대답했다.

"그래서 뭐, 샤워만 할 거잖아? 제발."

그를 거부할 수 없다는 걸 그도 안다. 내가 할 수 없다는 듯 한숨을 쉬자 하딘은 능글맞게 웃었다.

"지퍼 좀 내려줄래?"

그에게 등을 보이고 돌아서서 머리카락을 들어올렸다. 그가 지퍼를 내리자 녹색 원피스가 바닥으로 떨어졌다.

"이 원피스 맘에 들어."

그가 바지와 팬티를 벗었다. 나는 최대한 그의 벗은 몸을 보지 않으려고 애쓰며 브래지어를 풀었다. 옷을 다 벗자 하딘이 내 손을 잡고 물줄기로 이끌었다. 그는 인상을 쓰며 내 몸을 위 아래로 샅샅이 훑어보았다. 나는 두 팔로 몸을 가리려 애를 썼다.

"너한테 피가 묻었어."

그는 흐릿한 붉은 얼룩을 가리키며 말했다.

"괜찮아."

나는 샤워 퍼프로 얼룩을 문질렀다. 그가 퍼프를 빼앗더니 거품을 가득 냈다.

"내가 해줄게."

하딘이 무릎을 꿇었다. 내 앞에 무릎을 꿇고 앉은 그의 모습을 보자 온몸에 소름이 돋았다. 스펀지가 내 허벅지에서 천천히 원을 그리며 아래 위로 움직였다. 그는 나를 흥분시키는 법을 너무 잘 안다. 그의 입술이 왼쪽 엉덩이에 닿았다. 몸을 뒤틀지 않으려 애를 썼다. 그는 한 손으로 내 허벅지 뒤편을 감싸 쥐었다. 나를 움직이지 못하게 붙잡으면서 오른쪽 엉덩이에도 똑같이 입술을 대었다.

"샤워기 좀 줘."

그의 말에 나는 음란한 생각에서 퍼뜩 깨어났다.

"뭐?"

"샤워기 좀 달라고."

내가 샤워기를 건네주자 그가 눈은 번뜩였다. 코 끝에서는 물방울이 떨어지고 있었다. 그는 샤워기로 내 아랫배를 조준해 물을 쏘았다.

"하딘, 뭐 하는 거야?"

울 듯한 목소리로 내가 말했다. 따뜻한 물줄기가 다리를 타고 흘러내렸다. 하딘은 기대감에 찬 얼굴로 나를 바라보고 있었다.

"어때, 좋아?"

나는 고개를 끄덕였다.

"이건 어때…"

물줄기를 조금 더 아래로 움직였다. 내 몸의 세포 하나하나가 깨어나고 있었다. 하딘이 나를 자극할수록 세포들이 살아나 몸 안에서 춤을 추었다. 물이 쉴새 없이 쏟아지자 나도 모르게 몸을 비틀었다. 하딘은 의미심장하게 웃었다.

따뜻한 물줄기는 너무 기분 좋았다. 나는 그의 머리카락을 잡고 아

랫입술을 꽉 물었다. 신음 소리가 새어 나와선 안 된다. 그의 엄마가 옆
방에 있다. 그래도 그를 멈추게 할 수가 없었다. 그러기엔 너무 기분 좋
은 자극이었다.

"테사…?"

하딘이 내 대답을 요구했다.

"좋아…, 거기야."

나는 헐떡였고, 그는 킬킬거렸다. 그리고 물줄기를 내게 더 가까이
들이댔다. 더 큰 자극이 느껴졌다. 물줄기 아래로 내 몸을 부드럽게 핥
고 있는 그의 혀가 느껴졌다. 순간 중심을 잃을 뻔했다. 너무 강렬했다.
그의 혀는 물줄기와 함께 내 몸을 강하게 자극했고, 무릎은 이내 후들
거리기 시작했다.

"아…, 참을 수가…."

무슨 말을 하고 싶은 건지 모르겠다. 그의 혀놀림이 빨라지자, 나는
그의 머리카락을 더 세게 잡아당겼다. 다리가 떨리기 시작했다. 하딘
은 샤워기를 떨어뜨리고 두 손으로 나를 붙잡아 세웠다.

물소리에 내 신음 소리가 함께 씻겨 나가길 바랐다. 그가 내 몸에 대
고 미소 짓는 게 느껴졌다. 나는 그대로 절정에 올랐다. 눈이 감겼다.
극강의 희열이 온몸으로 퍼져나갔다.

하딘은 내 몸에서 입을 떼지 않고 말했다.

"계속 해, 테사. 나를 위해 느껴줘."

눈을 떴을 때, 하딘은 여전히 내 앞에 무릎을 꿇고 있었다. 그는 한
손으로 자신의 페니스를 감싸 쥐고 있었다. 완전히 단단해져 거대해
보였다. 나는 숨을 헐떡이며 무릎을 꿇었다. 그의 페니스를 쥐고 가만

히 쓰다듬었다.

"일어서봐."

조용히 그에게 말했다. 그가 일어서자 나는 그의 페니스에 입술을 대었다. 그리고 끝부분부터 살살 핥았다.

"제기랄…."

그는 숨을 들이마셨다. 그의 페니스를 혀로 감싸 입에 넣었다. 그의 다리를 양손으로 붙잡고 젖은 바닥에서 중심을 잡았다. 그의 페니스가 목구멍 깊숙이 들어왔다. 그의 손가락이 젖은 내 머리카락을 파고들었다. 그가 엉덩이를 움직였다. 나를 붙잡고, 입 안으로 깊이 밀어 넣었다.

"이렇게 몇 시간이든 할 수 있어."

그의 움직임이 조금 빨라졌고, 나는 신음했다. 그는 음탕한 말을 쏟아냈고, 나는 입술에 힘을 주어 더 세게 그를 빨아 당겼다. 그는 또 거친 말들을 내뱉었다. 그가 한 동물적인 요구는 너무나 새로웠다. 통제권은 그에게 있었고, 나는 그게 너무 좋았다.

"사정할 것 같아."

내 머리를 움켜쥔 그의 손에 좀 더 힘이 들어갔다. 그의 다리 근육이 더 팽팽해졌다. 그는 내 이름을 부르면서, 입 안에 모든 걸 쏟아냈다. 그리고 거친 숨을 몇 차례 몰아쉬더니, 나를 일으켜 세웠다. 그리고 내 이마에 입을 맞추었다.

"이제 진짜 씻어야 할 것 같은데."

그가 입술을 핥으며 씨익 웃었다.

다 씻고 나갈 채비를 마쳤다. 나는 그의 복근을 손으로 쓰다듬었다. 배에 새겨진 해골 무늬를 따라 손가락을 움직였다. 손이 슬금슬금 아래로 내려갔다. 하딘이 나를 저지했다.

"거부하기 어렵다는 건 아는데, 엄마가 옆 방에 계시잖아. 자제 좀 하시죠, 아가씨."

그가 짓궂게 말했다. 나는 그의 팔을 찰싹 때렸다.

"방에 가서 내 옷 좀 갖다줘."

내가 명령조로 말했다.

"알겠습니다, 부인."

그는 수건을 허리에 두르고 욕실을 나갔다. 나는 거울을 손으로 닦고, 젖은 머리에 수건을 둘렀다.

오늘은 정말 최고로 정신 없고 스트레스 가득한 크리스마스다. 랜던에게는 나중에 전화해야겠다. 먼저 하딘과 얘기해봐야겠다. 졸업 후에 영국으로 돌아간다고 했던 말. 한 번도 그런 얘기를 한 적 없었다.

"여기."

하딘이 옷 뭉치를 건네주고 욕실을 떠났다. 주섬주섬 옷을 입었다. 그가 챙겨온 옷을 보고 기분이 좋아졌다. 빨간색 레이스 브래지어와 팬티 세트, 트레이닝 바지에 깨끗한 검정색 티셔츠였다. 새 티셔츠다, 오늘 입었던 건 피투성이가 되었으니까.

49 · 테사

하딘이 엄마와 보내는 마지막 날 밤이다. 우리는 차를 마시며 이야기를 나눴다. 트리시는 어렸을 적 하딘의 흑역사를 끝도 없이 말해주었다. 그리고 내년 크리스마스에는 꼭 영국에 오라고 열 번도 넘게 당부했다.

1년 뒤에도 하딘과 함께 크리스마스를 보낼 수 있을까. 생각만으로도 가슴이 두근거린다. 하딘을 만난 뒤 처음으로 그와 함께하는 미래를 그려보았다. 결혼을 한다거나 아이를 갖는다거나 하는 거창한 미래는 필요 없다. 그저 그와 함께하는 1년 뒤를 꿈꿔볼 수 있는 것만으로도 충분하다.

다음 날 새벽, 하딘이 트리시를 한 시간이나 일찍 공항에 바래다주고 왔다. 나는 그제야 잠에서 깼다. 그가 바닥에 벗은 옷을 던지는 소리가 들렸다. 그는 달랑 팬티 차림으로 침대로 들어와서는 두 팔로 나를 끌어안았다. 아침잠을 방해하는 게 조금 짜증스러웠지만, 그가 없는 잠깐 동안 그가 너무 그리웠다.

"나, 내일부터 출근해."

내가 불쑥 말을 꺼냈다.

"나도 알아."

잠든 줄 알았던 그가 대답했다.

"다시 회사로 복귀한다니, 너무 설레."

"왜?"

"회사에서 일하는 게 좋아. 일주일이나 쉬었잖아. 이제 일하고 싶어."

"못 말리는 일중독자야."

놀려대는 말투였다. 모르긴 해도 분명 어이없는 표정을 짓고 있을 것이다. 나는 입을 삐죽거리며 말했다.

"난 내 인턴십이 너무너무 좋은데, 넌 네 일을 좋아하지 않는구나. 거참 안됐네."

"무슨 소리야, 내가 내 일을 얼마나 좋아하는데. 그리고 나도 너랑 같은 회사에서 일했었거든. 그저 조건이 좀 더 나은 곳으로 옮겼을 뿐이야."

그가 너스레를 떨었다.

"집에서 일할 수 있어서 지금 회사가 더 좋은 거야?"

"그게 가장 큰 이유긴 하지."

"그럼 또 다른 이유는 뭔데?"

"사람들이 반스 출판사이기 때문에 내가 취직했다고 생각하는 것 같아서."

뜻밖의 답은 아니었다. 그래도 기대했던 것보다는 훨씬 더 솔직한 대답이었다.

"정말로?"

그에게로 몸을 돌렸다. 하딘은 팔을 괴고 나를 내려다보았다.

"잘 모르겠어. 아무도 말하는 사람은 없었지만 다들 그렇게 생각하는 것 같았어. 특히 크리스찬이 나를 인턴이 아닌 정직원으로 채용한 다음엔 더욱."

그는 싱긋 웃었다. 어슴푸레한 방의 어둠 속에서 그의 미소가 환히 빛나는 것 같았다.

"암튼 다른 직원들이 내 잠재적 비행에 대해 끊임없이 불평을 늘어놓았나 봐."

"잠재적 비행이라고?"

내가 놀리듯 말했다. 그는 내 뺨을 감싸더니 이마에 입을 맞추었다.

"내가 너무 매력 있잖아. 난 아무 짓도 안 했다고."

나는 키득거렸고, 그는 자신의 이마를 내 이마에 대며 활짝 웃었다.

"오늘 스케줄은?"

"글쎄. 일단 랜던한테 전화하고, 마트에 다녀올까 해."

그가 슬쩍 몸을 떼었다.

"랜던?"

"언제 만날 수 있는지 물어보려고. 선물로 산 티켓을 못 줬잖아."

"선물은 다 그 집에 있잖아. 벌써 열어봤을 거야."

"우리 없이 선물을 열어볼 사람들은 아니야."

"그럴 사람들이야."

가족 얘기가 나오자 하딘의 분위기가 진지하게 바뀌었다.

"내가 먼저 사과해야 한다고 생각해? 사과라기보다…, 먼저 전화해야 할까, 아빠한테."

하딘과 켄 씨 문제라면 신중해질 필요가 있다.

"네가 먼저 전화 드리는 게 좋을 것 같아. 적어도 노력은 해야지. 어제 일이 이제 막 싹트기 시작한 부자간의 관계를 망친 게 아니라는 걸 알려드려야지."

"나도 그래야 할 것 같아…."

그가 한숨을 푹 내쉬었다.

"어제 아빠한테 그런 짓을 한 다음에, 잠깐 생각했었어. 널 두고, 나만 나와야 하나 하고."

"정말?"

"네가 같이 가겠다고 한 건 기뻤지만, 암튼."

대답 대신 나는 고개를 들어 그의 턱에 살짝 입을 맞추었다. 하딘은 지금 자기 잘못을 인정하고 있다. 그의 달라진 태도는 내 모든 걸 변화

시켰다. 하딘을 바라보는 내 시선은 부정이 아닌 긍정 쪽으로 옮겨갔다. 그를 더 잘 이해할 수 있게 된 것이다.

"오늘 아빠한테 전화해볼게."

"우리가 그 집으로 가는 건 언제? 직접 선물을 드리고 싶어."

하딘은 눈을 가늘게 뜨고 나를 쳐다보았다.

"전화해서 열어보라고 말씀 드려. 네 끔찍한 선물을 받고 짓는 가짜 웃음을 안 봐도 될 좋은 기회인데."

"하딘!"

나는 울상이 되었다. 하딘은 키득거리며 내 가슴에 머리를 기댔다.

"너 완전 멋진 선물을 샀잖아. 엉뚱한 팀 열쇠고리가 그 중 최고지."

그가 웃었다.

"저리 가."

나는 그의 헝클어진 머리를 저만치 밀어냈다.

"마트에선 뭘 사야 하는데?"

그가 다시 누우며 물었다. 마트 얘기했던 건 까맣게 잊어버렸다.

"살 거 없는데."

"아냐, 아냐. 네가 마트 가야 한다고 했어. 뭐가 필요한데, 마개 같은 거?"

"마개?"

"있잖아…, 너를 막는 마개."

"무슨 소린지 모르겠어."

"탐폰 말이야."

얼굴이 화끈 달아올랐다. 아니, 온몸이 달아오른 것 같았다.

"아…, 아니야."

"너, 생리 중이야?"

"오 마이 갓, 하딘! 그런 것 좀 묻지 마."

"왜? 생리 얘기하는 게 부끄러워?"

그가 고개를 들어 나를 바라보았다.

"부끄러운 게 아냐. 좀 부적절하잖아."

나는 뭔가 창피한 기분이 들어 얼른 다른 화제로 돌리고 싶었다.

"우린 벌써 부적절한 짓을 꽤나 한 걸로 아는데, 테레사."

"테레사라고 부르지마. 그리고 그런 얘기 좀 그만 해!"

나는 두 손으로 얼굴을 가리면서 투덜거렸다.

"지금 피 나오고 있어?"

그의 손이 아랫배로 내려오는 걸 느꼈다.

"아니…."

거짓말이다. 전에는 이런 상황을 맞닥뜨린 적이 없었다. 우리가 항상 들쭉날쭉 만났기 때문에 한 번도 이 시기를 같이 보낸 적이 없었으니까. 이제 같이 살기로 했으니, 이런 일이 벌어질 거라 생각은 했었다. 그저 내가 피하고 있었을 뿐.

"그럼 우리…."

그의 손이 내 팬티 위로 미끄러져 내려왔다.

"하딘!"

소리를 꽥 지르고 그의 손을 확 뿌리쳤다. 그가 키득거렸다.

"그니까 말해봐. '하딘, 나 지금 생리 중이야.' 이렇게."

"싫어, 그런 말은 안 할 거야."

나는 얼굴이 새빨개졌을 거다.

"뭐 어때, 그건 정상적인 생리 현상이잖아."

"넌, 정말 더러워."

"더럽게 놀랍지."

그가 실실 웃었다. 그런 말을 해놓고 뿌듯해 하고 있는 거다.

"넌, 진짜 저질이야."

"테사, 좀 진정해. 넌 모든 걸 흐르는 대로 그냥 놓아두는 법을 배워야 해."

그가 더 크게 웃었다.

"오 마이 갓! 알았어. 이제 생리 가지고 농담 그만 할 거지?"

"나 농담한 거 아닌데. 이건 우리 둘 다 알아야 할 일이잖아."

그의 웃음이 전염되었나 보다. 하딘과 함께 침대에 뒹굴며 깔깔거리니 기분이 좋아졌다.

"하딘, 나 생리 중이야. 네가 막 집에 오기 직전에 터졌어. 됐어? 이제 만족해?"

"넌 왜 그걸 부끄러워하는 거야?"

"부끄러운 건 아니야. 그냥 좀⋯."

그는 내게 몸을 찰싹 붙였다. 나는 콧잔등을 찡긋했다.

"넌 진짜 난잡해."

"더 심한 말도 들었는 걸."

그가 씨익 웃었다.

"오늘 기분이 무지 좋구나?"

"너도 그렇잖아. 아니, 생리 기간이라서 별로인가."

나는 베개로 얼굴을 가렸다.

"제발, 우리 다른 얘기 좀 할래?"

"그래, 피 묻은 팬티가 상당히 당황하셨겠네."

그가 웃어댔다. 나는 얼굴을 가리고 있던 베개로 그의 머리를 후려쳤다. 그리고 침대에서 내려왔다. 그가 서랍장 문을 열면서 내내 웃는 소리가 들렸다. 바지를 찾는 거겠지. 아직 이른 시간이다. 겨우 7시밖에 안 되었다. 그런데도 잠이 완전히 깨버렸다. 커피를 내리고, 시리얼을 담았다. 크리스마스가 이렇게 끝나 버리다니, 믿을 수가 없다. 며칠 뒤면 올해도 끝날 테지.

"새해 첫날엔 보통 뭘 했어?"

하딘에게 물었다. 그는 흰색 바지를 입고 테이블 앞에 앉았다.

"보통은 외출을 하지."

"어디 가는데?"

"파티나 클럽에. 아니면 둘 다. 작년엔 둘 다 갔었어."

"아."

그에게 시리얼 그릇을 건네주었다.

"넌 뭘 하고 싶은데?"

"글쎄, 잘 모르겠어. 나도 외출하고 싶어."

그가 한쪽 눈썹을 찡긋 들어 올렸다.

"너네 아빠한테, 오늘 우리가 들러도 되는지 여쭤볼래?"

그의 옆자리에 앉으며 물었다.

"아니면 여기로 오시라고 하는 건?"

느닷없는 제안에 하딘의 눈빛이 날카로워졌다.

"그건 아닌 것 같아."

"왜? 너도 여기가 더 편하잖아."

그는 잠시 눈을 감았다가 떴다.

"그래. 좀 있다가 전화해볼게."

나는 잽싸게 아침식사를 마치고 일어섰다.

"어디 가?"

"청소하러."

"무슨 청소? 먼지 한 톨 없잖아."

"손님이 오실 거잖아. 완벽하게 깨끗한 집에서 손님을 맞고 싶어."

그릇을 헹구어 식기세척기 안에 넣었다.

"너도 도와야 해. 집을 네가 죄다 엉망으로 만들잖아."

내가 따끔하게 지적했다.

"음. 청소는 네가 나보다 한 수 위지."

청소하는 건 별 문제가 아니다. 나는 물건들이 확실하게 제대로 정리되어 있는 걸 좋아한다. 하지만 하딘의 청소 스타일은 사실 청소라고 할 수가 없다. 그는 공간만 있으면 물건들을 쑤셔 박아 놓는다.

"아, 그리고 잊지 마. 우리 마트에 가서 네 마개도 사야 해."

그가 또 웃는다.

"마개라고 부르지 마!"

행주를 그의 얼굴에 던졌다. 내가 부끄러워하는 걸 보고 그는 더 크게 웃어댔다.

청소가 끝났다. 물론 내 기준으로 합격이다. 얼른 마트에 가서 탐폰과 필요한 물품 몇 가지를 사왔다. 켄 씨와 카렌, 랜던 일행이 정말로 올지도 모르니까. 하딘이 같이 가겠다고 나섰지만 극구 말렸다. 같이 갔다간 내내 탐폰 가지고 짓궂게 굴 게 뻔했다.

집에 돌아와보니, 하딘은 나갈 때 그대로 소파에 앉아 있었다.

"아빠한테 전화 드렸어?"

부엌으로 들어가면서 물었다.

"아니, 너 기다리고 있었어."

그가 대답하며 부엌을 서성거렸다. 그러다 테이블 의자에 앉으며 한숨을 내쉬었다.

"지금 할게."

고개를 끄덕이고 그의 맞은 편에 앉았다.

"음…, 안녕하세요?"

하딘은 스피커폰으로 바꾸고, 전화기를 테이블 가운데 내려놓았다.

"하딘?"

켄 씨의 음성은 놀라움이 가득했다.

"음, 저기, 혹시, 저희 집에 오실래요?"

"너희 집에?"

하딘은 나를 쳐다보았다. 참을성이 점점 한계에 다다르고 있는 것 같았다. 테이블 위로 손을 뻗어 그의 손을 잡고 격려의 의미로 고개를 끄덕였다.

"네…, 아빠랑, 카렌, 랜던 다 같이요. 선물 교환, 어제 못했잖아요. 엄마는 가셨어요."

"그래도 괜찮겠니?"

켄 씨가 물었다.

"제가 방금 여쭤봤잖아요, 뭘 들으셨어요?"

하딘이 발끈했다. 나는 그의 손을 꼭 쥐었다.

"아니, 제 말은… 전 괜찮아요."

그가 다시 말했고, 나는 그를 향해 웃어 보였다.

"알았다, 일단 카렌한테 얘기해보마. 카렌도 좋아할 거야. 몇 시쯤 가는 게 좋겠니?"

하딘에게 입 모양으로 '두 시'라고 말했고, 그는 그대로 아빠에게 전달했다.

"그럼, 이따 두 시에 보자꾸나."

"주소는 테사가 랜던한테 문자로 보낸대요."

하딘은 말을 마치고 전화를 끊었다.

"그렇게 나쁘진 않았어, 그렇지?"

내 말에 그는 포기한 사람의 표정을 지었다.

"응."

"나, 뭐 입지?"

그는 내가 입고 있는 청바지와 WCU 티셔츠를 가리켰다.

"그거."

"이건 안 돼. 크리스마스잖아."

"오늘은 크리스마스 다음날이야. 그러니까 청바지도 괜찮아."

그는 입술 피어싱을 만지작거리며 말했다.

"그래도 청바지는 안 입을 거야."

나는 웃으며 침실로 향했다.

거울 앞에서 흰색 원피스를 대보고 있었다. 하딘이 들어왔다.

"흰색 옷을 입는 건 별로 좋은 생각이 아닌 것 같은데."

그가 또 놀려댄다.

"아, 제발, 그만 좀 해!"

"부끄러워하는 게 너무 귀여워."

옷장에서 갈색 원피스를 꺼냈다. 많은 추억이 담겨 있는 옷이다. 이걸 입고 스테프와 함께 처음으로 클럽하우스 파티에 갔었다. 스테프가 그리웠다. 그녀한테 화가 났지만, 그래도 보고 싶었다. 배신감을 느낀 건 맞지만 한편으론 그녀 말이 옳기도 했다. 하딘은 용서하면서 스테프를 용서하지 않는 건 모순이다.

"또 무슨 생각을 하시는 건가요?"

"음…, 스테프 생각."

"스테프?"

"그냥 걔가 보고 싶어. 넌 친구들 보고 싶지 않아?"

하딘은 편지를 주고 난 이후로 친구들 얘기는 전혀 입에 올리지 않았다.

"아니."

그가 어깨를 으쓱했다.

"너하고 함께 있는 게 더 좋아."

솔직한 건 좋았지만, 그래도 한 가지는 짚고 넘어가야겠다.

"친구들하고 시간 보내는 것도 나쁘진 않잖아."

"잘 모르겠어. 넌 걔들하고 다시 어울리고 싶어? 그 난리를 쳤는데도?"

그는 시선을 바닥으로 떨구었다.

"나도 잘 모르겠어…. 그래도 노력해보고 싶어. 몰리는 빼고."

인상이 저절로 찌푸려졌다. 그는 개구쟁이 같은 눈빛으로 나를 쳐다보았다.

"걔들은 새해 전날 밤에 뭘 한대?"

그들과 다시 어울리는 게 어떨지 짐작도 안 된다. 하지만 나도 친구들과 어울리고 싶었다.

"아마 파티가 있을 거야. 로건이 새해에 집착하거든. 너 정말, 걔들이랑 어울리고 싶은 거야?"

나는 미소를 지어 보였다.

"그게 우리 위신을 떨어뜨리는 거면, 내년엔 그냥 우리끼리 지내도 되고."

하딘의 눈이 동그래졌다. 내년이란 말이 놀라웠나 보다. 나는 모른 척했다. 오늘만큼은 평화로운 크리스마스 분위기를 이어 나가고 싶었다.

"음식을 좀 만들어야겠어. 약속을 3시로 할 걸 그랬나 봐. 벌써 12시야. 아직 아무 준비도 안 됐는데."

화장기 없는 맨 얼굴을 손바닥으로 문질렀다.

"가서 준비해. 내가 만들어볼게."

하딘이 의미심장하게 웃었다.

"넌 내가 접시에 담아주는 것만 먹어, 알겠지?"

"뭐야, 아빠를 독살하겠다는 거야? 재미없어."

세수를 하고 가볍게 화장을 했다. 머리는 하나로 묶어, 끝에만 컬을 주었다. 준비를 마치고 옷을 입는데, 부엌에서 근사한 마늘 향이 풍겨 왔다.

테이블에는 벌써 과일과 채소들이 담긴 접시가 차려져 있었다. 몇 군데 다시 정리하고 싶은 마음을 간신히 억눌렀다. 그가 차려 놓은 것들에 진심으로 감동하는 중이다. 하딘이 아빠를 기꺼이 우리 집으로 초대하다니, 정말 모를 일이다. 게다가 오늘은 기분도 굉장히 좋은 듯하니 안심이 되었다. 30분 뒤면 손님들이 올 거다. 하딘이 요리하면서 어질러 놓은 것들을 재빨리 치웠다. 이제 아파트는 다시 티끌 하나 없는 완벽한 상태가 되었다.

오븐 앞에 서 있는 하딘의 뒤로 가서 허리에 두 팔을 둘렀다.

"이런 걸 만들다니, 정말 고마워."

그가 어깨를 으쓱했다.

"별 것도 아닌 걸."

"긴장되거나 그렇지 않아?"

"아주 조금. 아빠를 여기 오시게 한 게, 좀 이상한 것 같아."

"알아. 그래도 네가 아빠를 초대했다는 게 너무 뿌듯해."

그의 가슴에 볼을 기댔다. 그가 내 허리를 감싸 안았다.

그는 내 목에 키스했다. 그의 손이 내 허벅지를 따라 움직이자 소름이 돋았다.

"내 손가락이 못 들어갈 거라 생각하지 마."

그는 손가락으로 검정색 스타킹 위에 원을 그렸다.

"알잖아, 안 된다는 거."

그때 문 두드리는 소리가 들렸다. 나는 깜짝 놀랐고, 하딘은 내게 윙크했다. 그가 문을 향해 걸어가며 어깨 너머로 덧붙였다.

"난 할 수 있어."

51 · 하딘

현관문을 열고 아빠의 안색을 살폈다. 뺨에 진한 보라색 멍 자국이 선명했고, 아랫입술 가운데가 살짝 찢어져 있었다. 가볍게 고개를 숙여 그들을 맞았다. 도통 무슨 말을 해야 할지 모르겠다.

"어머, 집이 정말 예쁘구나."

카렌이 집 안으로 들어서며 미소를 지었다. 세 명 모두 현관 앞에 엉거주춤 서 있었다.

어색한 순간, 다행스럽게도 테사가 나타났다.

"와 주셔서 감사합니다. 랜던, 그거 트리 옆에 놔줘."

테사가 랜던이 들고 있던 쇼핑백들을 가리켰다.

"너희들이 집에 두고 간 선물을 다시 가져왔다."

아빠가 말했다. 집 안에 긴장감이 감돌았다. 분노의 기운은 아니었지만, 확실히 어색하긴 했다. 테사가 사랑스럽게 미소를 지었다.

"정말 감사합니다."

진심으로 환대 받는 느낌을 주는 미소였다. 역시 테사가 이런 건 최고다. 적어도 나는 그렇게 느꼈다.

카렌과 아빠, 랜던까지 모두 부엌으로 들어갔다. 나는 테사의 손을 잡았다. 그녀는 불안의 늪에서 나를 지탱해주는 유일한 존재다.

"오시는 길은 어땠어요?"

테사는 대화를 이어 나가려 애쓰고 있었다.

"나쁘진 않았어. 내가 운전했거든."

랜던이 대답했다. 어색하게 시작된 대화는 식사를 하면서 좀 더 편안해졌다. 식사를 하며 테사는 테이블 아래에서 내 손을 꼭 쥐었다.

"음식들이 정말 훌륭하구나."

카렌이 테사를 쳐다보며 칭찬했다.

"제가 아니라 하딘이 만들었어요."

테사가 대답을 하며, 한 손을 내 허벅지 위에 가만히 올렸다.

"정말이니? 정말 맛있구나, 하딘."

카렌이 환하게 웃었다.

식사 준비한 걸로 테사에게 점수 땄으니, 그걸로 됐다. 네 명의 시선이 일제히 나에게 쏠리자, 속이 메슥거렸다. 허벅지에 올린 테사의 손에 힘이 들어갔다. 뭐라고 한마디 하길 바라는 눈치였다.

"감사합니다."

테사가 또 다시 허벅지를 꽉 쥐었다. 나는 카렌에게 미소를 지어 보였다. 아마 세상에서 제일 어색한 미소였을 거다.

잠깐의 침묵이 흐르고, 테사는 접시를 들고 테이블에서 일어섰다. 그녀는 싱크대 쪽으로 걸어갔고, 나는 따라갈까 말까 잠시 고민했다.

"음식이 정말 맛있구나, 하딘. 감동받았다."

아빠가 침묵을 깨며 한마디 던졌다.

"고작 음식인데요, 뭐."

내가 중얼거렸다. 아빠의 시선이 아래로 떨어졌고, 나는 얼른 고쳐 말했다.

"테사가 훨씬 더 잘 만들어요, 어쨌든 감사합니다."

내 대답에 아빠는 기쁜 듯했다. 카렌은 어색한 미소를 지으며 나를 보고 있었다. 눈에 안도감이 담겨 있었다. 나는 시선을 피했다. 마침 테사가 테이블로 돌아왔다. 누군가 한마디라도 더 칭찬을 하면 못 견딜 것 같았다.

"자, 식사 다 하셨으면 우리 선물을 한번 풀어볼까요?"

랜던이 말했다. 다행이다.

"그래요."

카렌과 테사가 약속한 듯 동시에 대답했다.

다같이 거실로 향했다. 나는 최대한 테사에게 바짝 붙어 있었다. 아빠와 카렌, 랜던은 소파에 앉았다. 의자에 앉아 테사의 손을 잡아끌어 무릎 위에 앉혔다. 그녀가 손님들을 쳐다보았고, 카렌은 웃음을 참으려 애를 쓰고 있었다. 테사는 부끄러워하며 딴청을 피웠다. 그래도 내 무릎 위에서 일어서진 않았다. 나는 뒤로 기대 앉아 한 팔로 그녀의 허리를 단단히 감싸 안았다.

랜던이 일어나 선물을 가져왔다. 그가 선물을 늘어놓는 동안 나는 테사에게서 시선을 떼지 않았다. 그녀는 흥분한 표정으로 선물을 바라보았다. 뭐든 열정적으로 대하는 그녀의 이런 모습이 좋다. 그리고 사람들을 편안하게 만드는 그녀의 마법도 정말 좋다. 이런 '한 물 간 크리스마스 파티'에서조차.

랜던은 테사에게 작은 상자를 건넸다. 상자에 '켄과 카렌으로부터'라고 적혀 있었다. 포장지를 뜯자, 하늘색 상자가 보였다. 상자 뚜껑에는 'TIFFANY & Co.'라고 적혀 있었다.

"그게 뭐야?"

내가 조용히 물었다. 장신구 따위 잘 모르지만 그래도 저게 비싼 브랜드라는 것 정도는 안다.

"팔찌야."

그녀는 은으로 된 체인 팔찌를 꺼내 내 앞에 달랑달랑 흔들어 보였다. 작은 리본 모양과 하트 장식이 달려 있었다. 한눈에도 비싸 보였다. 그녀가 차고 있는, 내가 준 팔찌가 어쩐지 초라하다.

"물론 그러시겠지."

혼잣말 하듯 중얼거렸다. 테사는 인상을 쓰며 나를 힐끔 쳐다보았다.

"너무 예뻐요. 두 분 모두, 정말 감사합니다."

그녀는 고개를 돌리고 환하게 웃었다.

내 것보다 더 좋은 선물을 주다니. 너무 싫다. 아, 아빠는 돈이 많으니 그럴 수밖에 없다. 그렇대도 다른 선물을 주든지. 팔찌 말고 아무 거나 다른 거.

테사가 고개를 돌려 나를 쳐다보았다. 제발 소동 없이 지나가길 애원하는 표정이었다. 나는 할 수 없이 한숨을 쉬며 다시 의자에 몸을 기댔다.

"네 건 뭐야?"

테사가 상냥하게 미소를 띠며 물었다. 내 기분을 나아지게 하려고 애쓰는 중인 것 같다. 그녀는 나에게 기대며 이마에 입을 맞춰주었다. 의자 팔걸이에 놓인 상자를 내려다보면서 열어보라는 눈짓을 했다. 상자 안에는 한눈에도 비싸 보이는 물건이 들어 있었다.

"시계."

상자를 들어 그녀에게 보여주었다. 최대한 즐거워 하는 것처럼 보이려고 노력하면서.

솔직히 그 거지 같은 팔찌 때문에 이미 기분이 상했다. 내 팔찌를 그녀가 매일 했으면 했다. 내 선물이 그녀에게 최고의 선물이길 바랐다.

52 · 하딘

카렌은 테사가 준 케이크 팬 세트를 열어보며 환하게 웃었다.

"어머나, 이거 너무 갖고 싶었던 거란다!"

테사는 그녀가 눈사람 모양의 메모에 내 이름까지 적어 놓은 걸 내가 눈치채지 못했을 거라고 생각했다. 하지만 나는 알고 있었다. 다만 내 이름을 박박 지우고픈 마음이 들지 않았을 뿐이다.

"나만 나쁜 놈이 된 것 같아. 이렇게 맘에 쏙 드는 티켓을 받았는데, 난 겨우 상품권을 줬잖아."

랜던이 테사에게 말했다. 랜던이 성의 없어 보이는 상품권을 준 건 조금 고소했다. 상품권은 내가 생일 선물로 준 전자책 리더기에 사용하는 거였다. 랜던까지 그럴듯한 선물을 줬더라면, 나는 더 짜증이 났을 것이다. 하지만 테사는 그가 빌어먹을 오스틴 소설의 초판본이라도 준 양 기분 좋은 미소를 짓고 있었다. 나는 아직까지도 기분이 별로다. 어떻게 그런 비싼 팔찌를 줄 수 있지? 완전 과시용이다. 테사가 내 선물 대신 그걸 더 아끼면 어떡하지?

"선물 고맙다, 멋지구나."

아빠가 나를 보며 말했다. 한 손에는 테사가 잘못 고른 열쇠고리를 쥐고 있었다.

엉망이 된 아빠의 얼굴을 보니 조금 죄책감이 들었다. 하지만 동시에 얼룩덜룩한 멍 색깔이 조금 웃기기도 했다. 아빠에게 주먹질을 한 걸 사과하고 싶었다. 사실, 사과하고 싶다기보다 사과해야 마땅하다. 아빠를 때리고 가족들을 괴롭히는 패륜아. 다시 예전으로 뒷걸음질 치긴 싫다. 아빠네 가족과 어울리는 것도 썩 나쁘진 않은 것 같다. 카렌과 테사는 꽤 잘 지내고 있다. 나는 테사에게 진짜 엄마 같은 존재를 느끼게 해주고 싶었다. 그녀와 엄마 사이를 끝장 낸 건 내 탓이니까. 어떤 의미에서 잘된 일이긴 했다. 그녀의 엄마는 정말 이해하기 힘든 사람이기도 했다.

"하딘?"

테사의 목소리가 귓가에 들렸다.

퍼뜩 고개를 들었다. 분명 누군가 나한테 말을 시켰나 보다.

"랜던하고 경기 보러 같이 갈래?

그녀가 물었다.

"뭐라고? 싫어."

내가 단숨에 대답했다.

"고맙군, 그래."

랜던이 어처구니 없는 얼굴로 말했다.

"내 말은, 랜던이 나랑 같이 가는 건 싫어할 거 같아서."

예의 바르게 구는 건 생각보다 훨씬 힘들었다. 이건 모두 그녀를 위해서다. 글쎄, 솔직하게 얘기하자면, 조금은 나를 위해서기도 하다. 엄마의 말이 머릿속에서 내내 맴돌았다. 내 안의 분노는 폭력만 가져오게 될 거고, 나는 결국 평생을 외롭게 살게 될 거라던.

"너 안 가면, 테사하고 같이 가도 되지?"

랜던이 말했다. 왜 이 자식은 나를 짜증나게 하는 걸까? 작정하고 착하게 굴려고 노력 중인데 말이다.

테사가 웃으며 말했다.

"나랑 가자. 하키는 하나도 모르지만, 그래도 잘 따라 다닐게."

생각할 겨를도 없이, 나는 두 팔로 그녀의 허리를 끌어안고 내 가슴 쪽으로 바짝 당겼다.

"내가 갈게."

결국 내가 졌다.

랜던은 흐뭇한 표정을 지었다. 테사가 나를 돌아보았다. 그녀의 표정도 랜던과 똑같았다.

"둘이 집을 아주 잘 꾸며 놓았구나. 정말 마음에 든다, 하딘."

아빠가 말했다.

"거의 다 원래 있었던 것들이에요. 어쨌든 감사합니다."

한 가지는 확실하다. 논쟁을 피하려고 눈치 보는 것보다는 아빠에게 주먹질을 하는 게 덜 어색하다는 것.

카렌이 나를 보며 미소를 지었다.

"우리를 초대하다니, 너도 참 다정한 면이 있구나."

카렌이 흉물스러운 못된 여자였으면, 내 인생이 좀 더 쉽게 풀렸을지도 모른다. 하지만 그녀는 내가 만난 사람들 중에 가장 다정하고 착한 사람이다.

"별 것 아니에요, 사실은… 어제 그런 짓을 벌이고 나서, 할 수 있는 게 이것밖에 없었어요."

목소리는 생각보다 더 떨리고 긴장한 것처럼 들렸다.

"괜찮다…, 우리는 다 이해한단다."

카렌이 달래듯 말했다.

"크리스마스 파티에 주먹질이라니, 그건 좀 아니잖아요."

내가 대답했다.

"그럼 올해부터 쭉 그렇게 가볼까? 내년엔 테사가 나한테 한 방 날리면 되겠네."

분위기를 바꾸고 싶었는지, 랜던이 말도 안 되는 농담을 던졌다.

"그래, 그래 볼게."

테사가 랜던에게 혀를 쏙 내밀며 맞장구 쳤다. 슬쩍 웃음이 나왔다.

"다시는 안 그럴 게요. 죄송해요."

나는 아빠를 쳐다보았다. 아빠도 인자하게 나를 바라보고 있었다.

"내 잘못도 있다. 쉽게 풀 수 있는 문제가 아니라는 걸, 좀 더 기다려야 한다는 걸, 미리 알았어야 했다. 하지만 지금도 네가 분노를 덜어내길, 차차 우리 관계가 더 나아지길 바라고 있단다."

테사가 내 손을 꼭 잡아주었다. 마음이 한결 편안해졌다. 나는 고개를 끄덕였다. 그리고 기어들어가는 목소리로 대답했다.

"네…."

그때 랜던이 무릎을 탁 치면서 일어섰다.

"그럼, 이제 돌아가죠. 하딘, 하키 경기에 가고 싶으면 알려줘. 오늘 초대해줘서 고마워."

테사는 셋을 차례로 꼭 안았다. 그동안 나는 벽에 비스듬히 기대 서 있었다. 이 정도면 충분히 친절했다. 누군가를 안아주는 거? 그건 안 될 말이다. 테사만 빼고. 게다가 그녀는 오늘 내게, 포옹 이상의 무언가를 줘야 한다. 어쨌든 나는 최선을 다해 예의 바르게 굴었으니 말이다. 나는 그녀의 뒷모습을 물끄러미 바라보았다. 헐렁한 원피스가 아름다운 곡선을 참 잘도 가리고 있다. 그녀를 당장에라도 방으로 데리고 들어가고 싶었다. 하지만 지금은 욕망을 잠재워야 한다.

저 우스꽝스러운 원피스를 입고 있던 그녀를 처음 만났던 날이 생각났다. 그때는 그렇게 보기 싫었는데, 지금은 저 모습도 사랑스럽다. 기숙사에서 나오던 그녀의 모습은 정말, 집집마다 성경책을 팔러 다니는 딱 그런 외모였다. 그런 그녀를 끊임없이 놀려댔고, 그녀는 연신 화를 냈었는데. 어떻게 그녀와 사랑에 빠지게 되었는지 도무지 모를 일이다.

또 한 번 손을 흔들어 일행을 배웅했다. 그들이 가자 깊은 한숨이 터져 나왔다.

'랜던과 하키 경기라니. 어쩌자고 그 빌어먹을 걸 허락한 거야?'

"하딘, 너 정말 착해."

테사가 칭찬을 해줬다. 나는 어깨를 으쓱했다.

"괜찮았던 것 같지?"

"괜찮은 정도가 아니었어."

테사가 환하게 웃었다.

"나, 정말로 널 사랑해. 알지?"

그녀가 거실을 정리하며 물었다. 그녀는 정리벽이 있다. 나 혼자 살았더라면 이 집은 쓰레기장이 되었을 것이다.

"시계는 맘에 들어?"

"아니, 밥맛이야. 그리고 난 시계 차는 거 싫어한다고."

"꽤 좋아 보이던데."

"네 팔찌는 어때?"

머뭇거리며 그녀에게 물었다.

"예쁘더라."

나는 시선을 다른 쪽으로 돌렸다.

"화려하고 비싸 보여."

"웅…. 근데 마음이 좀 쓰여. 차지도 않을 건데, 너무 큰 돈을 쓰신 것 같아서. 그분들 뵙게 될 때나 차야지."

"왜?"

"이미 내가 제일 좋아하는 팔찌가 있으니까."

그녀는 손목을 앞뒤로 흔들어 보였다. 장식들이 손목에서 찰랑찰랑 흔들렸다.

"내가 준 게 더 좋아?"

바보같이 웃음이 새어 나왔다. 그녀는 나무라는 듯한 눈빛으로 나를 쳐다보았다.

"당연하지!"

체면을 차리고 싶었지만 어쩔 수 없었다. 그녀를 번쩍 들어 안았다. 그녀가 소리를 질렀고, 나는 큰 소리로 웃었다. 지금껏 이렇게 크게 웃었던 기억이 없을 만큼.

아침 일찍 눈이 떠졌다. 샤워를 하고 수건을 몸에 둘렀다. 커피 내리는 걸 멍하니 바라보다 퍼뜩 킴벌리 얼굴이 떠올랐다. 킴벌리 얼굴을 마주할 생각을 하니 조금 떨렸다. 하딘과 내가 다시 사귀는 걸 알면 어떻게 반응할까. 그녀는 완전히 비판적이지도 않지만, 모든 상황을 대수롭지 않게 여기는 사람도 아니다. 만약 그녀가 크리스찬과 사귀면서 나와 똑같은 상황에 처한다면 나는 어떻게 생각했을까. 잘 모르겠다. 킴벌리가 우리의 관계와 사건들에 대해 세세하게 아는 건 아니다. 그래도 내가 겪은 일을 모두 알았더라면 어떻게든 우리의 재결합을 막으려 했을 것이다.

따뜻한 머그잔을 손에 들고, 거실 앞 창으로 갔다. 함박눈이 펑펑 내리고 있었다. 눈이 그쳤으면 좋겠다. 눈 오는 날 익숙하지 않은 운전을 하는 건 정말 싫다. 게다가 반스 출판사까지는 대부분을 고속도로로 가야 한다.

"잘 잤어?"

하딘의 목소리에 깜짝 놀랐다.

"벌써 일어났어?"

그에게 웃어 보였다.

"더 자야 하는 거 아니야?"

그는 잠이 가득한 눈을 비벼댔다.

"옷 입어야 하는 거 아니야?"

그가 내 말투를 따라 했다. 미소를 머금고 그를 지나쳐 침실로 향했다. 그가 수건을 낚아채 내 몸에서 벗겨냈다. 비명을 꽥 지르고, 방으로 뛰어 들어갔다. 뒤쫓아오는 발소리를 들으며 방문을 닫아 걸었다. 그가 따라 들어왔다간 무슨 일이 벌어질지 모른다. 생각만 해도 살갗에 불꽃이 이는 것 같다. 지금은 이럴 시간이 없다.

"잘했어, 아주 어른스러워."

그의 목소리가 문 틈으로 들려왔다.

나는 웃으며 옷장 쪽으로 갔다. 검정색 스커트와 빨간색 블라우스를 입기로 했다. 돋보이는 옷은 아니었지만, 연휴 뒤 첫 출근 복장으론 괜찮았다. 게다가 오늘은 눈까지 오고 있으니까. 옅게 화장을 하고 전신 거울 앞에 섰다. 이제 머리만 말리면 된다. 방문을 열어보니, 하딘이 보이지 않았다. 재빨리 머리를 반쯤 말리고, 동그랗게 말아 올려 묶었다.

"하딘?"

핸드백에서 휴대전화를 꺼내 걸어봤지만 받지 않았다.

'어디 간 거야?'

가슴이 점점 쿵쾅거리기 시작했다. 집 안을 서성거리는데 딸각 현관문이 열리고 그가 들어왔다. 온통 눈을 뒤집어쓴 차림이었다.

"어디 갔었어? 놀랐잖아."

"나 찾았어?"

"그냥 네가 말도 없이 사라져서."

"눈 치우고 네 차에 시동 걸어놨어. 내려가면 예열이 되어서 따뜻할 거야."

그는 재킷을 털며 푹 젖은 부츠를 벗었다. 콘크리트 바닥에 반쯤 녹은 눈 웅덩이가 생겼다.

놀라움을 감출 수가 없었다.

"대체 당신, 누구세요?"

내가 웃으며 말했다.

"가서 타이어 확 구멍 내버린다."

그의 허풍 같은 협박에 웃음이 나왔다.

"알겠어요, 감사합니다."

"내가 데려다줄까?"

그가 나를 쳐다보았다. 이제 난 이 남자를 진짜 모르겠다. 어제 그렇게 예의 바르게 굴더니, 오늘 내 출근 준비까지 다 해놓았다. 게다가 데려다준다니. 솔직하고 사려 깊은 모습이 정말 멋졌다.

"…아님 말고."

내가 대답을 안 하고 뜸을 들이자 그가 덧붙였다.

"나야 정말 좋지."

그는 다시 부츠를 신었다.

우리는 함께 주차장으로 갔다.

"네 차가 똥차라서 좋은 게 하나 있어. 시동 걸어놔도 아무도 안 훔쳐가잖아."

"똥차 아니거든!"

조수석 유리창에 난 작은 금을 보면서 말했다. 하딘이 차를 출발시켰다.

"하딘, 다음 주에 학기 시작하면, 학교에 차 한 대로 같이 가자. 우리 수업 시간은 거의 비슷하잖아. 그리고 출판사에 출근하는 날은 내 차 타고 갈게. 집에 와서 만나는 거야."

"알겠어…."

그가 정면을 바라보며 중얼거렸다.

"왜 그래?"

"난 네가 무슨 수업 듣는지 몰라."

하딘이 말을 이었다.

"수업 하나쯤은 같이 들을 수 있지 않을까 했었는데. 랜던하고 둘이서만 딱 붙어서 똑같은 수업 듣고, 계속 같이 다니는 거 아니지?"

"넌 벌써 프랑스랑 미국 문학 수업은 들었잖아. 그리고 세계의 종교 같은 과목엔 관심 없을 것 같고."

"응, 관심 없어."

그가 뿌루퉁하게 말했다. 반스 빌딩의 커다란 로고가 눈에 들어왔다. 눈은 조금씩 잦아들고 있었다. 하딘은 회사 정문 앞에 바짝 붙여 차를 세웠다. 최대한 춥지 않게 해주려는 그의 배려였다.

"4시에 데리러 올게."

그에게 입을 맞추며 작별 인사를 했다.

"데려다줘서 고마워."

그의 입술에 대고 속삭였다. 한 번 더 입을 맞췄다.

"음, 음음…."

그가 중얼거렸고, 나는 얼른 차에서 내렸다.

차에서 내리자, 몇 걸음 앞에 트레버가 걸어가고 있었다. 검정색 슈트에 군데군데 흰 눈이 묻어 있었다. 그가 따뜻하게 웃으며 인사를 건네자 가슴이 두근거렸다.

"트레버, 오랜만…."

"테스!"

하딘이 이름을 부르더니 차 문을 쾅 닫고 내 옆으로 걸어왔다. 트레버의 시선은 하딘을 따라오다가 나를 향했다. 순식간에 그의 얼굴에서 미소가 사라졌다.

"이거 놓고 갔어…."

하딘이 펜을 건네주었다.

'펜?'

나는 한쪽 눈썹을 치켜세우고 그를 쳐다보았다. 그는 고개를 끄덕이더니 내 허리를 감싸 안았다. 그리고 입술을 내 입술에 밀어붙였다. 회사 앞이 아니었더라면 혀까지 밀어 넣는 그의 스킨십에 녹아 내렸을지도 모른다. 사람들 앞에서 구역질 나는 방법으로 영역 표시를 하고 있다는 생각 따윈 들지 않았을지도 모른다. 그에게서 떨어지자, 보란 듯이 뽐내고 있는 그의 표정이 눈에 들어왔다. 몸이 덜덜 떨릴 만큼 추웠다. 더 두꺼운 재킷을 입고 왔어야 했다.

"반가워요. 트렌튼, 맞죠?"

하딘이 거짓으로 반가운 척하며 말했다.

그의 이름이 트레버인 걸 뻔히 알면서, 하딘은 너무 무례하다.

"어…, 네. 저도 반가워요."

트레버는 대충 얼버무리고 자동문 안으로 사라졌다.

"하딘, 뭐 하는 짓이야?"

나는 인상을 쓰며 하딘을 노려보았다.

"뭐가?"

그가 능글맞게 웃었다.

"넌 진짜 못된 놈이야."

"저 자식이랑 가까이 지내지 마, 테스. 제발."

하딘이 명령조로 말하더니 이마에 입을 맞췄다. 자신의 행동을 무마하려는 것이다. 나는 언짢은 표정으로 어린애처럼 발을 쿵쾅거리며 건물 안으로 들어갔다.

"크리스마스는 어땠어요?"

킴벌리가 먼저 안부를 물었다. 나는 커피와 도넛을 집었다. 커피를 더 마시지는 말아야 하지만 하딘의 야만적인 행동에 살짝 올라왔던 짜증이 커피 향을 맡으니 조금 진정되었다.

"그게…."

머릿속으로 크리스마스의 악몽이 마치 영화처럼 스쳐 지나갔다.

"… 좋았어요. 당신은요?"

나는 주요 장면이 몽땅 편집된 짧은 버전을 선택하기로 했다.

킴벌리는 크리스찬과 그의 아들과 보낸 멋진 크리스마스 얘기를 쏟아놓았다. 어린 소년은 '산타클로스'가 가져다준 새 자전거를 보고 울음을 터뜨렸단다. 그리고 킴벌리에게 '킴 엄마'라고 불렀단다. 킴벌리는 마음이 따뜻해졌지만, 한편으론 그 이름이 썩 편하지는 않았단다.

"좀 이상했어요."

그녀가 말했다.

"내가 누군가의 보호자라고 생각하니 말이에요. 난 결혼도 안 했고, 심지어 크리스찬이랑 결혼 약속도 안 했잖아요. 그래서 그의 아들 스미스에게 어떤 역할을 해야 하는지 잘 모르겠더라고요."

"스미스와 크리스찬은 정말 행운아예요. 당신을 만났잖아요. 타이틀이야 뭐든 상관없죠."

나는 힘주어 말했다.

"당신은 나이에 비해 너무 현명하다니까요, 미스 영."

그녀가 미소를 지어 보였다. 나는 시계를 슬쩍 보고, 잽싸게 사무실로 들어갔다.

점심시간이 되었다. 킴벌리는 자리에 없었다. 엘리베이터가 3층에 멈췄다. 트레버가 탔고, 나는 조용히 비명 같은 인사를 했다.

"안녕하세요?"

왜 이렇게 불편한지 모르겠다. 트레버와 사귀다가 헤어진 것도 아닌데. 우리는 딱 한 번 데이트를 했고, 그 시간이 즐거웠다. 그의 얘기를 잘 들어줬고, 그도 나와 어울리는 게 즐거워 보였다. 하지만 그게 전부다.

"휴가는 어땠어요?"

형광등 불빛 아래, 그의 푸른 눈은 더욱 반짝였다. 크리스마스 얘기는 그만 좀 물어봤으면 좋겠다.

"좋았어요, 당신은요?"

"나도 좋았어요. 시내에 있는 쉼터에 사람들이 잔뜩 모였어요. 3백 명도 넘는 사람들이 밥을 먹고 갔어요."

그의 얼굴이 자랑스럽게 빛났다.

"와우, 3백 명이요? 정말 대단해요."

그는 다정한 사람이다. 우리 둘 사이에 있던 긴장감이 사라지는 것 같았다.

"정말 엄청났어요. 내년에는 더 많이 지원 받아서 5백 명쯤 밥을 먹을 수 있었으면 좋겠어요."

엘리베이터에서 내리며 그가 물었다.

"점심 먹으러 가요?"

"네, 파이어하우스까지 걸어가려고요. 오늘 차를 안 가지고 왔거든요."

하딘과 내 얘기를 지금 끄집어내고 싶진 않았다.

"괜찮으면 내 차 타고 가요. 나는 파네라에 갈 거예요. 파이어하우스에 먼저 내려줄게요. 이 눈을 맞으면서 걸어갈 순 없어요."

"당신도 파네라 알아요? 거기 정말 좋죠. 저도 같이 갈래요."

우리는 함께 그의 차로 향했다.

그의 BMW는 주차장에 들어서기 전부터 예열이 되어 있었다. 식당에서 트레버와 나는 내내 조용히 입을 다물고 있었다. 주문을 하면서도, 작은 테이블에 앉으면서도.

"시애틀로 이사 갈까 생각 중이에요."

트레버가 입을 열었다. 크래커를 막 브로콜리 스프에 찍었을 때였다.

"정말요? 언제요?"

시끄러운 사람들 틈에서 목청껏 소리를 높여 물었다.

"3월에요. 크리스찬이 시애틀 지점의 재정 업무 책임자를 맡아보라고 제안했어요. 긍정적으로 고려 중이에요."

"엄청난 소식이네요. 축하해요, 트레버!"

그는 냅킨으로 입꼬리를 닦았다.

"고마워요. 재정 부서 전체를 맡아보고 싶었거든요. 시애틀에서도 살아보고 싶었고요."

식사를 하면서 시애틀 얘기로 꽃을 피웠다. 이야기를 마치고 나니 머릿속에 한 가지 생각만 가득해졌다.

'하딘은 왜 시애틀을 좋아하지 않을까?'

회사로 돌아올 무렵, 눈은 진눈깨비로 바뀌어 있었다. 우리는 건물로 뛰어들어왔다. 엘리베이터까지 오니 온몸이 덜덜 떨렸다. 트레버가 자신의 재킷을 권했지만, 나는 단칼에 거절했다.

"하딘하고 다시 사귀기로 한 거예요?"

그가 결국 물었다. 이 질문이 언제 나올까 내내 기다리고 있었다.

"네…, 여러 가지 문제들을 극복하는 중이에요."

나는 난감한 표정을 지었다.

"아…, 그래서 행복해요?"

그가 나를 내려다보았다.

"네."

"잘됐군요."

그가 머리카락을 손으로 쓸어 올렸다. 거짓말이었다. 그래도 상황을 더 이상 어색하게 만들지 않은 그에게 고마웠다. 이것도 그의 장점 중 하나다. 엘리베이터에서 내리자, 킴벌리가 어색한 표정을 짓고 있었다. 뭔가 혼란스러운 눈빛이었다. 그녀가 왜 트레버를 저런 표정으로 쳐다볼까? 그녀의 시선을 따라가 보았다. 하딘이 벽에 비스듬히 기대서 있었다.

54 · 하딘

"뭐야, 장난해?"

내 말에 테사의 입이 떡 벌어졌다. 아무 말도 못하고, 빌어먹을 트레버를 쳐다보더니, 다시 나를 보았다.

'이런 제기랄.'

화가 치밀어 올랐다. 저 녀석을 어떻게 손봐야 할지 궁리하고 있었다.

"점심 잘 먹었어요, 테사. 나중에 봐요."

트레버는 차분히 말하고 멀어졌다. 킴벌리를 쳐다보자, 그녀는 못마땅한 듯 고개를 가로저었다. 그녀는 우리 둘만 남겨두고 자리를 떠났다. 테사는 그녀를 아련히 쳐다봤고, 나는 웃음이 터질 뻔했다. 테사가 사무실을 향해 걸음을 옮겼다.

"우린 그냥 점심 먹은 거야, 하딘. 나도 누군가와 점심을 먹을 권리쯤은 있잖아. 그러니까 이 얘긴 꺼내지 말아줘."

그녀가 단호하게 말했다. 사무실에 들어가자 마자 나는 문을 잠갔다.

"내가 저 자식을 어떻게 생각하는지 알지?"

나는 사무실 벽에 비스듬히 기대 섰다.

"조용히 해. 여긴 내 직장이야."

"인턴십이지."

"뭐라고?"

그녀의 눈이 동그래졌다.

"넌 정직원도 아니잖아, 그냥 인턴이지."

"그래서 이 얘기로 다시 돌아가자고?"

"아니, 난 그냥 팩트를 말한 거야."

난 정말 개새끼다. 이것도 팩트다.

"진심이야?"

그녀가 도발적으로 물었다. 나는 이를 악물고 내 앞에 선 고집불통 여자를 노려보았다.

"도대체 여긴 왜 온 거야?"

"점심 가져다 주려고 왔지. 차도 없는데 눈 맞고 나갈 필요가 없으니까. 근데 지금 보니, 넌 다른 남자들도 아주 잘 활용하는 것처럼 보이네."

"별 일 아니야. 우린 점심 먹으러 나갔었고, 바로 돌아왔어. 제발 질투심을 가라앉히라고."

"질투하는 거 아니야."

당연히 질투다. 그리고 두렵기도 하다. 하지만 아무 것도 인정할 수가 없었다.

"우린 그냥 친구야, 하딘. 신경 쓰지 말고 이리 와."

"싫어."

내가 투덜거렸다.

"아, 제발."

그녀가 애원한다. 자제력이 무너진다. 나도 모르게 그녀에게 다가가고 있었다. 그녀가 나를 잡아당겨 그녀의 앞에 서게 했다.

"난 오직 너만 원해, 하딘. 난 너를 사랑하고, 너 말고는 누구도 필요 없어, 오직 너뿐이야."

그녀는 강렬한 눈빛으로 나를 쳐다보았다. 나는 시선을 돌렸다.

"네가 그를 싫어하는 건 안됐지만, 내가 회사에서 친구 한 명 없이 지내는 걸 원하는 건 아니잖아."

그녀가 나를 보며 미소를 지었다. 계속 화를 내고 싶었지만, 스르르 화가 풀려버렸다.

'젠장, 테사. 넌 너무 착해.'

"그래도 저 자식은 싫어."

"나쁜 사람은 아니야. 그리고 3월에 시애틀로 이사 간대."

나는 찬물을 뒤집어쓴 것 같았지만, 침착함을 유지하려고 애썼다.

"그래?"

빌어먹을 트레버 자식이 시애틀로 이사를 간단다. 시애틀은 테사가 살고 싶어하는 도시다. 하지만 나는 가고 싶지도 않고, 앞으로도 절대 가지 않을 곳이다. 그 자식과 함께 가고 싶은 건가? 갑자기 궁금해졌다.

"트레버가 이사 가면 더 이상 어울리지도 못해. 그러니까 제발 그를 좀 내버려 둬."

그녀는 내 손을 꼭 쥐었다. 나는 그녀를 내려다보았다.

"젠장, 그 자식 털끝도 안 건드려."

한숨이 저절로 나왔다. 믿을 수가 없다. 내가 지금 테사한테 키스하려던 자식을 그냥 놔두기로 한 거야?

"고마워, 하딘. 너무너무 사랑해."

그녀는 회청색을 눈동자를 반짝이며 나를 빤히 바라보았다.

"그래도 아직 화났어. 널 꼬시려고 하다니. 그리고 너도 내 말을 안 들었잖아."

"알아, 이제 입 좀 다물어봐…."

그녀가 아랫입술을 핥았다.

"내가 마음을 가라앉혀줄까?"

그녀의 목소리가 떨리고 있었다.

"나…, 보여주고 싶어. 내가 너만 사랑한다는 거."

그녀의 두 뺨이 붉게 물들었다. 그녀는 까치발을 들고 내게 입을 맞추었다. 두 손이 내 벨트 쪽으로 움직이고 있었다. 나는 혼란스러웠다.

화가 나면서도 믿을 수 없을 만큼 뜨거워졌다. 그녀는 내 아랫입술을 따라 혀를 놀렸다. 순간 나도 모르게 신음했다. 그녀를 들어올려 책상 위에 앉혔다. 그녀는 떨리는 손으로 다시 한 번 내 벨트를 찾아 더듬거렸다. 이번에는 성공이다. 나는 말도 안되게 긴 그녀의 스커트를 허벅지 위까지 끌어올렸다. 고맙게도 스타킹은 안 신었다.

"너를 원해, 하딘."

그녀는 내 목에 대고 뜨거운 숨을 토해냈다. 두 다리로 내 허리를 감쌌다. 그녀의 입술이 이런 말을 쏟아내다니. 그녀가 주도권을 잡고 리드하는 이 상황이 너무 좋다. 그녀는 내 바지를 다리 아래로 끌어내렸다.

"너, 괜찮겠어?"

문득 그녀가 생리 중인 게 생각났다.

"응, 너만 괜찮다면."

그녀는 얼굴을 붉히며 내 페니스를 손에 쥐었다. 헉 소리가 터져 나왔다. 그녀는 미소를 지으며 천천히 손을 움직였다, 아주 천천히.

"아…, 날 괴롭히지 말아줘."

신음을 내뱉자, 그녀는 손을 좀 더 빨리 움직였다. 입술로는 내 목을 거세게 빨며. 이런 식으로 그녀가 내게 보상해준다면, 더 자주 나를 화나게 만든다 해도 환영이다. 다른 남자와 깊게 얽히지 않는 한은 말이다.

그녀의 머리를 들어 나를 보게 했다.

"너랑 하고 싶어."

그녀는 고개를 절레절레 저었다. 입가에는 수줍은 미소를 머금고.

"아냐, 할래."

"여기선 못 해."

그녀가 문을 쳐다보았다.

"전에도 했잖아."

"그거 때문에…, 안 돼."

"그렇게 나쁘진 않을 거야."

나는 어깨를 으쓱했다.

"그게, 자연스러운 거야?"

"그럼, 자연스러운 거지."

나는 단호하게 말했다. 그녀의 눈이 동그래졌다. 부끄러운 듯 하면서도, 그녀의 눈동자는 요동치고 있었다. 그녀도 얼마나 원하고 있는지 단번에 알 수 있을 만큼. 그녀의 손은 천천히 움직였고, 다리를 넓게 벌리고 탐폰을 빼내어 쓰레기통에 던졌다. 나는 그녀의 손을 치우고 페니스에 콘돔을 씌웠다.

그녀는 책상에서 내려와 엎드리며, 스커트를 엉덩이까지 걷어 올렸다.

젠장, 지금껏 살면서 본 중에 가장 섹시한 모습이다.

〈4권〉으로 이어집니다.

wattpad

세상 모든 이야기가 살고 있는 곳

전 세계의 다양한 작가들이 쓴
수백만 개의 이야기를
만나보세요.

앱을 다운로드하거나 아래 사이트에 접속하세요.
www.wattpad.com